달이 이끄는 이세계여행 7

아즈미 케이

목차

미오
원래 모습은 거대한 거미.
마코토와 계약함으로써
사람의 모습을 얻었다.
최근에는 요리에 푹
빠져있다.
루토
「만색(萬色)」이라고 불리
최상위 용.
이유는 알 수 없으나
남자의 모습으로
마코토에게 달라붙는 괴
모험가 길드의
창설자이기도 하다.
토모에
본래 「신(蜃)」이라고 불리던 용.
마코토와 계약함으로써 사람의
모습을 얻었다.
아공(亞空)에 퍼지기 시작한
일본 문화의 전도자.
미스미 마코토
본작의 주인공. 부모의 사정으로
이세계에 소환된 비운의 고등학생.
선생님 노릇에 완전히 적응한 듯이
보이지만, 본업은 상인.

주요
등장인물
진
롯츠갈드 학원의 학생.
검술을 능숙하게 구사하는
마코토의 제자.
일름간드
리미아의 고위 귀족인
호프레이즈 가문의 차남.
올바른 귀족의 모습을 추구하고자,
롯츠갈드 학원에 입학한 몸이다.
시키
원래 모습은 「리치」라고 불리는
언데드 몬스터.
마코토와 계약함으로써 사람의
모습이 되었다.
롯츠갈드 학원에서 마코토의 보좌로
일하고 있다.

1

◇◆◇◆◇

살롱으로부터 돌아온 로렐 연방의 고위급 인사, 사이리츠는 귀빈실로 향했다. 롯츠갈드 학원의 임시 강사이자 쿠즈노하 상회의 대표인 라이도우, 본명 미스미 마코토와 만나면서 데리고 있던 호위들은 방 밖에서 대기시켜두었다.

넓은 실내엔 부드러운 검은색 양탄자가 깔려 있었다. 학원까지 찾아온 각국의 고위 인사들이 그룹 단위로 나뉘어 환담을 나누거나 발코니로부터 홀에서 열리는 행사를 관람하고 있는 광경이 눈에 들어왔다.

사이리츠가 자신의 자리로 돌아오자 여러 명의 휴만들이 그녀와 대화를 나누고자 모여들었다. 이번에 롯츠갈드를 방문한 로렐 연방의 귀빈들 가운데 가장 지위가 높은 사이리츠에겐 피할 수 없는 당연한 일이었다.

사이리츠는 완전히 익숙한 태도로 그들과 대화를 나누다가 발코니 쪽으로부터 자신을 바라보는 시선을 느꼈다. 그녀는 거의 조건반사적으로 그쪽을 향해 시선을 돌렸다.

사이리츠로서는 두 눈을 가늘게 치켜떴다. 자신을 바라보고 있던 인물이 의외의 존재였기 때문이다.

'그리토니아 제국의 제2황녀, 릴리 프론트 그리토니아. 제국에 나타난 용사를 물심양면으로 지원하는 인물이라고 들었어. 용사가 등장한 이후, 권력 투쟁에서 물러나 그에게 헌신적으로 봉사하고 있는 모양이야. 다만, 예전의 그녀는…… 전쟁이나 정권 다툼에 적극적일 뿐만 아니라 여신님에 대한 신앙 또한 빈말로도 독실하다고하기 어려운 인물이었지. 자기 자신에게 절대적인 자신감을 가지고 여황제의 자리를 노리던 당시의 그녀에 관해 알고 있는 입장으로서는…… 도무지 납득이 갈 수가 없는 변화야. 신변의 경호는 용사가 나타나기 전보다 오히려 더욱 강화되어서 근황을 알아내는 것도 만만치 않아. 거의 병적이기까지 한 경계 태세야. 우리들은 그 땅의 용사에게 필요 이상의 간섭을 한 적은 없는데다가, 현재로서는 앞으로도 간섭할 예정은 없단 말이지……. 반대로 특별히 저들의 관심을 끌 만한 관계를 구축한 적도 없는데…….'

주위에 모여든 이들과 얼추 인사를 마친 사이리츠는, 발코니 부근에 자리 잡고 있던 릴리에게 다가갔다. 릴리는 방금 전과 달리 사이리츠에게 아무런 관심도 없다는 듯이 멍한 표정으로 홀을 바라보고 있었다.

'드디어 오셨군, 로렐. 무녀에게 토모키의 능력이 통하지 않아 한동안 관여할 생각은 전혀 없었는데, 쓸데없는 잡일을 늘려주는군. 설마 쿠즈노하 상회와 접촉할 줄이야…….'

당연히 릴리도 사이리츠가 자신에게 다가오고 있다는 사실을 알고 있었다. 하지만 릴리는 일부러 아무런 관심도 없다는 듯이 댄스홀로 돌아가고 있는 마코토를 관찰하고 있었다.

'그건 그렇고, 토모에라는 그 여자의 입에서 나온 경고는 농담이 아닐 거야. 게다가 토모키가 그 녀석에게 심상치 않은 집착심을 보이고 있는 이상, 쿠즈노하 상회를 이대로 방치할 수도 없는 노릇이란 말이지. 지금 나의 시야에 들어온 저 추한 남자가 그들의 대표자인 모양인데, 토모에가 말하던 그녀의 주인과 동일인물일 가능성이 있어. 사실 지금은 나도 토모키 일행과 함께 행동해야 할 시기지만, 이렇게 근처에서 장사판을 벌이고 있는 저들에게 신경이 안 쓰일 수가 없잖아? 얌전히 츠이게에나 틀어박혀 있을 것이지. 심지어 철저한 비밀주의로 유명한 로렐 연방과도 상관관계가 있단 말이야? 나 참, 정말로 지긋지긋한 녀석들이네!'

쿠즈노하 상회와 그들의 대표인 마코토와 접촉하는 것은 릴리가 학원 도시를 직접 방문한 목적 가운데 하나였다. 그녀는 리미아 왕도 부근에 위치한 별의 호수에서 특이한 복장을 입은 여검사, 토모에와 만났다. 토모에의 존재는 그리토니아 제국의 용사이자 릴리가 지니고 있는 최고의 이용물인 토모키에게 날이 갈수록 크나큰 영향을 끼치기 시작했다. 그의 입장에서 보자면 토모에는 이 세계에서 처음으로 자신에게 매서운 태도를 보인 유일한 여성이었다. 게다가 거의 모든 무기를 자유자재로 사용할 수 있는 그가 유일하게 다룰 수 없는 검을 가지고 다니는 여자였다.

릴리는 토모에의 충고를 무겁게 받아들여, 쿠즈노하에 대한 조사는 필요 최소한 정도로만 추진해 온데다가 지금껏 어떠한 방해 공작도 시도하지 않았다.

그리고 릴리는 토모에에게 각별한 마음을 두고 있는 토모키를 능숙하게 타일러 컨트롤함으로써, 그가 돌발적인 행동을 벌이지 않도록 억제하고 있었다. 토모에의 존재는 릴리에게 심각한 고민거리 중 하나였다. 변경에 있는 걸로 알고 있던 그녀가 학원 도시에까지 얼굴을 보이고 있으니 여러모로 신경이 쓰일 수밖에 없었던 것이다.

"릴리 님? 댄스홀 쪽이 신경 쓰이시나요? 특별히 눈에 밟히는 분이라도 계신 건가요?"

사이리츠는 지극히 우호적이면서도 온화한 태도로 릴리에게 질문을 던졌다.

"어머나, 카하라 님?"

릴리 또한 황녀라는 직함에 걸맞게 품격 있는 동작으로 사이리츠에게 시선을 돌렸다.

"님이라니요? 저를 부르시는데 경칭은 필요없습니다……. 뭐니 뭐니 해도 최전선에서 마족의 군세를 상대로 싸우고 계시는 제국의 황녀님이니까요."

"저는 이미 황위 계승권을 버린 몸……. 지금과 같은 엄중한 시기에 축제나 보러 오는 철없는 황족에 지나지 않습니다."

서로 간에 미소를 띠고 있으면서도 눈은 전혀 웃고 있지 않았다. 발코니에 있던 다른 손님들이 심상치 않은 기척을 느낀 나머지 사방으로 흩어져 자리를 옮길 정도였다.

"용사님께 봉사하고 계신 것만 해도 충분하고도 남을 정도로 세상에 공헌을 하고 계시는 거랍니다. 저, 아니, 우리들 로렐 연방은 황녀님의……."

"본론으로 들어가지요, 카하라 님. ……저는 로렐 연방의 고위급 인사 중 한 분이신 당신께서 아래층까지 몸소 발걸음을 옮겨 만나고 오신 남성분께 개인적으로 관심이 있답니다."

릴리가 적극적인 말투로 사이리츠의 인사말을 가로막았다. 입 부분을 깃털 부채로 숨기고 있던 그녀는, 방금 전과 달리 온화하기 그지없는 눈웃음을 짓고 있었다. 그러나 그녀가 사이리츠의 발언에 불쾌감을 느끼고 있다는 것은 틀림없었다.

릴리의 입에서 나온 발언을 듣고 사이리츠 또한 댄스홀 쪽으로 시선을 돌렸다. 그녀의 눈동자는 망설임 없이 마코토를 바라보고 있었다.

"저 남성분…… 아하, 저 분과 만난 것은 어디까지나 저의 개인적인 용건이었답니다. 부하들로부터 이 도시에서 효능이 훌륭한 약과 유별난 과일을 파는 가게에 관한 소문을 전해 들었거든요. 부하들이 농담 섞어 올린 말에 따르면, 그 가게의 점장은 굉장히 특징적인 외모의 소유자다 보니 언제 어디서든 한 눈에 알아볼 수 있다더군요. 방금 전엔 솔직히 말씀드려서 깜짝 놀랐답니다. 정말로 한 눈에, 게다가 멀리서도 알아볼 수 있었거든요. 어쩌다 보니 자신의 신분조차 잊은 채로 그분께 여러 가지 말씀을 들으러 갔을 뿐이랍니다. 저 분의 입장에서 보자면 갑작스러운 만남이었을지도 모르겠군요."

"후후후, 알 것도 같군요. 여기서도 금방 알아볼 수 있을 정도니까요. ……저 분이 바로, 라이도우 님."

릴리의 시선이 마코토를 정확하게 포착했다. 이번엔 사이리츠가 릴리의 반응에 관심을 보였다.

"……릴리 님께서도 저 분에게 용건이 있으신가요?"

"예. 어디까지나 「소문」에 지나지 않지만, 저 분의 가게에서 일하는 종업원들은 거의 다 아인(亞人)들뿐이라더군요. 그리고 가게의 업무와 별도로 학원의 임시 강사를 겸임하고 있다는 얘기도 들었습니다. 주위에 여러모로 이야깃거리가 끊이지 않는 분인 모양이에요. 무척이나 흥미가 동해서, 저 또한 저 분과 말씀을 나누고 싶던 참이랍니다."

"……학원의 임시 강사도 겸임하고 있다고요? 게다가 아인들과도 친하시다니……."

사이리츠가 릴리의 입에서 나온 대답에 곤혹스러운 듯한 반응을 보였다.

사이리츠는 라이도우와 아인의 관계나 학원의 임시 강사라는 직함에 관해선 금시초문이라는 듯한 표정을 지어 보였다. 릴리는 그녀의 얼굴을 마주보며 골똘히 생각에 잠겼다.

'라이도우에 관해 자세히 아는 건 아닌가? 현재로서는 쿠즈노하 상회가 츠이게와 롯츠갈드 이외의 장소에 뿌리를 내린 듯한 흔적은 보이지 않아. 이 여자의 위치를 고려해볼 때, 쿠즈노하 상회와 로렐 연방이 뒤에서 손을 잡고 있을 경우엔 지금 말한 정보 정도는 당연히 파악하고 있을 거야. 그렇다면 역시 로렐 연방과 쿠즈노하 상회의 접점은 아직 그다지 확고한 편은 아니라는 뜻인가?'

"그나저나, 방금 카하라 님께서 말씀하시던 약…… 소문에 걸맞은 효능이 있다면 기념품으로 사 갈 가치가 있을지도 모릅니다."

로렐과 쿠즈노하 상회는 아직 서로 깊숙이 연결된 것은 아닌 것 같다고 생각하며, 릴리는 화젯거리를 다른 데로 돌렸다.

"어머, 굉장히 좋은 생각인 것 같습니다. 괜찮으시다면, 제가 릴리 님의 몫까지 수소문해볼까요?"

"아니, 굳이 그런 수고를 들이실 필요는……."

"저는 릴리 님처럼 공무가 바쁜 편은 아니거든요. 게다가 황녀님 씩이나 되시는 분께서 일반 서민들과 함께 줄을 서시는 광경도 보고 싶지 않답니다."

사이리츠가 릴리의 발언을 가로막았다. 릴리는 지금 그녀가 보이고 있는 행동의 의도를 분석했다.

'나와 라이도우가 지금 당장 직접적으로 만나는 것은 달갑지 않다는 건가? 일단은 양보하도록 하지. 너에겐 아직 물어봐야 할 것이 하나 있었거든.'

"……알겠습니다. 카하라 님의 친절을 받아들이겠습니다."

"맡겨만 주십시오. 며칠 이내로 반드시 전달하겠습니다."

"기다리고 있겠습니다. ……이건 또 다른 얘깁니다만, 이왕 말이 나온 김에 하나만 더 부탁드려도 될까요? 무슨 일이 있어도 카하라 님께 여쭤보고 싶은 사항이 있었거든요. 사실은 지금 제국에선 전쟁을 수행하기 위해 다양한 종류의 새로운 기술을 개발하고 있는 중이랍니다. 여기서만 드리는 말씀인데, 용사님께서 직접 제안하신 사업인 관계로 저로서는 꼭 실현시키고 싶습니다. 하지만 부끄럽게도 저희들의 힘만으론 꽤나 난항을 겪고 있습니다. 그래서 지식인으로서도 이름 높은 사이리츠 님의 지혜를 빌리고 싶군요……."

"……용사님께서 직접 제안하신 기술이라고요? 일단 개인적으론 꽤나 흥미로운 말씀이로군요. 하지만 기술 개발에 관한 얘기는 국가적 기밀에 해당되는 사항이 많다 보니…… 저의 입장상, 외국 분들께 제대로 된 답변을 드릴 수 없는 경우도 적지 않답니다. 그러한 사정을 이해해주신다면 말씀은 들어보겠습니다."

'뭘 물어볼 생각이지? 로렐 연방에도 상당한 숫자의 첩보원들을 파견하고 있는 주제에.'

"물론이지요. 귀국에선 굉장히 독자성이 강한 기술 체계를 발전시켜 오셨으니까요. 사실은 최근 들어 우리나라에서도 귀국과 마찬가지로 화약에 대한 관심이 높아졌답니다. 그래서 아무쪼록 제국을 상대로 로렐 연방의 화약 취급법이나 이용법에 관한 전수를 부탁드리고 싶습니다."

"화약이라고요? 귀국에서 그러한 분야에 관심을 두셨다는 얘기는 금시초문입니다. 겨우 그 정도라면야, 제가 아는 범위에 한해 말씀드릴 수 있을 것 같습니다."

'화약. 솔직히 뜻밖이야. 위험한 이용법도 없는 건 아니지만, 기본적으로 마술에 비해 굉장히 불편한 기술이거든. 개인적으로 쓸데없이 위험만 따라다닌다는 인상을 지울 수가 없는데 어째서……? 일단 당장 가르쳐주더라도 지장이 없는 범위에 한해서만 발언해야겠지. 이미 그녀의 귀에 들어가 있고도 남을 만한 범위의 지식만을 말이야. 국내의 담당자에게도 경계를 강화하도록 정보를 전달할 필요가 있을지도 몰라.'

"예. 아무쪼록 잘 부탁드립니다."

'그리토니아의 화약에 대한 관심을 알게 될 경우, 그들로서는 당연히 경계할 수밖에 없을 거야. 지나친 경계는 때때로 정보의 위치를 노출시키는 법이지. 우리 첩보원들을 우습게 보지 마. 토모키의 눈에 의해 죽을힘을 다하도록 세뇌당한 우리나라의 여성 첩보원들을 말이지…….'

겉으로 보기엔 온화하기 그지없는 릴리와 사이리츠의 불꽃 튀는 속임수 대결은 계속해서 이어졌다.

"렘브란트, 여기 있었나!"

예복을 걸친 커다란 체구의 사나이가 체격에 걸맞게 굵직한 목소리와 함께 렘브란트 부부에게 다가왔다. 거리낌은 전혀 없었다.

"누구신가 했더니 장군님 아니십니까? 오신다는 말씀만 들었어도 저희가 먼저 인사를 드리러 갔을 텐데……. 어라, 이번에 롯츠갈드까지 발걸음을 옮기시는 분은 류지니 가문 소속이라는 말씀을 전해들은 기억이 있습니다만?"

"음, 처음엔 내가 직접 올 예정은 없었다네. 그런데 어쩌다 보니까 스텔라 요새 탈환 작전에 종군하게 됐거든. 스텔라 요새까지 가는 길에 때마침 이곳이 학원제의 시기라서 행군 도중의 휴식을 겸해 잠깐만 들렀다 가는 걸세. 그러다 보니, 지나가는 자네가 눈에 띈 거야. ……오늘은 그 집사는 따라오지 않았나?"

"예. 아내인 리사를 데리고 온 관계로, 그에게 가게 일을 맡기고 오는 길입니다."

렘브란트는 그러한 대답과 함께 자신의 옆에 선 리사를 가리켰다. 그녀는 미소 지으며 장군에게 머리를 숙였다.

장군이 리사의 인사에 한손을 들어 응하며 입을 열었다.

"믿음직스러운 집사가 따라오지 않았다는 건, 호위도 없이 이런 곳까지 발걸음을 옮겼다는 뜻인가? 츠이게의 실질적인 두목이나 다름없는 자네치고는 너무 허술하군."

"아닙니다. 모리스의 대리로 굉장히 쓸모 있는 인재를 데리고 왔거든요. ……예전에 보고 드린 바 있던 쿠즈노하 상회의 신참 상인과 함께 왔습니다."

렘브란트는 장군이 자신에게 접촉을 시도한 의도를 확인하기 위한 의도로 넌지시 마코토의 존재를 밝혔다.

"흥. 마침 그 녀석에 관한 일로 잔소리를 하러 올 생각이었다만……. 그 말투로 판단하건대, 여느 때처럼 제대로 길들인 모양이로군. 듣자 하니 우리 아이온의 영지인 츠이게에서 상회를 일으킨 주제에, 학원 도시의 점포를 본점으로 삼아「우리들은 아이온과 아무런 상관이 없다」는 식으로 아주 건방진 태도를 보이는 애송이라더군."

렘브란트가 쿠즈노하 상회의 고삐를 제대로 잡고 있는가? 아이온 왕국 측에서 예고 없이 자신들과 쿠즈노하 상회의 현재 상황을 확인하러 왔을지도 모른다고 여긴 렘브란트의 추측은 틀리지 않았던 모양이다.

렘브란트는 자신과 마코토의 역학 관계에 대한 그릇된 인식을 전달하기 위해, 일부러 마코토를 자신의 부하로 두고 있는 듯한 말투를 입에 올렸다. 자신의 의도가 먹혀들어갔다는 것은 장군으로부터 돌아온 대답만으로도 알 수 있었다.

"그 친구도 어차피 경험이 모자란 풋내기에 지나지 않습니다. 미숙하다 보니 세상을 상대로 자기 자신을 크게 보이고 싶어 하는 경향이 있는 거지요. 쿠즈노하 상회는 지금도 츠이게에서 저희 상회가 소유한 점포의 일부를 임대하고 있는 입장인 데다가, 저의 감시 하에 두고 있는 상황이니 안심하십시오. ……저길 보십시오! 장군님께선 술을 좋아하시지 않았습니까? 저기서 손님들에게 맛있는 술을 대접하는 여자가 있더군요. 자, 저와 함께 술을 즐기시지요. 자, 이쪽입니다."

"어, 음. 렘브란트, 너무 재촉하지 말게. 미안하오, 리사 부인. 잠시만 남편 분을 빌려가겠소."

"예. ……그리고 그 이후엔 저와도 한 곡 추시지요. 기다리고 있겠습니다."

리사는 온화한 미소와 함께 남편의 손에 이끌려 인파 속으로 사라져 가는 장군의 모습을 배웅했다.

두 사람의 모습이 완전히 시야로부터 사라진 뒤, 그녀의 입에서 남몰래 한숨이 새어 나왔다. 주위 사람들의 귀에 들어가지 않을 정도의, 지극히 자그마한 한숨이었다.

'제대로 길들였다고요? 그이가 정말로 길들인 쪽이 누군지도 모르는 어리석은 분. 사랑하는 딸들이 당신의 불쾌한 시선을 받지 않도록 일부러 멀리 데려고 간다는 사실조차 전혀 깨닫지 못하시

겠지요.'

리사는 남편과 단 한 마디조차 나누지 않고도 그가 보인 행동의 의도를 꿰뚫어보고 있었다. 아이온의 실력자 가운데 한 사람인 장군의 실체는, 세습을 통해 손에 넣은 권력만을 믿는 어리석은 자였다. 게다가 가는 데마다 눈독들인 여자들을 아내로 삼는 것으로 알려진 호색한이었다.

'……아들이 결혼을 신청한 시프를 보자마자, 자신도 결혼을 신청해 아내로 삼으려 할 정도로 답이 없는 남자야. 어처구니가 없는 집안이었어. 아버지와 아들이 한 여자를 사이에 두고 갈라서다니, 정말 이보다 더할 수 없이 불쾌한 가족이었지.'

리사는 실내에 흐르기 시작한 곡에 따라 춤추기 시작한 사람들을 바라보면서, 조용히 과거의 기억을 떠올리고 있었다.

—그 지긋지긋한 저주병에 걸리기 전까지만 해도 시프와 유노에게 상당한 숫자의 혼담이 몰려들어왔던 것이 기억나. 츠이게를 주름잡는 거상의 딸인데다가, 부모인 내가 말하긴 망설여지지만 두 사람 다 굉장한 미소녀였거든. 학원에 입학한 이후로 그 숫자는 더욱 더 늘어날 정도였어. ……방금 나타난 불쾌한 남자, 아이온의 실력자인 장군의 아들도 그러한 이들 가운데 한 사람이었지. 그 기억은, 지금 당장이라도 지워버리고 싶지만—.

"어라, 엄마 혼자야? 아빠는?"

리사의 회상은 렘브란트 일행과 교대하듯이 나타난 딸 중 한 사람의 목소리에 의해 중단됐다.

"……유노. 사람들 앞에선 말버릇을 조심하라고 하지 않았니? 어머님과 아버님이라고 했잖아? 버릇을 못 고칠 경우엔, 집에서도 철저하게 지키도록 할 거야"

"윽! 조심할 게요, 어머님!"

"이제 좀 괜찮네."

"어머님? 지금 아버님께서 데리고 가신 분은, 제 기억엔 아이온의……."

"맞아, 시프. **부자가 함께** 너에게 결혼을 신청한 바 있던 바로 그 분이란다. 스텔라 요새로 행군하시다가 일시적으로 들르신 모양이야. 아버님께서 멀리 데려가 주셨으니 당장은 괜찮겠지만 가능한 한 눈에 띄지 않도록 조심하려무나."

"……예. 그런데, 라이도우 선생님은 어디 계시죠?"

"아까 전에 로렐 연방의…… 아마도 꽤나 높으신 분과 함께 어디론가 발걸음을 옮기셨단다. ……어라?"

리사는 일단 말을 끊었다가, 댄스홀의 벽 쪽으로 시선을 돌렸다. 그녀는 찾아다니던 인물이 시야에 들어온 것을 확인한 뒤, 말을 이어나갔다.

"벌써 돌아오신 모양이야. 하지만 이런 장소 자체가 그다지 편하지 않아 보이셔. 두 사람 다, 모처럼 열심히 치장하고 왔는데 몹시 유감스럽겠구나."

리사가 입가에 작은 미소를 지어 보였다. 어머니가 바라보던 인물의 얼굴을 보자, 시프와 유노 또한 지금 한 발언의 뜻을 알겠다는 듯이 미소를 지었다.

시프는 어깨부터 발끝까지 커버하는 다홍색의 기품 넘치는 드레스를 입고 있었다.

동생인 유노가 입고 있는 옷은 어깨를 노출시킨 디자인과 파스텔컬러의 부드러운 파란색이 인상적이면서도 성적인 매력을 강조하는 칵테일 드레스였다.

"으음, 언뜻 봐도 그냥 그런 것 같아."

유노가 쓴웃음과 함께 입을 열었다. 평소엔 활발하기만 한 그녀도, 이런 식으로 드레스를 입고 있을 때는 완전히 다른 분위기를 선보인다. 언니인 시프 또한 산뜻한 색상의 드레스로 놀라운 변신을 보이고 있다는 점에선 마찬가지였지만, 역시나 평소의 모습과 보이는 차이가 큰 만큼 자매를 바라보는 주위의 시선은 동생 쪽으로 집중되고 있는 듯한 느낌이 들었다.

"후후후, 아마 두 사람의 모습은 아까 전부터 틀림없이 보셨을 테니까 나중에 소감을 들으러 가보려무나. ……그나저나, 시프? 그리고 유노도 나 좀 보자꾸나."

"무슨 일인가요?"

"무슨 일?"

리사는 방금 전과 달리 엄격한 표정으로 말을 이어나갔다.

"너희들, 학원에선 꽤나 화려하게 놀고 다녔다면서? 렘브란트 가문의 평판 자체가 굉장히 안 좋은 편이더라?"

"……?! 아, 알아보셨나요?"

"물론이지. 성적표의 숫자만으론 평소의 생활 태도까진 알 길이 없거든. 복학한 이후론 꽤나 얌전해 졌다지만, 예전엔 정말 눈뜨고 봐줄 수 없는 지경이었다던데?"

"으윽."

"……윽!"

두 사람 다 몸을 웅크린 채로 쪼그라든 듯이 보였다.

"……라이도우 님에게 알려드릴까?"

『하지 마요!』

시프와 유노의 목소리가 하모니를 일으켰다. 비통한 표정까지 똑같이 닮았다.

"지금 나돌아 다니고 있는 나쁜 평판을 졸업할 때까지 만회해 보렴. 알겠니? 일단 정착된 나쁜 평판을 만회하기란 결코 쉬운 일이 아니란다. 모름지기 사람들이란 남을 좋게 평가하기보다 폄하하기를 더 좋아하는 법이거든. 지금부터 죽을힘을 다해 노력해야 할 거야. 알아들었으면, 어서 돌아가!"

『아, 네!』

시프와 유노는 어머니의 입에서 나온 말에 등을 떠밀린 듯이, 댄스홀의 중심으로 돌아갔다.

두 사람은 같은 마음을 품고 있었다. 우선 첫 번째는 마코토에게 자신들이 과거에 보인 행동에 관해 알리고 싶지 않다는 것이었다. 그리고 또 하나는, 자신들의 과거를 알게 된 마코토가 자신들의 근성을 바로잡고자 엄청난 교육적 제재를 가할지도 모른다는 순수한 공포심이었다.

두 사람의 머릿속에 그에게 버림을 받거나 경멸을 당할지도 모

른다는 경우의 수는 떠오르지 않았다. 무슨 짓을 당할지 모른다는 공포심은, 두 사람이 그에 대해 가지고 있는 기묘한 신뢰의 증거이기도 했다. 엄격한 강의로 인해 감각이 마비된 탓도 있었지만 말이다.

리사는 다시금 벽을 향해 시선을 돌렸다. 화려하기 짝이 없는 이 장소가 거북하다는 듯이, 댄스홀의 한 귀퉁이에서 몸을 웅크리고 있는 마코토의 모습이 시야에 들어왔다.

혼자서 무슨 생각을 하고 있는 듯이 보이지만 아무 생각도 없을지도 모른다. 부인은 도무지 머릿속을 짐작할 수가 없는 은인의 모습을 바라보며 입가에 미소를 지었다.

2

"오늘은 고마웠네. 자네 덕분에 두 딸의 독무대를 만끽할 수 있었어."

렘브란트가 만면의 미소를 띤 채로 마코토에게 감사 인사를 전했다.

그들은 숙소로 돌아가는 길이었다. 시간대는 아직 초저녁 무렵이었다. 축제날의 밤은 이제 막 시작된 참이다.

마코토는 다른 이들보다 비교적 이른 시간에 숙소로 돌아가는 렘브란트 부부를 호위하고 있었다.

[저야말로 렘브란트 씨 덕분에 수많은 유명인사 분들과 통성명

을 할 수 있었습니다. 정말 감사합니다.]

"라이도우 님이 보시기에 저희 딸들은 어떠셨나요?"

부인이 딸들에 대한 평가를 마코토에게 물었다.

[정말로 너무나 아름답더군요. 평소에 제가 강의하면서 접하고 있는 그녀들과 너무 달라서…… 그저 놀라웠습니다.]

"하하하! 놀라울 정도로 아름다웠다니, 역시 라이도우 님은 보는 눈이 있군!"

렘브란트는 딸 바보를 자부하는 만큼, 마코토의 말을 자신에게 유리하게 받아들여 굉장히 흡족한 표정을 지어 보였다.

"여보……. 그 아이들도 굉장히 진지하게 드레스를 골랐답니다. 어머니로서도 안심이 되는군요."

리사는 남편의 반응에 질린 듯한 반응을 보이면서도, 마코토에게 두 딸들의 노력에 관해 전달했다.

[굉장히 황송한 말씀이십니다, 부인.]

"……라이도우 님. 아까 전엔 자네와 직접 만나지 않도록 조치를 취했다만, 사실 댄스홀에선 아이온의 장군도 자리를 함께하고 있었다네."

렘브란트가 부인을 상대로 자신을 낮추고 있던 마코토에게 말을 걸었다. 그의 표정에서 방금 전까지 보이던 미소는 자취를 감춘 상태였다.

[아이온의 장군님이라고요?]

"음, 스텔라 요새를 향해 행군하다가 잠시 들렀다더군. 꽤나 끈질기게 자네에 관해 물어오길래, 나의 수완으로 자네를 잘 길들였노라고 대답했다네. 츠이게에서도 장사를 하고 있는 이상, 아이온이 앞으로도 계속 잠자코 있을 리는 없거든. 그나저나…… 자네는 꽤나 인기가 많은 모양이야. 로렐 연방에서도 자네에게 관심이 있는 것 같지 않나?"

[댄스홀에서 그쪽 분과 나누던 대화를 보고 계셨던 건가요? 아무래도 저희 상회에서 취급 중인 약의 평판을 전해 듣고 오신 모양입니다. 로렐 연방에도 지점을 열어 달라는 말씀을 하시더군요. 지금은 이곳과 츠이게만으로도 벅차다는 이유로 거절하고 오는 길입니다.]

렘브란트는 마코토의 대답을 듣고 깊이 고개를 끄덕이며 입을 열었다.

"벌써부터 새로운 점포에 관한 얘기가 나오는 것만으로도 대단한 걸세. 하지만 이런 식으로 일이 잘 풀릴 때일수록 더욱 더 발밑을 조심하게나. 미처 예상치 못한 장소에 뜻밖의 함정이 기다리고 있을 때도 있는 법이거든."

[렘브란트 씨의 충고는 감사히 받아들이겠습니다.]

리사가 두 사람의 대화에 끼어들었다.

"여보? 라이도우 님께선 토모에 님이나 미오 님, 그리고 시키 님이라는 유능한 종자 분들을 두고 계시잖아요?"

"이거야 원, 노파심 때문에 나도 모르게 쓸데없는 잔소리를 입에 올린 모양이야."

[아닙니다. 렘브란트 씨의 배려에 관해선 언제나 감사드릴 뿐입니다.]

"……좋은 기회니 이 자리에서 말해두겠네. 단지 자네에 대한 감사의 마음만으로 이러고 있는 건 아니라는 사실을 말이야. 나는 장차 자네가 이 세상의 그 누구를 적으로 돌리더라도, 반드시 자네의 편에 설 걸세. 큰 빚을 진 은인이라서 그러는 것만은 아니네. 상인으로서의 판단도 포함한 나의 최종적인 결론일세. 어쨌든, 혼자서 처리하기 난감한 일이 생길 경우엔 언제 어느 때건 거리낌 없이 나를 불러주게나. 반드시 큰 힘을 보탤 테니 말이야."

렘브란트가 말을 마친 후, 마코토는 렘브란트 부부의 앞으로 나아가 걸음을 멈췄다.

렘브란트 부부는 그의 갑작스러운 행동에 놀랐다. 하지만 곧바로 그의 의도를 알아차리고 두 사람 또한 발걸음을 멈췄다.

이변의 원흉은, 마코토의 시선의 저편에서 그들을 마주보고 있었다.

롯츠갈드 학원의 학생들로 보이는 소년들이 교복 차림으로 그들의 앞길을 가로막고 있었다. 그들은 명확한 적개심이 담긴 눈빛으로 마코토를 노려보고 있었다.

"이봐, 라이도우."

학생들 가운데 한 사람이 마코토를 불렀다.

[나의 이름이 라이도우인 것은 사실이지만, 학생들로부터 막 불릴 만한 짓을 한 적은 없다. 무슨 용건이라도 있나?]

"당연하지. 나를 잊었다는 소린 하지 마라. 나는 너의 손에 거의 죽을 뻔했단 말이다."

마코토로서는 고개를 갸웃거릴 수밖에 없었다. 그로서는 틀림없이 처음 보는 학생이었기 때문이다.

마코토는 거의 죽임을 당할 뻔했다는 표현을 듣자마자, 자신의 강의에 참가했던 학생들 중 한 사람일지도 모른다는 예상을 떠올렸다. 그러나 지금까지 가르친 학생들의 얼굴을 아무리 돌이켜 봐도, 지금 자신의 앞길을 가로막은 남학생에 대한 기억은 전혀 없었다.

[미안하다. 나는 너를 전혀 모른다.]

"뭐라고?! 웃기지 마!"

[쓸데없이 처음 보는 상대를 웃기는 취미는 없다. 정말로 전혀 짐작이 가지 않을 뿐이야. 하지만 만약 나도 모르게 너를 상대로 무슨 짓을 했다면 사과하마. 미안하구나. 보다시피 지금은 중요한 손님과 함께 가는 길이다. 지금 한 사과에 불만이 있을 경우, 내일에라도 따로 시간을 내서 들어주마. 그럼 이만.]

"네 녀석은! 정말로 나를 기억 못한다는 거냐?!"

남학생은 끈덕지게 물고 늘어졌다.

[강의를 받으러 왔던 학생인가? 처음 보는 얼굴이다.]

"너 같은 녀석의 강의를 받으러 갈 리가 없잖아!! ……크큭. 여유가 넘치는구나, 라이도우. 네 녀석의 강의엔 지금 일곱 사람밖에 남아있지 않다면서? 그리고 시험 삼아 강의를 받아본 녀석들은 그 누구도 수강 신청서를 제출하지 않았을 거야. 하긴, 이 몸이 압력을 가하고 있으니 당연하지만 말이야!"

마코토로서는 그 학생의 말투가 굉장히 곤혹스러웠다.

지금 눈앞을 가로막고 있는 학생의 입에서 나온 발언에, 전혀 감이 오지 않았기 때문이다.

마코토로서는 지금 이 순간이 그와의 첫 만남이라는 느낌을 받고 있을 정도였다.

강의에 대한 외부의 압력에 관해서도 전혀 짚이는 구석이 없었다. 대량의 수강 신청서들이 있었지만 자신이 접수하지 않았을 뿐이다.

마코토는 지금 있는 일곱 명의 학생들이 어느 정도 실력을 쌓은 후에, 그들이 강의를 먼저 받은 선배로서 자신의 수업을 보좌할 수 있을 정도로 성장하고 나면 그제야 추가 인원을 받으려 생각하고 있었다. 마코토 본인에게 당분간 강의 인원을 추가로 받을 생각은 없었다. 인기가 없는 게 아니라, 유익한 강의를 진행하기 위해 가장 적절한 인원수를 감안한 결과가 현재의 일곱 명으로 이루어진 소수 정예 체제였던 것이다.

마코토는 소년의 입에서 나온 영문을 알 수 없는 주장에 당황하면서도, 자신을 철썩 같이 믿고 있는 렘브란트 부부에게 피해가 가지 않도록 눈앞의 학생들을 설득하기로 마음먹었다.

[네 말은 내일 들어주겠다고 했다. 하나 말해두겠는데, 지금 나와 함께 있는 두 분은 학원에서 정식으로 초청한 손님들이시다. 학생 신분으로 그런 분들께 직접적인 피해를 끼칠 경우에 발생할 수 있는 문제들을 모르는 건 아니겠지?]

마코토는 학생들을 상대로 명확하게 못을 박았다. 일단 그의 말엔 어느 정도 효과가 있었던 모양이다. 그의 몸짓에 따라 옆으로 지나가는 부부에게 쓸데없이 시비를 걸어오려는 듯한 낌새는 전혀 없었다.

마코토도 렘브란트 부부를 따라 그들의 옆으로 빠져나갔다.

남학생은 그런 그에게 계속해서 거친 언사를 퍼부어댔다.

"……난 너를 용서 못해! 나에게 시비를 걸었다는 사실을 뼈저리게 후회하도록 만들어주마! 내일 대진표가 결정 나는 투기 대회에서, 우선 너의 강의를 받고 있는 녀석들부터 박살낼 생각이다. 무슨 수를 써서라도 말이야! 그러면 너의 무능함에 관한 소문이 눈 깜짝할 사이에 전교로 퍼져나갈 거다!"

[알았다. 열심히 해 봐라.]

마코토는 등 뒤에서 목청껏 아우성을 치는 그에게 등을 돌린 채로 말풍선을 연성해 답했다. 그 이후로도 그의 욕설은 끊이지 않았지만, 마코토는 더 이상 그의 말에 반응하지 않았다.

"라, 라이도우 님? 지금 우리와 지나친 학생 말인데, 딸들에게 공격을 가하겠다는 말을 입에 담은 듯 하다만?"

학생들로부터 어느 정도가 거리가 떨어지자, 렘브란트가 마코토에게 질문을 던졌다.

[안심하십시오. 만에 하나라도, 렘브란트 씨께서 걱정하실 만한 일은 일어나지 않을 겁니다.]

"자네가 그리 장담한다면 크게 걱정할 필요야 없을지도 모르지만……."

[저에게 맡겨만 주십시오. 저는 소중한 제자들에게 쓸데없는 피해가 가는데 가만히 있을 정도로 어리숙하지 않습니다.]

마코토는 불안에 사로잡힌 렘브란트를 진정시키면서, 부부가 묵고 있는 숙소로 가는 길을 서둘렀다.

마코토는 렘브란트 부부를 숙소까지 바래다주자마자 자신도 귀갓길에 올랐다. 그리고 갑자기 나타난 학생들의 정체를 떠올리기 위해 머리를 굴렸다. 그러나 자신의 기억을 아무리 돌이켜 봐도 그들의 얼굴은 전혀 떠오르지 않았다.

그는 상회로 돌아가자마자 종자인 시키를 불러 방금 일어난 일에 관해 설명했다.

시키는 롯츠갈드에 도착한 이후로 벌어진 일들을 떠올리는 듯한 표정으로 입을 다물었다.

한동안 침묵이 이어지더니 시키가 천천히 입을 열었다.

"도련님, 혹시 그 자들 아닙니까?"

"짚이는 데가 있는 거야? 나는 전혀 짐작도 안 가더라."

"이곳에 도착하자마자 거의 즉시 일어난 사건이었던 걸로 기억합니다만, 루리아에게 시비를 걸던 학생들을 상대로 제재를 가하신 적이 있었습니다."

시키의 말을 듣자마자, 마코토는 무릎을 두드렸다.

"아하! 그러고 보니 이상한 녀석들과 옥신각신하던 그 아이를 별생각 없이 구한 적이 있었지? 하지만 오늘 만난 녀석들은 거의 죽을 뻔했다던데? 그땐 그냥 가볍게 겁이나 준 정도였던 걸로 기억하는데 말이야."

"그들이 추락한 곳은 돌바닥이었던 관계로, 그 당시의 높이로부터 떨어지더라도 죽을 가능성은 있었습니다. 게다가 그들은, 단 한 사람조차 부유 술법을 익히지 못한 초짜였으니까요. 그들이 느꼈던 공포심은 상당했을 것으로 예상됩니다."

"……이제야 조금 기억난다. 요컨대, 겨우 그 정도로 거의 죽을 뻔했다는 소리가 나온 건가?"

마코토는 양 어깨를 축 늘어뜨리면서 크게 한숨을 내쉬었다.

약간 높은 데서 떨어진 것 정도로 너무 호들갑스럽지 않아? 난 이 세계에 오자마자 그 정도는 상대도 안 될 정도로 혼쭐이 났거든? 그런 종류의 감정들이 솟아올라, 자기도 모르게 입에서 한숨이 새어나온 것이다.

"어쨌든, 그 학생에 관해선 내일부터라도 자세히 알아보겠습니다. 때마침 진과 동행할 약속을 잡아놓고 있었거든요."

"그러고 보니 예정이 있었지. 투기 대회의 대진표를 추첨하러 간다는 거였나? 나도 토모에와 미오, 그리고 루토와 함께 구경 갈게. 상황을 봐서 진 일행과 잠시 대화를 나눌 시간을 만들어줄 수 있을까? 그 녀석들이 쓸데없는 시비를 걸어올지도 모르니 걔들한테 충고 정도는 해둬야 할지도 몰라."

"충고, 뿐입니까?"

"응, 충고뿐이야. 이제 슬슬 이 정도의 장애물은 스스로의 힘으로 해결하지 못 해선 의지하기 힘들거든. 사무실로부터 수강생을 늘릴 수 없겠냐는 소리가 벌써 몇 번이나 나오고 있으니, 이쯤에서 진 일행이 크게 활약할 수 있는 무대를 선사해주고 싶었던 참이야. 꼭 사무실의 지시를 따를 필요야 없겠지만, 학원의 높으신 분들과 내 사이에 끼여 옴짝달싹 못 하는 직원 여러분들이 조금 딱해 보이더라. 지금 가르치고 있는 일곱 명이 그럭저럭 성장하면

후배들의 교육 담당으로 써먹을 수도 있을 거야."

시키가 마코토의 말에 조용히 고개를 끄덕였다.

'좋아. 그럼 이제 토모에와 미오, 그리고 그다지 큰 쓸모는 없는 루토가 기다리고 있는 가게로 가볼까? 오늘 하던 일에 관한 보고를 받을 필요도 있거든. 아마 오늘밤에도 잔뜩 과음할 생각일 테니, 더욱 더 정신을 다잡고 가자!'

오늘도 여느 날과 마찬가지로 기나긴 하루였다. 그런 생각이 머릿속을 스쳐 지나갔다. 마코토는 쓴웃음을 지은 채로 상회에서 나섰다.

3

눈에 띄고 있다.

토모에와 미오는 여느 때와 마찬가지로 일본식 복장을 입고 있었다. 그리고 오늘은 새하얀 양복을 입은 날렵한 몸매의 미청년, 루토도 함께였다. 아니, 듣자 하니 휴만들 사이에선 펄스라는 가명을 쓰고 있는 모양이다. 뭐, 아마 그의 직함인 길드 마스터를 호칭으로 써도 별 문제는 없을 것이다.

어쨌든, 그런 식으로 꽤나 비범한 옷차림의 세 사람과 함께 있다 보니 나까지 부자연스러울 정도로 눈에 띄었다.

남자 둘과 여자 둘로 이루어진 구도임에도 불구하고, 길을 가는 사람들이 더블데이트라는 착각을 할 리가 없다는 자신이 있었다.

왜냐하면 남자인 루토가 나에게 바싹 달라붙은 채로 걷고 있었기 때문이다. 데이트라는 느낌은 전혀 들지 않았다. 게다가 나와 루토 사이의 고장 난 거리 감각에, 약간 뒤에서 따라오는 미오는 꽤나 화가 난 모양이다.

그녀는 최근 들어 소란을 피우거나 직접적인 폭력을 쓰는 방법 이외에, 조용히 분노를 표현하는 방법도 익힌 듯이 보였다. 나로서는 그녀가 풍부한 분노의 바리에이션을 갖추게 되는 것은 그다지 달갑지 않았다.

우리들은 학원제에서 특히 큰 주목을 받는 이벤트 중 하나인 투기 대회의 추첨 회장으로 발걸음을 옮기고 있는 중이었다.

내 기억엔 오늘 개최될 예정의 특별한 행사는 따로 없었는데 모여든 사람들의 숫자가 엄청났다. 평소엔 넓게 느껴지던 도로가 지금은 걷기 불편할 정도였다. 투기 대회의 추첨 행사도 당당한 이벤트 중 하나로 간주되는 모양이다.

실질적인 대회 일정은 내일부터였다. 그때는 선수로 출장할 학생들의 얼굴을 선보이기만 하는 오늘보다 훨씬 더 많은 사람들이 모여들겠지.

정말 엄청난 인기였다. 이 길에서 포장마차를 내는데 경쟁률과 자릿세가 가장 높은 이유도 이해가 갔다.

나는 눈앞의 엄청난 인파를 바라보면서, 쿠즈노하 상회의 이름으로 포장마차를 설치하지 않길 잘 했다는 느낌을 받았다. 아마도 이러한 사고방식은 최대한 이윤을 남겨야 하는 상인으로선 그다지 적합하지 않은 것이리라.

"이렇게 사랑하는 사람과 나란히 걸으니 참 기분이 좋아."

루토가 소름끼치는 대사와 함께 만면의 미소를 띤 채로 나의 얼굴을 바라봤다.

"아무쪼록 변태적인 언행은 삼가도록 하시지, 마스터 씨."

토모에가 루토의 말장난에 분노가 담긴 경고를 날렸다.

"지극히 진지한 본심을 담은 고백이었는데?"

"……그뿐만이 아니야. 약간이나마 주위의 시선에 신경을 써 다오. 도련님으로부터 조금 더 떨어져 걸으라는 소리다."

"지금 이 자리를 차지하는 건 나의 정당한 권리야. 양보하거나 물러날 생각은 전혀 없어. 오늘 오전은 완벽한 자유시간이니, 내가 누구랑 어디를 돌아다니든 아무 상관없어."

이거야 원. 모험가 길드의 마스터인 루토는 어쨌거나 정식 초청된 귀빈들 중 한 사람으로서 날마다 여기 저기 불려 다니는 신세였다. 보기보다 스트레스가 많이 쌓여 있는지도 몰라.

어젯밤, 내가 가게에 도착했을 때는 세 사람 다 거나하게 취한 상태였다. 아공(亞空)의 주민들과 술잔치를 벌일 때부터 의아하게 여겼는데, 어째서 학원제가 시작된 이후의 술자리에선 너나할 것 없이 갈 데까지 가는 걸까? 술고래 중의 술고래라는 루토조차, 양쪽 뺨을 어렴풋이 붉게 물들인 채로 폭소를 터뜨리는 모습을 보였다.

어젯밤 술자리에선 오늘 나의 옆자리를 차지할 장본인이 되기 위한 승부가 벌어졌다.

전투력을 총동원한 실력 행사의 경우, 꽤나 큰 규모의 문제가 일어날 가능성이 없지 않아 있었다. 그런고로, 승부의 종목은 최대한 평화적인 방법을 고를 수밖에 없었다. 처음엔 가위 바위 보로 머리 때리기를 하려다가, 이 녀석들의 상식을 초월한 괴력으로 서로의 머리를 때리는 행동은 위험할지도 모른다는데 생각이 미쳤다. 그 결과, 어젯밤의 승부 종목은 참참참으로 결정됐다. 지금 생각해 봐도 참 훌륭한 결단이었다는 자화자찬이 나올 정도였다.

그리고 그 승부에서 승리한 장본인이야말로 바로 루토였다. 그의 말마따나 지금 그가 누리고 있는 권리는 어디까지나 정당한 것이다. 패배자인 두 사람은 우리의 등 뒤로 사이좋게 나란히 걸어오고 있었다.

그런데 아까부터 우리와 지나치는 사람들은, 루토가 두 미녀를 거느린 채로 선수들을 보러 가는 중에 내가 억지로 그를 따라 나온 걸지도 모른다며 수군거린다. 이건 누명이야!

루토의 표정만 봐도 그런 상황이 아니라는 사실 정도야 간단히 알 수 있을 텐데 말이야.

그냥 현실을 있는 그대로 받아들일 순 없는 건가……?

"하여튼, 로렐 연방에 한자가 어느 정도 전파되어 있는 건 사실이지? 그러면 일본어도 전파되어 있을 수도 있다는 거야?"

추첨 회장으로 가는 도중, 나는 로렐 연방의 사이리츠와 만난 일을 루토에게 설명했다. 아무래도 그는 로렐 연방의 상황에 관해서도 다 꿰고 있는 듯이 보였다. 그는 나의 의문에 대해서도 거침없이 대답했다.

"현인문자(賢人文字)라는 이름으로 말이지. 한자와는 별도로 일본어도 사용되고 있는 걸로 아는데, 지구에서 쓰던 체계로부터 꽤나 큰 변화를 겪었을 거야."

"일종의 사투리 같은 느낌으로 변화한 건가?"

"그런 레벨이 아니야. ……좋은 예시가 있어. 지구의 기준으로 구분하자면, 속화(俗化) 라틴어[#1] 같은 느낌인지도 몰라."

"……그게 뭔데?"

"어라, 그럼 구어(口語) 라틴어라고 해야 하나? 말하자면 지금은 거의 학자들밖에 안 쓰는 언어라는 느낌이야."

"……완전히 처음 듣는 단어란 말이지. 너 말인데, 도대체 어떤 종류의 일본인과 만났던 거야?"

"본인의 증언에 따르면, 지극히 평범한 축에 속하는 일반인 출신이라더군."

으. 하지만 나야말로 지극히 평범한 축에 속한다는데 의심할 여지는 전혀 없을 터. 예시로 나온 언어에 관해 전혀 짚이는 데가 없더라도 큰 문제는, 없는 거지?

"잘 이해가 안 가는데, 이 세계의 주민들이 우리가 서로 일본어로 대화하는 내용을 알아들을 가능성도 있다는 소리야?"

루토가 예로 든 사례는 이해하기 어려웠다. 그런고로 지금 당장 확실하게 파악하고 싶은 점을 짚고 넘어가기로 했다.

루토는 나의 입에서 나온 질문을 듣자마자, 한 차례의 탄식과 함께 입을 열었다.

"……또 생각을 하다가 멈춘 거야? 그 버릇은 고치는 편이 좋아.

#1 속화(俗化) 라틴어 문어체인 고전 라틴어와 구분되는 구어체 라틴어. 로마 제국의 일반 민중들을 중심으로 서기 2세기부터 6세기 무렵까지 쓰인 언어로서, 어휘 · 문법 · 발음 면에서 고전 라틴어와 크게 다르다.

의문점에 관해선 확실한 분석 과정을 통해 자기 나름대로 해답을 찾고 넘어가는 작업이 필요해. 거기서 나온 해답의 옳고 그름에 상관없이, 후회를 최소화할 수 있는 방법이거든. 마코토 군이 우려하고 있는 일본어 화자의 존재 여부에 관해서만 대답하자면, 용사를 제외하면 이 세계에서 마코토 군이 쓰는 언어의 뜻을 이해하는 이가 존재할 가능성은 거의 없어. 애초부터 로렐 연방에서조차 특수한 염화(念話)를 이용해 이세계의 손님들과 대화를 나누고 있는 모양이니, 일본어라는 언어 자체를 정확하게 알아듣는 이는 거의 없을 거야. 대부분의 경우엔 정령을 통해 축복을 받아 곧바로 공통어를 구사할 수 있게 되니까 우리의 세계로 건너온 이세계인이 모국어를 구사할 기회는 거의 없다고 해도 과언이 아니거든."

"오호라. 이 세계에서 일본어를 알아들을 수 있는 건 기본적으로 이세계인들뿐이라는 소리군……. 그나저나, 로렐 연방에서 쓰는 특수한 염화라는 것도 신경 쓰여."

"참고로 그들의 전유물인 특수한 염화는, 마족들이 사용 중인 고성능 염화 기술의 기초로도 쓰인 모양이야. ……마코토 군은 마장(魔將)과도 접촉한 적이 있다고 들었는데, 역시 신경이 쓰이나 봐?"

"어, 응."

……역시 이 녀석은 우리 사정을 속속들이 파악하고 있었다.

"신경 쓰인다는 걸로 따지고 들어가자면……."

루토가 더욱 심도 있는 대화를 시작하려 한 바로 그 순간—.

"도련님! 이거, 방금 전에 한 입만 먹어 보니까 굉장히 맛있었답니다. 일단 시험 삼아 드셔 보세요."

미오가 끼어들었다. 그녀는 아까부터 대로변의 수많은 포장마차들을 지나칠 때마다 닥치는 대로 온갖 길거리 음식들을 사들여 군것질을 즐기고 있는 와중이었다. 이제는 상당한 수준의 미식가인 미오가 잔뜩 시식한 끝에 엄선한 음식이니 적잖이 흥미가 동한다. 무엇보다 모처럼 먹어 보라는 음식을 거절할 이유가 없었다.

"고마워, 미오. 네가 추천하는 음식은 언제나 맛없는 법이 없지. 벌써부터 군침이 도는 것 같아."

"……! 예!"

그녀가 명쾌한 대답과 함께 나에게 건네 온 것은, 옅은 갈색의 엄지손가락만한 물체들이 빼곡히 담겨 있는 역삼각형 모양의 그릇이었다. 고소한 기름 냄새로 판단하자면 튀김 요리의 일종인가?

나는 그 튀김들 가운데, 꼬치에 꽂혀 있는 한 조각을 입가로 옮겼다.

튀김옷으로부터 바삭한 감촉이 전해져 왔다. 튀김옷 속의 내용물은 고기였다. 맛은 담백한 축에 속했으며, 육질은 닭 가슴살에 가까웠다. 감칠맛을 머금은 육즙과 독특한 식감이 입 안을 가득 채웠다. 물렁뼈 부근의 살을 두껍게 썰어 튀긴 건가? 튀김옷에 잔뜩 묻힌 향신료가 또 훌륭하다. 그리고 골고루 뿌려진 소금도 절묘한 맛을 연출하는데 한몫 거들고 있었다. 길거리 음식이지만 굉장히 훌륭한 맛이다.

닭고기 튀김에 레몬을 뿌려 먹는 나로서는, 레몬즙이나 감귤 계통의 조미료가 있었으면 싶기는 했다. 물론 맛 자체는 이대로도 나쁘지 않았다.

"호오, 맛있어 보이는데? 그런데, 미오? 나한텐 아무 것도 없는 거야?"

루토가 나의 손에 들려 있던 그릇을 들여다보면서 미오에게 물었다.

"있을 리가 없잖아요, 변태. 그리고 너한테 그런 식으로 막 불릴 만큼 우리 사이가 좋은 적도 없…… 아니?!"

루토는 미오의 대답을 다 듣기도 전에, 나의 손에서 꼬치를 가로채 튀김을 자신의 입가로 옮겨 갔다.

"잠깐, 라이도우 님. 꼬치를 잠시만 빌려갑니다요. 흠, 호오? 이것 참……. 이 고기 자체는 굉장히 흔한 재료지만, 이런 식으로 조리하는 건 처음 본 것 같아. 응, 진짜로 맛있다."

나의 손에 들려 있던 꼬치를 가로챈 루토는, 그릇에 담겨 있던 튀김 가운데 하나를 빼앗아 갔다. 재빠른 솜씨였다. 게다가 순간적으로 어딘가를 흘겨보더니 지극히 자연스럽게 나를 가리켜 라이도우 님이라고 불렀다. 아마도 나를 마코토라고 부른다는 사실을 들키고 싶지 않은 상대의 존재를 확인한 모양이다. 정말 터무니없는 수준의 주변 파악 능력이었다. 성격뿐만 아니라 능력치도 변태급이다.

"……지금 당장 죽고 싶으신 건가요? 아니면, 지금 당장 죽고 싶으신 건가요?"

……미오, 지금 한 말은 양쪽 다 똑같은 소리거든?

나는 부들거리는 미오를 진정시키기 위해, 그녀에게 말을 걸었다.

"이만큼 좋은 냄새를 풍기고 있었으니, 하나 정도는 봐주자. 오늘은 모처럼 미오 덕분에 나에게 좋아하는 음식이 하나 더 생긴 날이니까 말이야."

"—! 좋아하는 음식! 도련님께서 마음에 들어 하시는 음식이라면 머지않아 식탁에도 올리겠습니다. 아니, 반드시 올리고야 말겠습니다!!"

"기대할게. 아, 집에서 만들 땐 말이야—."

방금 전에 약간 아쉽게 느껴졌던 바를 언급하려던 바로 그 순간, 미오가 미소를 지은 채로 나의 발언을 가로막았다.

"레몬 소금이나 유자를 써서 향기를 첨가해 보겠습니다. 그러는 편이 더 취향에 맞는다는 말씀이시지요?"

"……응."

어떻게 꿰뚫어본 거지? 혹시 얼굴 표정만으로도 머릿속이 뻔히 들여다보이는 건가? 조금 쑥스러운 얘기였다.

"……."

루토는 나와 미오의 대화에 끼어들지 않았다. 방금 전부터 어딘지 모르게 멍한 표정을 짓고 있었다. 별 일도 다 있군.

"이보시게, 마스터 님. 갑자기 왜 입을 다물고 있나?"

루토의 옆에서 같은 튀김을 묵묵히 씹어 먹고 있던 토모에가 입을 열었다.

미오가 나에게 튀김 요리를 건네오면서, 앞으로 가는 두 사람과 뒤로 따라오는 두 사람으로 이루어져 있던 구도가 미오 · 나 · 루토 · 토모에의 순서로 나란히 걷는 구도가 되어 있었다.

"……잠깐 옛날 일을 떠올렸을 뿐이야. 그이로부터 닭 가슴살

튀김을 먹고 싶다는 요구를 들었던 적도 있었거든. 이 고기를 재료로 삼아 심혈을 기울여 조리를 한 기억이 있어. 그는 일본에서 먹던 메뉴와 굉장히 비슷한 맛이라면서 입에 침이 마를 정도로 나를 추켜세웠지. ……분하더군."

"방금 추켜세웠다고 하지 않았나? 오히려 기뻐할 상황이 아닌가?"

토모에가 당연한 의문을 입에 올렸다.

"나의 목표는 완전히 똑같은 맛이었거든. 하지만 나의 힘으론 그의 소원을 이루어줄 수 없었어. 그래서 분할 수밖에 없었던 거야. 그러는 너도 사무라이 같다거나 사무라이스럽다는 소리가 아니라, 사무라이 그 자체라는 말을 듣고 싶은 거잖아?"

"……오호라."

토모에는 루토의 대답에 완전히 납득이 갔다는 듯이 고개를 끄덕였다.

"어, 도련님? 저기 보이는 포장마차에 잠깐 들렀다 가시—."

미오가 순간적으로 찾아온 숙연한 무드를 깔끔하게 무시하면서 즐거운 표정으로 나의 손을 잡아끌었다.

바로 그 순간, 루토가 미오를 가로막았다.

"좋아, 거기까지. 어젯밤의 승자는 나라는 사실을 잊지 마, 미오. 자, 토모에와 함께 한 걸음 더 가. 오늘 하루 동안, 마코토 군의 옆 자리는 내 거야. 추첨 회장 안에서도 두 사람은 자신들의 입장을 잊지 말도록 해."

"큭."

"칫."

토모에와 미오가 동시에 혀를 차면서 나와 루토의 앞으로 나아갔다. 어쨌든 간에 약속 자체는 지키는 걸로 봐서, 두 사람 다 은근히 고지식한 구석이 있었다.

이윽고 우리가 목적지로 삼고 있던 건물이 눈앞에 보였다. 이 세 사람과 함께 하니, 시간이 평소보다 훨씬 빠르게 흐르는 듯한 느낌이 들었다.

아마 추첨 회장에선 먼저 도착한 시키가 기다리고 있을 것이다. 우선 우리는 그와 신속히 합류해야 하는 입장이었다.

……어젯밤, 대담하게 선전포고를 해 왔던 남학생도 아직껏 특별한 돌발행동은 보이지 않고 있다.

토모에와 미오의 기분이 그다지 좋지 않은 관계로, 이 타이밍에 나오진 말아줬으면 했다.

추첨 회장 안에선 루토가 길드 마스터라는 사실을 알고 있는 이들과 만날지도 모른다. 하지만 그는 오늘, 모험가 길드의 수장이라는 공인(公人) 자격이 아니라 사적인 용건으로 온 몸이었다. 혹시 무슨 소리가 나오더라도, 개인적으로 아는 친구 사이라는 해명이 통하지 않으려나. 그나저나 나의 사랑하는 제자들은 어떤 상태일까? 그들이 고작 대진표를 추첨하는 단계에서 지나치게 긴장할 리야 없겠지만, 나는 렘브란트 씨를 상대로 큰소리를 친 몸이었다. 약간 불안했다. 만약 아이들이 맥을 놓고 있을 경우, 활기를 불어 넣어줘야겠다.

……어쨌든 여러모로 마음에 걸리는 일들이 많았다. 하지만 그와 동시에, 기대가 되기도 했다. 학생들 앞에서 한심한 모습을 보

일 수도 없는 노릇이니 최대한 당당하게 가자.

나는 그러한 결심과 함께 추첨 회장으로 들어섰다.

◇◆◇◆◇

추첨 회장으로 들어선 우리들은, 입구 부근에서 대기 중이던 시키와 합류하고서 진 일행이 기다리고 있는 장소로 향했다.

원래는 루토도 함께 갈 예정이었지만, 그는 토모에와 미오에게 나를 양보해 주겠다는 식의 여러모로 어긋난 발언을 남긴 채로 추첨 회장에 도착하자마자 어디론가 자취를 감췄다. 중요한 용건을 잊고 왔다는 소리도 주워섬기더군.

—노골적인 거짓말이었다.

루토는 특정한 목적이 있어서 여기까지 온 것으로 보였다.

핵심을 잘만 찔러도 흔쾌히 가르쳐줄지도 모른다는 예감이 들었다. 하지만 무슨 목적으로 무슨 음모를 꾸미고 있냐는 식의 어설픈 질문을 던져봤자 제대로 된 대답을 얻을 수 있을 리가 없었다. 어쨌거나 본인이 이 자리에 없는 지금, 복잡하게 머리를 굴려봤자 아무 소용도 없는 일이었다.

우리는 시키의 안내를 받아, 진 일행이 모여 있는 대기실에 도착했다.

토모에가 몹시 흥미롭다는 듯이 나의 학생들을 둘러봤다.

그들로서는 토모에의 시선이 거북하게 느껴질지도 모른다. 처음 만나는 사람이 자신들의 값을 매기는 듯한 시선으로 뚫어지게 쳐다보고 있는 상황을 유쾌하게 받아들일 수 있는 이가 있을 리가 없었기 때문이다.

"호오……, 이 아이들이 도련님께서 가르치고 계신 학생들입니까? 아니, 저 두 사람은 초상화로 본 적이 있소이다! 렘브란트 가문의 따님들이로군."

긴장한 표정의 학생들과 대조적인 미소를 띤 토모에가, 반갑다는 듯이 시프와 유노에게 말을 걸었다.

"아, 예! 처음 뵙겠습니다, 시프 렘브란트라고 합니다!"

"동생인 유노 렘브란트입니다! 잘 부탁드립니다!"

두 사람이 기운찬 목소리로 대답했다. 두 사람과 토모에가 실제로 서로의 얼굴을 보는 것은 이번이 처음이었지만, 아마도 두 사람은 렘브란트 씨를 통해 토모에에 관한 여러 가지 이야기를 전해 들었을 것이다. 그래서인지 두 사람은 다른 다섯 사람에 비해 긴장했다기보다 몹시 흥분한 상태였다.

"기분 좋은 대답이로고. 역시 렘브란트 가문의 후계자라는 건가? 서로 얼굴을 보는 것은 이번이 처음이다만, 이 몸과 이 녀석은—."

"쿠즈노하 상회의 토모에 님과 미오 님이시죠? 진작부터 아버지를 통해 말씀은 많이 전해 들었습니다. 이렇게 직접 만나 뵙게 되어 영광입니다."

시프는 토모에가 자기소개를 마치기도 전에, 빈틈없는 말솜씨로 두 사람에게 인사말을 건넸다. 약간 흥분된 심리 상태라는 사실을 감안하더라도, 이럴 때는 거의 유노가 먼저 입을 여는 경우가 많은데 말이야. 별 일도 다 있군.

"욕심 많은 더부살이라는 소리나 듣지 말아야 할 텐데. 하지만 내 이름을 알고 있다는 건 기분이 좋군. 미오야 어쨌든 간에, 이 몸은 그다지 츠이게에 오래 머물지도 않는데 말이야."

"아버지께선 두 분을 일컬어, 라이도우 선생님과 쿠즈노하 상회를 공적인 측면과 사적인 측면에서 공히 지탱하시는 양대 수호신이라고 말씀하셨습니다."

"토모에와 동급으로 치는 건 조금 그렇지만, 양대 수호신이라고 칭한 이상 그냥 넘어가도록 하지요. ……저기 서 있는 남자까지 포함해 3대 수호신이라는 표현을 쓰지 않은 걸로 봐서, 렘브란트 상회에선 우리에 관해 꽤나 예리하게 꿰뚫어보고 있다는 느낌도 드는군요."

미오는 토모에에 대한 대항 의식을 있는 그대로 드러내 보였다. 게다가 태연한 표정으로 시키까지 찍어 누르다니, 본인 앞에서 용케 그런 소리가 나오는군.

"저 따위는 두 분에 비해 아득히 미숙한 몸입니다. 츠이게의 점포를 훌륭하게 꾸려 주시는 미오 님과 외판 쪽 일을 단독으로 책임지고 계신 토모에 님 덕분에, 저 또한 라이도우 님 곁에서 다양한 수행을 쌓을 수 있는 셈이니까요. 그런고로, 평소부터 나날이 감사를 잊지 않고 있습니다."

시키가 미오의 예리한 시선에 화답하듯이 부드러운 미소와 함께 학생들 옆에서 그녀에게 머리를 숙였다.

미오가 츠이게를 거점으로 삼고 있는 것은 사실이지만, 나날이 아공과 츠이게를 오가면서 취미인 요리나 하고 있는 마음 편한 몸인 걸로 안다. 그리고 틈틈이 모험가들의 서포트를 하고 있는 걸로 들었는데, 점포를 꾸리고 있다니…….

토모에는 일본의 사계절을 재현하기 위해 전국 방방곡곡을 나돌아 다니고 있었다. 대륙 각지로 파견한 숲 도깨비들을 동원해 정보 수집을 하고 있는 건 사실이지만…… 외판 쪽 일이라고? 솔직히 말해서 전부 다 금시초문이었다.

그리고 롯츠갈드에 도착한 이후로 나는, 상회의 기본적인 운영이나 판단에 있어 시키의 가르침을 받는 경우가 많았다.

……시키, 우리한테 그 정도로 지나치게 마음을 쓸 필요는 없어. 언제 한 번 기회를 봐서 발산시키지 않으면 예전의 라임 실종 사건 때처럼 폭발해 버릴 가능성도 있겠다. 조심해야지.

[진, 아베리아, 다에나, 미스라, 이즈모. 너희들과는 틀림없이 처음 보는 사이인 걸로 안다. 이 두 사람이야말로 나의 직속 심복에 해당되는 토모에와 미오다.]

나는 나머지 다섯 사람에게도 두 사람을 소개했다.

"토모에다. 잘 부탁한다."

"미오에요."

자기소개가 너무 짧아! 시프와 유노를 제외한 나머지 애들한테 전혀 관심이 없다는 속마음이 너무 뻔히 들여다보이잖아!

학생들은 그런 식으로 무뚝뚝하기 짝이 없는 두 사람에게도 최대한의 예의를 갖췄다. 그들은 그냥 시프와 유노를 따라 그런 태도를 보인 건지도 모른다. 아마도 그들의 레벨로 토모에와 미오의 실력을 제대로 가늠하기는 어려울 것이다. 게다가 이 녀석들은 겉으로 보기엔 대단한 위엄은 없어 보이는데다가, 능력을 숨기는 기술에도 일가견이 있단 말이지.

"……저기, 선생님? 방금 직속 심복이라고 말씀하셨는데, 시키 선생님은……?"

아베리아가 나에게 질문을 던져 왔다. 그녀는 학생들 가운데 특히 시키에게 심취한 소녀였다. 일단 지금 입에서 나온 목소리부터 약간 날이 선 듯한 느낌이 들었다.

[지금 본인이 한 말마따나, 시키는 아직 수행 중인 몸이다. 상업적인 측면만 보자면, 그가 우리 상회에서도 가장 믿음직스러운 인재들 가운데 한 사람이라는 데는 의심의 여지가 없다. 하지만 솔직히 말해서 위기를 관리하는 능력, 말인즉슨 원재료를 운반하거나 조달하는데 필요한 전투 능력이나 자기 방어 능력까지 포함한 종합적인 능력치로 봐서 아직 두 사람에게 미치지 못 한다는 것은 틀림없는 사실이야.]

"전투, 능력?"

다에나가 도저히 믿어지지가 않는다는 표정으로 중얼거렸다.

"시키 선생님이 저 두 분만 못하다고요?"

이즈모도 도저히 이해가 안 간다는 듯이 쓴웃음을 지어 보였다. 다만 표정은 방금 전부터 마구 움찔거리고 있었다.

"……악몽이야."

마지막으로 미스라가 중얼거렸다. 그야말로 이보다 더할 수 없이 단적인 소감이었다.

세 사람은 나의 대답을 듣고 무시무시한 상상을 떠올린 듯이 보였다.

"그건 그렇고 너희들도 도련님의 가르침을 받고 있는 이상, 레벨이나 수치만이 전투의 승패를 가르는 요소가 아니라는 사실은 당연히 깨우쳤겠지?"

『…….』

다섯 사람이 잠자코 고개를 끄덕였다. 렘브란트 자매는 다른 학생들보다 한 호흡 빨리 고개를 끄덕이고 있었다.

……아하하, 아마도 두 사람은 렘브란트 씨로부터 토모에와 미오의 레벨에 관한 얘기도 전해들은 걸로 보였다.

"뭐, 그다지 대단한 조언을 늘어놓으려는 것은 아니야. 이 몸이 할 말은 지금까지 너희들이 전투력의 절대적인 지표로 삼아온 레벨에 관한 얘기다. 그 수치는 기껏해야 지금껏 그만큼 적극적으로 다른 이들에게 상처를 입혀왔다는 뜻에 지나지 않아. 결단코 전투력 그 자체를 있는 그대로 수치화한 개념은 아니야. 예를 들자면, 레벨 1의 휴만에게 레벨 1,000을 넘는 두 사람이 가볍게 농락당할 수도 있다는 뜻이지."

『……?!』

일곱 학생이 일제히 동요하는 반응을 보였다. 아무리 나의 비상식적인 강의를 통해 일반적인 감각을 조금씩 상실하기 시작한 그들이더라도, 실제의 숫자를 예로 든 설명엔 깜짝 놀랄 수밖에 없었던 모양이다.

토모에는 학생들이 보인 반응에 기분이 좋아진 듯이 미소를 지으며 말을 이어나갔다.

"물론 쓸데없이 농으로 꺼낸 말은 아니다. ……후후후, 도련님이나 시키가 너희들을 눈여겨보고 있는 까닭도 대충 알 것 같군. 앞으로도 기나긴 단련이 필요하다는 거야 의심할 여지가 없겠다만, 다들 괜찮은 표정을 짓고 있단 말이지. 네 녀석들의 시합을 즐겁게 기다리도록 하마."

"……휴우, 솔직히 말씀드려서 저는 이해가 안 가요. 이제야 겨우 달걀에서 머리가 나온 정도의 병아리들이잖아요? 이 자들이 벌이는 시합이라고 해봐야 그 병아리들끼리 허우적거리는 광경을 구경하는 거나 다름없는 시간 낭비가 아닐까요?"

미오……. 그야 네 기준에서 본 애들은 틀림없이 딱 그 정도 수준에 지나지 않을지도 모르지만 말을 좀 골라가며 해.

"이거야 원, 네 녀석도 누군가를 가르치는 기쁨이라는 감정을 약간이나마 경험해 보거라. 어쨌든 내일부턴 얌전히 포장마차의 음식들이나 먹고 다니며 쓸데없이 입을 열지 마라. 괜한 일로 도련님을 불쾌하게 하지 말라는 소리야."

토모에는 숲 도깨비들을 학대하는 과정에서 교육의 기쁨을 깨우친 걸까? 방법이야 어쨌든 간에, 그녀가 남을 가르치는 즐거움에 눈을 떴다는 것은 듣던 중 반가운 얘기였다. 미숙한 상대를 단순히 얕보기만 하는 경우가 없어진다는 뜻이거든.

"제가 도련님을 불쾌하게 만들 리가 없잖아요!"

미오 또한 요리를 누군가에게 가르치는 입장이 된다면 약간이나마 이해를 하게 될지도 모른다. 지금은 아직 남에게 배우는 입장인데다가, 한창 자기 자신의 실력 증진에 정신이 팔려 있을 때거든.

[두 사람 다, 이런 데서 말썽 좀 피우지 마. 시키를 조금이나마 본받도록 해. 그런데 시키? 앞서 설명한 그 건에 관해선 어떤 식으로 처리했지?]

당장이라도 전투가 시작될 듯한 느낌이 든 관계로, 나는 토모에와 미오에게 못을 박았다.

오늘, 여기까지 일부러 발걸음을 옮긴 주된 이유는 진 일행에게 충고를 전하기 위해서였다. 어제 나의 앞에 나타나 나의 제자들에게 공격을 감행하겠노라고 선언한 정체불명의 남학생 집단에 관한 경고가 필요할 것으로 여겼기 때문이다.

렘브란트 씨에게 안심하셔도 된다는 식으로 호언장담한 이상, 만에 하나라도 불미스러운 사태는 있을 수 없다.

그러기 위해서라도 상대방의 표적이 된 것으로 추정되는 제자들에게 적들에 대한 사전 정보를 전달할 필요가 있었다.

"……예. 이미 학생들을 상대로 대략적인 정보에 관해선 설명이 끝나 있습니다. 제가 알아본 바에 따르면, 그 학생은 리미아의 귀족인 호프레이즈 가문의 차남이었습니다. 호프레이즈는 왕가와도 혈연관계가 있는 것으로 알려진, 리미아에서도 세 손가락 안에 들어가는 고위 귀족 가문입니다. 그 학생은 차남인 관계로 당장 가문을 계승할 권한은 없습니다만, 본인이 대외적으로 높은 평가를 받아 장남과 그다지 큰 차이가 없는 대우를 받고 있다더군요."

[예상보다 훨씬 거물이었단 말이군. 행동적인 측면에서 그다지 눈여겨볼 점은 없어 보였는데 말이야.]

그는 귀족들이 보유한 권력이 유별나게 강한 리미아에서도 특히

나 고위급에 해당되는 상위층 중의 상위층이었다. 심지어 차남이란 말이지? 상식적으로 볼 때, 귀족 가문의 당주나 장남이 전쟁에 참가하다가 목숨을 잃게 될 위험성은 항상 따라다닐 수밖에 없었다. 그런고로, 차기 당주가 될 가능성이 있는 그는 거의 장남에 준하는 대우를 받아 왔으리라.

리미아에선 전쟁이 일어날 때마다 귀족 가문의 당주나 장남은 적극적으로 전쟁터에서 목숨을 거는 것이 당연한 귀족의 의무라는 사회적 분위기가 존재하는 모양이다. 지금 한창 마족들을 상대로 한 전쟁이 진행 중이지만, 굉장히 오랜만에 일어난 대규모 전쟁이다. 의무를 제대로 실천하고 있는 귀족들의 숫자에 관해선 다시 정확하게 따져볼 필요가 있을 것이다.

어쨌든, 리미아 왕국의 호프레이즈 가문이란 녀석들이 꽤나 만만치 않은 거물이었단 말이지?

……무슨 방식으로 시비를 걸어오더라도 진 일행의 독자적인 대응 방식에 맡겨볼 생각이었는데, 약간 다른 경로의 대처 방법도 추가로 고려해야 할지도 모르겠다. 기본적으로 간단하기만 한 상대가 아닐지도 모른다는 예감이 들거든.

도를 넘은 수단을 동원해 올 경우엔 우리 쪽에서도 나서야겠다. 돈을 앞세워 흉악한 자객을 고용하거나 독을 사용해 오는 식으로 장외에서 꼴사나운 움직임을 보일 경우, 당연히 잠자코 있을 수가 없었다.

"라이도우 선생님은 성가신 녀석들이랑 엮이는데 거의 이골이 나신 걸로 보인단 말이죠."

진 녀석의 지금 짓고 있는「우리도 이제 적응이 다 됐다고요」같은 느낌의 표정이 은근히 신경에 거슬린다.

[진. 너의 어떤 상대를 앞에 두고도 기가 죽지 않는 태도는 실로 훌륭하기 이를 데 없구나. 아마도 시키가 이미 말한 걸로 안다만, 상대방의 자잘한 수작질엔 스스로 대처하도록 해라. ……그리고 당연히 예선은 다들 통과한 모양인데, 모든 실력을 선보이지 말라는 지시 사항은 확실하게 지켰나?]

"물론이죠. 모두 다 5할 정도의 실력으로 깔끔하게 이기고 올라왔다고요."

호오, 일곱 학생들이 다들 자신만만한 태도를 보였다. 예선 시합부터 온 힘을 다해 여유 없이 이기고 올라온 건 아닌 모양이다. 참가자들 중에선 레벨도 상당히 높은 편이니 어찌보면 당연한 얘기지만.

[훌륭하구나. 다들 잘 했다.]

『…….』

[왜 그러지? 칭찬을 듣고도 기쁘지 않은 건가?]

"기본적으로, 선생님 입에서 칭찬이 나올 때는 항상 다른 꿍꿍이가 있으시더라고요."

굉장히 조심스럽게 손을 든 진이 입을 열었다.

……나를 꽤나 경계하고 있던 모양이다. 어쨌든 간에, 투기 대회에서 현재의 학생들이 거둔 성적에 따라 새로운 학생들을 받아들이는 방안을 고려해야 하는 상황이다. 이번에도 엄격한 교육적 지도가 필요하다는 데는 의심할 여지가 없었다.

물론 칭찬하자마자 이런 얘길 꺼내기도 좀 미안한 건 사실이란다.

[훌륭한 판단력이다. 예선 시합에 관해선 기본적으로 너희들의 자율적인 보고만 믿겠다만, 어찌됐건 너희들의 실력이 다른 학생들보다 두드러지게 뛰어나다는 사실은 잘 알았다.]

『…….』

[따라서, 너희들에게 이번 대회 동안 특별한 제약을 부여하기로 했다. 각자, 시키가 지금부터 전하는 내용을 엄격히 준수하면서 본선에 참가하도록.]

귀빈들이 잔뜩 방문하는 학원제 기간 동안, 출장 희망자 전원을 대상으로 느긋하게 예선부터 대회를 시작할 시간적 여유는 없었다. 준비 기간 동안 본선 출장자의 선발은 이미 종료된 상태였다. 귀빈들의 눈에 띄기 위해선 먼저 교내에서 자신의 실력을 증명해야 하는 셈이다.

시키가 학생들에게, 나의 머릿속에서 나온 금지 사항들을 제각각 전달하기 시작했다.

그들의 긴장한 표정과 신음소리가 곧 나에게 전해져 왔다.

나의 강의보다 훨씬 레벨이 낮은 이 대회에서 자신의 모든 실력을 선보여 봤자 아무런 의미도 없다. 그래서 이번 대회에선 그들에게 일종의 제한 플레이에 준하는 상황을 극복하는 과제를 부여한 것이다.

"……저기, 진심이신가요?"

아베리아가 약간 창백한 표정으로 나의 의도에 관해 물어 왔다.

나는 당연히 진심이야.

[물론이다. 내일부터 시작되는 투기 대회는 토모에와 미오, 그리고 시키와 나를 포함한 우리들 전원이 처음부터 끝까지 관전할 예정이다. 나로서는 너희들의 눈부신 활약을 기대할 뿐이다.]

일단, 기본적인 용건은 끝났다.

토모에는 의미심장한 미소를 짓고 있을 뿐이었으며, 미오는 그들을 순간적으로 흘겨보다가 곧장 흥미를 잃은 듯이 딴청을 피웠다.

시키는 아이들을 지키는 역할로 남겨두고 갈까? 고위 귀족 나리께서 방해 공작을 시도할 경우, 그에 대응할 인원이 필요할 거란 말이지.

……그나저나, 로렐과 아이온에 이어 리미아 쪽 인사들까지 끼어들 줄이야. 머지않아 그리토니아 쪽에서도 수상한 움직임을 보일지도 모른다는 불길한 예감이 들었다.

말하자면 이 세계의 4대국이 총출동한 셈인데, 이쯤 해서 좀 봐달라는 소리가 나올 지경이야.

—어쨌든, 여기서 볼 일은 다 끝났다. 이제 슬슬 다음 업무가 기다리고 있는 곳으로 향해 보실까?

◇◆ 진 ◆◇

"시키 선생님, 잠깐만요?!"

"라이도우 선생님은 진심이신 거죠?"

"적어도 방금 전엔 틀림없는 진심이었어. 농담을 하는 눈빛이 아니었거든."

"무서워, 역시 저 선생님은 무서운 분이야……."

"선생님 말인데, 결국 어젯밤의 드레스에 관해선 한 마디도 말씀하지 않으셨어."

"어머님께서 말씀하신 대로, 우리 쪽에서 적극적으로 움직이지 않고서야 드레스에 관한 소감은 듣지 못할지도 몰라."

라이도우 선생님과 그 직속 심복이라는 두 여성이 대기실로부터 물러난 뒤, 다들 봇물 터진 듯이 입을 열었다— 모두 다 거의 전면적으로 동의할 수밖에 없는 의견들이었다. 그나저나 렘브란트 가문의 두 사람 말인데, 너희들은 약간 긴장감이 부족한 것 같지 않아?

호프레이즈라는 얼간이로부터, 갑작스럽게 「라이도우의 학생 녀석들!」이라는 식으로 영문을 알 수 없는 시비와 함께 거의 선전포고에 가까운 헛소리를 들었던 것은 며칠 전의 일이었다. 그런데 선생님에 따르면, 그쪽과 은근히 신경전을 벌이고 있던 건 확실한 사실인 모양이다. 선생님의 태도는 그다지 대단한 일도 아니라는 듯이 담박하기 그지없었다. 게다가 그 녀석으로부터 들어오게 될 외부의 압력이나 방해 공작 등은 우리의 힘으로 알아서 해결하란다. 심지어 본선에서도 진짜 실력을 숨기라는 과제까지 따라왔다.

……아니, 선생님의 말뜻은 단순히 실력을 숨기기만 하라는 건 아니라는 느낌이 들었다. 진정한 실력을 숨긴 채로 확실한 진면목을 선보이라는 뜻으로도 들렸다. 정말로 하나부터 열까지, 우리의 상식을 아득히 초월한 선생님이야.

투기 대회에서 학생들이 거두는 성적은 그들을 담당한 강사에 대한 평가로 직결되는 법이다. 따라서 무슨 수를 써서라도 이기라는 식으로 나오는 선생님은 있어도, 일부러 학생들에게 제한을 설정하는 선생님이 상식적으로 존재할 리가 없었다.

투기 대회거든? 그 결과가 앞으로 1년 동안, 교내에서도 가장 뜨거운 화젯거리가 될 정도로 중요한 행사란 말이다. 학년에 따라서 취직이 걸려 있는 경우도 적지 않은 대회였다.

혹시 벌써부터 호프레이즈 가문으로부터 선생님에게 압력이 들어간 결과, 선생님은 그 녀석이 주도하는 수작질의 일환으로 우리의 실력을 제한할 수밖에 없는 상황에 처한 건가?

……아니, 말이 되지 않아. 라이도우 선생님은 우리가 이 시련을 기발한 아이디어로 극복하기를 기대하는 눈치였다.

어쩌면 우리는 예상보다 훨씬 중요한 대목에 들어선 건지도 몰라. 바로 지금이야말로 희망하는 진로로 나아가기 위한 운명의 갈림길까지 다다른 순간일 수도 있다는 뜻이다.

"진, 네가 금지당한 건 뭐야?"

"「이도류(二刀流)」를 쓰지 말라더라. 아베리아는?"

"나는 활에 「부여하지 말라」는 거야. 물론, 기본적으로 술사 부문이니까 술법은 지팡이로 쓰라는 조건이었어. 너희들은 뭐야?"

아베리아는 나의 대답을 듣자마자 다른 멤버들을 한데 모아 속삭이는 듯한 목소리로 질문을 던졌다.

"나는 요번에 쯔바이 양한테 쓴 기술을 봉인하라는 거였어."

미스라가 앞장서서 대답했다. 거의 비장의 기술이나 다름없는 수단을 금지당한 셈인가……. 비참하군. 실력을 선보일 데가 철벽 수준의 방어력 정도밖에 없다는 뜻이잖아?

“나는 「2단계」 아웃이야. 울고 싶다.”

다에나, 불쌍하다는 말밖에 안 나온다. 아마도 실질적인 1 대 1 대결에선 우리들 가운데 나나 이 녀석이 최강일 공산이 컸다. 바로 그 전투력의 핵심에 해당되는 특별한 마술인데…….

“내 경우엔 「기동 영창」을 봉인하라는 거야. 모처럼 실전에서도 사용 가능한 레벨의 기술을 습득했으니 이번 기회에 멋지게 선보일 예정이었는데…….”

이즈모가 정말로 분하다는 듯이 중얼거렸다. 라이도우 선생님과 시키 선생님을 따라 이동 중의 영창 방식을 연마해 온 저 녀석에겐 가혹하기 짝이 없는 제약이었다. 이즈모는 자신의 실력으로도 당장 가능한 레벨로 습득했으니 영창 방식에 기동 영창이라는 명칭을 붙일 정도로 그 기술을 중요하게 여겨왔다.

시키 선생님한테 배운 영창 언어까지 금지당하지 않은 것만으로도 감지덕지였지만, 사실상 이즈모의 진수나 다름없는 기술이 금지된 셈이다. 정신적으로 꽤나 가혹하게 몰릴 수밖에 없을 것이다.

“나는 무기 사용을 한 가지로 제한하라는 거였어.”

유노의 경우, 그 도가 지나칠 정도의 곡예에 가까운 손재주를 봉인하라는 거였다.

“저는 「합성 마술」을 금지하라는 말씀을 들었습니다. 흙의 정령과 불 속성 마술을 융합시키는 기술인데……. 모처럼 흙 속성의 유용성을 세상에 알릴 기회를 놓쳤다는 것이 너무 아쉽군요.”

최, 최강의 공격력까지 봉인 당하다니. 그럼에도 불구하고 충분하고도 남을 정도의 공격력을 발휘할 수 있다는 점이 시프의 엄청난 실력을 단적으로 증명하고 있지만 말이야.

전원이 여름방학 기간을 거쳐 제각각 고안한(두 분 선생님의 유도를 받은 느낌은 없지 않아 있었지만) 새로운 전투 스타일이나 기술들을 봉인당한 듯이 보였다.

"라이도우 선생님, 설마 정말로 호프레이즈 가문의 압력 때문에……?"

이즈모가 순간적으로 나 또한 떠올렸던 최악의 예상을 입에 담았다. 우리들 말고도 비슷한 느낌을 받은 녀석들이 있어 보였다. 순간적으로 어두운 표정을 지은 녀석들이 눈에 띄었다.

"결단코, 있을 수 없는 일입니다."

시키 선생님이 우리의 머릿속에 떠오른 최악의 예상을 딱 잘라 부정하자마자, 조용한 목소리로 말을 이어나갔다.

"라이도우 님께선 이번 대회가 최근 들어 긴장이 많이 풀린 여러분들에게 좋은 기회가 될 수도 있다는 말씀을 하시더군요. ……어쨌든 간에, 우리 가게까지 와서 종업원들과 쓸데없는 잡담이나 나누다 가시는 분도 계실 정도였으니까요."

으……. 시간 낭비의 현장을 똑똑히 목격당한 이상 반박할 여지가 전혀 없었다.

『…….』

전원이 말없이 고개를 숙이고 있는 가운데, 시키 선생님은 한 차례의 헛기침과 함께 설명을 이어나갔다.

"뭐, 단순히 시험의 일종으로 받아들이셔도 됩니다."

시험? 어딘지 모르게 마음에 걸리는 표현이 나왔다. 이럴 경우엔 곧바로 되물어보는 것이 상책이다.

“저기, 시키 선생님? 시험이라는 말씀은 무슨 뜻이죠? 약간 신경 쓰이는데요.”

“아뿔싸, 죄송합니다……. 제가 그만 말실수를 했군요.”

말실수라? 아마 아닐 거야. 시키 선생님이 그런 식으로 초보적인 실수를 할 리가 없었다. 원래부터 가르쳐줄 예정이 있던 것으로 봐야 하리라.

“지금 말씀하신 시험이라는 얘기와, 라이도우 선생님께서 말씀하셨던 제약이나 대회가 무슨 상관관계가 있다는 건가요?”

나의 추측이 들어맞았으리라는 보장은 전혀 없었다. 나로서는 밑져야 본전이라는 식으로 무작정 던져볼 수밖에 없었다.

바로 그 순간, 시키 선생님은 그 질문을 기다리고 있었다는 듯이 만족스러운 표정으로 대답하기 시작했다.

“……어쩔 수 없군요. 라이도우 님 앞에선 비밀로 부탁드립니다. 여러분들이 이번 대회에서 제한된 조건으로도 우수한 성적을 거두는데 성공하실 경우, 라이도우 님께선 학원제가 끝나자마자 강의에 새로운 학생들을 추가로 받아들일 계획이십니다. 라이도우 님의 의도하신 바가 짐작이 가십니까?”

새로운 학생들을 추가로 받겠다고?

내가 듣기로 라이도우 선생님의 강의는 현재, 참가를 희망하는 학생들도 체험 참가조차 할 수 없는 상황인 것으로 알고 있다. 그래서 신규 접수를 다시 시작할 예정이라는 뜻인가? 신규 인원 접수가 뜻하는 바……. 설마, 우리를 대상으로 한 강의는 끝난다는 건가?!

"말하자면, 저희들을 포기하시겠다는 뜻인가요……?"

이즈모 군, 제발 분위기 좀 파악하자. 만약 시키 선생님이 고개를 끄덕일 경우엔 책임질 수 있냐?

"그럴 리가 없지요. 만약 정말로 강의가 막바지에 다다랐다면, 오히려 지금까지 전수한 모든 기술과 지식을 마음껏 발휘하라는 말씀이 나오셨을 겁니다."

"반대로, 더 이상 가르칠 건 없다는 뜻일지도?"

다에나! 너도 마찬가지야!

"그거야말로 절대로 있을 수가 없는 경우입니다……. 흠, 겨우 이 정도의 정보만으론 예측이 안 되시는가 보군요. 라이도우 님께선, 여러분을 대상으로 한 강의를 이제 슬슬 다음 단계로 진행시킬 때가 왔다는 판단이 서신 모양입니다."

『……?!』

시키 선생님은 우리의 부족한 통찰력에 약간 어이가 없다는 반응을 보이면서도, 천천히 설명을 이어나갔다.

"라이도우 님께선 수업을 다음 단계로 진행시키기 위해서라도, 언제나 적들 앞에서 온 힘을 다하기보다 자기 자신에게 제약을 부여함으로써 한층 더 심도 있는 분석 과정을 통해 기본적인 힘과 기술을 갈고닦는 자세를 가지길 원하신다고 말씀하셨습니다. 예를 들자면, 자신이 지니고 있는 최강의 공격 수단을 숨기는 식으로 말이지요."

『…….』

“일곱 분 전원이 이번 과제를 성공적으로 완수하실 경우, 새로운 학생들을 받아들여 여러분들께 후배들을 교육하는 과정을 거들게 함으로써 지금까지 배워온 내용들을 재확인하게 할 예정입니다. 그리고 라이도우 님께선 그러한 전제하에, 전체적인 강의를 다음 단계로 진행시키고 싶다고 하셨습니다.”

아무리 노력을 거듭하더라도, 그 뒷모습은커녕 그림자조차 보이지 않는 사람의 평가와 인정을 받는다는 것은—.

—이만큼이나 기분 좋은 일이었단 말인가?

나는 시키 선생님의 말뜻을 천천히 곱씹었다.

온몸에 힘이 넘쳐난다. 이빨을 악 물고 있는 힘이, 조용히 늘어났다.

발밑으로부터가 아니라, 가슴을 중심으로 온몸을 향해 떨림이 퍼져갔다. 얼굴이 무의식중에 미소로 일그러졌다.

“……물론, 저 또한 여러분들께 기대하고 있다는 점에선 마찬가집니다. 아무쪼록, 수강 희망자의 접수를 다시 시작할 수 있도록 도와주십시오. 아마도 이제부터 참가자들에게 필요한 절차가 시작될 테니, 저는 밖으로 나가 있겠습니다. 어디 보자, 그리고 시간이 남는 학생 분에 한해 저의 사비를 털어 그 이후의 늦은 점심식사를 대접하도록 하겠습니다.”

그리고 시키 선생님은 온화한 미소를 지은 채로 대기실을 뒤로 했다.

지금 받고 있는 강의엔 다음 단계가 존재한다—. 말하자면 우리가 새로운 단계의 수업을 수강할 자격을 건 시험을 볼 수 있는 경지까지 올라왔다는 뜻이다.

최대한 좋은 시합을 해야 한다. 지금 가능한 일들을…… 전부 다 쏟아 부어야 한다.

"어, 어쩌자고 그런 질문을 던졌던 거지? 방금 전부터 긴장이 너무 심해서 장난이 아니야. 설사 나올 것 같아."

다른 동급생들이 심상치 않은 의욕을 보이고 있는 옆에서, 미스라가 가는 목소리로 긴장감이라곤 전혀 느껴지지 않는 발언을 입에 올렸다. 아니, 오히려 긴장감 때문에 그런 말이 나온 걸 수도 있겠다. 내용엔 좀 문제가 있지만 말이야.

"미스라의 기분도 이해가 가. 시키 선생님의 말씀을 듣자마자 지금 가지고 있는 수단으로 대충 넘어가 보자는 소극적인 사고방식은 말끔하게 날아가 버렸거든. 정말로 장난이 아니야."

아베리아는 미소를 짓고 있었다.

"꼴사나운 모습은 절대로 보일 수가 없는 상황이야. 시키 선생님한테 점심밥 얻어먹자마자, 곧바로 다시 모이자."

다에나의 말이 맞다. 대회 본선이 시작되기 전에 할 수 있는 일들은 최대한 끝내야 한다.

"언니, 라이도우 선생님뿐만 아니라 토모에 님이나 미오 님까지 시합을 보러 오신다는 거였지? 아버님과 어머님도 오실 테니, 정말 굉장하지 않아?! 이쯤 되니 머릿속이 정말 뒤죽박죽이야……."

"이왕 여기까지 온 이상, 최선을 다할 수밖에 없어요. 다른 의미로, 거의 포기의 경지에 다다른 것 같아요…….”

렘브란트 자매는 관전자들의 멤버 구성 때문에 몹시 긴장한 듯이 보였다. 라이도우 선생님이 나타나기 전까지만 해도 그럭저럭 알맞게 긴장이 풀린 상태였는데 말이야.

그러고 보니, 라이도우 선생님이 온 이후로 은근슬쩍 한 가지가 신경 쓰였다.

“잠깐만 기다려 봐. 시프, 유노? 개인적으로 궁금한 게 하나 있어.”

머뭇거리고 있다 보니, 아베리아가 렘브란트 자매에게 말을 걸었다.

“뭔데, 아베리아 선배?”

“말씀해 보세요.”

유노와 시프가 차례대로 아베리아의 다음 말을 재촉했다.

“라이도우 선생님과 함께 있던 토모에 양과 미오 양이라는 분들에 관한 얘기야. 시키 선생님보다 강하다는 얘기가 정말이야? 시키 선생님의 실력조차 제대로 파악이 안 되는 내 기준으로 판단한다는 것 자체가 주제넘은 행동일지도 모르지만, 시키 선생님 클래스의 실력자도 흔한 편은 아닐 텐데…….”

……선수를 빼앗겼다.

두 사람은 아베리아가 던진 질문에 조용히 고개를 끄덕이는가 싶더니, 천천히 입을 열었다.

“라이도우 선생님께서 말씀하신 이상, 의심할 여지는 없는 거나 마찬가지야. 시키 선생님은 모험가 길드에 등록이 안 되어 있으니 레벨 같은 수치적 정보에 관해선 알 길이 없지만, 아까 그 두 분은…….”

시프가 먼 산을 바라보는 듯한 눈빛을 띠었다.

“우리도 아버님으로부터 아무쪼록 실례가 없도록 하라는 당부와 함께 전해 들었을 뿐인데, 두 분 다 츠이게에선 모르는 사람이 없을 정도의 유명인인데다가―.”

유노가 꽤나 흥분한 듯한 표정으로 말을 이어나갔다. 말하자면 변경 지방의 에이스 급이라는 뜻인가?

라이도우 선생님의 측근을 자칭하기엔 약간 모자란 수준이라는 느낌도 들었다.

렘브란트 자매는 무슨 일이 있어도 함부로 말하고 다니지 말아 달라는 신신당부와 함께, 서로의 얼굴을 마주보다가 이윽고 결심을 굳힌 듯이 크게 고개를 끄덕였다.

『……레벨 1500 이상이거든.』

『…….』

두 사람의 입에서 나온 한 마디가 이보다 더할 수 없이 정확한 하모니를 연출했다. 그리고 우리는 침묵할 수밖에 없었다.

우리들에게만 들리도록 속삭이듯이 중얼거린 두 사람의 목소리는, 귀에 익은 공통어임에도 불구하고 머릿속으로 순순히 들어오지 않았다.

―뭐라고?

◇◆◇◆◇

“무서운 표정을 짓고 있군, 릴리 황녀. 꼭 나를 봐야 할 용건이 있다던데, 어떤 거야?”

“……펄스 님. 모험가 길드의 수장이나 되는 당신이, 국제적으로 그다지 유명하지도 않은 일개 상인 따위와 친분을 맺고 있는 이유를 가르쳐주실 수 있나요?”

루토가 마코토와 헤어지자마자 곧바로 합류한 상대는 다름 아닌 그리토니아의 황녀, 릴리였다.

상위 용의 자격이 아니라, 모험가 길드의 마스터로서 나온 자리였다.

만색(萬色)의 칭호를 지닌 용은, 루토라는 본명이 아니라 현 모험가 길드의 마스터인 펄스로서 그리토니아 제국의 황녀와 만나고 있었다.

루토는 추첨 회장의 입구 부근에서 그녀와 눈이 마주치자마자 지극히 자연스럽게 인사를 나눈 뒤, 마코토가 이끌고 있던 집단으로부터 빠져나와 사람들의 이목이 없는 곳에서 그녀와 만남의 자리를 가졌다. 그리고 두 사람은 도청이나 감시에 사용하는 종류의 마술들을 무효화하는 결계를 전개하고 나서야, 드디어 진짜 대화를 시작한 것이다.

“헤에, 그가 상인이라는 사실은 파악하고 있었구나? 그냥 최근 들어 자주 보는 친한 친구 중 하나일 뿐이야.”

“이제 와서 당신의 그 무례하기 짝이 없는 말투를 바로잡을 뜻은 없습니다. 하지만 나를 속여 넘기려는 의도의 허튼 소리까지 용납할 마음 또한 없답니다. 펄스 님, 그 남자와 당신의 진짜 관계는 뭔가요?"

릴리는 황녀를 상대로 한 말투라는 느낌이 전혀 들지 않는 스스럼없는 루토의 발언에 불쾌감을 드러내며 그의 참뜻을 물었다.

그녀의 말투 또한, 세계에 만만치 않은 영향력을 행사할 수 있는 인물을 상대로 하는 느낌이 전혀 들지 않을 정도로 날카롭기 그지없었다.

"일단 친한 친구라는 건 틀림없는 사실이야."

"모험가 길드가 쿠즈노하 상회를 따로 후원하고 있다는 말씀이신가요?"

"그럴 리가 있나? 우리 모험가 길드는 특정한 국가나 특정한 세력의 편을 들지 않아. 길드는 모험가를 인정하는 이 세상의 모든 이들에게, 평등한 협력을 제공하는 조직이야."

루토가 모험가 길드의 설립 이념 가운데 하나를 입에 담았다. 물론 지금 한 말에 거짓은 섞여 있지 않았다.

"그렇단 말이죠……? 그건 그렇고, 그 상회에 소속된 토모에라는 여자를 아시나요? 우리나라의 용사께서 그녀를 원하시거든요. 그녀가 도저히 무시할 수 없는 수준의 전투력을 갖추고 있는 것은 틀림없는 사실인데다가, 나로서도 그분의 희망사항을 거절하기가 어렵답니다. 하지만 그녀로부터 명확한 거부 의사의 표명이 있었단 말이죠. 그녀를 손에 넣을 가능성은 완전히 사라져 버렸어요. ……급한 김에, 당신이 나에게 당장 가르쳐줄 수 있는 범위의 정보만이라도 상관없어요. 우리 쪽의 뜻에 따르지 않는 자들을 언제까지나 그냥 방치하고 싶지도 않거든요. 나의 힘으로 그들을 물리칠 수 있을까요?"

"토모에가 마음에 든다니, 제국의 용사도 참 유별난 아이로군. ……나로서는 그 질문에 불가능하다는 대답을 제공할 수밖에 없어. 쿠즈노하 상회를 상대로 싸움을 거는 것은, 마족 전체를 상대로 전면 전쟁을 선포하는 거나 다름없을 정도로 무모한 행동이야. 아무리 그리토니아 정도의 국력을 지닌 강대국이더라도 그다지 추천하고 싶지 않아."

"마족들에게도 줄이 닿는다는 뜻인가요?!"

"어디까지나 말이 그렇다는 얘기야. 최소한 그 정도 수준의 위협이 될 가능성을 지니고 있다는 건 확실하거든. 너는 이미 자신의 목적을 달성하기 위한 수단을 충분히 갖추고 있는 상태야. 한눈팔다가 정작 가장 중요한 목적을 놓치게 될 수도 있다는 걸 잊지 마."

"지금 하신 충고엔 일단 감사드리죠. 하지만 우연히 눈에 띈 장애물을 그냥 방치하는 짓도 성격에 맞지 않아서요. 지금 하신 말씀만으로도 대충 짐작은 가는군요. 아니나 다를까, 쿠즈노하 상회는 역시 토모에말고도 강력한 전투력을 보유하고 있는 모양이군요……."

루토는 마코토가 마족 측 간부와 줄이 닿는다는 사실을 파악하고 있으면서도, 그에 관련된 정보를 뚜렷하게 언급하지 않았다. 릴리 또한, 지금 자신과 마주보고 있는 모험가 길드의 수장이 순수한 의도로 자기 자신에게 유리한 정보만을 제공할 리가 없다는 사실은 충분히 알고 있었다. 릴리는 그의 입에서 나오는 지극히 단편적인 증언들로부터, 약간이나마 의미 있는 정보를 수집하게 위해 두뇌를 풀가동시켰다.

"그나저나, 지금 같이 엄중한 시기에 이런 데나 놀러 와도 괜찮은 거야? 네가 주최하는 전쟁이 개막될 시기까지 얼마 남지도 않았잖아?"

"……문제없어요. 펄스 님, 당신과 나는 서로 굉장히 닮은 축에 속할지도 몰라요."

"아하하, 나와 네가 닮았다고? 아니, 전혀 달라. 나는 너처럼 복수에 홀리지 않았거든. 다만, 나에게도 하나의 목표가 있단 말이지. 나의 목표를 이루기 위해 나아가야 하는 길이, 네가 나아가게 될 길과 도중까지 겹쳐져 있을 뿐이야."

"……나로서는, 소피아의 반역이나 마족들의 반지에 관한 사전 정보를 우리들에게 제공한 바 있는 당신을 적으로 돌리고 싶지 않아요. 당신의 목적에 관해서 말씀해 주실 수는 없나요? 우리 쪽에서 협력 가능한 일이 있을지도 몰라요."

릴리의 입에서 나온 말은 틀림없는 본심이었다. 지금 릴리와 마주보고 있는 대담한 표정의 길드 마스터는, 지금껏 실제로 그녀에게 꽤나 큰 도움이 되는 존재였다.

유용한 정보를 제공하거나, 상황을 극복하기 위한 충고를 입에 담거나…… 어쨌든, 여러 차례에 걸쳐 그의 도움을 받은 것은 틀림없는 사실이었다.

그러나 그와 릴리는 절대로 동맹 관계는 아니었다. 릴리는 그의 목적을 알지 못했고 그 사실에 불안감을 품었다.

하지만 루토는 고개를 끄덕이지 않았다.

"그럴 필요가 있을 경우에 한해, 언젠가 얘기할 날이 올지도 몰라. 너는 용사와 함께, 너 자신이 이상적이라고 여기는 세상을 목표로 삼도록 해. 나는 네가 모험가를 긍정하는 이상, 지금처럼 서로에게 득이 되는 관계를 유지하고 싶어."

"모험가를 긍정하는 이상, 말이죠."

"맞아. ……예를 들어 이 세상의 그 어느 누가 나에게 협력을 요청해 오더라도, 모험가와 길드의 존재를 긍정한다는 전제하에 항상 구원의 손길을 제공할 수 있거든. 그럼 이만, 아마 금방 다시 만나게 될 거야. 또 보자."

루토는 미소와 함께 이별을 고한 뒤, 주위에 전개한 결계를 파괴하지도 않고 살며시 빠져나갔다. 릴리는 그의 뒷모습을 경악스러운 표정으로 멍하니 지켜볼 수밖에 없었다.

루토가 의미심장한 미소와 함께 남긴 마지막 말이, 릴리의 표정을 급변시켰다.

"설령 이 세상의 그 어느 누가 협력을 요청해 오더라도 마찬가지……란 소리야? 너는 제국은커녕 휴만의 편조차 아니라는 뜻이구나. 만약 상대가 아인이나 마족이더라도, 모험가를 긍정한다는 조건하에선 얼마든지 협력을 제공할 수도 있다는 말을 하고 싶은 거야?"

릴리는 입술을 강하게 깨물었다.

"……최초로 접촉을 시도해 왔을 때부터 주도권은 항상 저 녀석

차지였어. 그 당시부터 이미 나의 목적에 관해 정확히 꿰뚫어보고 있는 듯한 태도를 보였지. 저 녀석은 그러한 전제하에서 여신의 힘을 억제하는 반지의 존재나 드래곤 슬레이어 소피아의 배신에 관한 정보를 제공해준 거야."

루토의 협력 덕분에 지금까지 제국의 의도에 따라 전쟁의 양상을 유도할 수 있었던 것은 틀림없었다.

어쨌든 간에 지금은 루토의 목적을 알아내는 것보다 눈앞의 목표를 달성하는 쪽이 중요했다. 릴리는 사고를 전환했다.

'지금 가장 중요한 목표는 스텔라 요새를 함락시키는 거야. 이 대회에서 쓸 만한 인재가 전혀 눈에 안 띌 경우엔 곧장 제국으로 돌아가야 하나? 현 단계에서 펄스가 라이도우와 접촉하고 있다는 건, 우리에게 유리한 일로 여길 여지도 있어. 저 녀석과 나의 이해관계가 일치하는 동안은 우리와 쿠즈노하 상회가 대립각을 세우는 건 저 녀석에게 있어서 그다지 달가운 일은 아닐 거야. 저 녀석이 나에게 정보의 일부를 제시한 데는 다 이유가 있다고 봐.'

—이번에야말로, 스텔라 요새를 함락시켜야 한다.

릴리의 눈동자에 전쟁을 앞둔 자의 확실한 기개가 깃들었다.

4

귀족이라는 자들을 완전히 얕보고 있었다.

만일의 경우에 대비해 시키에게 학생들을 지키는 역할을 맡겨두길 잘 했다.

단 하룻밤 동안, 내가 담당한 학생들의 대회 참가를 방해하기 위한 온갖 공작들이 풀코스로 들이닥쳤다.

저녁식사를 먹기 위해 처음으로 방문한 가게의 식사에선 며칠 동안 균형 감각을 상실시키는 독극물이 검출됐다. 기숙사의 방에서 고용인들이 준비하는 물에서도 설사나 복통을 지속적으로 일으키는 종류의 독극물이 나왔다. 게다가 오밤중엔 여러 팀의 자객들이 쉴 틈 없이…….

물론 전부 시키의 활약으로 미연에 방지할 수 있었지만, 보고를 듣고 어이를 상실한 것은 어쩔 수 없었다. 기본적으로 예상의 범위로부터 크게 벗어난 일들은 아니었지만 말이야.

그리고 드디어 대회 당일의 아침이 밝았다. 이제 정말로 중대한 위기는 다 넘긴 걸로 여겨 안심하고 있었단 말이지.

그런데 이번엔 렘브란트 씨로부터 갑작스러운 연락이 들어왔다. 상인 길드에서 나에 관해 사소한 문제가 발생했다는 얘기를 전해 들었다. 그는 나의 대타로 길드까지 발걸음을 옮겼다. 부인까지 남편을 따라간 관계로, 렘브란트 부부는 오늘 투기 대회의 본선 시합 자체를 보러 오지 않았다. 왠지 상인 길드에서 일어났다는 말썽들도 고위급 귀족이 주도한 방해 공작의 일환일지도 모른다는 생각이 들었다.

귀족이라는 족속들도 참 할 일이 없어 보였다. 그리고 동시에, 나대신 상인 길드로 향한 렘브란트 부부에게 미안한 마음을 금할 길이 없었다.

"이쯤 되니 정말 감탄스러울 정도야……."

나는 양손으로 펼친 대회의 팸플릿을 찬찬히 훑어봤다.

팸플릿엔 투기 대회의 토너먼트 표가 실려 있었다.

어제 언뜻 확인해 봤을 때와 명확하게 내용이 달랐다.

전사 부문과 술사 부문으로 나뉘어져 있는 것은 어제와 마찬가지였다. 제각각 별개의 토너먼트로 구성된 두 부문의 우승자가 결승에서 맞붙는 형식이었다.

우리 학생들 중에선 진과 미스라, 다에나와 유노가 전사 부문 참가자였다. 아베리아와 시프, 이즈모가 술사 부문이다.

그리고 투기 대회의 본선에 출장하는 학생들의 전체 숫자는 약 40명 남짓이었다. 참고로 개인전이 끝나고 난 뒤에도 단체전이 남아 있다.

진 일행은 양쪽 다 나온다. 호프레이즈 가문의 차남도 양쪽 다 나오는 걸로 보였다.

"1회전은 진 대 미스라, 다에나 대 유노의 대진인가? 각 시합의 승자가 2회전에서 붙게 될 거야. 술사 부문은 1회전인 아베리아 대 시프에서 이긴 쪽이 시드로 올라온 이즈모와 격돌한다는 건가?

설마 토너먼트 표까지 조작할 줄이야……."

"도련님의 강의를 받은 학생들끼리 대전하게 된다는 말씀이십니까? 참으로 기대되는 대진이 아닐 수가 없군요."

"토모에…… 네가 그 정도로 긍정적인 사고방식의 소유자일 줄은 몰랐어. 난 이 토너먼트 표를 목격하고 그저 놀라울 뿐이었거든. 대전 상대까지 자유자재로 조작할 수 있다는 건, 저 녀석들의 사전에 불가능은 없다는 뜻이잖아?"

토모에가 요점에서 완전히 빗나간 발언을 입에 담았다. 내가 짚고 넘어가려는 건 귀족이라는 족속들의 권력이 시합의 규칙을 무용지물로 만들어버릴 정도로 엄청나다는 현실이었다.

아직 학생 신분에 불과한 그 녀석이 이 정도로 완벽하게 자신의 권력을 구사할 줄은 몰랐다.

"호프레이즈 가문이라는 족속들이 지니고 있는 권력은, 나의 예상보다 훨씬 대단했던 모양이야. 그리고 학원은 공명정대한 장소가 아니라는 건가? 저기 있는 녀석들도……."

나는 일반 관람석으로부터 멀리 떨어진, 귀빈석에 앉아있는 녀석들에게 시선을 돌렸다.

얼굴 정도밖에 모르는 학원장 근처의 여러 명은 모르는 얼굴들이었다. 아마도 4대국이나 그에 필적하는 나라에서 온 손님들일 가능성이 높았다. 그리고 모험가 길드의 수장인 루토가, 그들로부터 약간 거리가 떨어진 자리에 앉아 있었다. 신전 관계자들의 모임인 것으로 보이는 줄에 앉아 있는 이들 가운데 한 사람은 요전번 만났던 시나이 준사제였다. 로렐 연방의 높으신 분이라는 사이리츠의 얼굴도 눈에 띄었다. 그녀는 가장자리 쪽에 앉아 있었다. 역시 신분의 높낮이로 자리가 결정되는 걸까? 아마도 그들은 기껏해야 학생들끼리 벌이는 시합에서 펼쳐지고 있는 방해 공작에 관해선 아는 바가 전혀 없을 것이다. 하지만 담당 중인 학생들이 실제로 피해를 입고 있는 나로서는, 저들 가운데 호프레이즈 가문의 양아치들과 그 협력자가 앉아 있을 것이란 생각을 지울 수 없었다.

나는 귀빈석을 바라보면서 문득 자신이 이 세계에 온 이후로 구축한 교우관계를 돌이켜봤다.

이세계인이라는 것만으로도, 꽤나 고귀한 분들과 인연이 닿는 경우가 늘었단 말이지…….

……나는 그런 이들과 엮일 때마다, 상대방에게 거짓말을 하거나 대충 얼버무리는 식으로 미꾸라지처럼 빠져나왔다. ……이 세계에 온 첫 날부터 지금 이 순간까지 기본적으론 항상 마찬가지였다. 신세를 지고 있는 렘브란트 씨에게도 아직 말하지 않은 비밀이 있을 정도였다.

돌이켜 보니…… 정말로 엄청난 양의 거짓말들을 축적해 왔다는 실감이 전해져 왔다. 당장 상황이 닥쳐온 그 순간이야 모면할 수 있겠지만, 거짓말은 결국 거짓말일 뿐이야. 확실하게 축적된 거짓말의 산더미가, 더는 무시할 수 없을 정도로 성가시게 느껴지기 시작했다. 이대로는 끝이 없다.

"도련님?"

"지금까지 무책임하게 쌓아 올린 나의 온갖 거짓말들이, 바로 저 귀빈석에 모여 있는 셈인가? 이제 한계에 다다른 건지도 몰라.

네 생각은 어때, 토모에?"

"어, 예?"

왜 당황하는 거지, 토모에? 내가 진지한 표정을 짓는데 무슨 문제라도 있냐?

"도련님, 맛있어 보이는 음식을 사 왔답니다. ……일단 3인분이요."

미오가 더할 수 없이 기분 좋은 표정으로 포장마차에서 사온 음식을 가지고 왔다. 곧바로 분위기가 평상시로 되돌아왔다. 정말 다행이야.

"고마워, 미오."

"네 녀석도 눈치가 빨라졌구나, 미오."

미오가 들고 온 종이봉투를 받아들자 지구의 바질에 가까운 향기가 콧구멍 속을 간지럽혔다. 오늘은 향기를 중시한 건가? 손으로 전해져 오는 열기가, 따뜻한 음식이라는 사실을 알려 왔다. 군침이 도는군.

어쨌든 여기까지 온 이상, 아이들은 최선을 다할 뿐이다. 신경 쓰이는 부분이야 적지 않았지만, 나도 이젠 그들의 활약을 지켜볼 수밖에 없다.

투기 대회의 개최를 고하는 목소리가 울려 퍼졌다.

"신사 숙녀 여러분, 다음 시합은 이번 대회의 출장자들 가운데 최고 레벨을 자랑하는 선수들의 격돌입니다! 놀라지 마십시오, 두

사람 다 레벨 97에 다다른 고수들입니다! 우선 진 로안! 학원 고등부 2학년생이자, 실기 성적으론 항상 전체 상위 성적자의 명단에 이름을 올리는 수재 중의 수잽니다! 특히 검기에 정평이 있는 그의 활약에 주목하고 계시는 분들도 많을 테지요! 그를 상대할 선수는 미스라 카즈파! 술사들로부터 가장 높은 평가를 받는 근접 계열 전사! 철벽에 가까운 방어력뿐만 아니라, 회복 계열 술법까지 자유자재로 구사하는 놀라운 기량을 겸비한 검사입니다!"

흥분한 사회자의 목소리가 낭랑하게 울려 퍼졌다.

그러나 무대 위에 오른 두 사람은, 송충이라도 씹은 듯이 무척이나 찝찝한 표정을 짓고 있었다. 그 이유는 나도 잘 안다. 우선 지금 당장 손에 들고 있는 무기가 문제였다. 그리고 이 대진 자체부터 두 사람의 마음에 들 리가 없었다.

진과 미스라는 평소의 무기가 아니라 목검을 들고 있었다. 일반적인 검과 같은 사이즈였다.

다른 학생들은 제각각 애용하는 무기를 가지고 온 것으로 보였다. 지금까지 뚜렷하게 무기의 성능 차이로 인해 승부가 난 시합도 있을 정도였다.

시합에서 목검을 쓰라는 지시를 한 적은 없거니와, 당연히 두 사람이 본인들의 의도에 따라 선택한 무기일 리도 없었다.

"우선 관객 여러분들께 양해를 구합니다. 올해의 대회에선 다수의 학생들이 레벨 90 이상을 달성하는데 성공한 관계로, 다른 학생들과 균형 잡힌 시합을 치를 수 있도록 몇 가지 제한을 설정했습니다—."

오호라. 해당자는 모두 나의 학생들뿐인가?

"—그들의 장비 또한 그 제한 조건 가운데 하납니다. 우선 시합을 개시하기에 앞서 규칙을 확인하겠습니다! 시합 시간은 10분간입니다. 학생들이 받는 대미지는 지금 보고 계신 충격 흡수 인형이 대신 받게 될 겁니다. 충격 흡수 인형이 완전히 파괴될 경우엔 전투 불능을 뜻하며, 그 시점에서 시합은 종료됩니다. 또한 전사 부문의 시합에선 공격 계열과 회복 계열의 술법은 사용이 금지됩니다. 선수들이 사용할 수 있는 술법은 지원 계열의 술법뿐입니다. 장외로 나갈 경우엔 감점 대상이 됩니다. 감점된 점수는 제한 시간 동안 결판이 나지 않았을 경우의 판정에 큰 영향을 끼치게 됩니다—."

사회자가 언급한 충격 흡수 인형이라는 아이템은, 장비한 이의 대미지를 대신 받아주는 편리한 도구였다. 겉으로 보기엔 1미터 정도 길이의 표주박 같은 형상의 오뚝이였다. 이런 형식의 대회 등에서 쓰이는 경우가 많은, 비교적 고가에 속하는 아이템이었다.

오버킬이 일어날 경우엔 나머지 대미지가 본인에게 되돌아오는 관계로, 충격 흡수 인형은 한 사람 당 한 시합에 세 개씩 사용 가능하도록 준비된 상태였다. 시합의 판정 자체는 인형 한 개로 이루어지지만 세 개를 준비한 점에서 부르주아 학원다운 면모를 톡톡히 보여주고 있다.

그나저나 미스라를 핀 포인트로 괴롭히기 위해 존재하는 듯한 규칙이군. 회복 계열 술법을 쓰지 못하도록 금지한데다가, 기본적으로 짧은 시합 시간을 염두에 둔 규칙이다. 회복 계열 술법과 지구전을 주특기로 삼는 미스라의 입장에서 보자면 이보다 더할 수 없이 불리한 조건들이다.

그에 비해 진은 시합 규칙들에 의한 실질적 제한을 거의 받지 않았다. 게다가 규칙상 자신이 유리하다는 이유로 상대의 형편을 봐줄 성격도 아니니, 진의 일방적인 공세로 시합이 끝나 버릴 공산이 컸다. 제한시간을 넘겨 판정으로 겨루게 되더라도, 당연히 진한테 유리할 것으로 예상된다.

"주목해 주십시오! 진 로안 대 미스라 카즈파, 시합 개시!!"

일시적으로 평온하게 가라앉아 있던 관객석의 목소리들이, 사회자가 시합의 시작을 알리자마자 엄청난 환성이라는 표현에 걸맞은 어마어마한 음량을 선보였다.

진이 속공으로 간격을 좁혀 들어가, 상단으로부터 목검을 내리쳤다. 미스라가 평소보다 훨씬 약한 진의 일격을 능숙한 솜씨로 막아 보였다. 나의 강의를 받은 학생들 중에서 최강의 방어 능력을 자랑하는 미스라가 겨우 이 정도 공격의 기세에 밀려 자세가 무너질 리가 없었다.

초반부터 기선을 제압하겠다는 건가? 그야말로 난무라고 부르기에 걸맞은 진의 연속 공격이 엄청난 속도와 빈틈없는 동작으로 잇달아서 미스라에게 박혀 들어갔다.

시합 전의 예상대로, 미스라는 진의 속공 앞에서 유효타로 되받아치기는커녕 오로지 방어에 전념할 수밖에 없는 상태였다.

모르긴 몰라도, 진의 「대진도 일종의 운이니까 그냥 받아들여」라는 말에 대해 미스라 또한 「하지만 절대로 순순히 당하진 않아」라는 말로 되받아치고 있는 것이리라. 실제로 목소리가 들려온 것은 아니었지만, 여기서도 두 사람의 입이 움직이는 모습은 확실하게 다 보였다.

"한 마디로 수수하고도 일방적인 시합이로군요."

토모에가 어이가 없다는 표정으로 시합 광경을 바라보고 있었다. 그녀의 관점에서 보자면 그다지 흥미로운 시합 전개일 수는 없었다. 하지만 검사나 근접 전투를 주특기로 삼는 이들의 입장에서 보면, 기술적인 관점에서 두 사람의 시합으로부터 본받을 만한 요소들이 잔뜩 눈에 띌 것이다. 공격을 연계하는 방식이나 방어하는 방식 등이, 지금껏 학원의 학생들이 선보인 전투 방식들과 크게 이질적인 양상을 띠고 있었기 때문이다.

"……허우적거리는 데다 예를 든 건 취소할 수도 있지만, 역시 이만큼이나 많은 사람들이 구경하러 올 만한 가치 같은 건 전혀 없어 보인단 말이죠."

유감스럽지만, 미오의 눈에도 시시한 구경거리로밖에 보이지 않은 모양이다. 미스라의 전투 방식은 방어를 중심 요소로 삼는 상당히 전문적인 취향의 수수한 스타일이다. 취소하겠다는 말이 나온 이상, 기량에 관해선 아주 약간이나마 다시 볼만한 구석이 있다는 건지도 모른다.

나의 강의를 받기 시작한 당시와 비교해, 상대방을 공격하는 두 사람의 사고방식이 훨씬 수준 높은 경지에 다다랐다는 느낌이 확실하게 전해져 왔다.

—미스라는 자신의 공격 범위로 파고 들어온 진의 움직임을 냉

정하게 관찰한 뒤, 자세를 비스듬히 잡아 그의 공격을 받아넘겼다. 순간적으로 공격에 실패한 걸로밖에 보이지 않았던 진은, 그 실패하는 동작조차 계산하고 있었다는 듯이 한 걸음 더 파고들어가 신속한 찌르기 공격을 날렸다. 그러나 미스라는 그 일격을 자신의 검으로 정확하게 막아 보였다.

진은 시합 개시 직후처럼 마구잡이로 연속 공격을 시도하기보다 방어력이 강한 상대의 허를 찔러 순간적인 빈틈을 만드는 방식의 전투 방법을 선보였다.

그리고 미스라는 언뜻 보기엔 상대방의 격렬한 연속 공격을 받아 불리한 것으로 느껴졌으나, 끊임없이 들어오는 모든 참격(斬擊)을 군더더기 없는 동작으로 받아 넘겼다. 상대방에게 단 한 차례의 유효타조차 허용하지 않는 그의 방어 능력은 그야말로 철벽 그 자체였다—.

두 사람 다 철저한 전략적 사고방식에 입각한 전투 방식을 선보이고 있군. 아마도 순간적인 번뜩임 같은 면에선 이미 나를 훨씬 능가한 것으로 보인다. 실제로 다들 굉장한 재능의 소유자들이거든.

관객들 중에서도 두 사람이 지금껏 구경한 시합들보다 차원이 다르게 빠를 뿐만 아니라 다채로운 기술들을 구사하고 있다는 사실을 알아차린 이들이 나오기 시작한 모양이다.

관객들의 환성이 점점 더 심상치 않은 열기를 띠기 시작했다. 하지만 진의 공격이 끝나지 않다 보니, 서서히 미스라에 대한 야유가 늘어났다. 관객들로서는 역시나 두 사람의 격렬한 공방전을 구경하고 싶을 수밖에 없는 것이리라. 미스라도 참 불쌍한 입장이었다.

미스라는 진의 주특기인 이도류조차 받아넘길 수 있는 실력의 소유자였다. 선천적인 검술 센스에 관해선 이의를 제기할 여지가 전혀 없을 정도로 진의 재능이 더 위였지만, 미스라는 강의 중이나 자발적으로 이루어지고 있는 모의 전투에서의 경험을 확실하게 흡수함으로써 진과 동일한 수준의 기량을 유지하고 있었다.

미스라는 몸을 움직이는 방식이나 거리를 벌리는 방식에 심혈을 기울여 진의 기세를 능숙하게 꺾는 솜씨를 선보였다. 진과 같은 강인하기 짝이 없는 정신력의 소유자가 아니고서야, 흐름이나 기세가 저 정도로 끊임없이 꺾여 나가는데도 공격을 계속할 수 있는 이는 그다지 흔치 않을 것이다. 그는 순간적인 번뜩임과 동물적인 감각을 양립시켜 검을 휘두를 수 있는 경이로운 전투 센스의 소유자였다. 이 시합의 내용만으로 평가하자면, 나는 미스라의 손을 들어주겠지만 말이야.

미스라에 대한 야유가 점점 더 두드러지기 시작했다. 시합은 이미 단순히 승패를 가리기보다 서로의 움직임이나 힘, 기술을 짚고 넘어가는 식의 실전 연습에 가까운 양상을 띠고 있는 듯이 보였다. 관객들 가운데 현재의 상황을 정확히 파악하고 있는 이들은 소수파에 속할 것이다.

시합의 양상이 변화한 바로 그 순간, 토모에는 은근히 감탄한 듯이 「호오?」라는 숨소리와 함께 눈웃음을 지었다. 그녀는 두 사람의 의도를 확실하게 꿰뚫어본 모양이다.

굉장한 시합이지만, 어딘지 모르게 위화감이 느껴진다. 대부분의 관객들은 아마 그 정도로만 받아들였으리라. 위화감의 정체는 시합임에도 불구하고 두 사람이 서로 상대방의 다음 동작을 예측하는 식으로 기술을 사용하고 있다는 점에서 유래한다. 그러한 사실을 꿰뚫어볼 수 있는 이는 무술의 품새나 시범 등을 구경해본 적이 있는 사람이나 토모에처럼 일정 이상의 기량을 갖추고 있는 실력자뿐이리라. 참고로 나는 전자에 해당된다. 온 힘을 다해 자신들의 진정한 실력을 선보이는 검술 시범을 몇 차례 구경할 기회가 있었기 때문이다.

진과 미스라는 그 당시의 검술 시범과 엇비슷한 분위기의 현장을 한창 연출하고 있는 와중이었다.

미오도 대충 파악한 모양이다. 그녀는 몹시 지루한 표정으로 시합을 구경하고 있었다. 손에 들고 있는 패스트푸드와 시합에 대한 관심이 각각 8 대 2 정도의 비중인 것으로 보였다.

시합 시간의 종료를 알리는 종이 울렸다. 진은 제한 시간이 다될 때까지, 미스라를 쓰러뜨릴 수 없었다.

"음, 드디어 시합이 끝난 건가? 아마 진의 판정승일 거야."

"그럴 겁니다. 도련님께서 말씀하신대로, 공격의 주도권을 잡고 있던 진이라는 아이가 판정승을 거둘 가능성이 클 것으로 보이는군요. 하지만 승부 자체는 미스라라는 아이가 이긴 거나 다름없습니다."

"시합에선 이겼으나 승부에선 졌다는 건가……. 어라, 진 녀석 좀 보게. 정말 속이 뻔히 들여다보이는 표정이야. 굉장히 분해 보여. 미스라도 달성감이 표정으로 다 나와 있군."

"아니, 어쨌거나 지금까지 계속되던 얼빠진 시합들보다 훨씬 볼 만한 승부였습니다. 역시나 도련님의 제자들입니다. 지금껏 이어지던 시합에 출장하던 녀석들은 기본적인 동작부터 느긋하기 짝이 없었으니까요. 솔직히 말씀드리자면, 다른 출장자들의 경우엔 무기의 성능만으로도 시합의 결과가 결정될 가능성이 높아 보이더군요."

"그러게 말이야. 진이나 다른 녀석들이 최근 들어 다른 강의 시간에 약한 척하기가 힘들다는 소리를 하던 이유가 이제야 이해가 가. 우리 강의 시간 이외의 수업에서 지금 같은 움직임을 선보인다면, 그야 붕 뜰 수밖에 없겠지. 나의 입장을 고려한답시고 조심하는 모양인데, 배려 깊은 학생들을 만나서 나도 참 행복하군."

"좋은 일이로군요. 흠, 흠. 어쨌든 이 몸으로선 미스라에게 하사할 포상을 고려해보도록 하겠습니다. 대련이라든가, 대련이라든가, 대련 가운데 하나로 말이지요. 어디 보자, 셋 중에서 어떤 상을 줘야 하나……?"

……선택권이 없다는 뜻이잖아?

시합 전의 예상대로, 진이 판정승을 거뒀다. 시합 결과와 달리, 자신은 최선을 다했다는 표정으로 무대로부터 내려오는 미스라의 얼굴이 인상적이었다. 토모에를 상대로 한 대련은 틀림없이 좋은 경험이 될 테니, 학원제가 끝나자마자 기회를 만들어 주자.

—다음으로 나의 학생이 나서는 시합은, 유노와 다에나가 벌이는 전사 부문 쪽이었다. 그리고 술사 부문에서도 나의 학생들이 나올 예정이다. 그다지 시간이 많이 빌 리도 없으니, 나로서는 그냥 이 자리에서 계속 구경하는 편이 나았다.

◇◆◇◆◇

솔직히 말해서, 술사 부문의 시합들은 전사 부문보다도 더욱 더 비참한 양상을 띠었다.

멀뚱히 선 채로 영창하다가, 발사.

멀뚱히 선 채로 영창하다가, 발사—.

이상.

이 놈이나 저 놈이나 제 자리에서 움직이는 법이 없었다. 시합이 시작되자마자 반입해 들여온 방어 장벽 전개용의 도구를 쓰고 나선 영창에 이은 술법 발사 동작을 반복할 뿐이었다. 위력이 높은 공격용 술법을 상대방보다 먼저 명중시키는 쪽이 시합에서도 이기는 경우가 거의 대부분이었다. 술법을 얻어맞은 쪽에선 제대로 된 정신 집중도 못 하다가 영창을 완료할 수 없게 되어 느릿느릿 도망이나 다닐 뿐이었다.

빠른 말 경연대회라도 구경하고 있는 듯한 기분이 들 정도였다. 처음으로 강의에 참가한 당시의 시프가 굉장히 우수한 학생이었다는 사실을 깨달았다.

여기는 엘리트 급의 전사와 술사를 배출하는 학원이라면서? 제발 정신 좀 차리자. 농담이 아니야.

토모에와 미오는 둘이서 폭소를 터뜨리고 있었다.

첫 시합을 볼 때는 두 사람도 잠자코 침묵을 지키고 있었다. 그러나 다음 시합을 관전하다가 더 이상 버틸 수가 없다는 듯이 웃음을 터뜨리고 말았다. 그리고 급기야는 몸을 가누지 못할 만큼 크게 웃었다. 이윽고 시합이 계속 이어짐에 따라, 선수들의 정신 상태를 의심하기 시작했다.

"실례합니다, 도련님. 지금 벌어지고 있는 시합들은 마술 실력을 겨루자는 취지가 맞긴 맞습니까?"

"……지금 저들이 하고 있는 짓들보다야 새끼 오크들끼리 벌이는 소꿉장난이 그나마 조금 더 나을 거예요. 진지하게 하고 있는 건 확실한 거죠?"

"지극히 진지한 건 틀림없는 모양이야. 최소한의 구경거리로서 필요한 기준조차 만족시키지 못 하고 있는 걸로 보이지만, 우리 주위의 관객들은 아주 즐겁다는 듯이 선수들에게 박수갈채를 선사하고 있거든."

머리가 아프다. 관객들의 흥분 정도로 판단하건대, 올해만 특별하게 참혹한 수준이라기보다 평상시에도 이 정도 레벨인 걸로 보였기 때문이다. 이 꼴을 보고도 신규 채용을 고려하는 국방 담당자가 존재한다는 현실을 믿고 싶지 않아. 나의 기준으로 보자면, 단 한 사람의 예외도 없이 전부 다 불합격이다.

"설마, 이제부터 나오게 될 도련님의 학생들도 이 정도 수준일 리는 없겠지요……?"

"차마 눈 뜨고 쳐다볼 수 없는 지경이에요. 순간적으로 음식의 맛을 잊어버릴 정도로 끔찍한 수준이에요……."

아무리 술사들의 주된 역할이 후방 지원이더라도 정도가 있는 법이다.

들려오는 소리 자체는 요란스러웠지만, 차라리 커맨드 식 전투

장면이라도 보고 있는 듯한 전사 부문 쪽의 시합이 이들보다는 그나마 나은 편이었다. 이래가지고서야 그냥 포대를 감상하는 거나 다름없잖아?

"오오, 움직였다!"

"드디어 제대로 된 술사들의 전투를 볼 수 있을 것 같군요."

두 사람의 시합이 시작됐다.

아베리아와 시프의 대진이었다. 유감스럽게도 시합의 승패 자체는 이미 결정된 거나 마찬가지였다. 이 무대 장치와 시합의 규칙, 그리고 두 사람이 지니고 있는 술사로서의 역량으로 봐서 무슨 기적이 일어나더라도 아베리아가 이길 가능성은 전혀 없었다. 애초부터 주무기인 활을 금지시킨 상태란 말이지. 다른 학생들을 상대로 할 경우의 핸디캡으로서야 그다지 극단적인 제약은 아니었지만, 상대가 시프인 이상……. 설마 두 사람이 1회전에서 붙을 줄은 몰랐거든. 미안하다, 아베리아.

아베리아의 능력에 무슨 문제가 있다기보다, 순수하게 시프의 능력이 차원이 다를 정도로 월등할 뿐이었다. 설령 렘브란트 씨가 보러 오시더라도, 편안하게 관전을 권장할 수 있을 정도였다.

시합장이 순간적으로 고요에 휩싸였다. 그야 그럴 수밖에 없었다. 우선적으로 방어 장벽을 전개해야 할 바로 그 순간, 시프가 갑자기 아베리아를 향해 지팡이를 겨눴기 때문이다. 그리고 시프를 마주보고 있던 아베리아가 그녀를 향해 돌진하기 시작했다.

시프가 든 지팡이는 집에서 가져와 애용하고 있는 평소의 무기가 아니라, 언뜻 봐도 연습용이라는 느낌이 드는 가냘픈 나무 지팡이였다. 어쨌든 끝부분엔 최소한이나마 마력 제어를 돕기 위한 구슬이 장착되어 있었다.

아베리아의 돌진은 굉장히 좋은 수였다. 그녀도 원거리 전투로 시프와 대등하게 겨룰 수 있으리라는 낙관적인 예측은 하지 않은 모양이다.

시프의 장점은, 한 마디로 말해서 강력하기 그지없는 화력이었다. 그녀는 흙의 정령을 동원한 전장 지원 술법뿐만 아니라, 기본적으로 상성이 좋은 불 속성의 공격용 술법들을 특기로 구사한다.

나의 강의를 받아 일격의 위력이 가장 많이 오른 학생은 시프라고 잘라 말할 수 있다. ……솔직히 말해서 마그마는 거의 반칙 수준이라는 느낌이 들어. 그녀가 구현한 용암 탄환을 처음으로 목격한 바로 그 순간, 나는「메테오」라는 단어가 떠올랐다.

따라서 아베리아가 시프를 상대로 거리를 좁혀 들어가기 위해 전진을 시도한 것은 굉장히 유효한 전술이었다.

모름지기 술사들은 중거리나 원거리에서 벌어지는 전투에 특화되어 있다 보니, 접근해 들어오는 상대의 움직임에 대응하기는 어려운 경우가 대부분이다.

게다가 아베리아는 전사로서도 술사에 버금갈 정도로 높은 레벨의 실력을 보유한 소녀였다. 전사에게 필요한 가벼운 몸놀림뿐만 아니라, 술사에게 필요한 마술의 영창 능력 또한 굉장히 우수한 편이었다. 두 마리 토끼를 다 잡았다는 말은 이럴 때 쓸 수 있는 것이리라.

하지만 시프는 아베리아의 움직임에 당황하지 않았다. 그녀는 붉은 빛을 두른 애로우 계열의 술법을 발사했다. 화살이라기보다 꼬리가 달린 탄환이라는 느낌의 술법이었다. 영창이 완성될 때까지 걸린 시간은 지금껏 열린 시합들과 비교가 되지 않을 정도로 짧았다. 관객들이 크게 술렁거리기 시작했다.

달려가던 아베리아가 시프의 술법이 완성되는 광경을 확인하자 달리던 속도를 늦춰 짧게 속삭이듯이 중얼거렸다. 그리고 달리던 여세를 몰아 왼쪽으로 스텝을 밟은 뒤, 다시금 시프를 향해 질주하기 시작한 그녀의 지팡이가 어렴풋이 빛나는 광경이 눈에 들어왔다. 스텝을 밟는 순간, 동시에 영창을 마친 것으로 보였다.

아베리아 녀석, 원래부터 저 정도로 영창이 빨랐나? 위급한 데서 나온다는 잠재 능력인지도 몰라.

……아니, 혹시 이즈모의 기동 영창인가? 설마 아베리아도 쓸 수 있는 거야?

아베리아가 화려한 스텝으로 시프가 쏜 불꽃 화살을 회피한— 것처럼 보였지만, 빗나간 걸로 보였던 불꽃 화살이 방향을 틀어 아베리아를 추적하기 시작했다.

……예전에 딱 한 번 공격용 술법에 유도 기능을 부여하는 방법을 시범 보인 적이 있었는데, 시프는 그 기술을 습득한 건가? 굉장하군. 곧바로 아베리아가 불리한 처지에 몰렸다.

관객석에서 또다시 환호성이 일어났다.

시합 개시 후로 아직 몇 분밖에 지나지 않았는데, 전개가 몹시 빨랐다.

불꽃 화살이 아베리아에게 정통으로 명중—.

……! 아니, 회피한 거야!!

아베리아는 추적을 완벽하게 예상한 듯이, 순간적으로 등 뒤를 향해 고개를 돌려 어렴풋하게 빛나는 지팡이로 맞받아쳐 불꽃 화살의 궤도를 아주 약간 돌린 것이다.

아베리아가 지금 사용한 기술 또한, 시키를 상대로 한 모의 전투에서 내가 선보인 기억이 있는 테크닉이었다. 내가 학생들 앞에서 선보였던 기술은 도저히 피할 수 없을 것처럼 보였던 창 모양의 빛을 향해 마력을 부여한 주먹을 날려 거의 우격다짐에 가깝게 산산이 흩어 버리는 방식이었다. 아베리아의 기술은 나처럼 거칠지 않았다.

그녀는 애로우와 아슬아슬하게 닿을락 말락할 정도의 거리까지 지팡이를 내밀어 지극히 약하게 부여한 빛을 작렬시킴으로써 화살의 궤도를 아주 약간만 틀어버린 것이다. 정말 말도 안 될 정도로 놀라운 센스를 지닌 녀석이다. 화살에 마력을 부여하는 방식을 이용한 터무니없는 전술을 몇 종류나 떠올릴 줄 아는 그녀치고는 비교적 평범한 축에 속하는 아이디어일지도 모르지만, 정말 언제 봐도 무시무시한 재능이야.

공격의 가능성을 꺾는데 성공한 아베리아가 드디어 기회를 잡았다는 듯이 더욱 더 빠르게 가속하는 광경이 눈에 들어왔다. 바로 그 순간, 시프가 그녀에게 무슨 말을 거는 듯이 보였다. 아베리아 또한 짧게 시프의 말에 답하는 듯이 입술을 움직였다. 서로 상대방이 보인 건투를 칭찬하고 있는 건가? 사실 저 두 사람은 의외로 사이가 좋은 편이거든.

그런데 갑자기, 아베리아의 표정이 크게 일그러졌다. 그리고 아무런 이유도 없이 발길을 멈추자마자, 등 뒤로 고개를 돌렸다. 무슨 일이지?

바로 그 순간—.

방금 기존의 궤도를 벗어나 엉뚱한 곳으로 날아가던 불꽃 화살이 아베리아에게로 돌아와, 그녀의 후방에서 폭발을 일으켰다. 상대가 회피할 경우까지 완벽하게 대비하고 있었단 말인가? 혹시 지금 나눈 대화를 통해 그 사실을 알렸던 걸까? 혹은 탄환을 폭발시키는데 필요한 신호였을 수도 있으리라.

거리가 꽤나 멀다 보니, 계(界)를 전개하지 않고서야 대화의 내용은 파악할 방법이 없었다. 입술의 움직임만 보고도 하는 말을 판단하는 기술 같은 건 배운 적도 없거든.

후방으로부터 날아든 충격파가 아베리아를 덮쳤다. 즉석에서 회피가 불가능하다고 판단한 그녀는, 신속하게 방어 장벽을 전개하는 임기응변을 발휘했다.

음, 아마 잔뜩 연습한 결과물인 걸로 보인다. 영창도 깔끔하게 이루어졌다. 복잡한 술법에 관해선 숙련도가 그다지 높지 않은 대신, 기본적인 술법의 취급에 관해선 굉장히 능숙하다는 점이 아베리아의 장점이었다. 그 점에 관해 칭찬하자 「그게 뭐가 대단하다는 거죠?」라는 표정을 짓더란 말이지. 자기 자신의 장점은 의외로 알아차리기 힘든 건지도 몰라.

하지만 시프가 사용한 술법은 예상보다 훨씬 강력한 위력인 것으로 보였다. 곧바로 방어 장벽을 전개했는데도 불구하고, 아베리아의 몸은 저 멀리 날아가 버렸다. 그녀에게 배정된 충격 흡수 인형의 일부가, 계약자가 입은 대미지를 대신 받았다. 왼쪽 어깨에 해당되는 부분이 무참하게 파괴된 것으로 보였다. 충격파의 대미지는 결코 가볍지 않았던 모양이다.

그녀를 바라보고 있던 시프가, 갑자기 새로운 공격의 아이디어가 떠올랐다는 듯이 거리를 좁혀 들어갔다. 어째서?!

아베리아에게 접근한 시프가 지팡이의 밑부분으로 무대를 한 차례 두드렸다.

그녀의 동작에 호응하듯이, 무대에 깔려 있던 납작한 돌들이 꿈틀거리다가 커다란 손바닥의 형태를 띠었다. ……정령 마술인가?

갑작스럽게 나타난 커다란 손바닥이 자세를 다잡지도 못한 채로 엎드려 있던 아베리아의 몸을 움켜쥐었다.

시프가 커다란 손에 잡힌 채로 2미터 정도 올라간 아베리아를 향해 지팡이를 겨눴다.

완전히 포박된 상태의 아베리아가 두 눈을 질끈 동여감은 채로 하늘을 우러러보듯이 고개를 치켜들었다.

……승부가, 났군.

아베리아가 패배를 선언한 것으로 보였다.

시합이 끝났다는 신호가 떨어지자마자 엄청난 환성이 그녀들에게 쏟아졌다.

돌로 이루어진 커다란 손이 아베리아를 포박하고 있던 구속을 풀자마자 그녀를 살며시 무대 위에 내려놨다. 역할을 다한 손이 원래의 무대로 되돌아왔다. 정령 마술은 원래부터 영창 시간이 짧다 보니, 어느 정도만 사용할 수 있더라도 굉장히 유리한 종류의 술법이었다.

“이거야 원, 예상보다 훨씬 훌륭한 시합이었습니다. 서로가 상대방의 기량을 거의 완벽하게 파악하고 있었던 까닭에 단기 결전이라는 결과를 초래한 셈이니까요. 제한된 조건하에선 시프가 우세한 걸로 보였습니다만, 실전에선 결과를 짐작하기가 어려울 것 같습니다. 꽤나 흥미로운 두 사람이로군요.”

토모에가 굉장히 만족스러운 듯한 표정을 지어 보였다.

3분도 안 되는 짧은 시간 동안 이루어진 승부였지만, 두 사람 다 최선을 다한 것은 틀림없었다.

토모에는 아베리아의 풍부한 응용력을 정확히 꿰뚫어본 모양이다. 아마도 무기에 관한 제약이나 별도로 금지된 수단이 존재할 리가 없는 실전적인 환경 하에선, 시프의 실력으로도 아베리아를 간단히 제압하기는 힘들 것으로 보였다. 이번 시합에선 사용할 기회가 없었지만, 공격용 술법뿐만 아니라 지원이나 결계 계열의 술법까지도 화살에 부여할 수 있는 능력을 지닌 그녀의 존재는 전술이나 전략의 폭을 크게 넓힐 수 있으리라.

“영창에 시간을 너무 많이 쓴다는 점에선 큰 차이가 없지만, 지금까지 나온 이들보다야 훨씬 낫군요.”

미오의 평가는 이번에도 신랄하기 짝이 없었다. 이 녀석의 경우, 대부분의 마술을 영창 없이도 자유자재로 구사할 수 있다 보니 근본적인 감각 자체가 다른 이들과 다른 건지도 몰라.

하여튼 관객들의 환성은 그치지 않았다. 이번 시합에선 패배자인 아베리아에게 야유를 날리는 녀석은 없었다.

술사답지 않은 날렵한 발놀림과 고도의 영창 기술을 선보였으니 당연한 반응인가?

하지만 아베리아는 무척이나 자존심이 강한 축에 속하는 소녀였다. 나중에 시합을 돌이켜보다가 크게 낙담할지도 모른다. 하지만 결국 시키가 그럭저럭 위로할 테니 괜히 끼어들지 않는 편이 좋을 테지. 모처럼 시키와 가지는 단 둘만의 시간에 쓸데없이 끼어들었다가 그녀의 원한을 사기도 싫거든.

시프가 시합의 종료를 알리는 신호가 떨어지자마자 맥이 빠진 듯이 주저앉아버린 아베리아에게 손을 내밀었다. 아베리아는 그녀의 손을 맞잡고 자리에서 일어났다.

두 사람은, 미소를 짓고 있었다.

……아마도 시프는 술사 부문에서 매우 손쉽게 우승을 거둘 것으로 보였다.

나는 어마어마한 환성과 함께 무대로부터 내려오는 시프와 아베리아를 지켜보면서, 다음 대진에서 시프와 맞붙게 될 이즈모의 불행한 운명에 관해 동정을 금할 길이 없었다.

◇◆ 루토 ◆◇

귀빈석은 고요에 휩싸여 있었다.

전사 부문의 1회전, 정확히 말하자면 마코토 군의 학생들끼리 대결한 시합 이후로 지금껏 그 침묵은 계속 이어져 왔다.

지금은 술사 부문의 1회전, 정확히 말하자면 아베리아 **호프레이즈**와 시프 렘브란트가 벌인 시합이 막 끝난 시점이었다.

크크, 크크큭. 아까 전의 전사 계열 학생들 네 명을 포함해 마코토 군의 수제자들 가운데 여섯 명은 어디까지나 자신들의 실력 중 일부를 선보인 것에 지나지 않았다. 과연 그들의 한계는 어느 정도일까?

나는 오늘, 모험가 길드의 마스터로서 귀빈석에 앉아 투기 대회를 관전하고 있었다. 학원제 최대의 이벤트이자, 쓸 만한 인재를 자국의 정규군에 입대시키고자 찾아온 각국의 스카우트 담당자들이 눈을 번뜩이는 일종의 견본 시장과 같은 성격을 겸하고 있는 장소였다.

……솔직히 말해서, 개인적으로 그다지 재밌는 구경거리는 아니었다. 사실은 더할 수 없이 지루한 대회였다. 기본적으로 말이야, 충격 흡수 인형에게 대미지를 전가시켜 버리는 시점에서 전투의 긴장감은 인정사정없이 추락할 수밖에 없거든. 1년에 한 번씩 찾아올 때마다, 거의 고문에 가깝게 느껴질 정도로 시시한 이벤트였다. 길드 마스터의 직무들 가운데 손가락에 꼽힐 만큼 고된 업무라고 할 수 있다.

……아니, 이젠 「고된 업무였다」라고 해야 하나? 올해의 대회는 마코토 군 덕분에 굉장히 흥미롭게 즐길 수 있었기 때문이다.

그러고 보니 마코토 군이나 그이가 살던 세계에선 일자리를 차지하기 위해 『취직 활동』이라는 이름의 치열하기 짝이 없는 전투를 벌여 고용주에게 자신들의 능력을 증명해야 하는 모양이다. 아마도 이런 식의 시시하기 짝이 없는 구경거리와 달리 꽤나 볼 만한 가치가 있는 행사일 가능성이 높을 것이다. 언젠가 단 한 번이라도 좋으니, 직접 구경하고 싶다. 나에게 그 단어를 가르쳐줬던 인간은 그 전투에 직접 참가한 적은 없었다고 한다. 실제로 참가하기 전에 이쪽 세계로 건너와 다행이었다는 식으로 진지하게 중얼거리던 걸로 판단하자면, 어지간히 고통스럽고도 진지한 싸움일 것이다.

—전사 부문의 1회전은, 극단적인 공격력과 수비력의 격돌이었다. 그 시합에선 수비력을 주특기로 삼던 소년, 미스라의 활약이 두드러졌다.

평소부터 서로의 기량을 잘 아는 상대였다는 이점이야 무시할 수 없겠지만, 명백하게 선천적인 소질이 있는 것으로 보이는 진의 공격을 거의 완벽하게 방어하는데 성공한 셈이었다. 충격 흡수 인형의 손상도 몇 군데 정도의 작은 상처가 난 정도였다. 진정한 승부라는 의미로 따지고 들어가자면, 사실상 그의 승리나 다름없었다.

마코토 군의 제자들끼리 벌인 또 다른 한 쌍의 시합은, 어쨌든 간에 놀라운 속도와 다양한 공격 수단이 돋보이는 대결이었다. 다에나라는 이름의 단검을 쓰는 소년이 크로스 레인지까지 파고들어 가자, 창을 다루는 유노를 상대로 다양한 공격 수단을 동원해 활로를 뚫는 전개가 시작된 것이다. 그 전 시합과의 차이는, 유노가 수비적인 태도를 취하지 않았다는 점이었다. 창의 공격 범위와 단검의 공격 범위 사이에 존재하는 아주 좁은 공간의 지배권을 둘러싼 숨 막히는 공방전이 펼쳐졌다. 굉장히 유쾌한 시합이었다. 시합의 하이라이트는 다양한 공격 수단의 연발로 인해 창의 거리에서 단검의 거리로 옮겨갈 뻔한 바로 그 순간이었다. 유노가 순간적으로 창 자루를 고쳐 잡아 동작 속도를 상승시켜 궁지에서 헤어나왔다. 나로서도 그녀의 순간적인 임기응변을 목격한 바로 그 순간, 자기도 모르게 입에서 한숨을 쉬고 말았을 정도였다. 그만큼 굉장한 발상 능력과 실력이었다. 공격 수단의 숫자 자체는 다에나가 앞섰지만, 다리를 사용한 순발력에 관해선 유노에게 유리한 대진표였던 모양이다. 다시금 상대와 거리를 벌린 두 사람이 서로의 공격 범위로 파고들어가는 방식의 경기가 그 후로도 이어졌다. 창을 드는 손의 위치에 따라 창의 길이도 변하는 법이다. 단순히 말로 표현할 때는 간단하기 그지없는 이치였지만, 실전에서 선보일 수 있다는 것은 완전히 다른 얘기였다.

다에나는 도중에서부터 유노의 공격 패턴을 파악하기 시작한 듯이 보였다. 그리고 다에나는 자신의 공격 수단을 유효하게 활용함으로써 기선을 제압하기 시작했다. 유노에게 있어서 굉장히 극복하기 어려운 전개로 돌입한 셈이었지만, 그녀는 마지막까지 포기하지 않았다. 그녀는 자신의 무기였던 창을 미끼삼아 다에나에게 던진 뒤, 맨손을 이용한 격투전으로 결판을 지으려 한 것이다. 저 정도 나이의 소녀가 용케 저런 식으로 대담한 작전을 떠올린다는 인상을 받았다. 하지만 단검이 유리한 상대방의 공격 범위로 파고들어가야 하는, 일종의 도박이나 다름없는 판단이었다. 실제로 다에나는 자신의 등 뒤로 들어온 유노의 발차기 공격에 카운터를 날려 승리를 거뒀다. 나 원 참, 설마 이 정도의 명경기가 벌어질 줄은 몰랐다. 결판이 난 바로 그 순간, 무심코 멈추고 있던 숨을 단숨에 내쉴 정도로 훌륭한 시합이었다.

그리고 이번 시합—.

여학생들끼리 맞붙은 대진표였지만 파격적인 전개로 시작됐다. 누구나 할 것 없이 방어 장벽을 전개하자마자 주특기로 삼는 공격용 술법의 영창을 시작하는 정통적인 패턴을 어긴 이례적인 스타트였다.

상대를 향해 돌진을 감행한 아베리아는 전사 부문에서도 충분히 통하고도 남을 것으로 보일 정도로 놀라운 순발력을 선보였다. 하지만 시프는 아베리아가 절반의 거리조차 도달하지도 못한 시점에서 공격용 술법의 영창을 완성시켰다. 학생이라는 사실이 믿겨지지 않을 정도야. 실전 레벨 중에서도 상당히 빠른 축에 속하는 영창 속도였다.

안타깝게도 지금 앉아있는 귀빈석에선 그녀들이 사용하고 있는 언어나 세세한 영창의 내용까지 자신의 귀로 확인하기는 어려웠다. 하지만 두 사람이 영창 그 자체를 어레인지함으로써 위력의 감퇴나 술법 성공률의 저하를 어느 정도 감수하는 방식으로 영창을 단축하고 있다는 것만큼은 분명해 보였다. 대단하군. 아직껏 제대로 된 실전조차 경험하지 못한 학생들이, 일부의 우수한 모험가들이 지극히 드물게 다다르는 발상에 도달했을 뿐만 아니라 실제로 실천하는 모습까지 보일 줄은 몰랐다. 눈부시게 화려한 로브 차림으로 전쟁터로 나아가, 사이좋게 줄이나 서서 남들과 똑같은 영창밖에 할 줄 모르는 정규군 소속 술사들 따위는 상대도 되지 않으리라.

아베리아는 마술의 발동을 확인하자마자 곧장 똑바로 나아가던 진로를 왼쪽 전방으로 틀었다. 스텝에 쓸데없는 동작이 거의 없었다. 그녀는 다양한 동작들을 능숙하게 구사하는 타입인지도 모른다.

시프가 사용한 파이어 애로우는, 나의 예상과 달리 흔해 빠진 평범한 성능의 술법이 아니었다. ……설마 추적 기능까지 추가한 술법일 줄은 몰랐다. 하지만 나의 놀라움은 거기서 그치지 않았다. 아베리아가 자신의 지팡이를 애로우가 들어오는 궤도를 향해 내밀어 빛을 작렬시켜 화살이 직격으로 명중되지 못 하도록 방향을 조정한 것이다. 작렬을 시켰다기보다 빛을 순간적으로 해방시킨 듯한 느낌도 들었다.

바로 그 순간, 두 사람이 서로 무슨 말을 주고받는 듯한 광경이 눈에 들어왔다. 바로 그 직후, 아베리아의 등 뒤에서 애로우가 갑작스럽게 폭발을 일으켰다. 이 시합에서 처음으로 터진 굉음이 경기장 안에서 울려 퍼졌다. 언뜻 보기엔 위력 또한 만만치 않았다. 아니, 정말로 대단한 솜씨야.

최종적으론 시프가 정령 마술을 사용해 연성한 거대한 돌의 손에 잡힌 아베리아가 항복을 선언함으로써 두 사람의 시합은 끝이 났다—.

"……방금 전의 전사 부문 시합이나 술사 부문의 이번 시합이나, 정말 몹시 불쾌하군요."

"그, 그러게 말이오! 저런 식으로 비열하게 다양한 속임수에 집착하거나, 처음부터 이길 마음이 없다는 듯이 수비 일변도의 전투 방식을 고집하다니. 술법도 제대로 다루지 못 하는 소인배가 온갖 잔재주로 발악이나 하다가 끝난, 정당한 술사들로선 감히 상상조차 할 수 없는 시합이었지! 그야말로 아무런 가치도 없는 수작질에 불과하오! 저런 식의 전투 방식을 묵인하다니, 학원에선 대체 무슨 생각을 하고 있단 말인가!"

"승리한 학생은 악명 높은 렘브란트의 딸이라더군요. 귀족도 아닌 주제에 아이들을 귀족 기숙사에 등록시킨 졸부로 유명한 남잡니다. 보나마나 엄청난 돈의 힘을 빌려 영창을 단축시키는 도구라도 손에 넣은 걸로 예상되는군요."

이제야 굳게 다물고 있던 입들을 하나둘씩 여는가 싶더니, 훌륭한 시합을 선보인 학생들에 대한 비판이 시작됐다. 그들의 말을 시작으로 여기저기서 학생들의 방식을 비판하는 목소리들이 들려왔다. 저들은 리미아 왕국의 귀족들인가? 그곳의 고위 귀족인 호프레이즈 가문의 측근에 해당되는 가문의 출신자들이 소리 높여 마코토 군의 학생들을 비난하고 있는 것으로 보였다……. 어리석군. 자신들의 가족이나 관계자가 저들을 상대로 시합을 벌일 경우의 핑계거리를 벌써부터 준비할 셈인가? 저만큼이나 불공평하기 짝이 없는 토너먼트나 저들의 무기에 관해 침묵을 지키고 있는 학원의 집행부를 비롯해, 이 돼지 같은 족속들은 정말로 답이 없다. 돈이나 권력의 개입을 용납할 경우, 독립된 교육기관으로서 우수한 인재를 배출하기만을 바라면서 이 학원을 창립한 「그」의 사상은 눈 깜짝할 사이에 모든 의미를 잃고야 말 것이다. 휴만이라는 종족은 어째서 사물의 본질보다 자신의 이익이나 욕망을 우선시하는 걸까?

이번 대회에서 여러모로 암약하고 있는 범인은 리미아 왕국의 호프레이즈 가문인 것으로 보였다. 말하자면 필연적으로 리미아 귀족들이 소란을 벌일 수밖에 없다는 뜻이다. 마코토 군? 도대체 어쩌다가 아득히 멀리 떨어진 저 나라의, 처음 보는 가문과 관계가 틀어진 거지? 호프레이즈 가문의 차남이 이 학원의 학생으로서 재학 중인 건 사실이지만, 드넓은 학원에서 그 친구와 만날 기회조차 그리 흔치 않을 텐데 말이야.

……어쨌든 현재의 흐름은 실로 불쾌하기 짝이 없었다.

지루한 관전에 흥을 돋아준 아이들의 명예를 약간이나마 지켜보도록 할까—?

"그만 하세요, 그 이상은 추합니다."

"입을 다물도록 해라, 멍청이들아."

어라? 선수를 빼앗겼다.

릴리 황녀와, 리미아 국왕? 두 사람의 의견이 일치하는 것도 꽤나 흔치 않은 경우였다.

소란을 피우고 있던 이들 가운데, 두 사람의 신하에 해당되는 리미아와 그리토니아의 인사들이 입을 다물었다. 주로 트집을 잡던 쪽은 리미아의 귀족들이었던 관계로, 학생들에 대한 비판의 목소리들은 곧바로 자취를 감췄다.

입을 열자마자 서로의 얼굴을 마주보던 황녀와 국왕은, 한동안 다음 말을 입에 담지 않았다. 국왕이 고개를 끄덕이자, 황녀가 천천히 입을 열었다.

"……시합에서 그들이 선보인 활약은, 너무나 감탄스러울 정도였습니다. 레벨 90을 넘겼다는 말씀도 납득이 갈 수밖에 없더군요. 현존하는 전법에 만족하지 않고, 새로운 수법을 개발하기 위해 힘쓰는 사고방식은 타의 모범이 되고도 남습니다. 저들 이외의 학생들처럼 예년과 다를 바 없는 정석적인 전투 방식을 언제까지나 고집할 경우, 마족들과 상대하자마자 속수무책으로 짓밟히고야 말 겁니다. 저의 짧은 소견을 말씀드리자면, 바로 저들이야말로 휴만의 밝은 미래를 비출 유망한 젊은이들입니다. 저들은 칭찬을 받아야 마땅한 젊은이들로서, 결단코 멸시의 대상이 될 수 없는 이들입니다."

릴리 황녀의 발언은, 리미아 귀족들의 발언에 편승한 자국의 귀족들에 대한 경고였다.

"하오나 황녀 전하. 저들과 같은 전술은 천하고도 비열한 사고방식으로서, 모름지기 군인이나 기사의 이상형과는—."

아무리 황녀라고 하더라도 어린 소녀의 가르침을 받았다는 사실을 받아들일 수 없는 귀족의 하찮은 자존심에 의한 반응일지도 모른다. 그리토니아 귀족 가운데 한 사람이 릴리 황녀에게 반박하는 모습을 보였다.

그러나 릴리 황녀가 그의 말을 가로막듯이 입을 열었다.

"그런 식의 기준으로 평가하자면, 하늘에서 재빠른 기동력을 살려 마족들을 물리치는 우리나라의 용사님은 어떠신가요? 그분의 전투 방식 또한 비열한 축에 속한다는 겁니까? 그분의 도움을 받아 살아난 군인이나 기사들도 천하다는 뜻인가요? ……여러분의 사고방식은 근본적으로 틀렸습니다. 저들은 자신의 능력을 정확히 파악함으로써, 모든 힘을 최대한 발휘한 것에 지나지 않아요. 저들의 사고방식은 천하거나 야비하기는커녕, 비열하지도 않습니다. 지금 느린 속도로나마 제국군에서 조금씩 도입하고 있는 새로운 전투 방식과 그 근본이 완전히 똑같다는 사실이, 정말로 전혀 안 보이셨나요?"

"……?! 황녀 전하, 지금 하신 발언은……!"

릴리 황녀가 국가의 기밀 사항을 외국인들 앞에서 거리낌 없이 입에 담자 귀족의 얼굴이 파랗게 질렸다.

"기밀에 해당된다는 건가요? 어이가 없군요. 우리 제국과 함께 마족들을 상대로 전쟁을 수행 중인 왕국에선, 이미 마족들의 위협에 관해선 뼈저리게 깨닫고 있습니다. 마족들을 상대하기 위해 우리가 전법을 바꿀 필요가 있다는 사실은, 기밀이 아니라 휴만 종족 전체가 공유해야 할 정보로 취급해야 할 겁니다. 당신 스스로는 물론이거니와, 지금 나온 하찮기 짝이 없는 발언에 동조한 자들 또한 마음을 고쳐 드세요. ……리미아 국왕 폐하, 말씀을 가로막아 황송하기 이를 데 없습니다."

마음에도 없는 소릴 막힘없이 용케도 읊고 있군.

정신 나간 자가 무책임하게 주워섬기는 소리는, 이따금씩 그 어느 누가 하는 말보다도 제대로 된 발언을 하고 있는 듯이 들릴 때도 있는 법이다. 지금의 그녀가 바로 정확히 그러한 사례에 속하는 경우였다.

"……아니, 짐이 느끼는 바도 그대와 거의 같다. 신경 쓰지 마시게. 잘 들어라, 전통이나 격식은 전쟁터의 피해를 줄이는데 아무런 보탬도 되지 않는다. 영토 또한 지킬 수 없다. 진정으로 지켜야 하는 대상과 그렇지 않은 대상을 정확히 분간하도록 해라. 너희들이 부정한 세 시합은, 전부 다 짐의 마음을 자극한 경기들이었다. 무심코 우리 왕국에 강림하신 용사님의 활약을 떠올릴 정도로 말이다. 말하자면 네 녀석들이 지금 한 발언은 용사님을 모욕하는 거나 다름없는, 참으로 불쾌하기 짝이 없는 말들이었다는 뜻이다. 명색이나마 우리나라의 귀족 혈통을 타고난 이상, 긍지와 교만을 분간토록 해라."

국왕의 발언에 반박하려는 이는 없는 건가? 리미아의 귀족들은 완전히 기가 죽은 듯이 보였다.

그건 그렇고, 꽤나 뜻밖이라는 느낌이 드는 발언이었다. 신전의 관계자들이나 로렐 연방의 고위 인사들 또한 국왕의 말에 놀란 듯이 보였다.

나의 기억에 따르면, 당대의 리미아 국왕은 긍지를 중시하는 오래된 타입의 군주였다. 하지만 지금의 그로부터 그런 식의 고리타분한 분위기는 전해져 오지 않았다.

그 완벽한 용사님께선 국왕이라는 존재의 기본적인 이상형까지 어느 정도 바꾼 듯이 보였다.

용사의 영향력이라는 것도 무시하기 어렵군. 그녀가 지향하는 사회의 이상형은, 역시나 민주주의에 의한 통치인 걸까? 이 세계에 찾아온 대부분의 인간들이 그 제도를 가장 이상적인 정치 형태라는 식으로 확신하고 있는 듯이 보였거든. 그들이 그러한 사고방식을 지니게 된 이유에 관해선 나도 전혀 아는 바가 없다. 그냥 그런 식의 교육을 받은 결과물인지도 몰라. 기회를 봐서 마코토 군에게도 그쪽에 관한 질문을 던져볼까?

그나저나, 이제 아무도 입을 여는 이가 없었다.

마코토 군에게 아무 짓도 하지 않았다는 인상을 주고 싶지 않으니, 나도 한 마디 정도는 거들어볼까? 그의 경우, 어디의 누구와 이어져 있는지 예상이 안 되는 부분도 없지 않아 있었다. 이 대회에선 어쩌다 보니까 다른 데서 구속되는 시간이 길었던 관계로, 그에게 직접적으로 협력할 수 없었던 경우가 많았거든.

나는 한 차례의 헛기침 소리로 주위의 주목을 끌어 모은 뒤, 천천히 입을 열었다.

"……국왕 폐하와 황녀 전하에 이어 발언하기 몹시 송구스럽습니다만, 저 또한 한 마디만 덧붙이도록 하겠습니다. 우선 그들의 전투 방식에 관해선 훌륭하다는 말밖에 나오지 않습니다. 여신님의 축복이나 권능을 부정할 의도는 전혀 없습니다만, 그들처럼 힘과 기술뿐만 아니라 마술을 비롯한 자신의 모든 요소들을 최대한 활용해 높은 경지를 목표로 삼는 분들의 모습은 매우 바람직한 것으로 보입니다. 저들이 실제의 전쟁터로 나아가 여신님의 축복까지 하사받을 경우, 더욱 놀라운 활약을 선보일 것이 틀림없습니다. 개인적으론 저들이 차세대를 책임지는 모험가로서 활약해주기를 바라고 있습니다."

"……길드 마스터인 펄스 님께서 여신을 부정할 리가 없는 이상, 지금 하신 말씀은 순수하게 그들에 대한 기대가 담긴 발언으로 받아들이겠습니다. 저 또한 당신의 말씀대로 그들에게 여신의 축복이 주어질 경우, 더욱 더 놀라운 실력을 발휘할 것으로 확신합니다. ……이와 같은 실력을 지닌 학생들을 처음 본 관계로, 그들에 대한 평가를 지금 당장 확정시키기는 어렵습니다만."

신전의 대사교는 나를 견제하면서도 학생들을 옹호하는데 찬성하는 입장에 섰다.

그의 시선을 쫓다 보니, 롯츠갈드를 담당하고 있는 사교의 얼굴이 눈에 띄었다.

……오호, 그녀에게 그들의 존재를 파악하지 못한 책임을 묻고 싶다는 건가? 그녀는 최근 들어 막 부임한 몸이니, 그 책임은 오히려 고인이 된 전 사교에게 있을 텐데 말이야. 오늘은 운이 안 좋았던 모양이군. 아마도 지금 이 시간이 끝나면 그녀에게 엄청난 압박이 들어가게 될 것이다.

"이제 슬슬 2회전이 시작될 모양입니다. 점심식사도 기대됩니다만, 투기 대회의 다음 경기도 무척이나 기대되는군요."

나는 일부러 맥 빠진 발언을 입에 담아 좌중을 무겁게 짓누르고 있던 분위기를 흩어 버렸다. 역시 관전은 홀가분한 마음가짐으로 즐기고 싶거든. 박진감 넘치는 경기력을 갖추고 있는 선수들이 참가한 이번 대회에서야 말할 것도 없었다.

개인적으론 일반 객석에서 마코토 군 일행과 함께 구경하고 싶었지만, 길드 마스터라는 신분으로는 어려운 일이다.

후후후, 지금 분위기로 봐선 단체전도 상당히 기대할 만 할 것으로 예상된단 말이지.

그들의 활약으로 학원의 학생들 사이에서 약간이나마 정신적인 차원의 개혁이 일어난다면, 초대 학장도 좋아할 텐데…….

나는 지금은 이미 없는 옛 친구의 얼굴을 떠올리며, 그리운 마음과 함께 눈웃음을 지었다.

5

사랑은 맹목적인 것, 사랑은 어둠이라는 말이 있다. 그리고 사랑이라는 감정에 차별은 없다더군. 타인의 사랑을 방해하는 녀석은 말발굽에 차여 죽으라는 건가?

시합이 끝나고 아베리아를 위로하러 가지 않기를 잘 했다.

나는 시키의 오른팔에 팔짱을 끼고 있는 그녀를 바라보며 진심으로 안도의 한숨을 내쉬었다.

특별히 무슨 일이 있던 것은 아니지만, 그녀가 지금 지극히 행복한 시간을 만끽하고 있다는데 의심할 여지는 없었다.

나는 난감한 표정으로 아베리아를 어렵사리 상대하고 있던 시키에게, 현재 위치에서 진과 시프를 돕는 임무를 맡겼다.

이미 탈락한 멤버들에게도 2회전으로 진출한 동급생들을 거들게 하도록 지시하자, 시키는 가벼운 눈인사와 함께 아베리아를 동반한 채로 발걸음을 옮겼다.

식사 시간이 끝나자마자 시작된 오후 토너먼트 또한 별 탈 없이 진행되는 것으로 보였다. 개인전도 이제 진정한 하이라이트로 접어든 참이었다.

전사 부문에서는 진이 2회전에서 다에나를 이겼다. 그리고 그 이후론 여유롭게 승리를 쌓아가고 있는 와중이었다.

상대의 무기를 날려버리자마자 가벼운 연속 공격을 명중시킨 뒤, 결정타로 충격 흡수 인형 두 개가 한꺼번에 산산이 조각날 정도의 강력한 일격을 날렸다.

값비싼 충격 흡수 인형이 하나만 파손되도록 힘을 조절할 뜻은 전혀 없는 것으로 보였다. 경제적인 부분이 조금씩 신경 쓰이는 걸로 봐서, 나도 약간 상인다운 기질에 눈을 뜬 건지도 몰라.

설마 단순한 목검으로 이 정도 실력을 선보일 줄이야. 참 대단한 녀석이다. 공격을 시도하는 단 한 순간에만 신체 강화 술법을 쓰는 특이한 방식으로 마술을 사용하고 있단 말이지.

한정적인 발동에 의해 효과가 강화될 수도 있는 건가? 그냥 여기서 보기엔, 진이 사용하는 평소의 신체 강화 술법보다 공격력의 상승효과가 크게 느껴졌다.

하지만 나는 저 녀석이 오늘 바로 이 순간까지 저런 식으로 특수한 사용 방식을 쓰는 광경을 본 적이 없었다.

……미스라, 혹은 다에나를 상대로 한 시합에서 깨달은 바가 있었다는 건가?

오늘 대회를 위해 준비한 비밀 병기일 리도 없다. 만약 그런 수단을 숨기고 있었다면, 미스라와의 승부에서 사용하지 않을 리가 없었다. 게다가 미스티오 리자드들을 상대로 한 모의 전투에서도 저런 기술을 사용하는 광경은 본 기억이 없다.

요컨대 변태적인 전투 센스의 산물이라는 뜻이다.

나 원 참, 정말로 대단히 우수한 학생들이야. 실전에 가까운 전투를 겪는 과정에서, 착실한 성장 곡선을 그리고 있는 걸로 보였다.

개인전에서 남아있는 경기는 전사 부문과 술사 부문의 결승전과, 양 부문의 우승자 사이에 벌어질 패왕 결정전뿐이었다. 종합 우승자에겐 패왕(霸王)이라는 낯간지러운 칭호가 주어지는 모양이다.

아직 각 부문의 우승자는 결정되지 않은 상태였지만, 지금껏 꾸준하게 압승을 거두어온 걸로 봐서 전사 부문의 진과 술사 부문의 시프가 제각각 우승을 거둘 가능성이 높아 보였다.

……패왕의 자리를 차지하는 쪽은 시프가 될 공산이 컸다.

렘브란트 씨가 사랑하는 딸이 「패왕」이라고 불리게 되는 것을 반길 지는 짐작이 안 간다만, 나로서는 자신이 담당한 학생이 종합 우승을 차지하는 것은 순수하게 기쁜 일이었다.

전사 부문과 술사 부문 양쪽에서 나의 학생들이 대회를 석권하게 된 것이다. 술사 부문에선 아베리아와 이즈모를 상대로 완벽한 승리를 거둔 시프가 엄청난 대활약을 펼쳤다.

2회전에서 시프를 상대한 이즈모 또한 충분히 합격 기준을 만족시키고도 남을 만한 실력을 선보였다.

시합이 시작되자마자, 시프는 흙의 정령술로 자신의 주위에 돌로 된 벽을 전개했다. 이즈모로서는 우선 그 벽을 파괴해야하는 상황이었다.

시프는 돌을 자유자재로 조종할 수 있는 흙의 정령력 덕분에, 돌로 된 벽에 둘러싸인 채로도 이즈모에게 정확한 공격을 날릴 수 있었다. 겉으로 보기엔 수수하면서도 실제론 흉악하기 그지없는, 글자 그대로 즉석에서 조성한 지리적 우세였다.

……내가 보기엔 이즈모는 분명 최선을 다했다.

끊임없이 재생되는 벽을 앞에 두고도 아랑곳하지 않는 근성에 대해선, 아무리 칭찬을 해줘도 부족할 정도였다.

"흐음, 기본적으로 시프가 유리한 상황이로군요. 진퇴양난(進退兩難)이라 함은 바로 이러한 상황을 가리키는 말일 겁니다. 진이 이길 가망은……."

"전혀 없어요. 검압을 최소한의 위력으로나마 날릴 수 있는 실력을 갖추고 있다면야 승부를 시도할 방법이 있을지도 모르지만, 만약 가능하더라도 이들의 하찮은 규칙에 따라 공격용 술법으로 간주되어 반칙 취급을 당할 테니까요. 장외의 활용도 규칙상 불가능한데다가 전사 측의 원거리 공격 수단이 대부분 제한된 현재 상황에선 시프의 속성 공격이 압도적으로 유리해요."

토모에와 미오 또한 시프의 승리를 확신하고 있는 듯한 반응을 보였다.

상황 그 자체를 아군으로 삼다니, 이런 것이 바로 승부의 세계에서 이겨 나가는 사람들의 진정한 능력일지 모른다.

서글프게도 그 누구도 부문별 결승전의 결과에 관해선 관심이 없었다.

시프의 상대는 그럭저럭 단단한 방어력과 꽤나 강한 위력의 일격을 보유한 술사였다.

아무런 문제도 없었다.

포대가 탄환을 발사하기도 전에 승부는 끝날 수밖에 없었다.

진의 상대는, 호프레이즈 가문의 둘째 아들이었다.

시합을 본 바에 따르면, 놀랍게도 실력 자체는 그럭저럭 뛰어난 편에 속하는 아이였다.

다른 학생들과 차원이 다른 무기를 사용하고 있다는 점을 감안하더라도, 기술 자체가 그다지 나쁜 편은 아니었다.

나의 학생들을 제외한 꼴불견들과 비교하자면, 그의 역량에 관해선 오히려 호감이 갈 정도였다.

전통이나 격식을 고집하는 리미아 왕국의 귀족치고는 전투 방식부터가 융통성 있을 뿐만 아니라, 상당히 현실적인 축에 속했다.

하여튼 그냥 어리숙한 철부지는 아니었다는 뜻이다.

그리고 그가 본가의 곳간에서 꺼내 왔다는 검은 상당히 높은 수준의 명검이었다. 그의 현재 실력으론 돼지 목의 진주 목걸이나 다름없을 정도로 과분한 무기였다.

진은 아마도, 저 녀석을 철두철미하게 짓밟을 생각인 것으로 보였다.

진이 지금까지 벌어진 시합에서 보이고 있던, 마음속의 감정을 억누르고 있는 듯한 분위기는 호프레이즈를 상대로 한 결승전을 향한 마음의 준비로 인한 것이리라.

자신 이외엔 아무래도 상관없다는 말을 지껄이고 다니는 주제에, 저 녀석은 절대로 자신의 친구들을 소홀히 하지 않는 성격이었다.

진은 어찌됐건 자신을 믿는 이들을 포기하지 않는다.

다들 마음을 단단히 먹고 참가한 대회에서, 동급생들 가운데 거의 절반이 귀족들의 쓸데없는 개입으로 인해 1회전 탈락을 당한 셈이다.

그러한 그들의 분한 마음을 짊어진 채로, 당장 분출하고 싶은 분노의 충동을 필사적으로 억누르며 여기까지 올라온 것이다.

결국 모든 것은 증오스러운 주모자를 상대로 한 결전에서 자신의 모든 감정을 발산하기 위한 준비 과정이었다.

"도련님? 지금부터 시작될 전사 부문 결승전에 무슨 문제라도 있나요?"

"굳이 두고 볼 것도 없이 결과는 예상이 가요. 도련님, 그보다 다음 시합이 시작되기 전에 간식이라도 드시지 않으실래요? 음료수도 추가해 올까요?"

"미오, 먹을 것들에 관해선 크게 신경 쓰지 마. 네가 먹고 싶을 때마다 마음껏 사와. 그리고 시합 결과에 관한 걱정은 전혀 없어. 그냥 상대 선수가 호프레이즈라는 실감이 들었을 뿐이야."

두 사람이 나의 대사에 제각각 반응을 보였다.

"아하…… 리미아의 귀족 말이군요. 기껏해야 귀족 가문의 차남 따위가, 감히 도련님께 시비를 걸어올 줄은 몰랐습니다."

"그나저나 진은 어떤 방식으로 결판을 지을 속셈일까? 과연 호프레이즈 군은 내일부터 개최될 단체전에 참가할 수나 있을까? 그것이 문제로다. 뭐, 그렇다는 거지."

나는 전사 부문의 결승전에 출장하는 선수들을 소개하는 사회자의 목소리를 듣고 스테이지로 시선을 옮겼다.

이제 남은 시합은 세 경기뿐이었다.

투기 대회의 첫째 날도 이제 곧 마무리된다.

◇◆ 진 ◆◇

"승자, 시프 렘브란트!"

전사 부문부터 치러질 예정이었던 결승전은 갑작스럽게 술사 부문부터 치러지도록 변경됐다.

아마도 호프레이즈라는 얼뜨기 녀석이 약간이나마 시간을 벌고자 수작질을 벌인 것으로 보였다. 아직도 미처 쓰지 못한 치사한 수가 남아 있다는 거냐?

방금 사회자가 선언한 대로, 술사 부문의 승자는 시프였다.

대회에 참가한 술사들 가운데, 저 녀석의 실력은 두드러졌다. 게다가 시합의 무대가 되는 장소와 저 녀석이 사용하는 정령 마술의 상성이 너무 좋았다. 정령의 힘이 금지되지 않고선 대등하게 싸울 방법이 떠오르지 않을 정도란 말이지…….

시프의 대전 상대는 우리보다 학년이 높은 선배였다. 내가 듣기론 졸업하자마자 리미아 왕국의 궁정 마술사 겸 연구자로 채용될 예정의 만만치 않은 실력자라더군.

바로 그 실력자님께선 지금, 스테이지의 돌바닥 사이로 얼굴만 튀어나온 채로 울상을 짓고 있었다.

두 사람은 시합에 앞서 한두 마디 정도 말을 나눈 것으로 보였다. 아마도 그때 말한 내용이 시프의 신경에 무척이나 거슬렸던 것으로 추정된다.

모르긴 몰라도, 정말 엄청나게 신경을 건드린 모양이다.

전투가 시작된 뒤로 잠시 시간이 경과될 무렵, 시프가 상대하던 올백 머리스타일의 자칭 학원생 최강 화력을 자랑하는 사나이는 발밑에 빼끔히 뚫린 함정으로 떨어졌다.

그리고 바로 그 순간, 시프의 술법에 의해 나타났던 구멍은 그의 얼굴만 지상에 남긴 채로 곧장 오므라들었다.

승부 자체가 맥없이 끝나버린 것으로 보였지만, 그의 충격 흡수 인형은 낙하의 충격에 의해 아주 약간 상처가 난 정도에 지나지 않았다. 시프가 어디까지나 상대를 구속하는데 그치도록 술법의 위력을 조정한 결과였다.

눈 깜짝할 사이에 지팡이와 방어 장벽을 상실하자마자 몸의 자유까지 잃어버린 그의 시야에 들어온 것은, 천천히 자신에게 다가오는 소녀의 다리였다.

조심스럽게 고개를 들어 올려다보자, 거기엔 사악한 미소를 짓고 있는 시프의 얼굴이…… 나타났을지도 모른다.

시프는 오른손에 든 지팡이로 왼쪽 손바닥을 가볍게 두드렸다. 마치 강사가 학생을 상대로 설명을 시작할 때의 몸동작을 연상시킬 정도로 여유가 넘쳐 보였다.

두 사람 사이의 거리가 1미터 정도로 줄어든 순간, 시프가 지팡이 끝으로 상대방을 겨눴다.

상대방은 얼른 항복 선언이나 해야 그나마 중간이나 갈만한 이 순간까지 와서도, 항복할 뜻은 전혀 없다는 듯이 추하게 마구 울부짖기만 할 뿐이었다.

어쨌든 저런 녀석도 선배랍시고 잘난 척이나 떠는 꼴을 봐줘야 한다는 것도 웃기는 얘기였다.

시프는 지팡이 끝에 달린 구슬로 선배 녀석의 턱을 살며시 들어 올린 뒤, 심판에게 시선을 돌렸다.

그녀는 「아직도 판정을 시작하지 않으실 건가요?」라는 뜻이 담긴 표정으로 심판을 쳐다봤다.

남자가 재기 불능의 대미지를 받거나 항복을 선언한 것은 아니었지만, 누가 봐도 뚜렷하게 시프의 승리로 끝난 경기였다. 얼른 시합의 종료를 선언해야 할 상황이었다.

더 이상 시합을 계속해 봤자, 마지막 결정타로 들어갈 술법으로 인해 상대의 마음에 씻지 못할 상처가 생겨날 뿐이었다.

한숨을 내쉰 시프가 눈웃음을 지었다.

그리고 입에서 짧은 영창을 읊조리기 시작했다.

……참 어리숙한 녀석이다.

복학 후의 시프의 얼굴만 보고, 그녀가 마지막 결정타를 날리지 못 하는 성격의 다정한 아가씨가 된 걸로 착각한 건가?

아슬아슬한 승부처가 올 때까지 기사회생의 기회를 노린 걸 수도 있지만, 어찌됐건 멍청하다는 점에선 큰 차이가 없었다.

남자가 경악을 금할 수 없다는 표정을 지었다.

그리고 그의 입이, 아마도 항복이라는 단어를 입에 담기 위해 열린 바로 그 순간이었다.

구슬로 모여 들었던 붉은 빛이, 남자의 눈앞으로 조용히 날아갔다.

혹시 그 술법일지도 모른다는 느낌이 들었다.

정답이었다.

남자의 코앞에서 엄청난 열량과 불꽃이 단숨에 작렬하더니, 그 빛이 태양의 빛을 받아 지금도 충분히 밝은 경기장을 더욱 눈부시게 밝혔다.

무, 무섭다.

남자에게 배정된 세 개의 충격 흡수 인형들이 순식간에 터진 듯이 보인 바로 그 순간, 남자의 입에서 나온 끔찍한 비명소리가 경기장을 가득 메웠다.

규모로 봐서 틀림없이 온 힘을 다한 것은 아니었다.

그런데 그럼에도 불구하고, 충격 흡수 인형 세 개를 모조리 파괴할 만한 위력을 지니고 있었다는 뜻이다.

저 술법은, 정말 장난이 아니야.

시프가 쯔바이 양의 접근에 대처하기 위한 용도로 고안한 플레어 필러라는 명칭의, 불기둥을 만드는 술법의 어레인지 버전이었다.

우선 발동 지점을 땅바닥의 약간 밑으로 설정하는 동시에, 발동되기까지 순간적인 대기 과정을 거침으로써 폭발력을 증가시킨다. 그리고 상대의 발밑으로부터 비스듬한 위쪽 방향을 향해 솟아오르는 불꽃과, 그 열량을 받아 용해된 흙과 돌로 이루어진 용암에 가까운 물살을 발생시키는 술법이었다.

저런 기술을 눈앞에서 사용한다는 건, 일종의 가혹행위나 다름없었다.

역시나 저 악녀의 본성은 언제까지나 변함이 없다는 사실을 다시금 확인한 순간이었다.

언뜻 보니 선생님도 느끼는 바가 있다는 표정으로 무언가 중얼거리고 있었다.

술법의 지속 시간 자체는 굉장히 짧은 편이다 보니, 불꽃은 남자의 비명소리가 잦아들기도 전에 자취를 감췄다.

박력 만점의 술법을 직접 목격한 관객석으로부터 엄청난 환성이 일어났다.

남자는 뺨에 화상을 입었을 뿐만 아니라, 머리카락 일부가 노릇노릇하게 잘 익은 상태였다.

무시무시한 공포에 사로잡힌 채로 부들부들 떨고 있는 그의 몰골에서, 시합이 시작되기 전만 해도 확실하게 전해져 오던 자신감 따위는 조금도 느껴지지 않았다.

그가 입은 부상은 대기실에서 치료만 받더라도 손쉽게 회복될 정도의 가벼운 상처에 지나지 않았다. 아마도 흉터조차 남지 않을 것이다.

다만, 마음의 상처는 길게 가리라는 예감이 들었다.

심판이 시프의 승리를 선언한 바로 그 순간, 그녀는 얼굴만 나온 상태의 남자에게 다가가 무릎을 꿇었다.

그녀가 가냘프게만 보이는 날씬한 팔을 남자의 목으로 가져갔다.

그리고 시프가 몸을 일으키는 동작에 따라 통째로 묻혀 있던 남자의 몸 또한 아무런 일도 없었다는 듯이 지상으로 솟아올랐다. 그 결과, 여학생이 한 손으로 남학생을 들어 올리는 걸로밖에 보이지 않는 괴이한 그림이 완성된 것이다.

시프는 겁먹은 얼굴로 넋이 나간 듯이 서 있는 패배자와 눈조차 마주치지 않은 채로, 각각의 방향에서 시합을 관전 중이던 관객들에게 머리를 숙여 인사하면서 무대를 뒤로했다.

"대단하더라."

나는 대기실로 돌아가려던 시프에게 말을 걸었다.

이만큼이나 압도적인 실력을 보인 상대에겐 제대로 된 대책조차 떠오르지 않았다.

그런고로, 나의 입에서 나온 말은 순수한 칭찬이 될 수밖에 없었다.

솔직히 말해서, 최선을 다해 패왕의 자리를 차지하고 싶다는 점에선 나도 다른 녀석들과 마찬가지인데…….

"고마워요, 진. 사실 좀 더 빨리 제압할 수도 있었지만, 저 사람은 내일도 호프레이즈 팀 소속으로 나올 것 같더군요. 오늘부터 조금씩 주제 파악을 시켜주면 내일 시합에 보탬이 될 것 같았거든요."

"주제 파악을 조금, 시켜준 정도가 아니잖아? 역시 개과천선한 시프로서도, 오늘 토너먼트에 관해선 화가 날 수밖에 없었던 거야?"

"……일단 상상에 맡기도록 하지요. 하지만 전사 부문에 있는 당신이 부럽다는 말씀만은 드리고 싶어요. 진, 제가 굳이 말씀드릴 필요조차 없는 걸로 알지만……!"

"응, 물론 잘 처리할 거야."

"다행이군요. 솔직히 돈과 권력의 힘이 이따금씩 이 정도로 추악한 사태를 일으킬 수 있다는데 관해선, 저 또한 스스로를 돌아볼 구석이 결코 적지 않거든요. ……저는 편안한 마음으로 패왕이 되기 위한 작전을 가다듬도록 하지요. 지켜보겠습니다. 그리고 무운(武運)을 빕니다."

시프는 어딘지 모르게 유감스러운 표정으로 나와의 대화를 마친 뒤, 대기실로 가는 복도로 걸어갔다.

호프레이즈에게 과거의 자신을 겹쳐 보면서 자기혐오에 빠진 걸까?

……뭐, 예전의 시프가 현재의 호프레이즈와 그다지 큰 차이가 없는 녀석이었다는 건 틀림없는 사실이었다.

이제 와선 굳이 지껄이고 다닐 필요조차 없는 과거의 일이지만 말이야.

시프가 자신의 힘으로 호프레이즈를 쓰러뜨리고 싶어 하는 거야 당연히 이해가 간다. 하지만 그것은 전사인 나의 역할이었다. 미스라와 다에나를 쓰러뜨리고 올라와, 이 자리에 나 자신이 있다는 사실의 참뜻과 중압감이 절실하게 다가왔다. 직접 상대한 건 아니었지만 유노의 몫 또한 잊지 않았다.

나는 라이도우 선생님의 강의를 함께 받는 친구들의 마음을 짊어진 채로, 지금부터 밖으로 나아가 싸워야 한다.

한 마디로…… 네가 한 짓거리가 마음에 안 든다는 뜻이야.

—일름간드 호프레이즈!

"진! 진 로안! 결승전이 시작됩니다. 서둘러 주세요!"

담당 직원이 나의 이름을 불렀다.

이제, 시간이 다 된 건가?

드디어 그 녀석을 때려눕힐 수가 있다는 거야.

"……금방 가겠습니다."

나는 잽싸게 몸을 일으켜, 자신이 입장하는 쪽의 복도로 서둘러 달려갔다.

똑바로 이어진 복도를 걷다 보니, 여러 개의 낯익은 기척들이 나에게 다가오고 있는 것이 느껴졌다.

시키 선생님과 아베리아, 미스라와 다에나, 유노와 이즈모였다.

상대방의 비겁한 수작에 대비해 주위를 경계하고 있던 걸까?

시합 전에 모습을 보이지 않은 데는 다 이유가 있었던 것으로 보였다.

최근 들어 가끔씩 이럴 때가 있다.

극도로 정신이 집중된 바로 그 순간, 주위의 상황이 자연스럽게 감각적으로 파악이 될 때가 있다.

좋아. 컨디션은 최고다.

복도를 걸어가 밖으로 나아갔다. 시야가 단숨에 환한 빛으로 가득 찼다.

나는 객석을 둘러봤다.

객석의 위쪽 근처에 선생님과 직속 측근 두 사람이 함께 앉아있는 모습이 시야로 들어왔다.

"선생님, 지켜봐 주세요."

나는 자신의 굳은 결의가 담긴 한 마디를, 누구에게랄 것도 없이 중얼거렸다.

결투의 무대가 코앞까지 닥쳐왔다.

방금 벌어진 술사 부문 결승전의 흥분이 아직 가시지 않은 듯, 관객들의 열기는 이미 최고조에 달할 상태였다.

나는 무대로 가는 계단을 힘차게 밟고 올라갔다. 그리고 드디어 무대 위에 올랐다.

"진 로안, 시합 시각을 준수하세요. 감점 대상입니다."

"……죄송합니다. 조심하겠습니다."

그다지 큰 상관은 없었다.

감점 따위는, 판정으로 넘어가지 않고서야 아무런 의미도 없는 단순한 숫자놀음에 지나지 않았다.

나는 그 녀석에게 시선을 돌렸다.

……비겁한 자식.

내일 예정된 단체전 출장에 영향이 있을 정도로 짓이겨버릴 생각은 없었다.

내일부터 이틀 동안, 단체전에서 우리를 돋보이게 할 조연으로 써먹어야 하거든.

—충격 흡수 인형을 하나라도 부수게 될 경우, 그 자리에서 시합이 끝나버린다. 세 개가 모조리 부서질 경우, 나머지 대미지를 받은 저 녀석의 입에서 또 무슨 헛소리가 나올지 모른다.

지금껏 치른 몇 시합 동안에 걸쳐 연습은 끝났다.

정확하게 두 개만 부숴서 끝내주마.

"응……? 이봐 잠깐, 이건 우리 가문에 대대로 전해져 내려오는 유서 깊은 무기야. 오늘 같은 격식 있는 자리나 전쟁터에 나설 때는 반드시 이 장비를 쓰는 것이야말로 우리 호프레이즈 가문의 전통이란 말이지. 그런고로, 지금 같은 눈빛으로 트집을 잡아봤자 곤혹스러울 뿐이야. 게다가 대회의 규칙상으로도 허용되는 범위의 장비거든."

자신을 노려보는 나의 시선을 알아차린 그 녀석이, 건방진 표정으로 도발을 걸어 왔다.

아무 말도 없이 째려보고 있던 탓인가? 나에게 무슨 불만이 있는 걸로 보였는지도 몰라.

하지만 지금 넌 완전히 착각하고 있는 거야.

네가 쓰게 될 장비가 준결승전보다 훨씬 강하건 말건, 나에겐 아무런 상관도 없거든.

그 장비를 준비하기 위한 용도로 시간을 벌고자 시합 시각을 늦춘 것 또한 아무런 상관도 없어.

나는 그냥, 너를 철두철미하게 짓이겨 버리는 방법이나 가다듬고 있었을 뿐이야.

"쓸데없이 토를 달 생각은 전혀 없어. 우리는 그냥, 좋은 시합을 가지는 데나 신경 쓰자."

"……마음에 안 들어. 일찌감치 시합을 포기해서 귀빈 여러분을 실망시키지 마라. 라이도우의 강의를 받고 있다는 자신의 불행을 저주한 채, 어디 한 번 발버둥이나 쳐 봐."

귀빈—.

맞아, 그러고 보니 그런 작자들도 이 자리를 함께하고 있다.

예년 같으면 나 역시, 필사적으로 그들이나 각국의 스카우트 담당자들로부터 쏟아지는 시선을 신경 쓰고 있었으리라.

솔직히 말해서 지금은, 어느 나라의 누가 보고 있더라도 크게 신경 쓰이지 않았다.

나는 거칠게 휘몰아치는 본심을 숨긴 채, 호프레이즈 녀석의 어설픈 도발에 어디까지나 예의 바른 말로 응했다.

혹시 일부러 시치미를 뗀 걸로 보였나? 호프레이즈의 양손, 특히 오른손이 더욱 강하게 검을 움켜쥐는 낌새가 느껴졌다.

심판이 호프레이즈로부터 나온 신호를 확인하자마자 고개를 끄덕이더니, 손을 크게 들어 보였다.

하하하, 완전히 매수된 상태라는 뜻이잖아?

"신사 숙녀 여러분! 일름간드 호프레이즈 대 진 로안! 롯츠갈드 학원제 투기 대회, 개인전 전사 부문의 결승전을 시작합니다!!"

희한한 느낌이 들었다.

나의 눈앞엔 구경하기조차 힘든 장비로 몸을 감싼, 수재로 이름 높은 선배가 버티고 서 있었다.

그런데 평소 입는 교복과 목검 한 자루만을 들고 있는 후배인 나 자신은, 상대가 전혀 무섭지 않았다.

푸르른 비늘의 리자드맨과 벌이던 싸움의 나날들 덕분일까?

혹은 레벨 70 남짓인 것으로 알려진 호프레이즈에 비해, 자신의 레벨이 90을 넘기 때문일까?

나는 검을 든 오른팔을 앞으로 세우며 자세를 비스듬히 잡았다.

일름간드가 중후한 플레이트 아머를 겹쳐 입고 있다는 느낌이 전혀 들지 않을 정도의 날렵한 몸동작으로, 나를 향해 달려 왔다.

장비 중인 모든 무기에 중량 경감이나 신체 강화의 효과를 지닌 부여 마술이 걸려 있는 것으로 보였다.

하지만 동작 자체가 너무 솔직하단 말이지.

양손을 동원해 커다란 검을 상단으로 치켜들었다가 내리찍으려는 의도가 뻔히 들여다보였다.

느려.

모든 동작이 황당할 정도로 느긋하기 짝이 없었다.

일름간드가 휘황찬란하게 빛나는 대검을 기합 소리와 함께 기세등등하게 내리찍었다.

나는 순간적으로 회피를 시도하려다가, 곧바로 마음을 고쳐먹었다. 그리고 한 걸음 앞으로 나아갔다.

모처럼 대검을 양손으로 들고 있는 주제에, 실제론 거의 오른손만을 써서 지탱하고 있는 상태였다.

왼손은 거의 거들기나 할 뿐이었다.

나는 하단 자세로 잡고 있던 목검을 치켜 올려, 거창한 갑옷 토시를 장착한 일름간드의 오른손을 향해 공격을 날렸다.

나의 노림수에 따라, 일름간드는 겉으로 보기엔 양손으로 움켜쥐고 있는 걸로 보였던 대검을 손에서 놓치고 말았다.

경기장 내부가 쥐 죽은 듯이 조용해졌다.

나는 일부러 등을 돌린 채로 약간 거리를 벌린 뒤, 다시금 녀석을 향해 목검을 고쳐 잡았다.

추가타는 날리지 않았으며, 날릴 생각도 없었다.

검을 고쳐 잡은 녀석의 표정이, 나의 의도를 깨달은 듯이 벌써부터 분노로 일그러지기 시작했다.

이봐 잠깐, 상대방에게 자신이 냉정하지 않다는 사실을 알려서 뭘 어쩔 셈인데?

나처럼 잘 좀 숨겨보셔, 호프레이즈 선배…….

"……."

하긴, 창피를 당하는 걸 즐길 리야 없다는 건 나도 잘 알아.

너희 나라의 국왕이나 일가친척들 또한 어디선가 이 시합을 관전하고 있을 테니까 말이야.

녀석이 느릿느릿하게 신체 강화 술법을 영창하는 모습이 눈에 들어왔다. 좋아, 네가 다 걸 때까지 기다려줄게.

드디어 술법을 전부 다 건 일름간드가 공격 자세를 잡았다.

벌써부터 주특기를 선보일 속셈인가?

……사용 가능한 기술 자체가 그다지 많지 않을지도 몰라.

아차. 그러고 보니 방금 날린 일격의 위력을 확인하지 않았다.

충격 흡수 인형의 파손 정도는…… 겉으로 보기엔 거의 없었다.

기껏해야 어딘가에 약간 금이 간 정도로 보였다.

꽤나 방어 효과가 높은 갑옷을 준비해 왔다는 뜻이군.

신체 강화 술법을 걸자마자 낮은 자세로 돌격해 들어온 뒤, 필살의 가로 베기를 날린다.

일름간드가 사전 정보와 단 한 치의 오차조차 없는 정확한 동작으로 돌격을 감행해 왔다.

나는 저 녀석에 관한 정보를 일부러 모은 적은 없었다.

그런데 자주 쓰는 공격 기술부터 시작해서 필살의 패턴에 관한 정보에 이르기까지 잇달아서 **들려왔다**.

사실은 의도적으로 숨기지 않는 이상에야, 지극히 당연한 현상이었다.

녀석의 돌격 동작은 어디까지나 앞으로 이동하기 위한 동작에 지나지 않았다. 사실상 공격 동작과 전혀 연동되지 않다 보니, 언제든지 필요에 따라 접근을 차단할 수 있는 상태였다. 온갖 빈틈만 눈에 띄는 순간이었다.

느릿느릿 접근해 들어오는가 싶더니 그제야 공격 동작으로 들어갔다. 한심하군.

신체를 강화할 필요조차 없이 손쉽게 회피할 수 있다.

라이도우 선생님의 강의를 받는 과정에서 갈고닦은, 전투 중의 상황 판단 능력이 진정한 효과를 발휘한 순간이었다.

바로 그 능력 덕분에 지금의 나에게 상대의 움직임이 느리게 보인다는 데는 의심할 여지가 없었다.

드디어 필살의 가로 베기 공격이 날아 들어왔다.

나는 눈앞으로 들이닥쳐 오는 커다란 대검의 가운데 부분을 향해 순간적으로 온 힘을 다한 일격을 날렸다.

"윽?!"

일름간드의 검이 또다시 땅바닥으로 떨어졌다.

일단 굉장히 좋은 검이라는 건 틀림없어 보였지만, 사용자가 이 녀석인 이상에야 결국은 아무 소용도 없었다.

녀석은 검을 들고 있던 양쪽 손바닥이 혼자서 멋대로 부들거리는 광경을 경악에 찬 눈길로 바라보고 있었다.

……충격에 의한 일시적인 감각의 마비로 인해, 또다시 검을 떨

어뜨린 것으로 보였다.

나는 넋이 나간 듯한 표정의 일름간드의 얼굴을 향해, 상당히 위력을 낮춘 목검의 일격을 날렸다.

녀석의 충격 흡수 인형이 공격을 당한 충격으로 크게 흔들린 바로 그 순간, 그 얼굴에 크게 금이 갔다.

일단 시합은 아직 끝나지 않았다.

나는 다시 한 번, 녀석으로부터 거리를 벌리고 검을 다잡은 채로 다음 동작을 기다렸다.

"—큭! 심판!!"

일름간드가 한손으로 얼굴을 움켜쥔 채로 심판을 불렀다. 그리고 나머지 한손의 손가락으로 나를 가리키며 마구 고함을 쳤다.

……너 같이 썩어빠진 녀석도 한 사람의 검사라면, 우선은 떨어뜨린 검부터 신경 써라.

심판이 일름간드의 고함 소리를 듣자마자, 여러 차례에 걸쳐 고개를 끄덕였다.

이번엔 또 뭐냐?

설마 맨손으로 싸우라는 건가? 솔직히 말해서, 개인적으론 맨손이더라도 전혀 상관없었다.

"진 로안, 시합 시작 이후로 상대방의 선제공격만 기다리는 소극적인 자세가 눈에 띕니다. 자신의 모든 실력을 총동원해야 한다는 생각으로, 적극적인 공격을 시도하도록 하세요."

기껏 한다는 소리가 겨우 그거냐? ……이제 슬슬 결판을 지어야 할 때가 온 건지도 몰라.

"알겠습니다. 지금 당장 결판을 짓도록 하지요."

"윽?!"

나로부터 느껴지는 살기가 단숨에 늘어난 것을 감지한 일름간드가, 황급히 검을 줍자마자 자리에서 일어났다.

단련을 시작한 이후로도 변함없이 새하얀 빛깔을 유지하고 있다는 것이 자랑거리라는 일름간드의 피부가, 술에 취한 듯이 붉게 물들었다.

……어디 한 번, 처음이자 마지막으로 진짜 실력을 발휘해 보실까?

무자비하게 두들겨 패는 건 단체전에서 붙을 때까지 기다려 주마.

개인전이건 단체전이건 마찬가지로 망신을 주기 위해, 오늘은 이쯤해서 봐주겠다는 얘기야.

사실은 나 혼자서 멋대로 이 녀석을 재기 불능으로 만들어 버릴 경우, 다른 녀석들로부터 쏟아질 온갖 불평불만을 감당하고 싶지 않았다는 것이 거짓 없는 본심이다.

"진이라고 했나! 진 로안! 이 자식, 네 녀석 또한 결단코 용서할 수 없다! 아니—?"

나는 시합 재개를 알리는 심판의 몸동작을 확인하자마자, 이 시합이 시작되고 나서 처음으로 전방을 향해 달려 들어갔다.

나의 동작은 오직 그뿐이었다. 바로 그 순간, 지금껏 턱도 없는 협박이나 주워섬기던 일름간드의 입에서 경악이 담긴 한숨이 새어 나왔다.

나는 그제야 황급히 검을 다잡은 일름간드의 공격범위보다 안쪽으로 파고들어가, 갑옷의 보호를 받고 있던 복부를 향해 발차기를 꽂아 넣었다.

갑옷의 보호를 받고 있는 관계로, 직접적인 육체적 대미지가 있을 리는 없었다. 하지만 공격의 충격 자체를 있는 그대로 받은 녀석은, 후방으로 날아가 엉덩방아를 찧었다. 나는 추격타를 날리기 위해 곧바로 녀석을 쫓아갔다. 그리고 녀석의 머리를 향해 상단 베기를 날렸다.

그러나 나의 공격은 일름간드가 머리를 지키기 위해 반사적으로 치켜든 검에 의해 가로막혔다. 이대로 여세를 몰아 공격을 계속할 경우, 나의 목검은 아마도 두 동강이 날 것이다.

나는 순간적으로 상반신을 물려 검의 궤도를 틀었다. 녀석의 검과 직접적으로 충돌하는 사태를 피하기 위한 행동이었다.

그리고 녀석의 코앞에서 상단 베기를 찌르기 공격으로 변화시켰다.

양손을 든 관계로 텅 비어버린 얼굴을 노린 찌르기 공격은 깔끔하게 꽂혀 들어갔다. 일름간드의 머리가 뒤로 크게 젖혀졌다.

일름간드에게 배정된 두 번째 충격 흡수 인형의 머리가 그 자리에서 터져 버렸다.

하지만 나는 아랑곳하지도 않고, 아직 완전히 뻗지 못한 상태였던 팔을 앞으로 마저 뻗어 찌르기 공격을 완성시켰다.

녀석의 뒤통수가 돌바닥에 파고들어간 듯이 보인 바로 그 순간, 무대에 커다란 금이 가는가 싶더니 묵직한 소리가 시합장에 울려 퍼졌다.

일름간드의 세 번째 충격 흡수 인형이 폭발을 일으킨 것이다.

일름간드는 무대 위에서 꼴사납게 손발을 벌린 채로 뻗어 있었다. 그의 이마에선 피가 흐르고 있었다.

누가 보더라도 이번 시합의 승자는 분명할 수밖에 없었다.

"심판? 그의 충격 흡수 인형은 전부 다 파괴된 걸로밖에 안 보이는데요?"

나는 지극히 냉정한 태도로 심판을 불렀다.

……너무 심했다.

충격 흡수 인형을 모조리 파괴한 결과, 그 여파로 저 녀석의 이마에까지 약간 상처가 난 모양이다.

불행 중 다행인 것은, 이곳의 응급 치료로 낫는 정도의 얕은 상처였다는 점이다. 단체전에 나오지 못할 만큼 심각한 부상은 아니었다.

꼭, 나올 거지?

이만큼이나 심혈을 기울여 망신을 준 보람이 있을 걸로 안다.

단체전에선 오늘보다도 훨씬 치사한 수단들을 총동원한 복수를 시도해다오.

—일름간드 호프레이즈에게 최악의 망신과 더불어 압도적인 패배를 선사한다. 하지만 지나친 부상을 당하진 않도록 힘을 조절한다.

어쨌든 소기의 목표를 달성하는 데는 성공한 셈이었다.

시키 선생님과 라이도우 선생님의 소감을 들어보고 싶다는 마음이 들었다.

전사 부문 우승자로서 자신의 이름이 불리는 가운데, 나는 일종의 달성감과 함께 무대를 뒤로했다.

◇◆◇◆◇

금년의 패왕은 예상대로 시프였다.

그녀는 결승전이 시작되자마자 무대 위를 묽은 시멘트 상태로 변화시켰다. 물리 공격을 전문으로 삼는 진으로선 기본적으로 대응할 방법 자체가 전혀 없는 거나 마찬가지였다. 그의 장점인 기동력을 활용할 수가 없는 환경이었다.

게다가 시프 본인은 거의 늪이나 다름없는 무대 위를 자유자재로 돌아다닐 수 있단 말이지.

그녀는 파도타기라도 하듯이 무대 표면을 거침없이 미끄러져 다녔다.

시프가 로나 양의 위장 신분이었던 카렌이 나의 강의에서 사용한 뎀·레이라는 명칭의 폭발하는 빔 같은 술법을 사용한 순간, 진이 피하기는커녕 마술을 부여한 목검을 이용해 두 동강으로 갈라버렸던 장면도 무척이나 인상적이었다. 솔직히 말해서 나도 모르게 탄성이 나올 정도였지만…… 결승전에서 진의 활약은 결국 그 순간뿐이었다.

토모에와 미오는 시프가 사용한 술법이 무척이나 흥미로웠던 모양이다.

아베리아가 시프의 술법이 날아오는 궤적을 틀어버린 순간과 비슷한 반응이었다.

아마도 두 사람의 눈엔 진이나 아베리아가 선보인 테크닉이 자신들의 힘으로도 손쉽게 따라할 수 있는 기술들로 보였던 것이리라. 솔직히 말해서 나 자신이 습득을 시도할 경우, 꽤나 만만치 않은 노력이 필요하리라는 예감이 들었다. 최소한 잠깐 시험 삼아 연습하는 정도의 과정을 통해 금방 터득할 수 있는 경지로는 보이지 않았다.

시프가 술사 부문의 결승전에서 시험 삼아 선보인 플레어 필러를 응용한 술법은, 이번엔 나올 기회가 없었다.

그녀가 처음으로 사용하는 광경을 목격한 바로 그 순간, 남몰래 모 유명 격투 게임의 필살기를 떠올렸던 술법이었다.

나도 모르게 그 기술의 이름을 나직이 중얼거렸단 말이지. 솔직히 말해서 정말 충격적인 광경이었다.

겉으로 보건 어디로 보건, 접근한 상대방에 대한 대항 수단으로서 준비된 술법이라기보다 적극적으로 상대방에게 접근해 들어가 꾸겨 넣는 기술, 아니 술법이었다.

시프는 가능한 한 원거리에서 안전하게 싸우는 방식을 이상형으로 삼고 있는 듯이 보였기 때문에, 그녀가 고안한 새로운 술법에 관해선 정말로 대단히 뜻밖이라는 느낌을 받았다.

일단 마술인 이상, 발동 지점을 약간 이동시키거나 시한식의 발동 방법을 도입하는 등의 다양한 수단을 통해 얼마든지 응용이 가능해 보였다. 어쨌든 내가 보기엔 기본적인 응용 범위 자체가 굉장히 넓은 술법이었지만, 시프는 아직 거기까진 생각이 미치지 못한 듯이 보였다.

시프는 혼자서 요새의 경지에 다다르고 있는 와중이었다.

게다가…….

나의 혼잣말을 우연히 엿들어 버린 토모에와 미오가, 반짝거리는 눈빛으로 시프가 사용하던 술법의 광경을 떠올리듯이 중얼거리는 모습이 눈에 띄었단 말이지. 솔직히 말해서 나로서는 어중간하게 불길한 예감이 들 수밖에 없었다.

아니, 굳이 너희들이 사용할 만한 술법은 아닌 것 같거든?

방 안은 어둠으로 가득 차 있었다. 눈에 온 신경을 집중하자, 실내가 마치 맹수가 날뛰고 간 현장처럼 난장판으로 어지럽혀져 있는 모습이 시야에 들어왔다.

한 남자가 침대 위에 걸터앉아, 초조한 듯이 다리를 떨면서 낮은 목소리로 혼잣말을 중얼거리고 있었다. 그의 이마엔 입은 지 얼마 되지 않은 상처가 나 있었다.

방금 전 그에게 보고를 하러 이 방에 들어온 이도 있었지만 용건을 마치자마자 급하게 밖으로 나가 버렸다.

"……알아. 망설임 같은 건 없다. ……전부, 다 알아……. 나를, 나를 누구라고 생각하는 거냐!!"

그가 목소리를 한층 더 높였다.

축제날 밤의 소란스러운 분위기도 이곳엔 전혀 닿지 않았다.

고개를 숙인 남자의 목소리는 밤새도록 그치지 않았다.

6

"미안하네, 라이도우 님. 나로서도 어쩔 방도가 없더군."

[신경 쓰지 마십시오.]

학생들의 건투를 격려한 뒤, 상회로 돌아간 나를 기다리고 있던 것은 렘브란트 씨의 사죄였다.

아마도 그가 상인 길드의 호출을 받았던 까닭은 완전히 나와 직결된 안건이었던 모양이다. 그리고 길드 방문의 결과는 그다지 양호한 편은 아니었던 것으로 보인다.

"상회로서 활약하고 있는 이상으로 자네는 큰 주목을 받고 있네. 내 생각엔 아마도 일개 개인이나 일개 조직 정도의 규모가 아닌 걸로 보여. 거의 국가가 움직일 레벨의 안건인 모양이야. 심지어 한두 나라 정도가 아니라 훨씬 많은 나라들이 엮여 있을지도 모르겠군."

[국가 규모란 말입니까? 방해 공작을 당할 만한 짓을 한 기억은 없습니다만.]

나에게 관심을 보이는 나라들은 존재할 수 있다고 본다. 하지만 눈에 보일 정도의 방해 공작을 당할 만한 짓을 한 기억은 전혀 없었다.

"관심의 대상이 되기만 해도 충분하다네."

렘브란트 씨가 나의 마음을 읽은 듯이 설명하기 시작했다.

무슨 뜻이지?

"어떤 나라가 쿠즈노하 상회나 라이도우 님 개인에게 관심을 두고 있는 걸로 가정해 보세나. 국가의 그러한 움직임은 의외로 몹시 빠르게 우리와 같은 상인들에게 전달될 수밖에 없다네. 국가에 소속된 공무원들은 자신들의 성을 출입하는 어용상인들까지도 정보통으로 삼거든. 그리고 국가의 정식 주문을 받을 정도의 입장이더라도 상인은 결국 상인에 지나지 않아. 상인들 간의 상호 관계를 통해 정보는 확산될 수밖에 없다는 뜻이지. 경우에 따라 정보가 전달되는 속도의 차이는 있을 수밖에 없지만 말이야."

응, 이론적으론 대충 느낌이 온다. 국가와 직접 거래하는 상인과 친분이 있을 경우, 정보 수집의 일환으로 갖가지 얘기를 나눌 수도 있을 것이다. 그리고 길드나 개인적인 친분 관계 등의 네트워크를 통해 불특정다수의 상인들 사이로 소문이 전파되리라는 것은 상상하기 어렵지 않았다. 아이온 왕국처럼 상인들 자체가 적극적으로 첩보 활동에 가담하는 경우도 있을 정도니까 말이야.

"여기까지야 그다지 큰 상관은 없다네. 하지만 바로 여기서 부터가 문제야. 정보를 입수한 상인은, 새롭게 정보를 유통시키는 과정에서 이따금씩 자신의 뜻을 반영시키는 법이거든. 예를 들어, 내가 리미아 왕국의 정무에 관여하고 있는 분과 친분이 있는 걸로 가정해 보세나. 바로 그가 라이도우라는 신참 상인에 관한 정보를 나에게 요구할 수도 있을 거야. 나로서는 그의 질문에 대해 『그에 관한 정보는 제 쪽에서 상인 길드를 통해 여러모로 알아볼 수 있도록 조치를 취해보겠습니다』라는 식으로 대답해야 하는 상황일

세. 그 이유에 관해 짐작이 가나?"

『……렘브란트 씨께서 대외적으로 고객을 위해 움직이는 모습을 보이셔야 한다는 겁니까?』

렘브란트 씨는 나의 견해에 미소를 지었다.

"아니야. 이 경우에 한해, 나는 리미아가 아니라 나 자신을 위해 움직이고 있는 거라네."

『……예?』

"예로 든 얘기 안에서의 나는, 리미아 왕국과 굵은 유대 관계를 지니고 있던 나 자신의 기득권이 자네라는 존재로 인해 위협받게 될 가능성을 가정한 거야. 그런고로 『리미아 왕국이 라이도우에게 관심을 가지고 있다』는 단순한 사실을 『리미아 왕국이 라이도우라는 상인의 존재를 미심쩍은 눈길로 주시하고 있다』는 식으로 고쳐, 길드를 통해 헛소문을 퍼뜨림으로써 새로운 상인의 사업 확장을 방해한 셈이지……. 사실 이런 종류의 사건은 꽤나 자주 일어나는 일일세. 어용상인들도 단순히 국가에게 이용당하는 입장이 아니라, 국가 또한 자신의 이익을 위해 이용하는 자들이야. 사실 나 자신도 평소부터 자연스럽게 하고 있는 일이다 보니, 그다지 멀기만 한 남의 일도 아니라네."

……말하자면, 평소부터 꽤나 지독한 계략을 쓰고 계신다는 뜻이군요?

"상인 길드로서도 특정한 국가로부터 위험시당하고 있을 가능성이 있는 상회를 아무런 조치도 없이 방치할 수는 없는 법이야. 다수의 목소리가 모일 경우엔, 더욱 더 말할 나위도 없을 걸세."

[쿠즈노하 상회는 여러 나라들의 관심을 끌어 모으고 있을 뿐만 아니라, 이 도시의 동업자들과도 그다지 관계가 좋은 상태는 아니라는 건가요?]

“전부 다 그럴 리야 없겠지만, 그러한 패거리들도 적지 않을 걸로 보여. 불과 얼마 전에도 신전에서 자네를 불러들였다더군. 그 일의 발단이 정말로 신전일지조차 의심스러울 정도야. 신전으로서도 여러 상회로부터 헌금을 받고 있는 이상, 그들의 항의를 간단히 저버릴 수도 없거든. 상인들에 의해 정보가 어느 정도 과장되는 사태에 관해선 눈을 감아줄 가능성이 높아. 나는 언제부턴가 그들과 의도적으로 거리를 두고 있다 보니, 현 시점의 그들에 관해서 그다지 잘 아는 건 아니지만 말이야. ……자네도 알다시피, 츠이게라는 곳은 여신에 대한 신앙이라는 점에선 약간 문제가 있는 도시거든.”

[동업자들과는 양호한 관계를 유지한 채로 공존하고 싶습니다만, 참 어려운 일이로군요.]

“기본적으론 같은 분야에 속하더라도, 서로 한정된 이익을 쟁탈하는 관계라는 것도 사실이야……. 나도 만약 한창 하늘 무서운 줄 모르던 젊은 시절에 자네와 같은 경쟁 상대와 만났다면, 최후의 승자가 되기 위해 수단과 방법을 가리지 않았을 가능성이 높아.”

그것이 세상의 이치라는 건가?

“각오를 다져야 할 때가 왔는지도 몰라. 동업자와 경쟁을 하더라도, 일찌감치 결판을 짓는 편이 재기하기도 쉬울 거야. 불행 중 다행인 것은, 이 도시의 주위엔 수많은 위성 도시들이 존재한다는 걸세. 앞으로도 사업을 다시 일으킬 기회는 넘쳐난다는 뜻이지. 사실은 개인적으로 자네가 지는 쪽이 되리라는 느낌은 전혀 안 들지만 말이야.”

[렘브란트 씨의 충고에 관해선, 언제나 감사드릴 뿐입니다.]

“평소부터 하던 호언장담에 비해, 그다지 큰 보탬은 되지 못했다네. 감사 인사를 받아봤자 나로서는 곤혹스러울 뿐이야. 딸은 투기대회에서 큰 상처도 없이 종합 우승을 거둔다는 최고의 성적을 남겼네. 자네를 상대론 끊임없이 빚만 쌓여간다는 느낌이 들어.”

[어디까지나 그녀 스스로의 실력에 따른 결과입니다. 내일 열릴 단체전 경기는 꼭 관전을 부탁드립니다. 저는 보러 가지 못할지도 모른다는 예감이 들거든요.]

“……상인 길드에선 자네의 상회가 이용하고 있는 유통 경로에 관해 혹독한 추궁이 있을 것으로 예상되네. 마족들과 관계가 있을 가능성조차 거론되는 모양이야. 어느 정도 효과가 있을 만한 증거를 준비해 가거나, 저들이 납득할 만한 액수의 벌금을 지불하는 식으로 일을 수습할 선택지들을 고려해 보게나. 어찌됐건 제대로 된 대책이 필요한 상황이야. 필요에 따라선 렘브란트 상회의 이름을 빌려 쓰더라도 상관없네. 츠이게에선 점포의 일부를 임대차하고 있는 관계이기도 하니, 여러모로 편의를 봐주고 있다는 말로 넘어갈 수도 있을 거야. 그 이외에도 나의 힘으로 할 수 있는 일이—.”

증거가 필요할 수도 있다는 건가? 하지만 증거를 제시할 방법이 없었다. 토모에나 시키의 능력으로 암시를 거는 수도 있겠지만, 근본적인 해결책은 될 수가 없는 방법이었다.

지금으로서 가장 중요한 극비 사항은, 우리 상회의 유통 경로였다.

황금가도(黃金街道)는커녕 평범한 도로조차 이용하지 않았다. 아공을 경유한, 외부의 모든 개입으로부터 완전히 격리된 독립적인 운송 수단을 이용 중이다.

전이 술법을 이용한 운송은 일반적이지 않았다. 평범한 수단보다 성공률이 낮기 때문이다.

그런 와중에 성공률 100%의 전이 운송 방법을 사용한다는 사실을 고백할 경우, 저들로서는 우리가 보유하고 있는 기술을 밝히라는 식으로 나올 수밖에 없었다. 말인즉슨, 우리가 사용하는 전이 술법의 영창을 공개 · 공유하라는 요구가 들어오리라는 것은 거의 틀림없다는 뜻이다.

역시, 무슨 수를 써서라도 반드시 스스로 극복해야 하는 상황이었다.

[이미 충분히 큰 도움을 받았습니다, 렘브란트 씨. 괜찮습니다. 남은 일들은 저희 쪽에서 해결하겠습니다.]

"그런가? 경우에 따라선 나의 쓸데없는 노파심일지도 몰라. 그럼 이만 물러가겠네. 딸들이 잠들기 전에 한 마디라도 격려하러 가고 싶은 참이었거든."

[조심해서 돌아가십시오. 내일 뵙겠습니다.]

"음, 자네도 조심하게나. 내일 보세, 라이도우 님……. 뭐, 아직 젊으니 뭐든지 경험해봐서 나쁠 일은 없을 걸세."

렘브란트 씨는 시프와 유노를 격려하기 위해 발길을 돌렸다.

응? 마지막으로 등을 돌리시면서 무슨 혼잣말을 중얼거리셨던 것 같은 느낌이 드는데……? 뭐, 당장 큰 상관은 없나?

렘브란트 씨의 입장에서 딸들을 격려하고 싶다는 거야 지극히 자연스러운 얘기였지만, 내일 열릴 단체전을 앞둔 시프와 유노는 체력 회복을 위해 이미 잠들었을지도 몰라. 혹시 그럴 경우엔 걔들을 깨우려는 걸까? 그런 행동은 말리는 편이 좋을지도 모른다는 예감이 들었다.

"……라임, 다 들었지?"

"옙."

시대극의 밀정을 연상케 하는 모양새로, 라임이 그늘로부터 살그머니 나타났다.

"일단, 렘브란트 씨가 숙소로 돌아가실 때까지 경호해드려. 만약 수상한 기척이 눈에 띌 경우, 다른 이들과 교대하는 식으로 하룻밤 동안 그를 경호하도록 해."

"알아모시겠슴다."

시키와 아쿠아는 학생들을 담당할 예정이다.

……이거야 원, 결국 장사와 큰 상관도 없는 데서 동료들의 힘을 빌리고 있단 말이지.

7

「대표실」이라고 적힌 방까지 오는 데 그다지 긴 대기 시간은 필요 없었다.

상인 길드에선, 각 지부의 책임자를 대표라는 호칭으로 부른다.

각각의 상회를 설립하는 신청자를 대표라고 부르는 것도 길드의 호칭에서 유래된 건지도 모른다. 혹은 반대가?

사실 호칭 같은 건 그다지 중요하지 않았다. 특히 지금은 말이지.

여기까지 나를 안내한 접수처의 청년은 대표실 안까진 따라 들어오지 않았다. 그는 가볍게 고개를 숙이자마자 물러갔다.

대표실 안에서 나를 기다리고 있던 것은, 고급스러운 의자에 걸터앉아 호화로운 책상 위에 팔꿈치를 괴고 있는 대표로 보이는 인물 한 사람과 그의 호위로 추정되는 두 사람이었다. 언뜻 보기엔 호위 같은 느낌도 들었지만, 경우에 따라선 지부의 부대표에 해당되는 관리직을 담당하고 있는 인물들일지도 모른다. 감도는 분위기가 경호원 같은 느낌이라 순간적으로 호위라는 인상을 받았을 뿐이다.

사실 이 도시를 근거지로 삼게 된 이후로 짧지 않은 시간이 지났지만, 지금껏 상인 길드의 고위급 간부와 직접 만난 적은 없었다.

용건이 있어 길드까지 오더라도, 접수처에서 다 끝나버리는 경우가 태반이었기 때문이다. 하여튼 오늘처럼 안쪽까지 들어온 것은 처음이었다.

만약 접수처보다 높은 단계와 상담이 필요할 때도, 간부라기보다 중간 관리직에 가까워 보이는 사람들이 나올 뿐이었다.

몇 명 정도 만난 적은 있었지만, 이름을 외우고 있는 이들조차 거의 없을 정도였다.

그만큼이나 우리를 성가신 상대로 인식하고 있었다는 뜻이니,

지금의 나에게는 부담스럽게 다가올 수밖에 없었다.

"잘 왔네, 라이도우 님. 앉게나."

자리에 앉아 있던 대표가 몸을 일으키면서 나에게 의자에 앉도록 권유해 왔다.

그는 응접용 공간까지 걸어와 내가 먼저 앉을 때까지 기다렸다가 반대편 소파에 걸터앉았다.

마주 보는 배치로 놓여 있는 소파 두 개와 그 사이의 테이블 하나로 이루어진 응접 공간이었다.

소파가 푹신하고도 쾌적하게 나의 몸을 지탱했다. 테이블은 투명한 유리 선반과 세세한 장식이 새겨진 상다리로 이루어져 있었다.

양쪽 다 언뜻 보기에도 상당히 값이 비싼 고급품이었다.

특히 유리는 이 세계에선 굉장한 고급품에 해당된다.

수정 같은 형상의 희귀 금속을 가공하는 과정에서 제작되기 때문에, 당연히 그에 걸맞게 비싼 가격을 자랑한다.

지구의 유리와 명칭만 같을 뿐인 다른 물건이나 다름없다는 뜻이다.

저렴한 지구의 유리를 제작할 경우, 꽤나 짭짤한 장사가 될지도 몰라.

그나저나—.

이곳은 나의 사무실에 비해 너무나 이질적인 분위기의 장소였다.

나의 사무실엔 소박한 가구들과 최소한의 응접 공간만이 존재할 뿐이었다. 이런 식으로 값비싼 물건들을 쓰거나 양탄자를 깐 적은 없었다. 사실 손님이 찾아올 경우를 고려해 지금보단 좀 더 신경을 써야 할지도 몰라.

하지만 쓸데없이 비싸 보이는 가구 따위로 상대를 압박하고 싶지도 않단 말이지.

아니, 지금은 얼른 필요한 얘기나 진행하자.

[저를 부르신 걸로 압니다만, 무슨 용건이신지요?]

"……아하, 공통어를 구사할 수 없다는 소문은 사실이었던 모양이군. 「처음 만나 반갑군」. 나는 상인 길드 롯츠갈드 지부의 책임자인, 자라 하디스일세."

[라이도우라고 합니다. 만나 뵙게 되어 영광입니다.]

"……오늘은 자네를 상대로 무척이나 유감스러운 이야기들만을 해야 하는 날이야."

자라 씨는 약간 찡그린 표정으로 나의 얼굴을 마주봤다.

"본론으로 들어가기에 앞서, 우선 한 가지만 짚고 넘어가세. 자네가 롯츠갈드에 온 이후로, 이미 상당한 시간이 흐른 걸로 아네. 점포의 개장도 오래 전에 끝나지 않았나?"

[예, 전부 다 길드덕분이지요.]

나를 마주보고 앉아있던 그가, 나의 대답을 듣자마자 입을 다문 채로 두 눈을 질끈 동여 감았다.

그리고 슬며시 한 줄기의 한숨을 내쉬었다.

……나의 외모에 대한 혐오감도 약간이나마 섞여 있을지도 모르지만, 뭐지?

외모 따위보다 훨씬 마음에 안 드는 구석이 있다는 듯한 눈치였다.

"그런데, 도대체 무슨 이유로 지금 이 순간까지 나에게 면회를 요청하지 않았나? 상식적으로 봐서, 길드에 소속된 상인이 거점으로 삼을 도시에서 가게를 열 때는 길드의 대표에게 인사치레를 하러 온다는 건 지극히 당연한 일로 안다만?"

[사실은 지금껏 여러 차례에 걸쳐 인사를 드리러 올 계획이 있었습니다만, 이곳의 길드 직원 여러분은 단 한 분의 예외도 없이 무척이나 바쁘시던 관계로 약속을 잡는 데만도 최소한 한 달 정도 기다려야 하는 상황이었습니다. 저희 쪽에서도 여러모로 다양한 일들이 겹치다 보니, 어느 정도 자리가 잡히자마자 면회 예약을 부탁드릴 생각이었습니다.]

"면회 예약 따위는, 몇 번 정도 별도의 절차를 밟으러 길드를 방문했을 때만 해도 가능할 걸로 안다만…… 게다가 굳이 대표 본인이 예약을 잡으러 올 필요도 없단 말이지. 종업원으로서 고용 중인 인원에 한해 휴만이 아니더라도 절차를 밟는 건 가능하거든. 심지어 자네는…… 아니."

[말씀해 보시지요.]

"……아니, 넘어가세. 말하자면 어느 정도 자리가 잡히자마자, 예를 들어 학원제가 끝나갈 무렵에라도 예약을 신청할 생각이었다는 말로 알아들어도 되겠나?"

자라 씨의 표정이 어딘지 모르게 굳은 듯이 보였다.

딱 봐도 좋은 분위기가 아니라는 것 정도는 느낌이 온다.

정식 인사를 미루고 있던 일로, 그의 기분을 꽤나 거스른 모양이야.

그리고 방금 전엔 나에게 해당되는 특별한 이유를 입에 담으려던 걸로 보였는데, 그건 또 뭐지?

솔직히 말해서 짚이는 구석이 전혀 없었다.

학원 강사도 겸하고 있다 보니 할 일이 너무 많아, 비교적 중요성이 낮은 안건에 관한 누락이 있던데 관해선 반성할 필요가 있어 보였다.

[예. 정식 인사가 이런 식으로 지연되어, 정말 죄송합니다.]

“퍽이나 빠른 사죄의 말이로군. ……흠, 일단 자네의 개인적 사정에 관해선 감안하도록 하지. 자네는 학원의 강사도 겸임하고 있는 모양이니까 말이야. 모르긴 몰라도, 타의 추종을 불허할 정도로 몹시 바쁜 신분이 아닌가?”

[아닙니다. 결국 미숙한 저의 불찰입니다. 사정을 이해해주신데 관해선 정말로 감사드립니다.]

“요컨대, 길드의 정기 회의에서도 매번 종업원이 대리로 출석한데다가 대표인 자네의 출석 회수가 단 한 차례밖에 없었다는 것도 그 바쁘신 신분 때문인가?”

[실무를 저와 비슷한 정도로 정확하게 파악하고 있는 시키라는 종업원이 있다 보니, 그에게 대리 출석을 맡겼습니다. 가게를 연 이후로 정신적 여유가 없었던 데다가, 부끄럽게도 각종 업무에 쫓겨 스스로 출석한 적은 거의 없는 거나 다름없었습니다. 저로서는 거듭 사과드릴 뿐입니다.]

“……. 근처 상회의 대표들과 만나는 집회의 자리에도 그다지 참가하지 않는 모양이던데?”

[유감스럽게도, 그들의 집회가 서로의 기밀을 정탐하거나 가격

의 담합을 논하는 식의 그다지 바람직하지 못한 모임이었기 때문입니다. 저로서는 자신의 노력으로 고객님들께 제공할 수 있는 최고의 제품을 한계에 가까운 저렴한 가격에 전달해 드리는 것이야말로 진정한 사명이라고 여겼습니다. 그들과 깊숙이 엮여봤자 저에게 득이 될 요소는 전혀 없었습니다.]

자라 대표에게 해명한 대로, 길드의 정기 회의에 반드시 상회의 대표가 직접 출석할 필요는 없었다. 그리고 구역 상회들의 집회는 사실상 가격 담합 회의나 다름없는 모임이었다. 솔직히 말해서, 전형적인 시간 낭비로밖에 여겨지지 않았다.

물론, 정기 회의에서 거론된 의제들에 관해선 시키로부터 보고를 받아 왔다.

"득이 될 요소가 전혀 없었단 말이지? ……좋아, 알아들었네."

대표가 소파에 놓여 있던 자료를 테이블 위로 옮기는가 싶더니, 새삼스레 나를 똑바로 응시하기 시작했다.

"수많은 상인들이 우리 길드를 상대로 자네에 관한 다양한 의혹들을 제기해 왔다네."

[의혹, 말입니까?]

"정말로 만만치 않은 양이더군. 일반적으로 학원제 기간 중엔 이런 종류의 문의는 줄어드는 법인데 말이야."

[꽤나 흔치 않은 경우라는 말씀이시군요.]

"……그런 셈이야. 하지만 이번엔 4대국인 리미아와 로렐, 그리고 그 이외의 나라들로부터 여러 건의 문의가 들어온 상태일세. 각 상인 길드의 대표들을 통해, 각 국가들의 요청에 따라 쿠즈노하 상회가 취급하는 물품들이나 그 유통 방법에 관련된 자세한 조사를 요구해 왔더군. 개중엔 지극히 뒤숭숭한 의견도—."

[지극히 뒤숭숭한 의견?]

꽤나 불길한 말이 튀어 나왔다.

그렇지 않아도 나를 보는 눈이 곱지 않은 대표가, 한층 더 이마에 깊은 주름살을 지었다.

말을 가로막기도 어중간한 상황이었지만, 자기도 모르게 되묻고 말았다.

"……쿠즈노하 상회가, 물품의 조달과 유통 수단에…… 마족들의 협력을 받고 있다는 소문이야. 자네가 마족과 손을 잡았을 뿐만 아니라, 모든 휴만들을 배신한 결과로 얻은 폭리를 혼자서 독점하고 있다는 의견일세."

렘브란트 씨의 예상이 정확히 들어맞았다.

[정말로 유감스러운 의견이로군요. 저희들은 휴만 사회의 원칙에 따라, 정당한 수단으로 장사를 하고 있는 일개 장사치에 지나지 않습니다. 맹세코 마족들로부터 사업상 원조를 받은 적은 없습니다.]

사업에 관해선, 마족들과 전혀 상관이 없다는 사실만큼은 이 자리에서 명확히 밝혀야 하는 상황이었다.

"아마도, 자네가 지금 한 말은 틀림없는 사실일 거야."

[예?]

나는 대표가 나직이 중얼거린 한 마디에 무심코 반응할 수밖에 없었다. 무슨 뜻이지?

"……제품들에 관해선, 신전으로부터 품질과 제조 방법을 보증한다는 연락이 들어왔거든. 그들이 그런 식으로 나온 이유에 관해선 짐작이 안 가지만 말이야. 신전 측의 입장을 전달하자, 해당 의견을 제시한 상회에서도 자신들의 주장을 철회하더군."

그는 나의 의문을 무시한 채, 계속해서 설명을 이어 나갔다.

신전—.

요전번의 방문 덕을 약간이나마 봤다는 건가?

말하자면 그 요염한 목소리의 사교님께서 약속을 지켜주셨다는 건가?

개인적으로 휴만들, 특히 그 중에서도 여신과 직간접적으로 엮여 있는 패거리들에 관해선 전혀 신뢰가 가지 않았다. 그런고로, 그들이 약속을 제대로 이행했다는 사실엔 약간 안심하는 마음이 들었다.

"문제는 유통 쪽이야. 우리도 자네들이 길드의 직영 시장에서 원재료를 구입하고 있다는 사실은 파악하고 있다네. 다만…… 쿠즈노하 상회의 원료 조달용으로 추정되는 짐차나 마차와 같은 차량들의 통행 기록이 어느 도로에서도 눈에 띄지 않더군. 자네들은 도대체, 어떤 경로를 사용하고 있는 건가?"

렘브란트 씨로부터 사전에 얘기를 듣고 왔는데도 불구하고, 마주본 상태로 직접 따지고 들어올 때는 가슴이 두근거릴 수밖에 없었다.

하지만 아공에 관한 얘기만큼은 무슨 일이 있어도 털어놓을 수 없었다. 일단 어떻게든 얼버무릴 수밖에 없는 상황이었다.

[……지금 말씀하셨다시피, 저희들은 길드의 직영 시장에서 원재료나 기타 물자들을 조달하고 있습니다. 조달한 물품들을 운송하는 경로에 관해선, 다른 상회들과 마찬가지로 도로를 이용하고 있습니다. 기본적으로 츠이게 시절부터 친밀한 관계를 유지하고 있는 렘브란트 상회의 짐차나 마차를 빌려 쓰고 있습니다. 그런고로, 쿠즈노하 상회 명의의 통행 기록이 존재하지 않는 걸로 추정됩니다. ……쑥스러운 얘깁니다만, 이제 막 설립된 거나 다름없는 상회다 보니 그야말로 하나부터 열까지 그분들의 도움을 받고 있다는 데는 의심할 여지가 없습니다.]

일단 렘브란트 씨의 이름을 쓸 수밖에 없었다. 과연 이 상황을 극복할 수 있을까?

"……오호라. 운송 경로에 관해선 납득이 가는군. 하지만 이건 또 어떻게 설명할 텐가?"

대표는 가슴팍에서 꺼낸 종이 한 장을 테이블 위로 던졌다.

"이 자료는, 시장에서 자네들에게 판매한 원재료의 리스트와 실제로 쿠즈노하 상회가 판매 중인 제품에 쓰인 원재료의 리스트를 비교한 결과일세. 시장에서 구입하지 않은 원재료가 꽤나 많이 쓰이고 있다는 건 일목요연(一目瞭然)하지 않나? 실제로 쓰인 재료들 가운데 입수 자체가 상당히 곤란한 물자까지 포함되어 있다는 건, 이제 막 설립된 상회로서는 꽤나 부적절한 행동거지라는 느낌이 드는군. 자네들이 시장 이외에도 별도의 조달 수단을 보유하고 있다는 건 틀림없어. ……이러한 조사 결과에 따라, 우리는 자네들의 사업에 마족이 한 몫 거들고 있을 가능성은 상당히 높다는 결론을 도출할 수밖에 없었다만—.”

…….

이만큼이나 심도 있는 조사가 이루어지고 있었을 줄이야. 솔직히 말해서, 나의 예상을 훨씬 초월하고 있는 상황이었다.

[이러한 조사가 이루어지고 있었다는 얘기는 금시초문이군요.]

일단 상대의 발언을 일시적으로 중단해서라도 마음을 가라앉히고 싶었다.

“……그냥 넘어갈 수 없는 의견이 제기된 이상, 길드로서도 움직일 수밖에 없었단 말이지. 의혹의 내용을 감안해서, 내부 조사라는 형식을 취한 셈이야. 자네들에 대한 불만이 표면화되기 시작한 것은 최근의 일이지만, 예전부터 꽤나 온당치 않은 종류의 정보들이 잔뜩 들어오고 있었거든.”

어째서, 당사자의 의사에 상관없이 모든 일들을 추진한 거지?

자신에게 떳떳치 못한 부분이 있었다는 사실은 인정하지만, 멋대로 뒷조사를 당한 것은 마음에 들지 않았다.

[……한 마디만 말씀해 주셨어도, 조사에 협력을 드릴 수 있었을 것으로 압니다.]

나는 분노를 가능한 한 억제한 채로 자신의 뜻을 밝혔다.

대표는 나의 태도에 코웃음을 치는가 싶더니, 곧바로 태도를 바꾸는 모습을 보였다.

“협력이라고? 우리 길드가 무슨 이유로 혐의가 걸린 용의자에게 일부러 협력을 요청해야 한다는 거지? 자네의 상회에 걸린 혐의의 진위 여부는, 길드의 조사를 통해 판단할 일이야. 용의자가 자발적으로 제공하는 정보에 가치 따위가 존재할 리 없지 않나?"

[조사에 협력함으로써, 자신의 결백을 증명하고 싶다는 건 지극히 당연한 사고방식이 아닐까요?]

"……자네는 문제를 너무 쉽게 보는군. 용케 지금껏 상회를 운영해 왔다는 느낌이 들 정도야. 입장이나 상황에 따른, 적절한 행동거지라는 개념이 이해가 안 가나? 설마 겨우 이 정도의 풋내기가 지금 이 순간까지 순조롭게 사업을 꾸려오다니, 아니 꾸리고 있던 걸로 착각하고 있었을 줄이야. 정말 어처구니가 없다 못해 벌어진 입이 다물어지지 않을 정도야."

…….

도대체 왜 내가 이런 식의 매도를 잠자코 듣고 있어야 되는 거지? 지금 한 말이 그 정도로 잘못된 말이라는 뜻이야?

이대로 얘기해 봤자 결말도 나지 않을 뿐만 아니라, 분노도 진정될 리가 없다. 그냥 단도직입적으로 물어볼까?

[솔직하게 여쭙겠습니다. 저에게, 도대체 뭘 어떻게 하라는 겁니까?]

"……예상 밖이군, 최소한 지켜야 할 예의 정도는 알고 있던 모양이야. 좋아, 본론으로 들어가세. 자네가 사용하고 있는 유통 수단을 알고 싶네. 그리고 그에 관한 정보를 즉시 길드에게 제공·공유할 것을 약속해 달라는 것이 우리의 요구 사항이야."

유통 수단을 알고 싶다고? 그리고 그 수단을 통째로 넘기라는 거야?

우리 쪽에서 절대로 받아들일 수 없는 조건을 제시함으로써, 돈이나 뜯어내려는 속셈인가?

[……돈으로 해결할 방법은 없겠습니까?]

지금으로선 어찌됐건 그 방법을 제안해볼 수밖에 없었다. 렘브란트 씨도 벌금 같은 수단에 관해서 말씀하셨던 걸로 기억한다.

"돈으로 해결할 방법이라? 물론 가능할 거야. 상인의 세계에서 돈으로 해결할 수 없는 문제는 존재하지 않아. 다만, 그 방법이 지금의 자네에게 현실적인 해결 수단이 될 수 있을 가능성은 완전히 별도의 문제지만 말이야."

[유통 수단으로 사용하고 있는 기술에 관해선 공교롭게도 다른 이들과 공유할 수 있는 수단이 아니다 보니, 돈으로 해결할 방법밖에 없을 것 같군요. 다행히 사업 자체는 순조로운 관계로, 어느 정도 금액 이상의 목돈 정도는 준비할 수 있지 않을까 싶습니다.]

"……너 말인데, 정말로 상인에 적합한 성격은 아닌가 보다."

대표의 눈매가 변했다.

"윽?!"

나를 상대로 한 명확하기 그지없는 경멸의 감정이, 숨김없이 대표의 표정에 드러났다.

"지금, 너는 처음엔 숨기려던 유통 수단의 존재를 어이없이 실토한 셈이다. 말인즉슨, 거짓말을 한 만큼 추가로 신용을 잃었다는 뜻이야. 그건 그야말로 아무런 득이 될 수가 없는, 순수한 손해다. 정상적인 장사꾼은 절대로 그런 짓을 하지 않아. 게다가 너는 거기서 그치지 않고, 돈으로 해결할 방법에 관해 물어오지 않았나? 그 또한 상식을 초월할 만큼 졸렬하기 짝이 없는 최악의 선택이야. 너에 관한 불만을 호소해 온 상회들의 규모를 알기는 하냐? 난 틀림없이 말했다. 각국의 요청을 받은 상회 녀석들의 소행이라고 말이야. 영향력이건 자금력이건, 쿠즈노하 상회와 비교해서 자릿수 자체가 다른 자들이야. 자신보다 훨씬 규모가 큰 상회 녀석들을 상대로 돈으로 해결을 보겠다고? 이제 막 설립된 거나 다름없는 상회가? 상회의 규모에 걸맞지 않은 거액의 자금을 보유하고 있다는 사실을 공공연히 선언한 거나 마찬가지야. 나 원 참, 판단력이건 이해력이건 턱도 없을 정도로 모자라. 너는 무능한데다가, 그저 운이 좋아 여기까지 올 수 있었던 어린아이에 지나지 않아."

말문이 막혔다.

그는 단숨에 거기까지 말을 마쳤다. 나로서는 그의 말에 그저 압도될 수밖에 없었다.

대표는 처음 마주쳤을 때만 해도 상상조차 할 수 없었던 거칠고도 공격적인 분위기를 발산해 왔다. 그가 무척이나 불쾌한 미소를 지어 보였다.

"뭘 멍청히 넋을 놓고 있냐? 상회의 대표씩이나 되는 입장에선 남들 앞에서 체면을 유지하는 정도야 당연히 할 수 있어야 되거든? 그 정도도 안 되고서야 사업을 꾸려나갈 수나 있을 것 같냐? ……참나, 렘브란트씩이나 되는 남자가 일부러 변경의 츠이게로부터 얼굴을 보이러 와서 잔소리를 지껄일 때만 해도 얼마나 대단한 기량의 소유자가 나타났기에 이러나 했다만…… 길드나 다른 상인들과 상대하는 방법은 물론이거니와, 사업이라는 개념조차 제대로 파악하지 못한 녀석이었을 줄이야. 어이가 없군. 아무리 기대에 어긋나더라도 정도라는 게 있지 않나? 일단 너희들이 쓰던 유통 수단에 관해서, 구두라도 상관없으니 얼른 설명해 봐라. 너에게 물어보고 싶은 건 그것뿐이야. 그리고 당장 돌아가."

필요한 내용만 털어놓자마자, 당장 돌아가라고?

이 자식, 정말 한도 끝도 없이 열 받는 녀석이야.

자신의 몸으로부터 분노가 새어 나오는 것이 느껴졌다.

"분노나 살기조차 억누를 줄 모른다는 거냐? 겉모습보다도 훨씬 어리숙한 녀석이로군. 나도 얼굴에 관해선 남 말할 입장은 아니야. 하지만 만나는 사람이나 가는 공간에 따라 적합한 행동거지 정도는 잘 알아. 정말 심하게 꼴불견이라 충고해 두는데, 네 낯짝은 나보다도 더 형편없으니 지금보단 내면에 신경 쓰는 편이 좋을 거야."

대표는 얼굴 윤곽이 뚜렷한, 이국적인 분위기의 소유자였다. 그가 드디어 외모에 관해서까지 언급해 왔다.

당신의 어디가 못 생겼다는 거야? 충분히 멋있는 외모에 속하거든요?

우리 일본인들보다 한층 더 짙은 빛깔의 거무스름한 피부도 그의 매력을 더욱 강조하고 있는 듯이 보였다. 그야 아주 약간 험상궂어 보이는 분위기도 없지 않아 있었다. 하지만 어디까지나 인상이 조금 딱딱해 보이는 정도로서, 아름다움이나 추함을 가르는 기준과 완전히 다른 문제였다.

그러고 보니, 최근 들어 어디선가 그와 비슷한 외모의 사람과 만난 적이 있던 것 같아.

어디였더라—.

아니, 지금 중요한 문제는 그게 아니야.

설명을 마친 뒤엔, 돌아가도 된다고?

게다가 구두라도 상관없다니?

신용에 관련된 문제를 고려해볼 때, 굉장히 이상한 얘기로 들렸다.

[돌아가라는 말씀은 무슨 뜻이죠?]

"말 그대로의 의미야. 너나 쿠즈노하 상회를 상대할 필요가 없어졌거든."

[도대체 무슨 의도로 하신 말씀이신가요?]

"상관없으니, 어서 설명이나 해. 그걸로 다 끝나는 거야."

[이유를 말씀해 주십시오.]

"……네가 지금 자기 입으로 돈을 지불한다고 했잖아? 말하자면 상대편에서도 의견을 물릴 수밖에 없다는 뜻이지. 그게 다야."

[얼마나 준비해 드려야 할까요?]

"아니, 아마 지금 당장 준비할 필요는 없을 거야."

[지금 당장 준비할 필요는 없다고요?]

"당연하지. 아마 매달 매상의 **9할** 정도를 바친다는 전제하에 트집 잡을 놈은 아무도 없을 거야. 다들 돈을 벌기 위해 장사를 하고 있는 작자들이거든. 약간 눈에 거슬리는 녀석이 있더라도, 돈을 받을 수 있는데다가 자신들에게 걸리적거리지만 않는다면야 크게 상관할 리가 없어. 만약 쿠즈노하 상회가 정말로 마족과 내통하고 있더라도 마찬가지야. 너 이외엔 아무도 손해를 안 보거든."

[매상의 9할?!]

게다가 매달?!

어, 언제까지 그런 식으로 어처구니없는 액수를 지불해야 된다는 거지?

"지불한다면서? 본인이 방금 한 말도 잊어 먹었나? 1년 동안 너희 상회의 수십, 수백 배에 달하는 매상을 기록하고 있는 녀석들이 금화 몇 닢만 달라는 식으로 나올 리가 없잖아?"

[……그런 식의 금품 강요가 언제까지 이어진다는 겁니까?]

"꽤나 듣기 안 좋은 말투를 쓰는군? 돈을 지불하겠다는 식으로 나온 쪽은 자기 자신인 주제에 말이야……. 일단 그건 그냥 넘어가더라도, 아마 쿠즈노하 상회가 망할 때까지 계속되지 않을까?"

[명확하게 부당한 요굽니다. 길드에선 저들의 소행을 묵인하실 생각입니까?]

상식을 아득히 초월한 요구였다. 매달 매상의 9할을 갖다 바치면서 사업이 성립될 리가 없었기 때문이다.

기본적으로 도저히 받아들일 수가 없는 제안이었다.

"부당하다니? 돈을 이용한 해결 방법을 제안한 건 바로 너잖아? 그리고 지금까지 한 얘기는 어디까지나 나의 예상에 지나지 않거든? 실제로 네가 지불하게 될 액수는 상회 간의 상담에 따라 결정될 거야. 지금 길드에서 상회들의 소행을 묵인할 거냐는 질문이 나왔는데, 이번엔 제대로 봤군. 솔직히 말해서 묵인이건 뭐건, 이번 일은 어디까지나 상인들 사이에서 일상적으로 이루어지는 평범한 교섭에 지나지 않아. 기본적으로 길드가 관여할 일이 아니야. 길드는 애나 보는 조직이 아니거든. 상인들의 장사를 약간 거드는 정도야 할 수 있다만, 처세술은 스스로 익혀 나갈 수밖에 없는 법이야."

[모난 돌은 정을 맞을 수밖에 없다는 겁니까? 진지하게 장사에 뜻을 두는 사람일수록 버틸 수가 없다는 뜻이로군요.]

무의식중에 그런 말이 가슴속에서 튀어나오는 듯한 느낌이 들었다.

"정말로 하나부터 열까지, 문제를 너무 단순하게만 본단 말이지. ……잠깐, 너희 가게에선 종업원으로 거의 아인들만 고용하고 있다면서? 차라리 손님도 그쪽에서 받는 건 어떠냐? 휴만들의 도시에서 장사를 하는 건 관두는 편이 좋지 않을까? 지금 네가 한 말로 판단하자면, 너한텐 걔네들을 상대하는 쪽이 더 잘 어울려 보여."

대표는 동정심이 담긴 눈빛을 띤 채로 나를 타일렀다.

비아냥거리는 게 아니라, 정말로 진심이 담긴 듯이 느껴지는 말투였다.

"원래 상인을 목표로 삼는 이들은 선구자들이 설립한 상회의 문호를 두드리고 들어가, 장사의 기본을 배우거나 인맥을 구축하는 과정에서 상회 대표의 인정을 받고 나서야 자신의 가게를 차리는 법이야. 어느 정도 돈이 있답시고 장사꾼이나 되겠다는 헛소리가 통용된다면, 약간 목돈을 버는데 성공한 모험가가 귀동냥으로 배운 어설픈 지식만으로도 얼마든지 상인이 될 수 있다는 뜻이잖아? 뭐, 그런 족속들이 실제로 상인이 되기가 그다지 어렵지 않은 건 사실이야. 하지만 그런 녀석들일수록 거의 다 금방 망할 수밖에 없더군. 모험가들의 힘이라는 건, 결국 서로 치고받는 데밖에 소용이 없거든. 네 말마따나 상인 길드에선 부당한 행위를 저지른 조합원들을 처벌할 권리와 의무를 가지고 있단 말이지. 상대 상인과 투닥거리다가 완력을 동원해 반쯤 죽여 버렸다거나 아주 죽여 버리는 행위는 틀림없이 부당한 짓이야. 우리 상인들의 세계에선 말이지—."

[하지만—.]

"렘브란트로부터 약간 전해 들었다만…… 대단한 실력자들을 종자로 거느리고 다닌다면서? 그리고 자기 자신도 어느 정도 실력이 있는 편이라더군. 이제부턴 그 대단한 실력을 장사하는데 그대로 써먹기는 힘들다는 사실을 명심해. 그리고 지금 같은 상황에서 실력 행사를 시도할 경우……, 쿠즈노하 상회는 눈 깜짝할 사이에 마족들의 첩자이자 휴만 종족의 배신자라는 입장으로 몰릴 수밖에 없다는 사실을 잊지 마."

[어이가 없군요.]

"아니, 그냥 네가 지나치게 어리숙할 뿐이야. ……젊은 녀석을 상대로 더 이상 안 좋은 말은 하고 싶지 않아. 가게를 정리한 뒤, 츠이게로 돌아가. 너에게 이 도시는 너무 일렀던 거야. 그 남자의 밑에서 장사를 처음부터 다시 배워. ……벌금에 관해선 우리 길드가 끼어들어 롯츠갈드에 점포가 있는 경우에 한한다는 조항을 덧붙여줄 테니 안심해. 그 정도로 개입하지 않고서야, 너희 상회가 정말로 망할 수밖에 없는 상황이거든."

왜, 이제 와서 이런 식으로 부드럽게 나오는 거지? 아까 전엔 길드가 관여할 일이 아니라고 한 주제에 말이야.

[저를 업신여기신 것치고는, 꽤 우호적으로 나오시는 군요.]

"……멍청한 소리군. 지금 너를 꽤나 높이 평가하고 있는 그 남자는, 나에게 있어선 항상 상대하기 거북한 강적이었거든. 어리숙한 신참 녀석의 뒤치다꺼리 정도로 그 녀석에게 빚을 지울 수 있다면야 나에게 있어서 큰 이득일 뿐이야."

[렘브란트 씨 말입니까?]

"예전에 비해 성질이 꽤나 죽었다는 소문은 전해 들었다만, 설마 이 정도로 커다란 약점까지 달고 올 줄은 몰랐어. 그 녀석도 이제 늙은 모양이야. 너의 입장에서 볼 때는 이보다 더할 수 없이 큰 행운이었던 셈이군. ……다만, 유통 경로에 관해선 반드시 짚고 넘어갈 수밖에 없어. 어쨌든, 네가 사용해 온 유통 수단에 관해 간단하게나마 설명해 봐."

—행운.

렘브란트 씨에게 손해가 가게 함으로써 그나마 자신의 입장을 지킬 수 있다는 걸 행운이라고 해야 하나?

나는 대표에게, 전이 술법을 이용해 물품을 운반하고 있다는 사실을 털어놓았다.

물론 아공에 관해선 설명할 수 없었다. 여러 차례에 걸친 장거리 전이 술법을 사용할 수 있을 정도의 마력을 지닌 종자를 거느리고 있다는 식으로 설명했다.

그리고 나는 풀려났다.

대표로부터 길드에 의견을 제시한 다른 상회 사람들과 면담할 일정을 전해 들었다. 나로서는 한층 더 울적한 기분을 맛볼 수밖에 없었다—.

렘브란트 씨에게 민폐를 끼쳤다.

아공의 존재를 숨기기 위해 또다시 거짓말을 입에 담았다.

나는—.

도대체 무슨 수를 써야 한다는 걸까?

주위 사람들과, 상담을 해야만 하는 상황이었다.

나는 자기 자신이 궁지에 몰렸다는 사실을 자각하면서, 천천히 가게로 돌아갔다.

지금의 나에게, 학생들이 치르게 될 단체전에 관해 머리를 굴릴 여유는 전혀 없었다.

8

—투기 대회, 단체전 첫 날. 선수 대기실—.

"규칙 변경, 있을 것 같아?"

"틀림없이 있을 거야. 어제 시합을 보고도 아무런 수를 써오지 않을 경우, 드디어 호프레이즈 녀석들도 포기한 걸로 봐야겠지. 하지만 그럴 리가 없거든."

다에나가 아베리아의 물음에 냉정한 말투로 답했다.

개인전에서 경험한 상대방의 온갖 비열한 계략들 덕분에, 그들은 투기 대회에 간섭하고 있는 귀족 가문의 심상치 않은 집착을 온몸으로 느끼고 있는 와중이었다.

하지만 그들의 말투에서 특별한 감정은 느껴지지 않았다.

"단체전은 개인전보다 제약이 적어진단 말이지~. 말하자면 특정 개인의 의도가 끼어들 여지는 거의 없다는 뜻이니, 벌써부터 골치 아프게 머리를 굴릴 필요도 없지 않을까?"

"유노, 너무 방심하지 마. 선생님께선 아마 그런 식으로 긴장이 풀어진 모습은 금방 꿰뚫어보실 거야."

"읏, 조심할게요."

"일단 진정 좀 해봐. 사실 유노의 기분도 이해는 가. 『패왕』님께선 보시다시피 한 치의 빈틈도 없는데다가, 우리 팀엔 준우승자인 진까지 있는 상황이야. 지나치게 긴장할 필요는 없을지도 몰라."

이즈모가 렘브란트 자매의 대화에 끼어들었다.

"다녀왔습니다."

진과 미스라가 다섯 사람이 이야기꽃을 피우던 대기실로 돌아왔다.

"잘 돌아왔어. 규칙은 변경된 상태야?"

"응, 예상대로더군. 하지만 그보다도 중대한 소식이 있어."

미스라가 벌레라도 씹은 듯한 표정으로 입을 열었다.

"뭔데?"

진의 낙담한 표정을 본 아베리아가, 불안한 목소리로 되물었다.

"선생님 말인데, 오늘은 시합 관전 못 하신다더라."

『으.』

다섯 사람의 표정이 동시에 변화를 일으켰다.

그들의 얼굴로 드러난 감정은 제각기 각양각색이었지만, 누가 보더라도 실망과 낙담에 가까운 빛을 띠고 있다는 것만은 공통적이었다.

"시키 선생님은?!"

아베리아가 가장 먼저 극적인 반응을 보였다.

정작 강의의 책임자인 마코토 본인에 관해선 부차적인 문제라는 듯한 태도였다.

"시키 선생님과 선생님의 심복이라는 두 분, 토모에 양과 미오 양은 오늘도 관전하신다고 들었어. 선생님 본인은 오기 어렵지만, 나중에 보고를 들을 수 있는 체제를 준비하고 가신 모양이야."

"어째서 못 오시는 거죠?"

이번엔 시프가 입을 열었다. 유노나 이즈모, 다른 동급생들 또한 고개를 끄덕이고 있었다. 다들 머릿속에 떠오른 의문점은 매한가지였던 모양이다.

"내가 듣기론, 상인 길드의 호출 때문인 모양이야."

"아버님 혼자 힘으론 해결하기 어려웠나 봐……."

"그러게 말이야. 오늘 같은 날에 불려갈 정도니까 꽤나 성가신 문제가 일어난 걸로 봐야할 거야. 아버님껜 정말 귀에 못이 박힐 만큼, 라이도우 님께서 쓸데없는 일에 시간을 빼앗기지 않도록 최선을 다해달라는 부탁을 드렸는데……."

렘브란트 자매의 두 눈에 어딘지 모르게 불길한 빛이 깃드는 듯이 보였다가 단 몇 초 만에 사라졌다. 진은 남몰래 그녀들에게 공포를 느꼈다.

"뭐, 일단 일어나버린 일은 어쩔 수 없어. 그나저나, 시합의 규칙엔 어떤 식의 변경이 일어난 거야? 미스라의 얼굴빛으로 판단하자면, 이번에도 상당히 빡빡한 걸로 보이는데……."

아베리아는 시키만 오더라도 큰 문제는 없다는 듯이, 벌써부터 마음을 다잡은 듯한 태도로 대화를 진행시켰다.

"어, 아니…… 미스라의 얼굴빛이 이상한 건 약간 다른 이유 때문이야. 단체전의 규칙 말인데, 변경된 사항은 한 가지뿐이야. 솔직히 열 받는 건 사실이군……. 겨우 이 정도로 우리를 쓰러뜨릴 수 있을 것으로 여기고 있다는 점이 말이야."

진이 말을 끊자마자, 대담한 미소를 지어 보였다.

그의 미소는 변경된 규칙의 내용이 문제가 아니라, 겨우 그 정도로 자신들을 쓰러뜨릴 수 있을 것으로 예측하고 있는 주모자의 얄팍한 계산에 대한 비웃음이었다.

"흐음, 뜸들일 필요 없으니까 빨리 말해."

"파티 전체의 레벨을 제한한다는 규칙이야. 전체 합계 365 이하로 멤버를 구성하라는군. 만약 전원의 합계 레벨이 그 수치를 능가할 경우, 그 수치 이하로 들어가도록 인원을 조정하라는 얘기야."

"……셋이서 싸우라는 뜻이네. 그리고 철저하게 우리만 노리는 숫자 설정이야."

쓴웃음을 지은 아베리아의 말이 정곡을 찌르고 있었다.

그들은 최대 정원인 일곱 명으로 참가를 신청했으며, 이미 허가도 받은 상태였다. 그런데 갑작스럽게 막무가내로 세 명밖에 출전할 수없는 규칙으로 변경된 것이다. 네 번째 멤버를 포함시킬 경우, 확실하게 제한 레벨을 넘길 수밖에 없는 절묘한 기준 설정이었다.

“사실상 완전히 우리만 노린 거나 다름없어. 호프레이즈 녀석들의 파티는 일곱 명이 다 합쳐서 363이라더라. 이 조건에 걸리는 건 대회 출장 팀들 가운데 우리들뿐이라는 뜻이야.”

“정말 기가 막히는 소리야. 하지만 진의 말마따나, 그 조건 자체는 우리들에게 큰 문제가 될 수 없어. 이 정도로 결과가 바뀌지도 않아. 소수 정예로 가는 편이 서로 협력하기도 쉬울 테니까……. 그런데? 미스라는 도대체 무슨 이유로 완전히 막다른 곳에 몰린 표정을 짓고 있는 거야?”

“그게 말인데…….”

“……한 번 연습 상대로서 실력을 봐주시겠다는 말씀을, 듣고 오는 길이야.”

미스라가 창백한 얼굴로 나직이 중얼거렸다. 그치고는 흔치 않은 대화 태도였다.

“누구한테?”

유노가 태연한 표정으로 다음 말을 재촉했다. 특별히 긴장할 만한 일은 아닌 걸로 보였기 때문이다.

“……저기, 라이도우 선생님의 측근이라는 푸른 머리의…… 토모에 양이라는 분한테.”

『말도 안 돼?!』

렘브란트 자매의 목소리가 한 치의 오차도 없이 완벽한 하모니를 일으켰다.

“그런데 틀림없는 사실이란 말이지. 나를 상대로 한 시합에서 이 녀석이 보여준 모습에 무척이나 감탄하신 것 같더라. 학원제가 끝나면 실전 형식으로 단련을 시켜주시겠다는 거야."

"……굉장해."

"그 유명한 토모에 님으로부터 단련을 받게 되다니. 츠이게에서도 직접 단련을 받을 정도로 높은 평가를 받은 모험가는 거의 없을 정도랍니다. 미스라? 이건 정말 굉장한 일이에요."

렘브란트 자매가 놀라는 것도 지극히 당연한 반응이었다.

토모에는 츠이게에서 모험가들의 작업에 참가하는 모습을 이따금씩 보여 왔지만, 미오와 마찬가지로 특정한 개인을 제자로 받아들이거나 단련을 시켜주는 식의 행동을 보인 적은 거의 없었다.

어느 틈엔가 모험가 길드를 은퇴하는가 싶더니, 개인적으로 토모에의 심복을 자처하는 라임은 굉장히 특이한 사례였다. 미오의 경우엔 리미아로부터 찾아온 흑발의 여성 모험가 일행을 가끔씩 데리고 다니던 정도가 다였다.

"그렇긴 한데, 이 녀석은 지금 그 누님의 으름장에 완전히 주눅이 들린 모양이야."

"잠깐, 너 말인데? 방금 전 같은 말을 듣고선 아마 그 누구더라도—."

"도대체 무슨 말을 들었다는 거야?"

이즈모가 완전히 겁을 집어먹은 걸로 보이는 미스라의 반응이 몹시 흥미롭다는 표정으로 그에게 질문을 던졌다.

"……어깨에 손을 올리는가 싶더니 진지한 얼굴로 『제발 죽지만 말아 다오』라는 거야. 당연히 최대한 힘을 조절할 생각이지만, 도련님께 혼나고 싶지 않다는 말을 덧붙이시더군."

"……으아."

"너희들도 이해하지?! 레벨 1500을 넘는 터무니없는 실력자한테 그런 소릴 들으면 얼굴빛 정도는 안 좋아질 수도 있잖아?"

"아마 죽게 되더라도 시키 선생님께서 되살려주실 거야. 우선, 컨디션이 안 좋은 미스라는 1회전에선 대기시키자. 아참, 진? 시합의 출전 멤버를 도중에 교체할 수는 있는 거야?"

"아니?! 출전할 거야. 나도 당연히 출전하고말고! 어제는 정말 이보다 더할 수 없이 전형적인 불완전 연소였단 말이야! 멋대로 제외하지 마——!"

"……무자비하군, 아베리아. 응, 각 시합마다 멤버를 교체시키는 건 OK라더라. 다만 출장하지 못 하더라도 팀이 질 경우엔 전원이 다 끝장나는 형식이야."

"시합할 때보다 멤버를 결정할 때가 더 살벌할 것 같아~. 좋아, 그럼 얼른 결정해 버릴까?"

이즈모가 창백한 얼굴빛을 띠고 있던 미스라를 놀리다가, 아베리아도 거기에 끼어들었다. 쥐도 새도 모르게 미스라를 초기의 시합 멤버에서 제외하려던 아베리아의 음모는, 미스라 본인에 의해 좌절되고 말았다.

이제 곧 단체전이 시작된다는 긴장감과 전혀 상관없이, 일곱 학생들의 격렬한 신경전이 시작된 것을 아는 사람은 아무도 없었다.

◇◆◇◆◇

그리토니아 제국의 황녀인 릴리는, 단체전을 관전하다가 마음속에서 혀를 찼다.

시합은 3 대 7로 이루어지고 있었다.

상식적으로 일곱 명이 압도할 수밖에 없다.

그러나 눈앞에선 그와 정반대의 광경이 펼쳐지고 있는 와중이었다.

세 명으로 이루어진 팀이 일곱 명으로 이루어진 팀을 완벽하게 농락하고 있었다.

순수한 힘으로 정정당당히 승부하는 것이야말로 지극히 당연한 전투 방식이라는 사고방식을 지니고 있는 휴만들의 입장에서 보자면, 그들의 전술은 이보다 더할 수 없이 이질적인 전투 방식이었다.

—협공이나 기술, 그리고 작전을 동원해 불리한 조건을 극복한다.

휴만과 마족 사이의 전면 전쟁 초기부터, 여신의 가호를 받은 휴만들에게 압도당하던 마족들이 취한 행동—.

다양한 수단을 통해 기본적인 실력의 격차를 메우는 방식이었다. 그것은 약자가 강자에게 도전하기 위한 방법론이었다.

하지만 그들의 방법론이 이보다 더할 수 없이 유용하다는 것도 틀림없는 사실이었다.

릴리가 제국군에도 시범적인 도입을 고려하고 있는 지식이기도 하다.

그런데 그 방법론을 거의 완벽에 가깝게 자유자재로 구사하고 있을 뿐만 아니라, 기본적인 실력으로도 상대방을 압도하고 있는 학생들이 존재하고 있던 것이다.

릴리는 개인전을 관전할 때부터 그들 개개인이 심상치 않은 실력의 소유자라는 사실을 꿰뚫어보고 있었다.

그러나 그들이 단체전에서 관객들을 상대로 선보인 실력은, 그녀의 상상을 아득히 초월하고 있었다.

개인전 경기들보다 더한 원사이드 게임이 되리라는데 의심할 여지는 전혀 없었다.

지금 무대에 나와 싸우고 있는 것은 우선 개인전 준우승자인 진 로안과 화려한 창술을 보이고 있는 유노 렘브란트, 그리고 술사의 자격으로 출장했음에도 불구하고 마치 전사를 연상케 하는 풋워크를 보이고 있는 아베리아 호프레이즈의 세 사람이었다.

지금 아베리아는, 지팡이가 아니라 본래의 무기인 활을 사용하고 있었다.

자신이 이상형이라고 여기는 전투 방식을 실제로 펼칠 수 있는 실력을 보유한 인재들을 발견할 수 있었던 것은 릴리에게 있어서 대단히 긍정적인 사건이었다. 진 일행의 존재는 마족을 상대로 한 전쟁에서 휴만 종족을 환히 밝히는 희망의 빛이 될 수 있는 가능성을 지니고 있었다.

상식적으로 봐서, 릴리는 무슨 수를 써서라도 반드시 그들을 확보해야만 하는 입장이었다. 그야말로 수단과 방법을 가릴 때가 아니었다.

—그러나, 그녀의 힘으론 그들을 도저히 확보할 수가 없었다.

왜냐하면 그들은 마코토의 입김이 닿은 인재들이기 때문이다.

릴리에게 있어서 이보다 화가 나는 일은 없었다.

용사인 토모키, 드래곤 서머너인 모라의 힘으로도 제압할 수 없었던 그 존재, 토모에의 입에서 나온 쿠즈노하 상회라는 자들과 직접적으로 엮여 있는 이들을 건드릴 수는 없었다.

'마치 허수아비나 나무 인형을 쓸어버리는 형식의 훈련을 옆에서 구경하고 있는 듯한 느낌이야…….'

양 팀의 시합은, 사실상 싸움이라는 말조차 어울리지 않을 정도로 압도적인 양상을 보였다.

진이 상대 팀의 전방을 담당하고 있는 전사들에게 재빠른 동작으로 참격을 날렸다. 그는 압도적인 속도와 위력, 정확성을 겸비한 공격으로 선두의 적들부터 제압하기 시작했다. 그의 공격은 직접 공격을 받지도 않는 적진의 중앙과 후방을 담당하고 있는 인원들에게도 위압감을 선사할 정도였다.

적들의 대열이 흐트러지자마자, 유노가 돌격해 들어가 창을 휘둘렀다. 적 팀의 전방과 중앙은 어쩔 도리도 없이, 자신들의 역할을 포기할 수밖에 없었다. 남은 시간 동안, 그들의 힘으론 자신의 몸이나 지키는 정도가 고작이었다.

반격을 시도하려던 후방의 학생들은, 아베리아의 화살이나 술법 공격에 의해 제대로 영창조차 할 수 없는 상황이었다.

다른 이들보다 뚜렷하게 집단 전투에 익숙한 학생들이었다. 그리고 상대방을 완전히 농락하고 있었다.

릴리의 눈에 비친 그들은, 누군가에게 자신들의 움직임을 평가

받고자 신중한 자세로 교과서적인 전술들을 순서대로 선보이고 있는 듯이 보였다.

마음만 먹으면, 진 혼자서도 상대 팀 전원을 쓰러뜨릴 수 있을 것으로 보였다. 그만큼이나 개인의 수준부터 크게 차이가 났다.

하지만 그들은 일부러 개인적인 기술보다 팀 전체의 기술을 동원해 상대방을 제압하는 모습을 보였다.

단순히 전투의 광경을 관객들 앞에서 보여준다기보다, 압도적인 실력으로 관객들을 홀려 버렸던 것이다.

그들의 의도는 황녀에게도 전해져 왔다.

실전에선 불과 몇 초 만에 짓밟히고야 말리라는 느낌이 들 정도로 실력이 크게 차이나 보이는 대전 상대는, 어디까지나 그들이 의도적으로 선택한 전투 방식의 결과로서 5분 정도 버틸 수 있었던 것에 지나지 않았다.

물론 결과는 전멸이었다.

상대 팀은 단 한 차례의 유효타조차 가하지 못한 채로 패배한 것이다.

마코토의 학생들은 땀 한 방울조차 흘리지 않았다.

그들은 방금 전의 승리에 관해선 그다지 기뻐할 필요조차 없다는 듯이, 서둘러 장외로 내려가 동급생들과 합류하는 모습을 보였다. 그리고 일곱 명이 다 함께 이야기나 나누면서 대기실로 돌아가는 모습은 거의 상쾌할 정도였다.

—학생의 신분에 불과한 그들이, 도대체 무슨 수로 이 정도 수준의 집단 전투 기술을 습득했단 말인가?

—학생의 신분에 불과한 그들이, 도대체 무슨 수로 실전에 가까운 환경에서도 지극히 냉정한 정신 상태를 유지할 수 있단 말인가?

릴리로서는 고민이 들 수밖에 없었다.

자신의 마음속에서, 그들에 대한 크나큰 호기심이 솟아나고 있다는 것을 확실하게 실감한 것이다.

하지만 그녀는 토모에의 경고를 반드시 지켜야 하는 입장이었다.

그런 식으로 쿠즈노하 상회와 관련된 모든 사항에 가까이 가지 않는 태도를 유지할 경우, 직접적으로 그들과 접촉할 수는 없는 상황이었다.

그러나 그럼에도 불구하고, 그녀는 마코토의 교육 방법과 학생들의 실력에 관한 정보를 입수하고 싶었다.

릴리는 주위로 시선을 돌렸다. 바로 그 순간, 리미아의 국왕이나 로렐의 무녀파부터 시작해서 신전에서 온 대사교 일행은 물론이거니와 시합 해설 담당으로서 불려나온 학원의 엘리트 강사나 학원장들 또한 지금 벌어진 시합과 대단한 활약을 펼친 학생들을 뚫어지게 쳐다보고 있는 광경이 눈에 들어왔다. 시합이 끝난 지금, 그들은 제각각 자신들의 부하들에게 귓속말로 무슨 말을 속삭이고 있는 것으로 보였다. 부하들은 주인의 귓속말을 듣자마자 곧장 어디론가 달려갔다.

그들은 이제 더 이상 무명의 학생 신분이 아니었다.

그들이 개인전에서 끌어 모았던 주목은, 오늘의 단체전에서 더욱 확실한 실체를 띤 것으로 보였다.

그리토니아 제국에선 이미, 용사라는 비장의 카드를 보유하고 있었다.

그는 토모에와 만난 그날 이후, 마치 딴 사람처럼 수련에 열중하며 실력을 쌓고 있었다.

지금의 용사가 충분하고도 남을 정도로 크게 성장한 것은 사실이지만, 라이도우와 그 학생들 또한 그냥 버리기 아까운 인재라는 점에선 마찬가지였다.

앞으로도 점점 격렬한 양상을 띨 수밖에 없을 것으로 예상되는 마족과의 전쟁에서 이용할 수 있는 카드는 많으면 많을수록 좋다.

힘으로 밀어붙일 줄밖에 모르는 휴만들과 근본적으로 다른 용사의 유연한 사고방식과, 거의 유사한 전술적 두뇌를 지닌 이들은 지금부터 시작될 싸움에선 몇 명이나 있어도 부족하다. 게다가 마코토의 학생이라는 사실이 저 학생들이 지닌 실력의 근본에 해당될 경우, 그를 등용함으로써 저 학생들과 같은 병사들을 양산할 수도 있다는 뜻이었다.

'일이 이렇게 된 바엔, 최대한 예의를 갖춰 학생들을 통해 강사인 라이도우와 접촉하는 수밖에 없어. 아마 이 방법으로 갈 경우엔 토모에와 나눈 약속을 어기지 않을 수 있을 지도 몰라. 라이도우, 상인을 자처하고 있는 모양이지만 이 정도의 육성 능력을 지니고 있는 인물인 이상에야 토모에뿐만 아니라 그 또한 심상치 않은 인재야……. 다른 나라에 넘기기는 너무 아까워. 그리고 너무 위험한 인물이야.'

단체전의 다음 시합들이 진행되는 가운데, 릴리의 머릿속은 쿠즈노하 상회와 긍정적인 관계를 모색하는 방향으로 굴러가기 시작했다.

◇◆◇◆◇

“이 세상에 아직도 저들과 같은 대단한 영웅들이 남아있었을 줄이야.”

“예, 아버님.”

“히비키 님을 보면서도 항상 느끼는 감정이지만, 설마 전통적인 교육을 최고의 가치로 삼는 롯츠갈드의 투기 대회에서 저들과 같은 이들과 만나게 될 줄은 전혀 예상조차 할 수 없었던 일이군.”

“현재, 그들 전원의 개인 정보를 가능한 한 수집하고 있는 중입니다.”

단체전의 첫 날 일정이 성황리에 끝이 났다.

준결승까지 남은 네 팀들이 소개되자마자 오늘의 일정은 끝났지만, 리미아와 국왕과 그를 수행하는 제2왕자의 대화는 단 한 팀에 대한 이야깃거리로 점철되어 있었다. 다름 아닌 마코토의 제자들로 이루어진 팀에 관한 이야기였다.

“음……. 그들의 실력이야 물론 인정할 만한 가치가 있지만……. 정말로 짚고 넘어가야 하는 대상은 그들이 아니라 그들을 가르친 강사 쪽인지도 몰라.”

“그들이 공통적으로 수강 중인 강의는 단 하나뿐이었던 관계로, 그들의 담당 강사에 관한 조사도 이미 개시한 상태입니다. 그리고…… 그 자에 관해선 이미 호프레이즈 가문에서 조사를 진행하고 있었다는 정보가 들어와, 자료의 제출을 명했습니다."

"으음? 호프레이즈가 말이냐……? 얼마 전부터 학원에 영향력을 행사 중이었다는 사실은 파악하고 있었다만, 설마 그 강사에 관한 건수였다니……. 일단 어디까지나 짐의 짐작에 지나지 않다만, 아까 전의 그들이 넘쳐날 정도로 놀라운 재능의 소유자라는 사실에 의심할 여지는 전혀 없어. 하지만 진실로 놀라운 역량을 지니고 있는 장본인은, 그들의 잠재 능력을 발휘시켜 진정한 영웅의 길로 나아갈 수 있도록 유도한 자라는 느낌이 드는군."

"……그들이 인위적인 교육에 의해 탄생한 후천적인 영웅이라는 말씀이십니까?"

왕자는 국왕이 토로한 개인적인 의견에 놀라는 표정을 보이면서도, 조용한 목소리로 그 속뜻을 되물었다.

왕자 또한 마치 자국의 용사를 연상케 하는 전투 방식을 선보인 학생들에게 경악을 금치 못하고 있는 와중이었다.

만약 저 학생들의 성장을『인위적으로 유도한』강사가 정말로 존재할 경우—.

리미아에서 우선적으로 접촉을 시도해야 하는 대상은, 당연히 그 강사일 수밖에 없었다.

만약 리미아 왕국이 이제 곧 벌어질 저 학생들을 둘러싼 쟁탈전에서 패배하게 되더라도, 그들을 가르친 강사인 마코토를 손에 넣는 쪽을 우선해야 하는 상황이었다. 마코토만 손에 넣는데 성공하면, 장기적으로 리미아 왕국 병사들의 역량을 크게 성장시킬 기회가 있다는 뜻이었다. 요컨대 그는 국가가 보유한 전체적인 전투력을 크게 향상시킬 수 있는 실마리였다.

"지금으로선 어디까지나 짐의 상상에 지나지 않지만 말이야. ……하지만 호프레이즈 가문의 차남과 그 주변 인물들의 분위기로 판단하건대, 그다지 좋지 않은 짓을 저지르고 있을 가능성도 있어 보이더군."

"투기 대회의 부자연스러운 진행 상황을 고려하자면, 그 자가 저들을 표적으로 비열한 공작을 부리고 있는 걸로 보입니다."

"이제 와서 중단시켜봤자 너무 늦었는지도 모르지만, 호프레이즈 가문 당주에게 추가적인 간섭을 포기하도록 못을 박아 놔라. 그리고…… 그 강사의 이름은 입수했나?"

"물론입니다. ……이름은 라이도우라고 합니다. 쿠즈노하 상회라는 신흥 상회의 대표직을 겸임하고 있더군요."

"라이도우라? 그 자와 만날 약속은 잡을 수 있겠나?"

"현재 시도하고 있습니다. 그나저나, 개인적으로 한 가지 의문점이 남는군요."

"뭐냐?"

어두운 표정의 왕자가 마코토의 가명을 입에 담자마자, 국왕에게 질문을 던지는 듯한 태도로 입을 열었다.

그를 마주보던 국왕은, 그의 태도에 아랑곳하지 않고 다음 말을 재촉했다.

"호프레이즈 가문의 차남인 일름간드 님에 관한 겁니다. 저의 기억에 따르면, 그는 어렸을 적부터 우리나라 귀족들의 존재가치에 관해 여러모로 의문점을 품고 있던 총명한 남자였습니다. 장남이자 차기 당주인 워켄 님의 **예비**로 취급당하는 현실을 거꾸로 이용함으로써, 자신의 사상을 실현하고자 정력적으로 학원에서 자신의 실력을 갈고닦던 청년이었던 걸로 기억합니다. 그런데 바로 그런 청년이 무슨 이유로 리미아 왕국 악덕 귀족의 대명사나 다름없는 행동을 벌이고 있는 건지……."

"……짐으로서도 알 길이 없구나. 최전선에 나가 있는 워켄이 전사할 경우, 일름간드는 가문을 잇게 될 몸이야. 짐 또한 거의 히비키 님에게 버금갈 정도의 기대를 그 녀석에게 품고 있었단 말이지."

국왕과 왕자가 기억하고 있는 일름간드의 이미지는, 마코토나 진 일행 앞에서 보인 태도나 행동거지와 완전히 정반대였다.

"롯츠갈드를 비공식적으로 지배하고 있는 거나 다름없다는 상인 놈들의 꼬임에 넘어갔거나, 혹은……."

"그에 관해서도 알아볼까요?"

"아니, 그럴 필요는 없다. 그쪽은 결국 호프레이즈 가문 내부의 문제야. 아버지가 아들의 신상에 일어난 이변을 놓칠 리가 없어. 조사는 쿠즈노하 상회를 우선하도록 해라. ……본격적인 접촉은 스텔라 요새를 공략한 이후가 될 공산이 커."

"……스텔라 요새 탈환, 드디어 때가 온 겁니까?"

"히비키 님의 의욕도 역대 최고로 보이더군. 비밀리에 체류 중이던 츠이게에서 크게 성장했을 뿐만 아니라, 믿음직스러운 아군들까지 데리고 돌아오셨단 말이지."

"모험가들 말씀이시군요. 왕국의 모험가들과 뚜렷하게 다른 개성이 돋보이더군요. 머지않아 폐하의 명에 따라, 히비키 님의 직속 부대로서 독립된 권한이 주어질 예정입니다."

"그대로 시행하도록 해라."

리미아 국왕은, 머나먼 저편을 향해 시선을 돌렸다.

왕국에 강림한 용사, 오토나시 히비키는 리미아 왕국에 수많은 변화를 몰고 온 장본인이었다.

민주주의 국가 출신인 히비키는 왕정이라는 제도에 의문을 제기하는 경우도 있었다. 고위 귀족들 가운데 그녀가 보이고 있는 태도를 위험시하는 이들도 적지 않았다.

국왕은 공식적으론 그녀를 견제하는 모습을 보이면서도, 마음속에선 그녀의 사고방식을 받아들이고 있었다. 그리고 그녀에게 유리하도록 다양한 협력을 아끼지 않고 있었다.

그녀가 츠이게로 향할 수 있던 것은 물론이거니와, 데리고 돌아온 모험가들을 정규군 체제에 순조롭게 받아들일 수 있던 것도 전부 다 국왕의 개입 덕분이었다.

히비키 일행과 국왕 사이의 창구 역할을 하고 있는 이는 다름 아닌 제2왕자였다.

국왕의 의도는 제2왕자를 통해 히비키에게 곧바로 알려지고 있으며, 양측의 관계는 지극히 양호한 상태였다.

"그리토니아의 릴리나 로렐의 무녀파, 그리고 아이온 너머로 펼쳐진 세계의 끝. 아직도 중립을 지키고 있는 모험가 길드……. 솔직히 말해서 히비키 님으로 하여금 마족과의 전쟁에 집중할 수 있는 상황을 만들어 주고 싶은 참이지만, 좀처럼 뜻대로 되는 일이 흔치 않군."

"마족들을 토벌하는데 성공하더라도, 곧장 세계 평화가 찾아오는 것은 아닙니다. 그분도 그 사실에 관해선 이해하고 계신 듯이 보였습니다."

"그러나 그녀의 근심거리를 줄여서 나쁠 것은 없다, 요슈아. 몹시 힘든 길이 될지도 모르지만, 잘 따라와 다오."

"예, 무슨 명령이라도 따르겠습니다……, 아버님."

리미아 왕국의 제2왕자인 요슈아는 온화한 미소를 지은 채로 국왕의 말을 받아들였다.

—쿠즈노하 상회.

그들 또한 드디어, 그 이름에 다다르는데 성공한 것이다.

9

토모에와 미오는 상인 길드에 소환된 마코토의 대리로서, 객석에 앉아 진 일행이 참가한 단체전을 관전하고 있는 와중이었다.

두 사람은 호프레이즈 가문의 계략에 의해 3 대 7이라는 변칙적인 시합을 치르게 된 학생들의 활약을 바라보면서 한숨을 내쉬고 있었다.

"시시하군~. 이 정도로 심하게 실력 차이가 나니, 사실상 싸움이 아니라 일종의 쇼나 마찬가지야."

"이봐요, 전 어제부터 그런 식으로 말씀드렸잖아요? 도련님께서 키우신 학생들이 아니면 이렇게 보러 오지도 않아요."

"자신의 제자가 참가할 경우엔 그나마 또 다른 방법으로 즐길 수도 있었을 텐데 말이야……. 미오, 네 녀석이 갖고 있는 그 부자연스러울 만큼 부풀어 오른 자루는 뭐냐?"

토모에가 머리 뒤로 깍지를 낀, 이보다 더할 수 없이 지루해 보이는 자세로 미오에게 물었다.

"뭐냐고요? 당연히 노점상에서 사온 어디어디 명산품인 이것저것들이랍니다. 전부 다 맛있어 보이더군요."

미오가 갑자기 무슨 당연한 걸 물어보냐는 듯한 태도로 입을 열었다.

"제대로 된 대답인 듯한 느낌이 들면서도 사실은 그렇지도 않은 대답이로고. 이 몸이 묻고 싶은 것은 그 양이야. 도대체 얼마나 많이 사왔나?"

토모에가 옆에 앉아 있던 미오의 바로 옆 자리에 놓여 있는, 커다란 갈색 종이봉투의 산더미를 한심하다는 눈빛으로 바라보며 물었다.

관중들이 들끓는 객석 한복판에서, 대량의 종이봉투가 당당히 한 자리를 차지하고 있었다.

미오의 명예를 지키기 위해 설명하자면, 그곳은 원래 마코토가 앉을 장소였다. 그가 갑자기 오지 못 하게 된 관계로, 비어 있는 자리를 유효하게 활용하고 있을 뿐이었다.

결단코 음식을 자리 위에 놓기 위해 누군가를 협박하거나 물리적 수단으로 쫓아 버린 적은 없다.

"돌아갈 때까지 전부 먹어 버릴 테니 신경 쓰지 마세요. ……드시고 싶으실 때는 솔직하게 말씀해 주세요."

"필요 없어……. 쳐다보고만 있어도 속이 쓰려올 정도로고."

"흥, 만약 술일 경우엔 두말없이 가져가는 주제에……."

두 사람은 무대 위에서 펼쳐지는 단체전의 광경을 한가로이 바라보면서 시시하기 그지없는 내용의 대화를 나누고 있었다.

전체적으로 시합들의 레벨이 너무 낮았다. 그나마 나은 축에 속하는 진 일행이 참가하는 시합 또한, 상대가 너무 약하다 보니 전혀 재미가 없었다. 게다가 주인인 마코토가 자리를 비운 상태였다.

이만큼이나 최악의 조건들이 한데 모이자, 그녀들에게 진지한 태도로 시합을 보라는 것은 너무나 가혹한 얘기가 되었다.

"지금 돌아가는 꼴을 보니, 내일 있을 준결승이나 결승전도 기대하기 어렵겠군. 뭐, 도련님과 함께 볼 수 있다면 그다지 큰 상관은 없지만 말이야."

"동감이에요. 도련님과 함께할 수 있다면, 장소에 큰 의미는 없으니까요."

"흠, ……드디어 끝난 모양이로군. 응?"

"윽?"

토모에와 미오가 동시에 이변을 깨달았다.

"미오, 도련님께서 부르신다. 돌아가자꾸나."

"알아요. 기분이 우울하신 듯하니, 서둘러야 할 것 같아요."

주인으로부터의 염화를 수신한 토모에와 미오는, 서로 고개를 끄덕이며 자리를 떴다.

짧고도 단적인 내용의 염화였다.

'상담할 일이 있으니 상회에서 보자.'

기운이 없을 뿐만 아니라, 몹시 우울한 분위기가 전해져 왔다.

불안에 사로잡힌 두 사람은, 도중에 시키와 합류하자마자 곧장 상회로 발걸음을 옮겼다.

◇◆◇◆◇

나는 상회에 모인 토모에와 미오, 시키에게 상인 길드에서 일어난 일에 관해 설명했다.

대표가 나에게 폭언을 퍼부었던 일에 관해 설명하기 시작한 바로 그 순간, 미오가 조용히 중얼거렸다.

"—어쨌든, 그 대표를 죽이고 오라는 말씀이시지요?"

"미오, 아직 도련님의 말씀이 다 끝나지도 않았다. 일단 진정부터 해라."

토모에가 일찌감치 험악한 분위기를 연출하기 시작한 미오를 타일렀다.

"터무니없는 소리 마세요. 전 지금 지극히 침착한 상태랍니다. 당장 해야 할 일이 너무나도 명확할 뿐이잖아요?"

토모에가 이대로는 상인 길드를 쑥대밭으로 만들러 가버릴 듯한 분위기의 미오를 끈질기게 말렸다.

"일단 기다려 보라는 말이다. 아직 도련님의 말씀이 끝나지 않았으니, 조금만 더 기다려라."

"감히 도련님께 폭언을 퍼붓다니……. 무슨 방법으로 짓이겨 버릴까……?”

“미오, 도련님께서 하시는 말씀을 끝까지 들어보라지 않나!”

“…….”

토모에가 온 힘을 다해 이미 자리에서 일어난 미오의 양 어깨를 붙잡았다. 미오는 그제야 평상심을 되찾은 듯이, 입을 다문 채로 자리에 다시 앉았다.

“역시 저희들 중 한 사람이 무조건 따라갔어야 하는 일이었습니다.”

의자에 앉아 있는 토모에와 미오의 뒤에 서 있던 시키가, 침통한 표정으로 입을 열었다.

결과적으론 그의 말이 맞았다.

만약 세 사람 중 한 사람이라도 동행시켰다면, 지금과 다른 결말이 찾아왔을 가능성도 있었다. 종자들 가운데 한 사람이라도 데려갔다면, 아마도 그들의 힘으로 문제를 해결하기는 그다지 어렵지 않았을 것이다.

……하지만 그 정도까진 필요가 없을 것으로 여겼다.

츠이게와 롯츠갈드에서 상회 활동이 순조롭게 진행되다 보니, 마음속에 자만심이 싹터 있었던 것이다.

—렘브란트 씨가 말씀하시던 『상인들의 악의』가 어느 정도인지 알아보고 싶다는 얄팍한 호기심도 없지 않아 있었다. 학원 강사 채용 시험이나 실제의 학교생활을 겪어 오는 과정에서 이 세계의 모든 휴만들을 예전보다 훨씬 얕보기 시작한 것도 사실이었다.

예전에 처음 보는 렘브란트 씨를 상대로 루비 아이의 눈동자를 넘기러 갔을 때도 그다지 큰 문제는 없었으니, 상대가 상인일 경우, 어느 정도 대화가 되리라고 착각했던 것이다.

종자를 동반한 채로 공갈에 가까운 수단을 쓰지 않더라도 어떻게든 해결을 볼 수 있을 것으로 여겼던 데다가, 그런 수법을 쓰고 싶지 않다는 마음도 들었다. 그런 식의 물러 터진 사고방식과 오만한 마음이 오늘의 결과를 낳은 셈이다.

오늘 나는 상인 길드로 가서 바보 취급이나 당하다가, 터무니없는 요구사항과 함께 되돌아왔다.

"미안, 혼자서 가보고 싶다는 말을 꺼낸 내 잘못이야."

"우리 셋 중 한 사람이라도 따라갔다면, 그 자리에서 휴만들의 피로 피바다를 이뤘을 가능성도 있었습니다……. 모든 결과가 나쁘기만 한 건 아닌 줄로 압니다. 너무 마음에 두지 마십시오."

토모에가 나의 편을 들었다.

"잠깐, 토모에? 어째서 도련님에게도 흠결이 있다는 듯한 말씀을 하시는 거죠?! 도련님께선 전혀 잘못하신 바가 없어요! 전부 다 길드의 잘못이라고요!"

미오가 나를 위로하려던 토모에의 말에 반박하는 모습을 보였다.

그녀의 나를 배려하는 마음씨가, 지금은 오히려 아프게 느껴졌다.

"……이제 와서 돌이켜보건대, 우리들 가운데 상업에 정통한 자가 한 사람도 없었던 것은 틀림없는 사실입니다. 다들 초심자 상태에서 시작한 거나 다름없었지요. 길드의 방식에 관해선 분노를 금할 길이 없습니다만, 사전에 대책을 세울 수 없는 상황은 아니었던 걸로 압니다……. 렘브란트 상회로부터 장사에 익숙한 전문가를 소개받아 기초부터 배우는 식으로, 여러 가지 방도가 있었을

지도 모릅니다."

여러 가지 방도가 있었을지도 모르는, 그런 상황이 아니었다.

사실상 오직 그 방도밖에 없었던 것이다.

나 자신부터 상회라는 일을 얕보고 있던 느낌도 있었다. 이제 막 상회를 설립한 거나 다름없는 상황에서, 다른 분야에 무분별하게 손을 뻗거나 한 가지 주력 상품을 정하지 않는 식으로 여러 가지 멍청한 짓을 한 건 틀림없는 사실이다.

제대로 된 상인으로서, 게다가 유명한 기존 상인의 소개를 받은 거나 다름없는 인물이 그런 짓을 할 때는 진지하게 사업에 임하는 자로 보이지 않을 가능성도 고려해야 했다.

하지만 그럼에도 불구하고, 당장 장사는 잘 되는 편이었다.

……아니, 이제 와서 돌이켜보니 겉으로만 잘 되고 있는 걸로 보였을 뿐인가? 이곳을 책임지는 길드의 최고 책임자와 만나러 가는 일을 지금까지 미뤄온 것도 그다지 좋은 결정은 아니었다.

"시키, 어떻게 너까지! 어째서 도련님께서 쓸데없이 혹독한 경우를 당하셔야 한다는 거죠?! 도련님께선 렘브란트 저택에서 저주병에 걸려 고통 받는 이들을 보시다가 겨우 그런 일로 목숨을 잃는 나약한 이들을 가엾게 여기셔서, 약이 없어 난처한 경우에 처하는 이들을 만들지 않기 위해 상인의 길을 선택하신 거잖아요?! 도대체 무슨 이유로, 돈벌이밖에 고려하지 않는 탐욕스러운 상인들의 원한을 사지 않도록 조심하는 처세술을 익히실 필요가 있다는 건가요?! 최대한 많은 이들에게 유익한 일을 하시던 것뿐인데, 어째서! 이런 건 너무 이상하잖아요? 당신들은 정말로 그런 단순한 사실조차 모르겠다는 건가요?!”

끝까지 나를 감싸려는 미오의 입에서 나온 말들이 나의 마음에 날아 들어와 꽂히는 듯한 느낌이 들었다.

……맞아.

나는, 최대한 많은 사람들이 저렴한 약을 사용할 수 있는 상황을 조성하고 싶었다. 그런고로, 국가나 인종 등의 구분과 상관없이 폭넓게 사업을 전개하고 싶었던 것이다. 부록으로 여러 가지 잡화를 취급하던 것도 사실이지만, 그쪽은 어디까지나 덤에 지나지 않았다.

“……미오, 지금 네 녀석이 한 말은 결국 대외적인 명분에 불과하다. 공짜로 나누어 주는 게 아니라, 어디까지나 장사로 물건들을 팔아온 이상에야 이런 일들은 따라올 수밖에 없다. 도련님께서 전적으로 잘못하신 것은 아니나, 적잖이 무방비하셨던 것은 틀림없는 사실이야.”

“……저 또한, 같은 의견입니다. 물론 종자인 저희들이 좀 더 제대로 보좌할 여지가 있던 것은 틀림없습니다. 자기 자신의 부주의에 대해선 변명의 여지조차 전혀 없을 지경입니다.”

“크!! 둘 다 정말 머리가 어떻게 된 건가요?! 도련님의 뜻은 절대적이라고요! 어리석은 쪽은 눈앞의 이득만을 좇는 상인들인데!”

미오는 분명히 언제 어느 때라도 끝까지 나의 모든 행동을 긍정해줄 유일한 사람이었다.

설령 내가 악당이 되거나 전 세계의 적이 되더라도, 그녀만은 나의 편을 들어줄 것이 틀림없었다.

나와 같은 곳까지 타락하는 길을 택하리라.

그러니 나는 그녀를 위해서라도 정신을 똑바로 차려야 한다.

잠시 동안, 침묵이 찾아왔다. 묵직한 분위기가 실내로 퍼져 나갔다.

토모에가 분위기를 환기시키려는 듯이 입을 열었다.

"……도련님? 그 대표라는 작자가 도련님께 감히 용납하기 어려운 폭언을 퍼부었다는 건 틀림없는 사실입니다만, 동시에 나쁘지 않은 의견을 제안한 것 또한 틀림없는 것으로 보입니다. 이종족(異種族)을 상대로 한 사업…… 이 몸의 짧은 생각엔 꽤나 나쁘지 않게 들리는군요. 이왕 이렇게 된 바엔 휴만들과의 관계는 포기하신 뒤, 아인들에게 물자를 파는 상인으로서 그들의 촌락들에 가게를 세워 나가시는 것도 하나의 수인 줄로 아뢰옵니다."

"아인들만을 상대로 장사를 하자는 건가?"

"예. 경우에 따라서 마수나 마물들을 상대로 하셔도 나쁘지 않을 것 같습니다. ……이야기는 약간 옆길로 샙니다만, 일전에 도련님께 보여 드렸던 지도의 그 장소……. 원래부터 그곳을 확보하기 위해 마족들과도 관계를 가질 생각이시지 않았습니까? 그런고로, 그들을 상대로 사업을 전개하시는 것도 나쁜 생각은 아닐 것 같습니다. 이 몸의 생각엔 이대로 휴만들의 사회에서 살아가시고자 이런저런 고심을 겪으시는 것은, 쓸데없이 도련님의 심리적인 부담만을 가중시키는 지름길인 줄로 압니다만?"

토모에의 제안을 만족스러운 표정으로 잠자코 듣고 있던 시키가 말을 덧붙였다.

"마족들이 휴만들에게 노골적인 증오를 품고 있는 것은 사실입니다만, 그 이외의 종족을 상대할 때는 비교적 너그러운 부분도 있습니다. 상회에서 일하는 아인들에게 혐오감을 보이는 경우도 거의 없을 겁니다. 토모에 님의 제안에 관해선, 충분히 고려할 만한 가치가 있지 않을까 싶습니다."

"저는…… 지나치게 어려운 일들에 관해선 잘 모릅니다. 하지만 도련님의 순수한 선의를 이용하려는 작자들의 밑에서 온갖 기분 나쁜 일들을 참으실 필요는 없다고 봅니다."

…….

순수한 선의라?

언제부턴가 그런 식으로 저들을 얕보고 있던 건가?

그리고 주위의 눈에도 그렇게 보였을 가능성도 있었다는 건가?

"나는……."

나는 목구멍까지 올라온 말을 일시적으로 집어삼켰다.

과연 눈앞의 세 사람은, 나의 생각에 찬동할까?

그런 식으로 걱정하는 부분도 없지 않아 있었던 관계로, 순간적으로 말문이 막혀 버렸다.

"도련님? 아무쪼록 도련님의 생각을 들려주십시오. 이 몸이나 이 녀석들은 도련님께서 원하시면 이 세상의 그 누구를 상대로 하더라도 싸울 수 있습니다. 그리고…… 이 세상의 그 누구를 상대로 하더라도 머리를 숙일 수 있습니다."

미오와 시키가 토모에의 말에 고개를 끄덕였다.

……그래, 그들을 상대로 비밀을 가질 필요는 전혀 없었다.

그들은, 이 세계로 와서 생긴 나의 새로운 가족들이거든.

"……나는, 토모에의 말마따나 마족들과 관계를 맺을 생각이야. 마장 중 한 사람과 담판을 지어 마왕과 면회할 약속을 잡았어. 학원제가 끝난 이후가 될 것으로 보이는데, 나는 마왕과 알현함으로써 토모에가 찾아온 아공에 사계절을 도입할 수 있는 장소 일대를 빌리거나 양도받을 계획이야."

세 사람은 말없이 나의 말에 귀를 기울였다. 나는 계속해서 말을 이어 나갔다.

"그 결과, 마족들에게 큰 빚을 지게 될지도 몰라. 마왕과 직접 담판을 지어보지 않고서야 확실한 건 알 길이 없지만 말이야. 이 세계의 패권을 건 휴만과 마족의 전쟁에 참가하게 될지도 몰라. 개인적으로 가장 이상적인 상황은, 약간 어설픈 생각일진 몰라도 마족들과 관계를 맺은 채로 휴만들을 상대로도 장사를 계속하는 거야. 하지만 상황에 따라서 둘 중 하나를 포기해야 될지도 몰라. 하여튼 지금으로선 대충 그런 느낌이야."

나는 고개를 숙인 채로, 당장 해야 할 말들을 일방적으로 쏟아버렸다.

고개를 들어 세 사람에게 시선을 돌리자—.

토모에는 희망의 빛을 눈동자에 띤 채로, 힘차게 고개를 끄덕였다.

시키는 납득한 듯이 두 눈을 감은 채로, 조용히 고개를 끄덕였다.

미오는 나의 말을 그저 있는 그대로 받아들인 듯이, 미소를 지은 채로 고개를 끄덕였다.

나의 서투른 말솜씨만으로도 모든 것을 이해한 것뿐만 아니라, 받아들여준 것이다.

실제로 물어본 것은 아니었지만 표정만 봐도 세 사람의 마음은 확실하게 전해져 왔다.

그들과 함께한다면 앞으로 어떤 고난이 다가오더라도 힘을 합쳐 극복해 나갈 수 있으리라. 그 순간, 나는 확신했다.

◇◆◇◆◇

향후의 방침에 관해 좀 더 자세히 설명할 필요가 있었다—.

그런고로, 나는 아까 토모에가 언급한 사항을 자세히 설명하기 위해 묘하게 일본과 닮은 이 세계의 지도를 선반에서 꺼내와 집무용 책상의 위로 펼쳤다. 그리고 토모에가 예전에 보고한 바 있던 장소를 손가락으로 가리켰다.

"여기가 확실하지, 토모에?"

"예, 바로 그곳입니다."

"옛 엘리시온 산하의 위성 국가였던 켈류네온이라는 나라…… 일본 지도와 겹쳐볼 경우엔 야마가타(山形)현[#2] 갓산(月山)[#3] 부근인가? 보는 관점에 따라선 굉장한 우연일지도……."

그곳이 바로 아공에 사계절을 선사할 수 있는 장소였다.

#2 야마가타(山形)현 일본 토호쿠(東北) 지방 남서부의 현. 온천과 스키가 유명.
#3 갓산(月山) 일본 야마가타현의 중앙에 위치한 해발 1,984m의 화산. 츠쿠요미노미코토를 모시는 갓산 신사가 위치해 있다.

그리고 나 자신과, 나의 지인인 두 사람의 휴만들과 깊은 관계가 있는 장소였다.

"야마가타?"

시키가 고개를 갸웃거렸다. 아차, 현의 명칭 따위는 실질적으로 이곳과 아무런 상관도 없단 말이지. 마침 딱 알맞게 츠쿠요미 님과 관계가 있는 산이다 보니, 나도 모르게…….

"아니, 일단 지금은 그다지 큰 상관이 없는 얘기야. 중요한 건 그 앞, 켈류네온이라는 나라의 이름이지. 그곳은…… 우리 부모님의 고향이라는군."

『……?!』

"우리 부모님은 거기서 만나신 후, 모험가로서 세상을 여행하시다가 이세계로 전이하신 모양이더군. 그러니까 나에게 있어서 한 다리 건넌 조국이나 다름없는 장소란 뜻이야. 물론, 일단 그런 내막 같은 건 사계절과 아무 상관없으니 지금은 그냥 넘어가자."

우연히 기회가 닿아 부모님에 관한 정보를 약간이나마 입수해서 나쁠 것은 없었지만, 어차피 이미 멸망한 나라에 지나지 않았다. 아직까지 남아있는 기록의 양조차 짐작이 가지 않았다. 마족들의 침공 당시에, 모든 것을 잿더미로 만들지 않았기만을 바랄 뿐이다.

"하지만 도련님? 제 기억엔 켈류네온이라는 나라는 사서인 에바와 고테츠에서 일하는 루리아의……."

시키가 그제야 기억이 났다는 듯이 안스랜드 자매의 이름을 입에 담았다.

"맞아. 그녀들의 출생지이기도 하지. 그런고로, 나는 그녀들에게 한 가지 결단을 촉구할 생각이야. 만약 두 사람 다 긍정적으로 나올 경우, 나는—."

나는 안스랜드 자매에게 촉구할 예정의 결단에 관한 내용을 세 사람에게 설명했다.

현재로서는 결국 고육지책에 지나지 않았다. 아니, 솔직히 말해서 고육지책이라는 표현조차 적합치 않을 정도로 터무니없는 아이디어였다.

"후, 후후후. 꽤나 흥미로운 이야기로군요, 도련님."

"동감입니다. 일이 잘 진행된다면 현재 우리가 안고 있는 문제들을 해결할 비장의 수단이 될 수도 있을 겁니다."

"도련님께서 정하신 일에 불만 따위가 있을 리 없습니다. 그리고 지금 있는 힘을 사용하지도 않은 채로 고민만 한다는 것도 어리석은 짓이니까요."

나의 가족들은 긍정적인 반응을 보였다.

이왕 일이 이렇게 된 바엔, 쿠즈노하 상회의 라이도우로서—.

그리고 이 세계에 출현한 세 번째 이세계인으로서—.

……이봐. 이미 두 사람이나 되는 용사들이 휴만의 편을 들고 있는 상황이야.

이레귤러에 해당되는 존재인 세 번째 이세계인이, 마족들의 편을 아주 약간만 들어주더라도…… 그다지 큰 문제는 없지 않을까?

빌어먹을 여신 녀석아—.

10

◇◆◇◆◇

그는 롯츠갈드의 학생 가운데 한 사람이었다.

하지만 평범한 학생은 아니었다.

강대국 리미아의 모든 이들이 우러러보는 고위 귀족, 호프레이즈 가문의 차남이었다.

그는 문무를 겸비하고 있을 뿐만 아니라, 정의감 또한 강한 청년이었다. 그야말로 전형적인 명문가의 일원이었다.

가문의 장남은 귀족으로서 주어진 의무를 다하기 위해, 그리고 자기 자신의 경력을 보다 완전무결하게 만들고자 마족들을 상대로 한 전쟁이 한창인 최전선으로 나아갔다. 차남인 그는 전쟁터에 나가 있는 맏아들의 신상에 이상이 발생할 경우를 대비해, 학원에서 엘리트 교육을 받게 된 것이다.

말인즉슨 만일의 경우를 대비한 일종의 보험, 예비로서 취급받고 있다는 뜻이다.

물론 이는 전혀 특별한 경우가 아니며, 귀족 가문에선 당연하게 이루어지고 있는 일이었다.

바로 그, 일름간드 호프레이즈 또한 그 현실을 올바르게 이해하고 있었을 뿐만 아니라 큰 거부감 없이 받아들이고 있었다.

하지만 그는 틀림없이, 가문의 현 당주에게 순종적이기만 한 아들은 아니었다.

일름간드는 리미아 귀족들의 부패한 현실을 혐오하고 있을 뿐만 아니라, 거의 증오에 가까운 감정을 품고 있던 것이다. 그는 철이 들었을 때부터 지금껏, 거의 한결같은 마음으로 귀족들을 혐오해 왔다.

그럼에도 불구하고 지금껏 아버지의 뜻에 순순히 따라온 듯이 보인 까닭은, 부모님 앞에서 고분고분한 자식이라는 역할을 연기해 온 결과에 지나지 않았다.

—지금은 아직 때를 기다려야 할 단계였기 때문이다.

그는 언젠가 현재의 귀족 제도를 개혁하고야 말겠다는 대의를 간직하고 있었다.

고귀한 자의 책임—.

귀족으로서 태어난 이상 그 혈통에 부끄럽지 않은 삶의 모습을 보여야 하며 사회의 약자들을 보호하는 검이자 방패로서 활약해야 한다.

귀족이라는 자들은 왕에게 순수한 충성심을 바침으로써 주어지는 토지에서 올바른 정치를 선보여 그 땅의 백성들로부터 존경을 받는 존재가 되어야 한다.

그것이야말로 일름간드의 궁극적인 이상형이었다.

그의 사고방식에 크나큰 영향을 준 두 사람의 여성이 있었다.

그 중 한 사람은, 그가 어렸을 적에 가문끼리 친분이 있던 한 가문의 딸—.

어린아이의 몸으로 그가 입에 담았던 꿈같은 내용의 대의를 만면의 미소를 지은 채로 긍정한데다가 박수까지 치던 소녀였다.

사실 그는 당시엔 그다지 큰 의미도 없이 소녀의 앞에서 멋을 부린 것에 지나지 않았다. 하지만 그 꽃밭에서의 경험이 일름간드의 마음에 강하게 각인된 것은 틀림없었다.

그날의 박수와 미소는 그에게 있어서 여신의 축복보다도 장엄한 기억이 되어 선명히 남아 있던 것이다.

그에게 영향을 준 또 한 사람은 리미아에 강림한 여성 용사인 오토나시 히비키였다.

어느 날 갑자기 왕국에 강림한 그녀는 귀족주의나 왕정에 연연하지 않는 자유로운 발언들을 입에 담았다.

대부분의 귀족들에게 위험하게만 들리던 그녀의 발언은 그냥 크기만 할 뿐이었던 일름간드의 애매모호한 꿈과 이상에 제대로 된 내용물을 부여하는데 이르렀다. 그가 자신의 목표를 구체적으로 강하게 의식하기 시작한 것은 그 용사와 만난 이후의 일이었다.

일름간드는 스스로의 힘으로 가능한 범위 안에서 그녀에 대한 협력을 아끼지 않았으며 함께 검술을 단련한 적도 있었다. 히비키는 용사로서 타고난 소질 덕분에 급속도로 실력을 향상시켜 눈 깜짝할 사이에 무예로 유명한 귀족들을 능가할 정도의 놀라운 성장을 보였다.

물론 그녀를 시기하는 이들도 적지 않았다. 그러나 일름간드는 그녀를 존경할지언정, 질투하는 마음은 전혀 일어나지 않았다.

"일름 군이 학원을 졸업하고 나서 왕국으로 돌아온 다음엔, 꼭 함께 싸우자. 너의 힘을 빌릴 수만 있다면, 다른 일행들은 물론이거니와 나 또한 정말 마음이 안심될 거야. 네가 우리와 함께 싸울 동지로서 돌아오는 날만을 기다릴게."

어느 날, 드디어 그는 히비키로부터 그렇게나 원하던 한 마디를 듣는데 성공했다.

본심을 말하자면, 그 자리에서 즉시 학원을 중퇴하는 한이 있더라도 그녀의 힘이 되고 싶었다.

그리고 그녀의 곁에서 그녀의 사상을 더욱 듣고 싶었다.

일름간드는 히비키가 자신과 비슷한 나이라는 사실을 알고 있었지만, 그의 눈에 비친 그녀는 자기 자신보다 훨씬 어른스럽게 보였다.

그의 눈에 비친 히비키가 그렇게 보였던 까닭은, 그녀의 입에서 나온 말들이 지금껏 그가 지향하던 바나 이상형보다 한 걸음 더 나아간 사고방식이 아니고서야 나올 수가 없는 말들이었기 때문인지도 모른다.

그러나 일름간드는 자신의 개인적인 욕구를 일단 제쳐둘 수밖에 없는 상황이었다. 그는 호프레이즈 가문의 뜻에 따라 졸업할 때까지 학원을 다니기로 결심한 것이다.

휴만과 마족의 전쟁은 불과 몇 년 만에 끝날 정도로 작은 규모가 아닐 뿐만 아니라, 만약 자신이 호프레이즈 가문을 계승하는 입장이 될 경우엔 귀족 제도를 개혁하는데 학원의 졸업 증서가 있는 편이 유리하리라는 생각이 들었기 때문이다.

히비키에게 협력하기 위해서라도 학원에서 얻은 지식이나 인맥은 쓸모가 있을 것이라는 예감이 들었다. 그 날의 결단은 결과적으로 그의 인생을 크게 좌우하는 분기점이 된 셈이다.

히비키가 전쟁터로 떠난 그해 봄—.

그는 휴일의 학원 도시에서 한 여성과 재회했다.

겉으로 본 외모는 둘 다 예전에 비해 크게 변한 상태였다.

하지만 그녀가 몸에 차고 다니던 특징적인 장신구 덕분에, 일름간드는 그녀를 알아볼 수 있었다.

방울과 리본이 달린 검은색 초커목걸이—.

어렸을 적의 그녀와 지금의 그녀가 같지 않은 이상, 같은 액세서리라도 그 존재감은 당연히 다를 수밖에 없었다. 하지만 그의 기억은 정확하게 기억 속의 소녀와 눈앞의 여성을 연관 짓는데 성공한 것이다.

"루리아? 루리아 안스랜드지?"

일름간드는 자기도 모르게 얼빠진 목소리로 지나가던 여성을 불러 세웠다.

거기서 만난 것 자체가 너무나 뜻밖인 인물의 이름이었다.

그로서는 절대로 잊을 수가 없는, 두 번 다시 만날 수 없을 것으로 여겼던 여성의 이름이었다.

"……."

그에게 이름이 불린 여성은 말없이 고개를 돌려 왔다.

고용인의 복장을 입은 그녀는 학원 친구들과 거리를 걷고 있던 일름이 자신을 부른 장본인이라는 사실을 알아차리자마자 그에게 시선을 돌렸다.

완전히 식은 눈빛의 의욕이라곤 전혀 없어 보이는 소녀였다.

그녀가 아무리 몸을 움직여도 초커목걸이에 달린 방울은 울리지 않았다. 단순한 장식품인 것으로 보였다.

"어째서, 네가……."

"누구시죠? 어디선가 저를 보신 적이 있는 분이신가요?"

여성은 일름간드와 처음 만나는 듯한 반응을 보였다.

"나야! 일름간드야! 리미아 왕국, 호프레이즈 가문의 둘째 아들! 옛날, 켈류네온의 안스랜드 령에서 몇 번이나 만난 적이 있잖아! 기억…… 안 나?"

"……!"

루리아라고 불린 소녀는, 일름간드나 호프레이즈라는 이름보다 켈류네온이라는 단어에 잔뜩 긴장한 듯한 반응을 보였다.

"나는 전부 다 기억 나. 아가레스트의 꽃밭에서 함께 놀았던…… 넌 루리아잖아?! 어째서 그냥 지나치려는 거야?!"

일름간드는 뚜렷하게 당황한 표정으로 갈 길을 가려던 루리아에게 소리 높여 외쳤다.

"저, 저는 지금 갈 길을 서둘러야 하거든요? 죄송합니다!"

"기다려!"

일름간드는 조건반사적으로 손을 잡아 그녀의 움직임을 막았다.

바로 그 순간, 그녀는 몸을 크게 떠는가 싶더니 겁에 질린 눈동자로 붙잡힌 팔을 바라봤다.

일름간드의 추종자 중 한 사람이 켈류네온이라는 이름을 듣자마자 골똘히 생각에 잠긴 듯한 몸짓을 보였다.

"저기, 일름 선배? 켈류네온이라니, 대침공 초기에 멸망한 엘리시온의 주변국을 말씀하시는 건가요? 얼마 전 강의에서 지명이 나왔던……."

"응, 바로 그 나라야. 그녀는 그 켈류네온에서 번영한 귀족 가문인 안스랜드 가문의 딸인 걸로 알아."

일름간드는 대답을 입에 담으면서도 루리아에게 시선을 돌렸다. 그의 추종자들 또한 그녀에게 시선을 돌렸다.

루리아는 그들의 서슴없는 시선을 거부하듯이, 고개를 숙이고 있었다.

"이상하지 않아요? 그 나라는 분명히 마족들의 침공을 받아 눈 깜짝할 사이에 멸망한 나라잖아요? 그곳의 귀족들은 틀림없이 몰살당했을 텐데—."

"이봐! 적당히 해!"

일름간드는 무신경하게 들릴 수도 있는 추종자의 말을 중단시켰다.

사실은 지극히 당연한 의문이었지만, 눈앞의 여성이 옛 지인이라는 사실을 확신한 일름간드는 그녀의 심정을 고려하는 의미에서 추종자의 말을 가로막은 것이다.

"아, 죄송합니다. 아니, 저기……."

자신의 말이 일름간드를 쓸데없이 자극한 것으로 여긴 학생들 가운데 한 사람이, 몸 둘 바를 모르겠다는 태도로 조심스럽게 흥분한 일름간드의 얼굴을 올려다봤다.

"아마 루리아가 틀림없을 거야. 그 목에 차고 있는, 울리지 않는 방울이 달린 초커목걸이. 그녀도 똑같은 목걸이를 차고 다녔어. 게다가 나의 말에 확실한 반응을 보였어. 너는…… 루리아가 맞지?"

일름간드는, 그치고는 흔치 않게 자신 없는 목소리로 질문을 던졌다.

평소의 그는 문무를 겸비하고 있을 뿐만 아니라, 항상 남들 앞에서 자연스럽게 자신감을 보이는 성격의 소유자였다. 추종자들로서도 그러한 그가 당황한 모습을 본 기억은 거의 없었다. 그들은 굉장히 드문 경우를 목격한 셈이었다.

켈류네온은 마족들의 침공을 받아 철두철미하게 멸망당한 나라 가운데 하나였다.

상식적으로 그 나라의 귀족 영애가 무사히 살아있을 리가 없었다.

그러한 상식이, 일름간드로부터 자신감을 앗아갔던 것이다.

"……예. 저는, 틀림없이 바로 그 루리아입니다. 어렸을 적의 일들에 관해선 거의 기억이 없습니다만, 당신과 만난 그녀의 정체 또한 아마도 저일 겁니다."

여성은 자신을 똑바로 쳐다보는 일름간드의 시선에 단념한 듯이, 자신이 루리아라는 사실을 인정했다.

자신이 멸망한 나라의 귀족이라는 사실을 밝혔다.

실제로 루리아에게 딱히 일름간드를 속이고자 시치미를 떼려던 의도가 있던 것은 아니었다.

—부모님의 손에 의해 가까스로 전쟁의 불길로부터 도망친 루리아와 그녀의 언니인 에바는, 지금껏 삶의 터전을 옮길 때마다 수많은 이들로부터 혹독한 대우를 받아 왔다.

그녀는 상상을 초월하는 그 굴욕으로부터 자신의 마음을 지키기 위해, 어린 시절의 기억을 머릿속에서 깔끔하게 소거한 상태였다. 말하자면 안스랜드 령에서의 생활에 관련된 기억은 거의 남아있지 않았다는 뜻이다.

"죄송합니다. 팔이 조금 아프니 손을 놔주실 수 있을까요?"

루리아는 일름의 강한 힘으로 잡힌 팔을 가리키며 그에게 부탁했다.

"……미안하다."

"……아닙니다."

두 사람의 말은 더 이상 이어지지 않았다.

어서 그 자리를 떠나고 싶은 자와 최대한 그 자리에서의 만남을 오래토록 지속시키고 싶은 자의 조합이었다.

상반되는 두 마음이 교차될 리가 없었다. 말하자면 두 사람이 그러한 반응을 보인 것도 어쩔 수가 없었다는 뜻이다.

"……루리아, 너는 도대체 무슨 이유로 이 도시까지 흘러들어온 거지? 너는, 너희 나라는 마족들과의 전쟁으로 인해 멸망한 걸로 아는데, 귀족 가문의 일원인 네가……."

일름간드의 말은, 그의 본심과 크게 어긋난 한 마디로서 루리아의 가슴에 못을 박았다.

솔직히 말하자면, 지금 당장 루리아가 무사하다는 사실로 인해 마음속에서 솟아난 기쁨으로 그녀의 몸을 껴안고 싶었다.

루리아는 그에게 있어서 의심할 여지가 없는 첫사랑의 상대였기 때문이다.

꿈이나 대의명분 등의 청결한 개념들로 코팅된 아름다운 추억 속의 소녀였다.

하지만 학교 친구들이 보는 앞에서 그런 행동은 할 수 없었다.

대신 그의 입에서 나온 것은 그가 믿는 이상적인 귀족의 본보기에 모순되는 그녀의 모습에 대한 비난의 말들이었다.

"부모님께서 저를…… 피신시키셨던 모양입니다. 아직 어렸기 때문에 제대로 기억이 나는 건 아니지만요."

『……!!』

루리아의 입에서 나온 말은 일름간드에게 크나큰 충격으로 다가왔다.

고귀한 자의 책임, 그 꿈과 이상을 함께 다짐한 상대였다.

자신보다 먼저 꽃밭의 맹세를 지키기 위해 백성들을 마지막까지 지키다가 목숨을 버린 걸로 알았던 소녀였다.

하지만 실제로 그녀는 멀쩡히 살아 있었다.

일름간드의 마음속에서 격렬한 갈등이 일어났다. 수많은 감정들이 순간적으로 나타나거나 서로 부딪히다가, 산산이 조각나 버렸다.

마음속의 말들이 전혀 정리가 되지 않았다.

—그 날의 맹세는 어떻게 한 거지?

—나는 네가 지금까지 살아있어 준 것만으로도 너무 기뻐.

—그 누구도 지키지 못한 채로, 저열한 귀족으로서 살아남는 건 수치다!

—부모님을 잃었으니 아마 너무나 힘들었을 거야.

—용사님께선 지금도 최전선에서 마족들의 위협으로부터 백성들을 지키고자 온 힘을 다해 싸우고 계신단 말이다!

—이제 괜찮아. 앞으론 내가 널 지킬 거야.

상반된 두 가지 감정이, 일름간드의 마음속에서 충돌을 일으켰다.

결국 어느 쪽이건 간에, 일름간드 단 한 사람의 독선에 지나지 않았다. 그러나 그날의 그는 그러한 사실을 깨달을 수 있을 만한 상황이 아니었다.

잘못된 감정이라는 사실은 깨달았으나, 이해한다는 행위를 거부한 결과인지도 모른다.

"……영지나 백성들이 어찌되건 상관없이, 헐레벌떡 도망쳐 왔다는 건가? 그게 말이나 되나?"

일름간드의 추종자 중 한 사람이, 루리아를 업신여기는 눈초리로 입을 열었다.

"넌 정말 최악이군. 영지의 백성들을 지키기 위해 앞장서서 적진으로 나아가는 거야말로 귀족의 본분이야."

"고용인의 신분으로 전락하는 걸 아랑곳하지 않을 정도로 목숨이 아까웠던 거냐? 귀족의 수치 녀석!"

처음 나온 말을 시초로 잇달아 루리아를 모욕하는 말들이 줄을 이었다.

지금 일름간드와 행동을 함께하고 있는 추종자들은, 그가 제창한 고귀한 자의 책임이라는 사고방식에 공감한 귀족 친구들이었다.

그런고로, 루리아가 켈류네온 멸망 이후로 걸어온 발자취에 관해 강한 혐오감을 느낄 수밖에 없었던 것이다.

추종자들의 무자비한 말들이 그녀를 마구잡이로 유린하고 있는 듯한 광경이었다. 하지만 그들의 입에서 나온 말들이, 일름간드가 느끼고 있는 감정의 일부를 대변하고 있는 것 또한 틀림없는 사실이었다.

따라서 그로서는 추종자들의 입을 막을 길이 없었던 것이다.

상대가 루리아만 아니었다면, 일름간드 또한 추종자들과 마찬가지로 온 힘을 다해 그녀를 부정하고야 말았으리라.

루리아는 전부 다 포기한 듯한, 어차피 어찌되건 상관없다는 표정으로 그들의 말을 잠자코 듣고 있었다.

반박은 없었다.

일름간드는 그러한 그녀의 표정을 보자마자, 미처 억누르지 못한 감정을 담아 입을 열고 말았다.

그 한 마디를, 입에 담고 말았다.

"……안스랜드 가문이나 너나, 휴만의 수치라는 점에선 마찬가지야. 지금도 우리는 마족들을 타도하기 위해 나날이 학원에서 수행을 쌓고 있는 신분이거든. 이 녀석들의 말이 맞아. 고귀한 자의 책임은 물론이거니와 영지까지 내다버린 데다가, 평민의 신분으로 전락하면서까지 살아남으려 하다니! 너는 결국 우리 귀족의 수치에 지나지 않아!"

마음속의 망설임 때문이었으리라. 일름간드는 입으론 기세 좋은 말을 지껄이면서도, 루리아의 눈을 도저히 똑바로 쳐다볼 수가 없었다.

"……정말로 죽을지도 모르는 경우를 당하신 적도 없는 주제에, 지금껏 제가 걸어온 삶에 관해 아무 것도 모르시면서 무책임한 말씀은 하지 마세요."

루리아는 일름간드의 폭언에 눈썹을 가늘게 떨면서 반박하는 모습을 보였다.

작고도, 가냘픈 목소리였다.

그녀 또한, 고향에서 도망친 이후로 편하게 살아온 것은 아니었다.

이 도시에서 종업원으로 일하는 현재의 생활을 손에 넣을 때까지, 그녀는 상상을 초월할 만큼 수많은 굴욕과 고통을 감수해 왔다.

게다가 간신히 손에 넣은 현재의 생활조차도 언제까지나 안정적으로 유지할 수 있으리라는 보장은 전혀 없었다. 과거의 망령은 그만큼이나 끈질겼던 것이다.

넉넉하기 그지없는 가정환경에서 아무런 부족함도 없이 학원 생활이나 영유하고 있는 그들에 대한 불만도 있을 수밖에 없었다.

"……."

일름간드는 입을 다물었다.

방금 자신의 입에서 나온 발언은 너무 섣부른 말이었을지도 모른다는 느낌이 들었던 것이다.

그러한 생각이 든 나머지, 다시금 그녀에게 말을 걸려던 바로 그 순간—.

"뭐라고?!"

"배신자 귀족 가문의 딸이 우리를 모욕하겠다는 거냐!"

"너 같이 목숨을 부지한답시고 싸움터에서 도망칠까 보냐!"

"떳떳하게 죽을 각오는 오래 전부터 되어 있단 말이다!"

일름간드의 추종자들이 입을 모아 분노를 터뜨렸다. 그들의 기세에 밀린 일름간드는, 입에서 막 나오려던 말을 다시 집어삼킬 수밖에 없었다.

루리아가 그들을 지그시 바라보면서, 나직이 중얼거렸다.

"그런 식으로 거들먹거리면서 큰 소리나 치는 분들일수록, 지금처럼 자신보다 약한 자나 괴롭히는 정도가 고작이더군요. ……평화롭고도 안전한 곳에서 편안히 공부나 하고 있던 학생 여러분들의 실력으로 목숨이 오가는 전쟁에 참전할 수 있을 리가 없습니다."

"시끄러워!"

루리아의 반박을 듣자마자 몹시 흥분한 추종자 중 한 사람이, 그녀의 어깨를 밀쳐 버렸다.

루리아는 비틀거리면서 뒤로 물러났다. 그러나 그녀의 눈은 아직도 차게 식은 채로 상대를 응시하고 있을 뿐이었다.

"이봐, 뭐라고 말 좀 해봐!"

"루리아…… 네가 설마 이렇게 되다니…… 하지만……."

일름간드는 루리아의 변화에 경악을 금치 못 하면서도 그녀의 존재로 인해 마음이 몹시 혼란스러웠다.

—첫사랑이었던 소녀.

—살아있는 것만으로도 기쁘다.

—하지만 꿈과 이상을 공유한 걸로 알고 있던 그녀가, 자신의 눈앞에서 끔찍한 수모를 당하고 있다.

무슨 말이라도 꺼내야 한다는 마음이 든 그가 입을 열려던 바로 그 순간이었다.

"아—, 그쯤 해두는 게 어떻겠나?"

정체불명의 2인조가 끼어들었다. 양쪽 다 술사처럼 보이는 옷차림을 갖추고 있었다.

주목할 수밖에 없었던 것은 키가 작은 축에 속하는 젊은 남자의 외모였다.

그는 상당히 추악한 외모의 소유자였다.

이 세계의 주민인 휴만들의 기준으로 판단하자면, 의심할 여지도 없이 밑바닥에 해당되는 얼굴이었다.

짐승 계통의 아인, 예를 들어 원숭이 계통의 아인이라는 설명을 듣더라도 전혀 위화감이 없는 외모였다.

휴만이건 아인이건, 어느 쪽으로 가더라도 아슬아슬하게 통할만한 수준의 외모라는 느낌을 받았다. 어쨌든 일름간드 일행은 처음 보는 그를 상대로 꽤나 예의에서 어긋난 소감을 가질 수밖에 없었다.

"……너희들은 뭐야?"

"참나, 이 옷이 안 보이는 거야? 너희들 바보 아냐?"

일름간드의 추종자들은 롯츠갈드 학원의 교복을 가리키며 2인조를 쫓으려는 태도를 보였다.

일름간드 일행은 방금 전까지 루리아와 상대하면서 느끼던 감정을 제대로 처리하지 못한 나머지, 아무런 상관도 없는 두 사람에게 화풀이하는 듯한 태도로 말을 걸었다.

일름간드 또한 지금 자신들의 태도가 바람직하기는커녕 언젠가 모든 종족의 위에 서야 하는 휴만으로서 적절치 못한 행동거지라는 사실은 잘 알고 있었다.

하지만 지금은 그런 사소한 일보다 루리아가 신경 쓰여 머리가 잘 굴러가지 않았다.

—어쨌든, 그녀와 단 둘이서 대화를 나누고 싶었다.

그것이야말로 그의 틀림없는 본심이었다.

그러나—.

바로 지금 나타난 2인조야말로, 일름간드의 운명을 크게 뒤틀어버릴 장본인이었던 것이다.

압도적인 폭력—.

마코토와 시키가 선보인 힘—.

그것은 일름간드의 머릿속에도 똑똑히 새겨져 있었다.

그들의 실력으론 제대로 된 저항조차 할 수 없었다. 일름간드와 그의 추종자들은 꼴사납게 도망칠 수밖에 없었다.

마코토와 만난 이후, 일름간드는 가까스로 루리아의 근무처를 파악하는데 성공했다.

고테츠라는 이름의 식당 겸 술집이었다.

하지만 루리아와 만나려 할 때마다 단 한 차례의 예외도 없이 마코토가 이끄는 쿠즈노하 상회가 그의 앞을 가로막았다.

마코토 본인과 직접 얼굴을 마주칠 기회는 없었지만, 루리아와 만나려 할 때마다 상회의 종업원들이 일름간드를 방해해 왔다.

—때로는 계략을 써오다가도, 때로는 완력으로 그의 앞길을 가로막았다.

그에게 있어선 그야말로 이보다 더할 수 없는 굴욕이었다.

일름간드는 루리아와 만날 기회를 빼앗길 때마다 초조한 감정에 사로잡혔다.

그는 그녀와 재회한 그날, 너무나 섣부른 말을 입에 담았던 것을 후회하고 있었다.

—그런고로, 다시 한 번 그녀와 만나 최소한 한 마디라도 사과하고 싶었다.

어쨌든 오해를 풀고 싶었다.

그녀가 살아있어 줘서 기쁘다는 것 또한, 일름간드에게 있어서 틀림없는 진실이었다.

하지만 그녀와 직접 만날 기회를 도저히 만들 수가 없었다.

그는 본가에도 지원을 요청하여 상황을 해결하고자 수많은 방법들을 시도했으나, 끊임없는 실패만이 이어졌다.

—도대체 무슨 원한이 있어서, 나를 방해한단 말이냐?

일름간드의 쿠즈노하 상회에 대한 분노는 조금씩 증오라는 감정으로 옮겨 갔다.

그러나 정작 당사자인 쿠즈노하 상회에게 일름간드의 소원을 방해하려는 의도는 없었을 뿐만 아니라, 마코토와 시키 또한 그에게 직접 관여한 바는 전혀 없었다.

루리아 본인이 고테츠로 식사를 하러 온 쿠즈노하 상회의 종업원들에게 넌지시 「일름간드에게 스토킹을 당하고 있으니 주의만 해 달라」는 부탁을 한 것뿐이다.

라임 라떼와 숲 도깨비 종족 출신인 아쿠아와 에리스, 그리고 엘더 드워프—.

그들은 루리아의 부탁에 따라 그녀에게 일름간드나 그의 관계자가 접근하는 것을 막고 있던 것이다.

물론 일름간드가 그 사실을 알 리가 없었다.

그 결과, 그는 쿠즈노하 상회와 마코토에게 당치도 않은 증오를 품을 수밖에 없었던 것이다.

"일름간드 호프레이즈 님이시죠?"

"누구냐?"

"힘이 필요하지 않으십니까? ……들려오는 소문에 따르면, 최근의 일름간드 님께선 여러모로 잘 풀리지 않는 일들이 많다고 하더군요."

그러던 어느 날, 어떤 학생이 일름간드에게 말을 걸어 왔다.

명명백백하게 수상하기 짝이 없는 남자였다. 일단 일름간드는 그를 경계할 수밖에 없었다.

그러나 기본적으로 롯츠갈드 학원은 드넓기 그지없는 장소였다. 게다가 교육 기관이다 보니, 낯선 학생과 마주치는 것 자체는 유별난 일이 아니었다.

일름간드가 그를 경계할 수밖에 없었던 까닭은, 상대방의 의미심장한 말투가 마음에 걸렸기 때문이다.

"힘? 나의 실력을 알고도 지껄이는 소리냐?"

"물론입니다. 당신의 현재 실력은 물론이거니와, 한층 더 강력한 힘을 원하고 계신다는 사실 또한 알고 있지요."

"……?!"

"과연 지금의 실력으로 용사님에게 힘을 보탤 수 있을까? …… 보잘것없는 훼방꾼 하나조차 제거하지 못 하는 자신의 힘에 대한 믿음이 안 가지 않으십니까?"

"넌 도대체 정체가 뭐냐!"

일름간드는 자기도 모르게 언성을 높였다.

정체불명의 학생은 냉정하게 말을 이어 나갔다.

"진정하십시오. 저희들은 어디까지나 당신 편입니다. 지금 학원에서 개발 중인 마법약 가운데, 신체 능력과 마력을 전체적으로 향상시키는 획기적인 약품이 있다더군요. 사실은 이미 여러 학생들이 실제로 사용해본 결과, 어느 정도의 효과가 확인된 제품입니다. 일름간드 님께서 알고 계시는 학생들 중에서 말씀드리자면……."

정체불명의 학생은 일름간드 또한 얼굴과 이름을 알고 있는 학생들 몇 사람의 이름을 입에 올렸다. 그가 언급한 인원들은, 단 한 사람의 예외도 없이 단기간 동안 부자연스럽게 느껴질 만큼 실력을 쌓은 학생들이었다.

일름간드는 자신의 마음이 흔들리고 있는 감각을 느꼈다.

"직접적으로 느껴지는 부작용은 존재하지 않는데다가, 학원에서 정식 허가를 받은 약품이므로 언제 어디서 어떠한 검사를 받더라도 문제될 일은 없습니다. 일름간드 님과 같이 특별히 우수한 분들께 어느 정도의 효과를 기대할 수 있는지만 확인한 뒤, 학원에서도 순차적으로 보급해 나갈 예정입니다. 어떻습니까? 솔직히 말씀드려서 약간 비상식적인 발언일지도 모릅니다만, 학원의 발전을 위해 시범 대상으로서 협력해주실 수는 없을까요?"

"학원에서도 인정하는…… 강화 약품이란 말인가?"

"예. 진정한 소원을 실현할 수 있는 확실한 능력을, 당신께……."

"……알았다. 협력하마. 따로 무슨 교환 조건은 없나?"

"저희들의 상급자에 해당되는 이 계획의 책임자가 정기적으로 일름간드 님께 염화를 통한 연락을 드릴 예정이니, 연락이 닿을 때마다 경과보고를 겸한 말씀을 듣는 것만으로도 충분합니다."

말을 마친 정체불명의 학생은 알약이 들어있는 유리병의 단단하게 닫혀 있는 뚜껑을 엄지손가락과 집게손가락으로 집어 일름간드에게 바쳤다.

일름간드는 오른손을 뻗어 그가 건넨 유리병을 받아들었다.

"……하루에 한 알만 복용하십시오. 만약 그보다 많은 양을 섭취하시더라도 건강에 그다지 큰 지장은 없습니다만, 효과 또한 기대할 수 없으니 지나친 복용은 삼가시기 바랍니다. 전달 드린 양을 전부 복용하시기에 앞서 저희들의 상급자에게 말씀해 주실 경우, 제가 추가 분량을 드리러 오겠습니다."

그 학생은 방금 받아든 유리병을 묵묵히 응시하고 있는 일름간드에게 약을 복용하는데 있어서 조심해야 할 간단한 주의사항을 전달했다.

잠시 동안 알약이 들어있는 병을 응시하고 있던 일름간드가 다시금 고개를 들자—.

이미 그 학생은 자취를 감춘 뒤였다.

11

라이도우가 학원의 강사로 부임해 왔다. 그의 강의는 일부의 학생들에게 호평을 얻고 있는 모양이다.

물론 그러한 현실은, 일름간드에게 있어서 그다지 유쾌한 얘기가 아니었다.

그는 일전에 어떤 학생으로부터 건네받은 알약을 복용하기 시작했다. 그 학생의 설명대로, 일름간드는 직접적인 부작용을 느낄 수 없었다. 게다가 신체 능력과 마력 또한 눈에 띄게 강화되는 감각이 느껴졌다.

마법약을 이용한 강화는 지금도 이어지고 있다.

높아진 능력은 그의 레벨 업 속도를 크게 상승시켰다. 그의 레벨은 바야흐로 70대에 도달하려던 참이었다.

하지만 일름간드의 조바심은 잦아들 수가 없었다.

"……라이도우, 저 녀석은 교내에서도 눈에 안 거슬리는 날이 없군!"

힘을 얻었는데도 불구하고 일름간드는 아직껏 루리아와 제대로 만난 적이 없었다.

사실은 그녀와 만나기는커녕, 마코토나 시키가 고테츠를 단골로 삼기 시작한 이후로 그들과 루리아가 사이좋게 담소를 나누고 있다는 보고가 추종자들을 통해 끊임없이 들어오고 있었다.

절대로 유쾌할 리가 없었다.

일름간드의 입장에서 본 그들은, 자신이 서야 할 것으로 여겼던 장소까지 흙발로 쳐들어 왔을 뿐만 아니라 자신이 누려야 할 그녀의 미소를 앗아가고 있는 강도들에 지나지 않았다.

미소를 짓고 있는 그녀와 즐겁게 담소를 나누어야 할 사람은 마코토가 아니라, 바로 자기 자신이어야 한다는 것이 일름간드의 생각이었다.

그러던 어느 날, 그는 마코토의 강의를 받고 있는 학생들 가운데 한 사람에게 패배를 당하고 말았다.

그의 강의를 받고 있는 학생을 상대로 패배하다니, 절대로 용납할 수 있는 일이 아니었다.

심지어 그 학생은 일름간드를 쓰러뜨리자마자 다음과 같이 중얼거렸다.

"아, 실수다. 힘을 잘못 조절한 것 같아."

그녀는 한층 더 강력한 일격을 받아 무릎을 꿇은 일름간드를 곁눈질로 흘겨보면서, 자그마한 목소리로 중얼거리다가 학생들의 줄로 되돌아갔다. 1 대 1 전투 기술에 관한, 어느 실기 강의를 받은 날의 일이었다.

일름간드에게 들리도록 중얼거렸다기보다, 혼잣말이 무심코 새어 나온 듯한 느낌이 들었다.

완전히 모르는 얼굴은 아니었다. 아마도 그녀의 이름은, 아베리아 호프레이즈인 걸로 안다. 일름간드는 꽤나 예전에 잠깐 신경 쓰였던 그 이름을 떠올렸다.

호프레이즈—.

일름간드와 같은 가문의 이름을 지닌 소녀였다.

같은 리미아 출신이거나 귀족 태생이었을 경우에 한해 먼 친척일 가능성도 없지 않아 있었으나, 아베리아는 그리토니아 출신인데다가 시골을 근거지로 삼는 평민 태생이었다. 학원에도 장학생 자격으로 다니는 몸이다.

나라가 서로 다를 경우, 비슷한 가문의 이름을 지닌 이들은 얼마든지 눈에 띌 수밖에 없었다. 그런고로 일름간드는 아베리아와 자신의 성이 그냥 우연히 같은 것으로 결론지은 뒤, 그녀에 관해서 더 이상 심도 있게 파고들지 않았다.

"힘을 조절했다고? 나를 상대로 온 힘을 다하지 않았다는 말인가?"

중요한 것은 자신을 쓰러뜨린 여자의 이름이 아니라 『그녀가 제 실력을 발휘하지 않았다』는 사실이었다.

학년이 밑인데다가 레벨도 자신보다 낮을 뿐만 아니라 여신의 축복조차 받지 않은 상태의 여자에게, 최고 학년이자 톱클래스의 실력자로 알려진 자신이 상대가 자신보다 제 실력을 발휘하지도 않았는데도 불구하고 깔끔하게 패배한 것이다.

게다가 아베리아는 그토록 증오하는 라이도우의 제자 가운데 하나였다.

용납할 수 있을 리가 없었다.

"라이도우의! 다른 강사도 아닌 라이도우의 학생에게 졌단 말인가?! 말도 안 되는 얘기야! 웃기지 말란 말이다아아아아!!"

일름간드는 자신이 서 있는 장소가 큰길 한복판이라는 사실조차 잊은 채로, 산더미처럼 쌓인 분노를 단번에 폭발시켰다.

—조금씩, 무의식적으로 그는 감정을 컨트롤하는 능력을 상실하고 있었다.

그 과정은 천천히, 그러나 멈추지 않고 천천히 진행되고 있었다.

당장 외모부터가 날이 갈수록 예전에 비해 매서우면서도 공격적인 인상을 띠기 시작하더니, 그를 따라다니던 추종자들의 숫자도 눈에 띄게 줄어만 갔다.

자신의 방으로 돌아간 직후의 그가 보이던 기묘한 행동들도, 조금씩 소문이 되어 퍼져 나갔다.

실내의 가구들을 무자비하게 파괴하는 소리, 그리고 영문을 알 수 없는 아우성 소리—. 귀에 거슬리는 소리가 방 바깥까지 울려 퍼졌다.

한바탕 날뛴 일름간드는 침대 위에 걸터앉자마자, 뜬금없이 고함을 질렀다.

"이봐, 나와라! 혹시 나올 수 없는 상황이냐?!"

일름간드는 굳이 말로 할 필요가 없는 염화로 쓸 발언을 입에 담았다.

그의 신경이 이보다 더할 수 없이 곤두서 있다는 증거였다.

'……죄송합니다, 잠시 손을 뗄 수가 없는 상황이었답니다. 일름님, 무슨 일이시죠? 당장 드실 약이 다 되다가나요?'

그의 부름에 응한 것은, 침착하면서도 고혹적인 여성의 목소리였다.

일름간드가 약의 복용에 의한 경과보고 등을 전달하고 있는 마법약의 개발 책임자였다.

일름간드는 처음엔 상대가 남성인 줄로만 알았지만, 염화에 응하고 보니 책임자의 성별은 여성이었다.

그녀는 일름간드의 입에서 나온 노골적인 분노가 담긴 목소리를 듣고도 지극히 침착한 반응을 보였다.

'그런 게 아니야! 너희들이 건넨 약의 효과가 기껏해야 학원에서 고용한 임시 강사의 강의보다 못하단 말이다! 혹시 그 남자도 너희들 같이, 학원에서 비밀리에 추진하고 있는 계획 가운데 하나라는 거냐?!'

'……일름 님, 일단 진정해 보십시오.'

'지금 나더러 진정하라는 소리가 말이나 되냐! 나는 오늘, 라이도우의 강의를 받고 있는 여자에게 졌단 말이다! 레벨도 나보다 훨씬 낮은 여자에게 변명할 여지도 없이 철저하게 당했다고!'

'그러한 계획은 존재하지 않는 걸로 압니다만…… 라이도우? 그 강사의 이름은 라이도우라고 하나요?'

'그렇다! 그 추악한…… 상인 나부랭이가 한도 끝도 없이 나를 우습게보다니!!'

일름간드가 내비친 격렬한 분노는, 그가 평소부터 어리석은 자들의 소행이라는 식으로 업신여기던 귀족들의 발작적인 반응 그 자체였다.

그러나 일름간드가 자신의 우스꽝스러운 몰골을 깨닫는 일은 없었다.

—그는 부작용을 느끼지 않았던 것이다.

틀림없이 거짓말은 아니었다.

당사자인 일름간드는 자신에게 일어나고 있는 이변을 **의식할 수 없었기 때문이다**.

그러한 그를 상대하면서도 변함없이 침착한 목소리로 염화에 응하고 있던 그녀는, 라이도우라는 이름을 듣자마자 잠시 동안 골똘히 생각에 잠긴 듯한 반응을 보였다.

조금 더 시간이 필요할 것으로 여겼다.

—조금씩, 그녀는 염화를 통해 일름간드의 심리적 균형을 무너뜨려 왔다.

—그의 마음이 사악한 쪽으로 기울도록 조금씩 유도해 왔다.

그녀는 마법약과 세 치 혀라는 두 가지 수단을 교묘하게 동원하여 그의 마음에 미움이나 질투, 분노나 증오가 항상 강하게 자리 잡고 있는 상태로 유도한 것이다. 그녀는 어디까지나 일름간드라는 개성을 유지한 채로 정신을 「붕괴시키는」 것이 자신에게 유리하다는 계산 하에 강력한 암시나 최면과 같은 수단을 동원하지 않았을 뿐으로, 절대로 개인적인 동정심에 따라 그에게 자비를 베풀던 것은 아니었다.

그런고로, 그녀는 자신들의 작업이 결실을 이룰 때까지 아무리 빨라도 반년 정도는 더 필요할 것으로 예상하고 있었다.

그러나 일름간드는 그녀의 예상보다 훨씬 빠르게 궁지에 몰린 결과, 벌써부터 딱 알맞게 마무리 단계로 들어가고 있는 듯이 보였다.

하지만 동시에, 진행이 너무 빠르다는 사실이 불안요소로 작용하는 측면도 없지 않아 있었다.

가속도를 붙여서 일름간드의 정신을 붕괴시키는 요인인, 라이도우라는 이름의 강사도 신경 쓰였다.

그녀는 그 인물을 파악할 필요성을 느꼈다.

그리고 그녀로서도, 자신들의 손으로 직접 강화시킨 일름간드가 본인보다 레벨이 훨씬 낮은 여학생에게 당한 것은 도무지 납득이 가지 않았다.

최소한 평범한 휴만에게 가능할 리가 없는 일이기 때문이다.

그녀는 원래 직접 발걸음을 옮길 필요는 없었던 학원 도시 쪽으로 자신의 호기심이 향하고 있다는 것을 느꼈다.

'알겠습니다. 일름 님의 분한 마음은 잘 알았습니다. 저희들로서는 몸을 좀 더 적응시킬 필요가 있을 것으로 예상했습니다만, 다음 약을 처방해 드리도록 하지요.'

'……?! 다음 약이라고?! 처음부터 그쪽을 내놓지 않은 이유가

뭐냐!'

'정말 죄송합니다. 이제부터 처방해 드릴 약엔 가벼운 부작용이 있답니다. 감정을 스스로 조절할 수 없는 분들이 복용할 때는 위험이 따르는데다가, 몸에도 만만치 않는 부담이 가거든요…….'

'상관없다! 감정 따위는 혼자서 얼마든지 조절할 수 있단 말이다! 네 녀석도 나를 모욕할 셈이냐?!'

'면목 없습니다. 주제넘은 말씀을 드리고 말았군요. 아무쪼록 용서해 주십시오, 일름 님. ……결심이 서신 걸로 보이니, 예전부터 쓰고 있는 자를 통해 곧바로 약을 전달해 드리도록 하겠습니다. 그리고 목걸이 하나를 선물로 드리고 싶습니다. 마술에 대한 저항 능력을 강화시키는 효과를 지닌 장비랍니다. 저희들의 성의를 담은 선물입니다. 마법약과 함께 발송해 드릴 테니 마음껏 사용해 주십시오. 부피 자체가 그다지 크지 않은 편이라, 걸리적거리는 않을 것으로 압니다.'

'흥! 겨우 그 정도의 뇌물로 당장 필요한 마법약을 바치지 않은 죗값을 치를 수 있을 것으로 여기지 마라!'

'물론입니다. 저희들은 앞으로도 일름 님을 위해 협력을 아끼지 않을 예정이니, 이번 일은 아무쪼록 너그럽게 넘어가 주십시오.'

'지금 한 말을 잊지 마라!!'

일름간드는 자기가 할 말만 매섭게 쏘아붙이더니, 일방적으로 염화의 연결을 절단했다.

◇◆◇◆◇

어두침침한 실내 한 가운데, 한 여자가 서 있었다.

일름간드로부터 일방적으로 염화를 절단당한 그 여성은, 그가 보인 오만하기 짝이 없는 태도에 탄식하기는커녕 조용히 일그러진 미소를 짓고 있었다.

"후후후, 꽤나 우리에게 유리한 바람이 불어오고 있는 모양이야. 감정 따위는 혼자서 조절할 수 있다고? 정말 웃기는 철부지 도련님이로군. 호프레이즈는 이제 끝장난 거나 마찬가지야. 리미아는 당장 움직일 수밖에 없는 상황에 처하겠지. 그건 그렇고…… 라이도우? 아마 그런 이름이었지? 진행 속도가 너무 빠른 것도 곤란하니 한 번이라도 그 자에 관해 짚고 넘어가야 할 것 같아."

푸른 피부와 뿔이 달리지 않은 머리가 특징적인 여자였다.

지금껏 방 한복판에서 우두커니 서 있던 여자, 마장 로나는 골똘히 생각에 잠긴 표정으로 손을 입가로 가져갔다.

그녀가 카렌 폴스라는 위장 신분으로 학원을 방문한 것은, 그로부터 며칠이 지난 후의 일이었다.

타이밍—.

정확한 시기를 노려야 한다.

그것이야말로 이번 작전의 마지막 마무리 과정이었다.

심혈을 기울여 준비해 온 계략의, 최종 단계가 코앞까지 다가왔다.

"지금까진 정말로 유쾌할 만큼 모든 일이 잘 풀려 왔어. 리미아에 관해선 어느 정도 예상이 가는 상황이었지만, 그리토니아로부터 얼마나 많은 고위 관료들을 끌어올 수 있겠냐는 점이 문제였단 말이지. 그런데 설마 릴리 황녀까지 낚을 수 있을 줄은 몰랐군. 게다가 그녀가 리미아 국왕까지 낚아올 줄이야. 나로서는 글자 그대로 입에서 나오는 웃음이 멈추지 않을 정도야."

그러나 단 한 가지 우려되는 사항이 있었다.

학원의 강사이자 상회의 대표인 라이도우—.

자신은 중립이라는 발언을 입에 담았으나, 그 또한 휴만 종족의 일원이었다. 그가 이번 작전의 불안요소로 작용할 가능성도 없지 않아 있었다.

이번 기회에 은혜를 베풀고 싶었지만, 그로 인해 작전에 지장을 초래하는 것은 주객이 전도된 상황이었다.

최악의 경우, 그가 사태를 진압하고자 움직일 수도 있으리라.

"라이도우, 마왕님과 직접 알현하고 싶다는 식으로 나왔다는 건 우리에게 그럭저럭 관심은 있다는 뜻이잖아? 이번엔 제발 얌전히 넘어가자……."

지금 자신의 입에서 나온 목소리가 누군가에게 기도하는 듯한 울림이라는 사실을 깨달았다. 어이가 없었다.

우리가 기도를 바칠 신 따위는, 이 세상에 존재하지 않는데 말이야—.

"로나!"

이번 작전을 함께 수행할 파트너로 따라온 같은 마장인 거인 이오의 굵직한 목소리가 들려왔다.

자, 드디어 결실의 순간이 다가왔다.

폐하께 그자의 죽음과 우리의 승리에 대한 보고를 드리도록 하자.

12

마음이 무겁다.

이제 곧 나는, 지금 이 자리에 있는 거의 모든 사람들을 배신하는 거나 다름없는 짓을 하게 된다.

롯츠갈드를 근거지로 삼아 사업을 이어 나가기도 힘들어질 것으로 판단하는 편이 좋으리라.

아직 실제로 만나본 적은 없지만, 나는 이 도시를 주름잡는 커다란 규모의 상회들에게 찍힌 모양이거든.

렘브란트 씨에게 부탁…… 같은 짓을 할 생각은 애초부터 들지도 않았다.

그렇지 않아도 지금껏 개인적으로 그에게 받은 도움은 산더미처럼 쌓여 있었다.

츠이게를 무대로 쿠즈노하 상회의 사업이 잘 풀리는 것처럼 보였던 까닭은, 그로부터 여러모로 간접적인 도움을 받아 왔기 때문이리라.

그곳의 사업이 잘 굴러가고 있으니 나 또한 사업을 경영하는데 적응한 것으로 여겼던 것이다. 정말 착각도 유분수란 말밖에 안 나온다.

자라 대표는 나를 한 사람 몫의 상인으로 취급조차 하지 않았다.

도중에서부터 완전히 나를 깔보는 듯한 모습을 대놓고 보일 정도였다.

렘브란트 씨에게 빚을 지우고 싶으니, 이 도시를 떠날 경우에 한해 이번만은 눈감아주겠다는 말까지 나왔다.

정말 나로서도 화가 나지 않을 수가 없는 발언이었다.

지금 돌이켜 봐도 주체할 수 없이 솟아오르는 분노는, 그에 대한 사적인 감정과 나 자신의 한심한 행동에 대한 자책감이 뒤섞여 있었다.

자라 대표는 돈이야말로 최고의 가치라는 가치관에 따라 이 세상을 살아온 듯한 분위기의 소유자였다.

그로 하여금 상대하기 거북하다는 표현을 쓰게 한 것으로 볼 때, 렘브란트 씨 또한 가족들이 병마에 시달리기 전까지만 해도 그런 분위기의 소유자였을지도 모른다.

왜냐하면 자라 대표와 대등한 수준을 뛰어 넘어 대립할 수밖에 없을 때는 어지간히 독하게 덤벼들지 않고서야 감당을 할 수가 없으리라는 느낌이 들었기 때문이다.

분하지만 지금의 나 자신에게 상인으로서 필요한 소질이 부족한 것은 틀림없는 사실이었다.

그가 하던 말들은 전부 이해가 갔다. 나 자신이 물렀다는데 관해서도 변명의 여지가 없다.

결국 나는, 여기서 도망쳐 마족들과 관계를 가져야 한다는 결론에 도달하고 말았다.

최악의 경우, 이곳뿐만 아니라 츠이게의 점포부터 시작해서 그 도시에서 쌓아 올린 관계까지 전부…….

아무리 렘브란트 씨가 나의 편을 들겠다는 식으로 나오더라도, 휴만이라는 종족 자체와 적대하는데다가 여신과 맞설 결심을 굳힌 나의 존재가 그의 부담이 되지 않을 리가 없었다.

이세계까지 와서 난 대체 뭘 하고 있는 거지?

나는 꽉 들어찬 관객들이 엄청난 열기를 발산하고 있는 투기장에서, 토모에와 미오가 확보하고 있던 자리에 앉아 아무도 없는 무대로 시선을 돌렸다.

투기 대회 단체전도 이제 남아있는 시합은 결승전뿐이었다.

경우에 따라선 앞으로 두 번 다시 보지 못 하게 될지도 모르는 학생들의 마지막 시합이었다. 나는 그들의 시합을 끝까지 지켜봐야 할 의무가 있는 몸이었다.

레벨 제한이라는 노골적인 방해 공작도, 그들에게 그다지 큰 효과는 없었던 것으로 보였다.

미스티오 리자드를 상대로 한 모의 전투 덕분에, 그들은 서로의 힘을 합쳐 전투를 치르는 데는 완전히 적응된 상태였다.

다만, 개인적으로 약간 신경 쓰이는 구석이 있었다.

문제는 다름 아닌 호프레이즈 가문의 차남에게 있었다.

그가 준결승전 시합에서 선보인 모습이 척 봐도 심상치 않았기 때문이다.

"그다지 좋지 않은 예감이 들더라. 토모에, 넌 느낌이 와?"

"그 귀족 가문의 풋내기 말입니까? 흠…… 특정한 마술이나 약물로 능력을 강화한 부작용이 아니겠는지요?"

"미오가 보기엔 어떤 것 같아?"

"굉장히 맛없어 보이더군요. 휴만에게 불순물이 들어간 듯한, 굉장히 징그러운 빛깔로 보였답니다."

"아인 같이 보인다는 뜻이야?"

휴만에게 불순물이 들어갔다니?

지금 네가 한 말을 알아듣는 사람도 흔치 않을 거야, 미오.

"잠깐만요, 도련님께 도대체 어떤 식으로 말씀드려야 할지……. 저기, 휴만과 아인은 서로 종류는 달라도 케이크로서 같은 구분에 들어간다는 식으로 예를 들어볼게요. 아까 나온 징그러운 녀석은 내용물로 완전히 별개의 존재가 끼어들어간 듯한…… 말린 과일이 들어간 파운드케이크 같은……."

솔직히 말해서 미오의 설명은 알다가도 모르겠다.

"그런가……?"

개인적으론 토모에의 의견에 가까운 인상을 받았다.

그는 제정신을 잃은 듯이 어딘지 모르게 공허한 분위기를 풍겼다.

부자연스러운 완력을 동원해 상대방을 철두철미하게 제압해 버리는— 휴만이라기보다 마물에 가까운 느낌을 받았다.

그의 파티 멤버들 또한, 본인 정도는 아니더라도 다들 어딘지 모르게 부자연스러운 상태로 보였다.

명목상, 이 대회에서 마법약 등의 사용은 금지되어 있는 것으로 알고 있다. 하지만 그가 지금껏 권력을 남용해 온 방식을 고려하자면, 불법 약품을 복용하고 있더라도 그다지 이상한 느낌은 들지 않았다. 그리고 추가적인 가능성으로서 고려할 수 있는 것은 육체를 강화하는 마술 정도였다.

뭐, 하지만 언뜻 보기엔 그의 힘이 아무리 강하더라도 쯔바이 양 이하에 지나지 않았다.

기술이야 굳이 언급할 필요도 없이 파랑도마뱀 군 이하로밖에 보이지 않았다.

요컨대 세 사람 이상의 인원이 참가할 수 있다는 전제하에, 우리 학생들이 이길 수밖에 없는 시합이었다.

"시키, 이제 슬슬 돌아올 줄 알았어. 학생 녀석들은 뭐하는 중이야?"

"도련님께서 직접 전수하신 가위 바위 보로 치열한 선수 쟁탈전을 벌이고 있더군요."

"후후, 불필요한 긴장은 없는 것 같으니 다행이야."

학생들의 대기실로 파견했던 시키가 되돌아왔다.

"시키, 너는 아까 그 호프레이즈 가문의 아이에 관해 어떤 느낌을 받았지? 개인전에 나왔을 때에 비해 굉장히 인상이 달라 보이는데?"

"……동감입니다. 지금 상태론 저로서도 확실한 말씀은 드릴 수 없습니다만, 누군가가 그에게 묘한 수작을 부리고 있는 걸로 예측되는군요."

"묘한 수작이라고?"

“예. 거의 제정신을 잃기 일보 직전의 상태로 보입니다. 저 분위기로 판단하건대 마법약에 가까운 종류의 약품을 사용한 걸로 예상되는군요. 옛날에 제가 다루던 약품과도 비슷해 보입니다만…….”

역시 약물을 썼단 말인가?

정말로 귀족들의 사전에 불가능이라는 단어는 실려 있지 않은 모양이다.

“참고로 시키가 옛날에 다루던 약품의 효과는 뭐였지?”

“휴만을 구울…… 거의 가사상태나 다름없는 망령으로 변화시켜 사역하는 효과의 마법약이었습니다. 당시의 저는 그 약에 즉효성을 부여하는 데까진 성공했습니다만, 약의 효과에 의해 완성된 구울들이 도저히 써먹지도 못할 정도로 허약한 놈들밖에 나오지 않아…… 실험은 실패로 끝난 셈이지요.”

본인은 아무런 부담 없이 태연하게 입에 담았지만, 과거의 시키가 저지른 소행들 중에선 그야말로 이보다 더할 수 없이 시커먼 범죄들도 적지 않았다.

요컨대 과거의 약에 관한 얘기도 그러한 범죄들 가운데 하나였다.

“사역이라? 하지만 그는 적어도 조종당하고 있는 듯한 느낌은 아닌데다가, 그다지 허약해 보이지도 않아.”

“예. 사실 저 학생이 폭주하는 사태가 벌어질 경우, 최악의 상황이 벌어지더라도 저희가 끼어드는 걸로 다 끝나는 문젭니다. 학생들에겐 심상치 않은 위험을 감지하면 기권하도록 전달하고 오는 길입니다. 오히려 개인적으로 저 자에 관해 신경 쓰이는 사항은—.”

나는 설명을 계속하려던 시키의 말을 도중에 가로막았다.

"……시키? 너 혹시 걔네들한테 기권하라는 말을 하고 온 거야?"

"예, 확실하게 전달하고 오는 길입니다."

"이거야 원~, 너한테 그런 말을 듣게 된 이상에야 아베리아를 비롯해서 다들 무모한 짓을 할 수밖에 없잖아?"

꼭 그녀가 아니더라도, 다들 무슨 일이 있어도 상대를 완벽하게 짓눌러 버리겠다는 마음을 먹고 있는 것으로 보였다.

"저로서는 그들을 걱정하여 꺼낸 말이었습니다만……."

"최악의 경우, 반칙패를 당하더라도 우리가 막으러 들어가면 끝나는 얘긴가? 그건 그렇고, 방금 말하려던 신경 쓰이는 건 또 뭐야?"

"예, 호프레이즈에 관해 신경 쓰이는 점이 있더군요. 그가 차고 나온 목걸이 말입니다만—."

"목걸이? 저 녀석, 또 본가로부터 유별난 장비를 동원해온 거야?"

"마술에 대한 저항 능력을 향상시키는 효과를 지닌 것으로 「**위장**」되어 있더군요."

위장?

듣고 보니 정말 부자연스러운 느낌이 들었다. 마술에 대한 저항 능력을 향상시키는 효과의 경우, 장신구에 부여하는 효과로서는 굉장히 타당하고도 흔한 축에 속한다. 그러한 능력을 위장하면서까지 부여해야 하는 의미가 도대체 어디에 있단 말인가? 말인즉슨, 그 능력을 방패막이로 삼아 은폐된 효과가 따로 존재한다는 뜻이다.

"혹시 장비한 당사자의 각성을 통해 파워업시키는 계열이야?"

"각성이라고요? 아닙니다. 특정한 자원을 끌어 모으는 작용이 있는 걸로 보였습니다만…… 기능을 발휘하고 있는 듯한 기척이 느껴지지 않아 조금 마음에 걸리더군요."

시키가 머뭇거리다니, 별 일도 다 있군.

"어딘지 모르게 불길한 예감이 들어요. 이 도시 전체로부터 부자연스러운 분위기가 전해져 오는군요."

미오가 하늘을 우러러보며 중얼거렸다. 그녀 나름대로 도시의 이변을 감지하고 있는 건가?

"……혹시 모르니 진 일행이 써먹을 수 있을 만한 무기들을 가게로부터 가져와 줄래? 걔들이 쓰는 대기실에 놔두고 와. 그것만 끝나면 여기서 함께 관전이나 하자."

"명을 받들겠습니다."

경우에 따라서 지금 우리가 하고 있는 행동이 진 일행에게 해줄 수 있는 마지막 일이 될지도 모른다.

무기 같은 건 갑작스럽게 들이닥치는 성가신 일들을 일시적으로 뿌리치는데 필요한 도구에 지나지 않았다. 하지만 그들이 자신의 몸을 지키는데 약간이나마 보탬이 될 수는 있으리라. 저 아이들 스스로가 위험한 상황에 처한 순간, 어떤 형태로든 힘이 되기만 바랄 뿐이다.

몇 달 동안이나 같은 시간을 공유하던 아이들이다. 당연히 어느 정도 정이 들 수밖에 없었다.

……아니, 솔직히 말해서 상당히 정이 든 상태였다. 개인적으론 그렇게 되지 않도록 최대한 조심하고 있었는데, 정말 나는 하나부터 열까지 제대로 하는 게 전혀 없군.

지금은, 그들을 지킬 뿐이다.

"오래 기다리셨습니다!! 지금부터 투기 대회 단체전 결승을 시작합니다!!"

무대 위에 올라온 남자가 낭랑하기 그지없는 목소리로 관중들의 이목을 집중시켰다.

◇◆◇◆◇

"좋아! 가자! 꼬맹이들, 호프레이즈 녀석을 상대로 적당히 봐줄 생각은 하지도 마!"

"꼬맹이 아니야! 적당히 봐줄 리가 있냐?! 오늘은 나도 진이 사용하던 순간 신체 강화를 드디어 실전에서 선보일 날이거든!"

"신체적 특징으로 사람을 놀리는 건 진짜 유치해 보이거든요, 진 선배! 그런 소리나 하면서 방심하다가, 정작 중요한 활약은 전부 다 뺏길 수도 있다고요!"

어깨와 무릎, 팔꿈치 등을 두꺼운 가죽 방어구로 지키고 있는 세 학생이 전투 강의용의 교복 차림으로 걸어 나왔다. 세 사람은 어디까지나 밝은 분위기로 대화를 나누고 있었다.

그들 가운데 유달리 키가 큰 소년이 나오자마자 처음으로 입에 담은 말이, 그들을 가장 잘 표현하고 있다는 것은 틀림없었다.

진과 꼬맹이 콤비—.

그 표현은 그야말로 정확하게 들어맞았다.

이번 전투에 참가하는데 실패한 결과, 잔뜩 가라앉은 분위기를 풍기고 있는 나머지 멤버 네 사람의 생각 또한 크게 다르지 않았다.

"어째서 난 아까 주먹을 낸 거지?!"

"너랑 아까 비기지만 않았어도 나갈 수 있었는데……."

"4연속 보라니, 장난하자는 건가요?!"

"하, 한 번도 못 나가다니……."

선수 쟁탈전의 패배자들이 입을 모아 온갖 불평불만을 중얼거렸다.

그들은 의기양양하게 각자의 무기를 손에 든 세 사람과 대조적으로 무척이나 기분이 안 좋아 보였다.

진은 평균적인 검을 들고 있었다. 유노는 체격에 잘 어울리지 않는 크기의 창을 들었다. 그리고 이즈모는 아주 미미한 효과밖에 지니고 있지 않은 보주가 달린 지팡이를 들고 있었다.

이 세 사람이야말로 선수 쟁탈전의 승리자들이었다.

결승전에 출장하는데 실패한 나머지 네 사람 또한 그들을 따라 무대 부근까지 와 있었다.

진 일행은 여기까지 온 여세를 몰아 무대 위로 올랐다.

그리고 벌써 무대 위에서 대기 중이던 일곱 명의 대전 상대와 정면으로 마주쳤다.

"짓이겨 주마, 짓이겨 주마, 짓이겨 주마……."

"이봐, 잠깐? 오늘은 기어코 약이라도 빨고 오셨나, 선배님? 이제 와서 무슨 짓을 해봤자 헛수고야."

진이 어이가 없다는 말투로 상태가 이상해 보이는 일름간드를 도발했다.

"뚜렷하게 정상이 아닌데다가 뭔가 수작질을 부리고 있는 건 확실한데, 심판은 못 본 척을 한단 말이지……."

이즈모는 차갑기 그지없는 눈동자로 심판과 일름간드를 번갈아 가면서 노려봤다.

"기분 나빠……."

유노는, 그저 경멸이 담긴 한 마디를 중얼거릴 뿐이었다.

일름간드 호프레이즈는 게슴츠레한 눈동자로 멍하니 진 일행을 응시하고 있었다. 그의 손에 들려 있던 무기는 개인전에서도 사용하던 유서 깊은 대검이었다.

진을 비롯한 세 사람은 상대방의 이질적인 모습에 긴장하기는커녕, 지극히 태연한 태도로 나란히 줄을 섰다.

사회자가 선수들을 순서대로 소개하기 시작했다.

묘하게 들뜬 분위기의 여섯 사람과 겉모습만 봐도 명확하게 심상치 않은 상태의 한 사람—. 한편, 그러한 상대들 앞에서 주눅 든 듯한 분위기도 없이 그저 다부진 표정으로 웃는 세 사람—.

관객석과 귀빈석으로부터 쏟아지는, 예년을 훨씬 뛰어넘는 시합에 대한 큰 관심의 눈빛이 있는 그대로 전해져 왔다.

사실은 이 장소에 두 발로 선다는 것 자체가, 학원의 학생들에게 있어선 최고의 시추에이션이나 마찬가지였다. 그러나 금년 투기 대회의 결승전은 기묘한 분위기의 지배를 받고 있는 것으로 보였다.

"시작!!"

전투 개시를 알리는 호령이 떨어지자 전황은 격렬하게 전개되기 시작했다.

유노와 이즈모는 진의 양편으로 진을 치고 있었다.

그들이 갑작스럽게 좌우로 뛰쳐나갔다. 언뜻 보기엔 기본적인 진형을 무시한 듯한 행동이었지만, 진은 당황한 듯이 보이지 않았다. 세 사람이 시합 개시 직전에 미리 상의한 작전을 준수한 움직임이었다.

두 사람은 신체 강화 술법을 이용함으로써 순간적인 가속도의 증가를 선보였다. 그 결과, 두 사람은 개인전에서 선보인 몸동작보다 훨씬 빠르게 움직인 것이다.

유노와 이즈모는,진이 사용하던 순간적인 신체 강화 술법을 지극히 짧은 기간 동안 습득하는데 성공한 것으로 보였다.

진 일행과 마주보던 일름간드가, 개인전에서 패배한 원한을 풀려는 듯이 일직선으로 진을 향해 돌격을 감행해 왔다.

그의 속도 자체는 유노나 이즈모보다 느렸으나, 커다란 몸집에다가 전신 방어구를 걸친 채로 커다란 검을 앞세워 돌진해 오는 위압감은 결단코 만만한 것이 아니었다. 일단 박력 자체는 두 사람과 비교조차 되지 않을 정도였다.

"이봐, 선배! 이번이 진짜 마지막 시합이야, 각오나 단단히 하셔!!!"

그러나 진은 희희낙락하며 일름간드의 돌진을 받아들였다.

그로서는 정면 승부야말로 바라는 바였던 것이다.

유노와 이즈모가 일름간드 진영의 나머지 여섯 사람을 향해 양옆으로 돌격해 들어갔다.

진은 동료들에 관해선 전혀 걱정하지 않았다.

네 사람이나 있는 적 술사들은 이제 막 영창을 시작한 참이었으며, 나머지 두 전사들은 제각각 자신들에게 돌격해 들어오는 두 사람의 공격을 맞받아치기 위해 움직이고 있는 것으로 보였다. 그런고로, 진은 편안하게 일름간드를 상대할 수 있는 상황이었다.

진은 남몰래 입가를 일그러뜨린 표정으로 상대방의 어리석기 그지없는 행동들을 관찰하고 있었다.

상대가 아군 두 사람의 의도를 파악하지 못한 상황이라는 확신이 들었기 때문이다.

"걸리적거리는 쓰레기드으으으으을! 짓이겨 주마아아아아!!"

일름간드는 질리지도 않았다는 듯이 개인전에서 완벽하게 공략당한 가속 가로 베기 공격을 날려 왔다.

진은 목검으로 그의 공격을 막았다. 개인전에서 격돌한 순간처럼 공격의 찰나를 노려 기세를 꺾을 필요는 없었다.

그러나 격돌한 검으로부터 예상 밖의 힘이 진에게 전해져 왔다.

상대의 칼날이 마력을 부여함으로써 최소한 한 번 이상 상대의 공격을 문제없이 막을 수 있는 상태였던 목검의 칼날 부분으로 파고들어온 것이다. 진의 몸이 목검과 함께 밀려났다.

"칫!!"

진은 혀를 차면서, 검을 물려 공격을 받아넘기기 위해 몸동작을 전환시켰다.

그런데 바로 그 순간, 또다시 진에게 예상 밖의 공격이 들어왔다.

진에게 자신의 주특기였던 가로 베기를 무력화당한 일름간드의 신체 균형이 크게 흐트러진 바로 순간, 그는 거의 반강제로 한 걸음 더 발을 디디고 나아가 자세를 유지했다. 그리고 동시에 진과 자신의 거리를 좁혀 들어갔다. 일름간드는 순간적인 돌격의 여세를 몰아 비어 있던 주먹으로 진에게 일격을 날렸다.

명확하게 몸에 오는 부담을 전혀 고려하지 않는, 상식을 아득히 초월한 움직임이었다. 거의 광기조차 느껴지는 집념이 담긴 일격이었다.

진은 방심하고 있었다.

'피할 수가 없어, 젠장!'

주먹이 얼굴로 날아들어 왔다.

회피가 거의 불가능한 타이밍이라는 사실을 깨달은 진은, 거의 본능적으로 팔을 올려 방어 자세를 잡았다.

정확히 말하자면, 팔꿈치를 이용한 방어 자세였다.

그다지 대단한 장비는 아니더라도, 팔꿈치는 방어구로 감싸고 있는 부분 중 하나였다.

진은 기적적으로 일름간드의 주먹을 방어하는데 성공했다. 일름간드의 주먹과 진의 오른쪽 팔꿈치가 정면으로 충돌을 일으켰다.

일름간드의 주먹은, 진의 방어 따위는 무의미하다는 듯이 엄청난 기세로 파고들어왔다.

진의 몸은 후방으로 날아가다가 보기 좋게 넘어지고 말았다.

하지만 진은 즉석에서 일어나, 곧바로 검을 다잡았다.

오른쪽 팔꿈치로 들어온 예기치 못한 충격에도 불구하고 검을 놓치지 않았다는 것이 그의 실력을 증명하고 있었다.

"지금 같은 마구잡이가 높으신 귀족 분들의 전투 방식이냐? 칫, 선생님 앞에서 이런 식으로 개망신을 당하고도 그냥 넘어가진 않아."

진의 눈동자가 격렬한 분노로 흔들렸다.

방금 일름간드의 일격이 명중한데는 진이 방심한 탓도 컸지만, 전투의 흥분으로 인해 사소한 일들은 떠오르지 않았다.

"유노, 이즈모? 미안, 먼저 시작할게."

결코 큰 목소리는 아니었다.

진은 소리 낮춰 중얼거렸다.

진은 다시금 자신을 향해 돌격해 들어오는 일름간드의 기선을 제압하려는 듯이, 이번엔 스스로도 땅을 박차고 나아갔다.

같은 시각, 이즈모와 유노는 좌우로부터 자신들을 기다리고 있는 여섯 명의 대열을 향해 접근하고 있는 와중이었다.

전사 두 사람은 이미 검과 창을 든 채로 자세를 잡고 있었으나, 술사들의 영창은 아직 발동될 때까지 꽤나 시간이 걸릴 것으로 보이는 상태였다.

유노가 가장 먼저 움직였다.

아직 가장 가까운 위치의 전사조차 공격 범위에 들어오지 않은 상황이었지만, 그녀는 두 전사 사이의 간격을 노려 손에 들고 있던 창을 던졌다.

그녀의 손에서 떠난 창이 예리한 직선 궤도로 날아갔다. 그리고 유노의 시점에서 가장 깊숙한 곳에 있던 남성 술사의 가슴팍으로 빨려 들어가듯이 엄습한 것이다.

목제인데다가 끝부분은 무디게 말아놓은 상태였기 때문에, 상대방의 가슴을 관통하진 않았다.

날아가던 기세를 잃은 창이 그 자리에서 추락한데 비해, 공격당한 술사는 크게 몸을 젖히다가 등 뒤로 나자빠졌다.

"명~중~~!!"

여유 넘치는 목소리가 무대 위에 울려 퍼졌다.

진심으로 즐겁게 들리는 목소리였다.

유노는 단 한 순간조차 멈추지 않았다. 아무런 예고도 없이 날아들어온 창에 정신이 팔려 있던 전사들이 그녀의 돌진을 막고자 순간적으로 발걸음을 옮기려는 듯이 보였다. 그러나 그들의 다리는 움직이지 않았다.

이즈모가 그들에게 술법을 사용한 결과였다.

상대가 유노의 움직임에 지나치게 주시하다가 자신에 대한 경계심을 늦춘 바로 그 순간, 이즈모는 곧바로 고속 이동을 멈추자마자 영창을 완성시켰다. 그들의 발밑으로부터 냉기를 발생시켜 무릎 아래까지 얼음으로 에워싼 것이다.

이즈모는 곧장 두 전사의 옆에서 정체불명의 술법을 사용하기 위한 영창을 시작했다.

상대의 주의가 유노로부터 이즈모에게 옮겨 갔다.

바로 그 순간, 상대방의 경계로부터 벗어난 유노가 움직였다.

그녀는 움직이지 못하는 전사들 사이로 약삭빠르게 몸을 날려, 일말의 망설임조차 없이 가장 가까이 있던 술사의 가슴팍을 향해 낮은 자세로 파고들어갔다.

그녀는 아직껏 그들의 지팡이 끝으로 모여 있기만 한 미완성 상태의 마력을 흘겨보자마자, 아주 잠시 동안 뜸을 들이다가 술사의 아래턱을 향해 오른쪽 손바닥을 쳐 올렸다.

자그마한 체구의 소녀가 날린 일격이었다.

그러나 그 손바닥 공격은, 하반신을 용수철처럼 활용함으로써 체중과 속도를 최대한 실어 날린 회심의 일격이었다.

턱을 얻어맞은 남자의 머리가 순간적으로 날아오르는가 싶더니 그의 몸 전체가 미세하게 허공으로 떠올랐다.

관중석으로부터 쏟아져 내리는 환호 소리의 한가운데, 유노는 관중들에게 선사하는 마지막 일격이라도 된다는 듯이 무방비 상태의 복부를 향해 자신의 팔꿈치를 박아 넣었다.

물론 전부 다 육체 강화 술법을 응용한 공격이므로 육탄전에 약한 술사의 체력으로 버틸 수 있을 리가 없었다.

무대 밖까지 꼴사납게 굴러 떨어진 그의 충격 흡수 인형이 순간적으로 파열을 일으켰다.

한층 더 커다란 환호가 좌중을 가득 메웠다.

"하나—!!"

유노의 눈은 벌써 다음 표적을 노려보고 있었다. 가로 한 줄로 늘어선 모든 술사들이 전부 다 그녀의 과녁에 지나지 않았다.

시합이 시작되자마자 창으로 얻어맞은 남자가 격렬하게 몸을 떨면서도 어떻게든 몸을 일으키고자 시도하는 듯이 보였다.

그러나 그러한 동작조차 그녀는 예상하고 있었던 것이리라.

그런고로, 그녀의 입에서 나온 말은 「하나」였다.

"아, 아우무르, 리이, 힉!"

옆에서 동료들이 저 멀리 날아가는 광경을 목격한 여성 술사는 공포심으로 인해 영창을 중단하고 말았다.

그녀의 날카롭기 그지없는 눈빛을 마주보자마자, 유노 렘브란트가 자신을 다음 표적으로 점찍었다는 사실을 깨달았기 때문이다.

"두 번째, 들어갑니다아—!"

유노는 상대방이 엉터리로 아무렇게나 휘두른 지팡이를 가볍게 몸을 숙여 피하는 묘기를 선보였다. 사실상 일방적으로 상대를 가지고 노는 거나 다름없었다.

이만큼이나 가까운 거리에서 무슨 수로 이렇게 눈이 돌아갈 듯한 몸놀림을 구사할 수 있단 말인가? 그녀를 상대하던 여학생 술사로서는 도무지 영문을 알 수가 없었다.

유노는 이미, 그녀의 시야에서 사라져 버렸다.

도대체 어디로 자취를 감췄단 말인가? 여학생 술사는 적이 보이지 않는 공포를 미처 맛보기도 전에 목 뒤로 들어온 둔탁하고도 강한 충격을 느꼈다.

바로 그 순간이 그녀가 정확히 기억할 수 있었던 마지막 시점이었다.

"이건 덤이야!!"

술사의 등 뒤로 이동한 유노는 그녀의 숨골로 회전을 더한 팔꿈치 공격을 박아 넣었다.

그냥 봐도 상당히 위험한 축에 속하는 공격이었다.

당연하게도 그녀가 받은 대미지를 대신 받고 있던 충격 흡수 인형의 머리 부분이 크게 부서져 나가면서 힘없이 흔들렸다.

그러나 아직 가까스로 탈락 판정이 나올 정도는 아니었다.

하지만 유노는 덤이라는 한 마디와 함께 그녀의 팔을 꺾자마자 여세를 몰아 다른 술사를 향해 내동댕이쳤다. 그리고 추가타로 들어간 발차기 공격에 의해 드디어 그녀의 충격 흡수 인형은 산산이 조각났다.

유노는 아주 짧은 시간 동안 무시무시한 체술로 두 사람의 술사를 제압하는 묘기를 선보였다.

그러나 공격은 아직 끝나지 않았다.

마치 춤을 추는 듯한 유노의 공세는 계속해서 이어져 나갔다.

“좋아, 세 번째!!”

유노의 메치기에 당한 동료를 피하기 위해 움직이다가 자세가 무너져 땅바닥 위에 무릎을 꿇었던 여학생 술사가 간신히 시선을 앞으로 돌린 그 순간, 유노는 이미 코앞까지 와 있었다.

유노는 무릎을 꿇고 있던 여학생 술사의 무릎을 한쪽 발로 박차고 올라서는 중이었다.

유노의 나머지 한쪽 다리 중에서도 그 무릎이 상대방 여학생의 시야를 가득 메운 순간, 그 승부는 이미 끝난 거나 마찬가지였다.

그녀는 지금 자신이 사용한 기술이, 지구에서도 유명한 발차기 기술[#4]이라는 사실을 모른다.

그냥 추가로 공격을 우겨 넣을 수 있을 듯한 예감이 들어 시도한 것뿐이다.

#4 지구에서도 유명한 발차기 기술 프로레슬링 기술인 샤이닝 위저드. 일본의 프로 레슬러인 무토 케이지의 필살기.

유노는 후방에서 대기하고 있던 적진의 술사들을 완벽하게 제압해 나갔다.

그녀는 마지막 한 사람을 다음 표적으로 정했다.

"창 회수~ 성공! 그리고 추가로, 네 번째!"

유노는 전투가 시작되자마자 투척한 창이 굴러다니던 장소까지 다다르자마자 무기를 회수하는데 성공했다.

"억, 큭!!"

그곳까지 도착한 김에, 유노는 그제야 간신히 대미지로부터 몸을 가누고 있던 남학생 술사가 들고 있던 지팡이를 창으로 튕겨 버렸다.

그녀가 날린 일격으로 인해, 그가 들고 있던 지팡이가 메마른 소리와 함께 바닥 위로 굴러갔다.

그리고 유노는 연이어서, 그냥 잠이나 자라는 듯이 술사의 머리를 창으로 후려갈겼다.

또다시 정신을 잃은 그는 이번에야말로 꼼짝도 하지 않았다.

그에게 배정된 충격 흡수 인형 또한 산산이 조각나 버렸다.

"청소 끝! 다 봤지? 나의 승리야, 이즈모 군!"

"간발의 차였지만, 어쨌든 나의 패배로 보이는군."

적들을 모조리 제압한 유노가 이즈모에게 고개를 돌렸다.

그녀가 보인 움직임은 승리 선언이나 다름없었다.

그녀의 시야로 만신창이 꼴이 된 전사의 뒷모습이 들어왔다.

"바람의 칼날을 단축 영창과 연속 발동 방식으로 사용하니 아니나 다를까 위력이 상당히 떨어지는군. 숫자로 밀어붙일 수밖에 없더라, 에휴…….”

이즈모가 유감스럽다는 듯이 나직하게 중얼거리자, 그의 앞에서 있던 건장한 체격의 전사는 잠시 동안 비틀거리다가 쓰러졌다. 치명상으론 보이지 않는 대량의 베인 상처와 갈기갈기 찢겨나간 방어구가 눈에 띄었다. 그 전사의 충격 흡수 인형은 예리한 날붙이로 난도질을 당한 듯이 보였다.

또 한 사람의 전사는 이미 오래 전부터 땅바닥 위에 쓰러져 정신을 잃은 상태였다.

“흐흥—, 좋아. 이제 마지막 남은 녀석은……! 아니이——?!”

“어, 유노? 무슨…… 일이야……? 앗! 진, 그 녀석을 혼자서 독차지할 생각은 없다고 하지 않았냐?!”

결승전이 개시된 이후 처음으로, 유노와 이즈모가 다급한 듯이 목소리를 높였다.

그들의 시선을 돌린 방향에서 마지막 한 사람인 일름간드 호프레이즈와 동급생인 진이 격렬한 전투를 벌이고 있었다.

마구잡이로 날뛰는 일름간드를 상대로, 진은 단 한 걸음의 물러섬조차 없이 일방적으로 타격을 가하고 있는 와중이었다.

시합이 시작되기 직전, 작전을 구상하던 세 사람은 한 가지 약속을 나눴다. 그들이 나눈 약속은, 다름이 아니라 일름간드를 상대할 때는 최대한 시간을 끌자는 것이었다. 그러나 지금의 진은 도저히 힘을 조절하고 있는 듯이 보이지 않았다.

마치 소나기처럼 무자비하게 적을 유린하는 그의 공격으로부터, 승부를 곧바로 끝장내려는 격렬한 기백이 전해져 왔다.

일름간드는 셋이서 함께 쓰러뜨릴 예정이었다.

그런고로, 유노와 이즈모는 우선적으로 나머지 선수들을 제압한 것이다.

유노와 이즈모가 다른 선수들을 제압하는 동안, 진은 혼자서 일름간드를 유인할 계획이었다.

그것이 바로 그들의 작전, 정확히 말하자면 약속이었다.

"기가 막힐 정도로 튼튼해 지셨군, 일름간드 선배! 좀 더 발버둥 쳐봐!!"

"큭, 윽. 짓이겨, 주, 꺽."

일름간드의 힘과 기술은, 예년과 같은 수준의 투기 대회에선 의심할 여지조차 없이 우승하고도 남을 만한 기량이었다.

그런데, 진은 그러한 그를 철저하게 압도하고 있었다.

귀빈석에 앉아 있던 고위층들뿐만 아니라, 관객석의 평범한 관객들조차 지금 눈앞에서 일어나고 있는 일의 특이성에 관해 깨닫기 시작한 것으로 보였다.

그것은 그들 사이에 존재하는 것이 단순한 레벨의 차이가 아니라는 사실이었다.

그리고 그들 가운데 특히 예민한 이들은 지금껏 엄청난 활약을 펼친 진 일행이 다른 학생들과 달리 **특수한 교육**을 받았다는 사실을 어렴풋이 알아차리기 시작했다.

"으아—, 지금 당장 끼어들어야 그나마 우리 몫을 챙겨먹을 수 있을 거야!!"

"……잠깐 기다려 봐, 유노."

"이즈모 군?"

"부자연스럽군. 저만큼이나 일방적으로 얻어맞고 있는 호프레이즈의 충격 흡수 인형에 손상이 거의 없어. 언뜻 보기엔 방어구로 대미지를 무효화시키고 있는 듯한 느낌도 없는데 말이야."

"……진짜네."

"게다가 진은 아까부터 대미지뿐만 아니라 상대방의 기절을 노리는 공격까지 섞어 쓰고 있는데, 전혀 효과가 없어 보여."

"진이 말버릇은 안 좋아도 의외로 다정한 구석이 있거든. 내 경우엔 지금껏 이만큼이나 온갖 수작질을 부려온 호프레이즈 같은 녀석은 간단히 기절시키기보다, 시합 시간이 용납될 때까지 최대한 모든 종류의 망신을 있는 대로 다 줄 생각이었는데 말이야. 아마 이런 시합에서 후유증 같은 걸 남기는 건 조금 뒷맛이 안 좋으니 여러모로 생각이 많은 것 같아."

"……넌 의외로 무서운 성격이란 말이지. 뭐, 나도 일름간드 선배에 관해선 너에게 동감하는 쪽이야."

"어쨌든 우리도 어서 합세하자."

"난 여기서 만일의 경우에 대비하는 편이 좋아 보여. 영창을 시작하도록 할게. 너희들 두 사람이 앞장서서 싸우고 있는 이상, 나는 편안한 마음으로 뒤에서 대기할 수 있거든."

"응, 이왕 결심이 선 이상……?!"

유노는 이즈모와 의견을 주고받은 뒤, 진과 일름간드의 싸움에 끼어들기 위해 다리에 힘을 집중시켰다.

진은 두 사람의 움직임을 감지하자마자, 일름간드로부터 거리를 벌렸다.

계획적으로 의도한 동작이라기보다, 긴급 회피를 연상케 하는 움직임이었다.

"올 때는 최대한 조심해! 지금 이 선배님 말인데, 어딘지 모르게 굉장히 살벌해 보이거든."

"알—았—어!!"

진은 야단스럽기 그지없는 결투를 펼치는 와중에도 동료들 두 사람의 움직임에 대한 주의 또한 소홀히 하지 않았다. 유노의 기세를 헤아린 그가, 그녀에게 빈틈없는 충고를 날렸다.

언뜻 보기엔 경박한 말투로 상대를 도발하거나 이따금씩 분노를 보이는 듯한 느낌도 없지 않아 있었지만, 진은 어디까지나 냉정하게 전황을 파악하고 있던 것이다.

'이 자식, 그냥 살벌하다기보다 굉장히 부자연스러운 상태야. 아무리 타격을 날려도 움직임에 변함이 없는데다가, 정신도 잃지 않는단 말이지.'

가끔씩 예리한 기술을 날려 오는 경우도 없지 않아 있었으나, 기본적으로 일름간드는 거의 우격다짐에 가까운 전투 방식을 보였다.

있는 힘을 다해 대검을 휘둘러 상대방에게 타격을 가하는, 지극히 단순한 전투 방식이었다. 마치 머릿속이 오직 힘이라는 이름의 한 가지 색깔로 물들어 있는 듯이 보였다.

명확하게 평소의 그와 동떨어진 모습이었다.

불과 얼마 전에 그와 검을 맞댄 적이 있는 진의 입장에서 보자면 지금의 그는 분명하게 비정상적인 상태였다.

"심판! 이 상태로 시합을 계속해도 되는 거죠?! 보시다시피 지금 일름간드 선배는 명확하게 정상이 아니거든요?"

"전부 다, 그 녀석 때문이야…… 그 녀석만 없었더라면……!"

"……전투를 계속할 의지는 느껴집니다. 충격 흡수 인형의 상태로 판단하건대, 자네의 공격에 의한 대미지는 대단치 않은 걸로 보입니다. 시합을 계속하세요."

심판은 충격 흡수 인형의 상태로 대미지를 판단하고 있었다.

충격 흡수 인형이 무사한 이상, 기절 정도의 상황이 일어나지 않는 이상에야 시합의 승부를 판정하지 않을 뜻인 것으로 보였다.

게다가 주최 측에서 시합을 계속해도 된다는 식으로 나왔으니, 한시라도 시합을 빠르게 끝내는 것만이 상대방의 이상한 짓거리에 엮이지 않을 유일한 길이라는 계산이 나올 수밖에 없었다.

"나, 나는! 용사님과, 그녀의 이상향을, 이상향을! 라이도우, 라이도우!! 날 가로막지 마라!!"

일름간드가 울부짖었다. 그가 순수한 증오를 담아 외친 이름은 바로 라이도우였다.

눈앞의 진이나 유노, 이즈모가 아니었다.

그리고 중얼거리는 듯한 한 마디를 내뱉은 뒤, 일름간드는 지금까지 날려 온 공격들보다 훨씬 강력한 공격들을 난사하기 시작했다.

그를 바로 앞에서 상대하고 있던 진으로서는, 상대방의 몸집이 한층 더 커다랗게 부풀어 오른 듯이 느껴질 정도였다.

무기를 들고 있던 진의 손이 희미하게 떨렸다.

표정에도 씁쓸한 빛이 섞였다.

"……알 게 뭐야! 나는 선생님 본인이 아닌데다가, 너의 이상향 같은 데도 전혀 관심 없어! 애초부터 이런 시합에서 지저분한 짓을 태연하게 저지르는 너 같은 녀석이 지껄이는 이상향 따위, 귀를 기울일 가치도 없거든!!"

진은 일름간드의 말을 가차 없이 맞받아쳤다. 일름간드가 손에 들고 있던 대검을 상단으로 들어 올렸다가 진을 향해 내리쳤다. 진은 몸을 숙여 그의 공격을 피한 뒤, 일름간드를 향해 돌격해 들어갔다.

일름간드가 비어 있던 손으로 진에게 묵직한 훅을 날렸다. 그러나 일름간드의 검과 주먹에 의한 연속 공격은 진에게 명중되지 않았다.

'불길한 예감이 점점 강하게 느껴지는군. 네 꿍꿍이야 알 바 아니지만, 어쨌든 지금으로선 잽싸게 끝내버리는 게 상책이야. 모르긴 몰라도 유노와 이즈모도 따로 공격할 수단을 준비하고 있는 걸로 보이니, 단숨에 총공격을 날려 끝장낼 수 있으려나……?'

진의 몸이 용수철처럼 움츠려 들었다.

자신의 몸을 일격의 찌르기를 날리기 위한 발사대로 삼기 위한 동작이었다.

앞으로 튕겨 나간 몸이 비스듬히 상대를 향해 날아가는가 싶더니, 오른손의 검으로 날린 찌르기 공격이 정확하게 일름간드의 아래턱을 노렸다.

"유노, 이즈모! 뭘 시도할 생각인진 몰라도, 나를 따라와! 총공격이다!"

지금 날린 공격은 명중될 것으로 보였다.

진은 순간적으로 시선을 동료들에게 돌린 뒤, 그들의 의사를 확인한다는 의미를 담아 자신의 뜻을 전했다.

물론, 이미 그들 또한 움직이고 있었다.

아마도 지금의 공격에 연동된 움직임인 것으로 여겼기 때문에, 진은 자신의 공격을 기점으로 삼자는 뜻을 명확하게 전달한 것이다.

—하지만.

진의 찌르기 공격은 일름간드의 아래턱을 가격하는데 실패하고 말았다.

미세하게 몸을 숙이고 있던 일름간드는 자신에게 들이닥치는 칼날을 놀랍게도 얼굴을 날려, 정확하게 말하자면 입으로 막은 것이다.

"큭, 역시 지금의 넌 정상이 아니야!!"

진은 상식을 초월한 사태에 표정을 일그러뜨리면서도, 즉석에서 대응하는 모습을 보였다.

그는 칼자루를 잡고 있던 오른손을 놓자마자, 칼자루 끝을 향해 손바닥을 날렸다.

그리고 발로 강하게 돌바닥을 밟는 방식으로 하반신의 힘까지 자신의 손바닥으로 집중시켜, 단숨에 목검을 상대방에게 밀어 넣었다.

목검의 칼날 부분은 방금 전과 다를 바 없이 일름간드의 이빨에 막힌 채였으나, 새로운 힘이 들어감에 따라 그의 몸이 후방으로 비스듬히 떠올랐다.

"대단한 솜씨야, 다음은 나한테 맡겨! 유노, 너만 믿는다! 에어리얼!!”

이즈모의 술법이 발동되는 기척이 전해져 왔다.

일름간드가 서 있는 장소의 주변 몇 미터 정도가 어슴푸레한 초록빛으로 발광하기 시작했다.

약간 그 범위에 들어가 있던 진이 백스텝으로 빠져나왔다.

이미 낙하를 시작하던 일름간드의 몸이 공중에서 멈췄다.

그리고 그 상태 그대로 팔다리를 허우적거리다가, 물리적인 힘에 밀려 올라가듯이 상승하는 모습을 보였다.

에어리얼—.

대상과 주위의 몇 미터 범위에 들어가는 물체들의 자유를 속박한 다음, 바람으로 밀어 올리는 술법이었다.

오직 상대를 밀어 올리기만 하는 술법으로서, 그 자체에 공격력은 전혀 없었다.

“버텨봤자 20초 정도야!”

“나도 알아! 오래 기다리셨습니다! 유노, 갑니다!!”

이미 상승하기 시작한 일름간드를 쫓아, 공격적인 눈빛을 번뜩이는 유노가 초록빛을 띤 마법의 원기둥 안으로 들어갔다.

마지막 한 걸음을 디딘 바로 그 순간, 그녀는 있는 힘껏 위로 날았다.

스스로 가속을 더해 상승의 흐름을 탄 유노가 곧장 일름간드를 따라잡았다.

드디어 그녀의 공격이 시작됐다.

한 마디로 말해서, 일방적인 난타였다.

처음엔 상대와 상승 속도를 맞추기 위한 의도로 감속을 노린 일격이 들어갔다.

그리고 그녀는 일름간드가 마구잡이로 휘두르는 팔다리를 피하며, 창을 이용한 연속 공격을 무자비하게 때려 박았다.

게다가 갑옷의 이음매나 갑옷을 입지 않은 맨몸 부분을 골라 공격이 들어갔다.

그녀는 상식적으로 말이 되지 않는 공간 이동 방식을 알고 있는 듯이 보였다.

일름간드 쪽에선 그저 무기력하게 농락당하는 과정에서 몸의 균형조차 잡지 못 하고 있는 상태였다. 유노는 그에 비해, 그야말로 이보다 더할 수 없이 활기 넘치는 움직임을 선보였다.

"슬슬 때가 됐나~? 지금부터 한 입에 삼켜 버리고 싶을 정도로 무기를 좋아하는 선배님께~! 선물을 드릴 시간입니다!"

유노는 자신에게 들이닥치던 대검의 옆 부분을 발로 걷어차더니, 스스로 원기둥의 영향권 밖을 향해 몸을 날렸다.

그리고 창을 투척할 자세를 잡았다.

유노는 자신의 창을 대상으로 가속과 마력을 부여하는 작업에 들어갔다.

무기에 부여된 마력이 술사의 육체와 떨어진 상태로도 유효한 효과를 유지할 수 있는 시간은 술사의 실력에 따라 어느 정도 다를 순 있어도 기본적으로 지극히 짧았다.

유노에게 있어서 현재의 거리는 아슬아슬했다. 그러나 그녀는 긴장한 낌새조차 보이지 않았다.

유노는 발붙일 곳이 없는 불안정한 상황에서 일름간드를 향해 엄청난 고속으로 창을 사출시켰다.

술법에 의한 상승의 효과 범위로부터 벗어난 그녀는 당연히 추락할 수밖에 없었다.

그녀를 걱정한 진이 낙하 예측 지점으로 서둘렀으나 결국은 기우에 지나지 않았다.

10미터 정도의 고도로부터 추락하던 그녀는 착지 지점보다 꽤나 여유 있는 지점에서 감속하기 시작했다. 정확히 말하자면 불완전한 부유 술법을 자신에게 사용함으로써 무사히 착지한 것이다.

그녀의 실력으론 아직 완전한 부유 마술은 사용할 수 없었기 때문이다.

유노가 추락하는 도중, 급작스럽게 밀도가 줄어들기 시작한 원기둥은 그녀가 무사히 착지하기도 전에 효력을 잃다가 급기야는 산산이 흩어졌다.

공중에 남겨진 것은 나무창의 직격을 받아 이마에서 피를 흘리고 있는 일름간드 뿐이었다.

마술을 구사한 공중 연속 공격이라는 전대미문의 대회 풍경을 목격한 관객들은 넋이 나간 표정으로 멍하니 무대를 바라보고 있었으나, 아직 정신을 잃지 않은 일름간드의 모습을 보고 나서야 그의 충격 흡수 인형 쪽으로 시선을 옮겼다.

그의 충격 흡수 인형은 크게 파손된 채로 흔들리고 있었다.

그럼에도 불구하고 그의 충격 흡수 인형은 아직 파괴되지 않았다.

그러나 추락한 이후엔 어떻게 될 것인가?

최소한 아무런 상처도 없이 끝날 리는 없다는 확신을 가진 채로 시합을 관전하고 있었다.

"참나, 정말 무시무시한 공격도 다 하는군."

"공중전에 익숙하지 않고서야 제대로 된 저항은 거의 불가능한 거나 다름없는 공격이지. 처음엔 그냥 장난삼아 시도해 보던 기술이었지만, 우리를 처음 보는 상대한텐 의외로 효과적일지도 모른다는 얘기를 둘이서 나누던 참이야."

"지금 이 기술을 쯔바이 양 상대로 명중시키는 거야말로 우리의 현재 목표야!"

세 사람은 한데 모여 화기애애하게 담소를 나눴다.

드디어 낙하의 순간이 다가왔다.

둔탁하고도 커다란 소리가 울려 퍼졌다.

일름간드의 충격 흡수 인형 두 개가, 의심할 여지조차 없이 완벽하게 갈라졌다.

"……으. 시, 시합 종료! 단체전 결승전! 승자는 진 로안과 이즈모 이쿠사베, 유노 렘브란트!"

그러나—.

올해의 투기 대회는, 아직 끝나지 않았다.

EXTRA 에피소드

토모에와 별의 호수와 영웅과

토모에가 서 있는 곳은 호숫가였다.

울창한 숲에 둘러싸여 있는 조용하기 그지없는 장소였다.

"……묘하군. 만색 녀석뿐만 아니라 폭포(瀑布), 류카 녀석까지 거처를 옮겼단 말인가? 지금껏 그 녀석이 거처를 옮긴 적은 없었던 걸로 아는데?"

그녀는 납득이 잘 안 간다는 표정으로 혼잣말을 중얼거렸다.

토모에는 지금, 주인인 마코토의 곁을 떠나 별도 행동을 취하고 있는 중이었다.

마코토는 지금쯤 학원 도시에 도착한 뒤, 시험 준비를 시작하고 있는 것으로 추정되는 시간대였다.

"그런 것치고는 결계는 원래 상태 그대로 남아있단 말이지…… 이거야 원, 수백 년 만에 얼굴이나 한 번 보려고 들렀는데 말이야."

혼자서 호숫가에 서 있던 그녀는 몹시 성가시다는 표정으로 푸른 머리카락을 쓸어 넘긴 뒤, 한 차례의 한숨과 함께 발길을 되돌려 호수를 뒤로했다.

그녀의 표정이나 모습에서, 오랜 친구였던 상대와 재회하기를 포기한 듯한 낌새가 전해져 왔다.

"라임, 라임! 아직 도착하지 않았느냐?!"

토모에의 목소리가 숲속에 울려 퍼졌다.

그녀의 목소리에 곧바로 응하려는 듯한 기척은 전해져 오지 않았다.

토모에의 입에서 나온 목소리의 여운이 말끔히 자취를 감출 무렵, 평범한 사람들의 허리 부근까지 자란 풀숲 사이로부터 한 남자가 나타났다.

"지, 지금, 도착…… 했습니다요."

그는 당장 숨이 끊어질 듯이 가쁘게 어깨로 호흡을 몰아쉬고 있었다. 게다가 온몸에 가벼운 생채기가 난 듯이 보였다.

"흠, 이 정도면 대충 합격이다. 지금부터 부근의 마을로 가서, 류카에 관한 정보를 중심으로 주변의 근황을 수집해 오너라. 이 몸은 한발 앞서 원래 목적지였던 호수로 가 있으마."

"누, 누님! 부근 마을이라는 말씀은, 여긴 그 유명한 메이리스 호수 부근의 메이리스 대삼림 한복판이거든요?! 게다가 류카라니…… 말로만 듣던 상위 용 아님까? 전설 정도야 알아볼 수 있겠지만, 근황이라니요……?"

라임의 응답은 거의 절규에 가까웠다.

메이리스 호수를 목적지로 삼아 이동을 시작할 즈음, 토모에는 라임으로 하여금 이곳까지 오는 과정에서 자신의 실력을 증명해 보이라는 듯이 그보다 한참을 더 앞장서 왔다. 그럼에도 불구하고, 그는 호숫가까지 다다르는데 성공했다. 말하자면 그는 혼자서 메이리스 대삼림을 건너온 셈이었다.

일반적인 관점에서 볼 때는 의심할 여지조차 없이 엄청난 위업이었다.

두 사람이 서 있는 이곳은 리미아 왕국의 영토였다. 이 나라에서 그 정도의 실력을 확실하게 증명하는데 성공할 경우, 왕국에 대한 충성을 교환 조건으로 삼아 하급 작위 정도는 손에 넣을 수 있을 정도의 공적이었다.

일단 실력은 증명한 걸로 아는데…… 증명한 거죠?

라임의 눈빛이 토모에에게 그러한 속마음을 호소하고 있는 듯이 보였다.

"음. 그런데 뭘 더 어쩌란 말이냐? 이 숲과 하천의 덕을 보고 있는 마을이나 도시가 최소한 열 개 정도는 있지 않나?"

하지만 라임의 직속상관에 해당되는 토모에는 그의 노고를 위로하기는커녕, 다음 지령을 입에 담기 시작할 뿐이었다.

"……아하, 예. 있습지요."

그녀의 행동이 너무나 자연스러운 나머지, 라임은 자기도 모르게 그녀의 명령에 따라 고개를 끄덕였다.

"지금 당장 뒤로 돌아 숲을 벗어난 뒤, 정보를 수집해 오라는 말이다. 이 몸이 하던 말이 알아듣기 어려웠나, 라임?"

"말씀하신 내용이야, 당연히 알아들었지요."

"그런고로, 당장 가 보거라. 지금의 네 녀석에게 있어선 닷새 정도만으로도 여유 있게 끝나는 임무가 아닌가? 흠, 어디 보자. ……어디까지나 만일의 경우에 해당되는 이야기다."

"……?"

"고작 이곳까지 발걸음을 옮기는 정도로 자신의 한계를 맞이했다고 고한다면…… 이 몸 또한 피도 눈물도 없는 악귀나 나찰은 아니다. 숲 외곽까지 안전하게 바래다줄 수 있을 뿐만 아니라, 앞으로도 네 녀석에게 위험이 가지 않도록 세심한 주의를 기울여 심부름을 시킬 수도 있거든?"

"큭!"

"휴만치고는 상당히 잘한 편에 속하는 네 녀석에게 이 이상 요구하기가 가혹하다는 느낌도 없지 않다만, 어떡할 텐가?"

"……맡겨만 주십쇼. 닷새가 지난 후, 어디서 합류할 깝쇼?"

"후후. 별의 호수? 최근 들어 **그러한 이름으로 불리기 시작한** 호수의 근처에도 숲이 자리 잡고 있다더군. 그 부근의 마을에서 만나도록 하자꾸나."

"알겠습다. 반드시 명을 따르지요."

"좋은 눈빛이다. 아참, 이 호수의 물은 치유 마술을 걸어 마시는 경우에 한해 그 마술의 효과를 증폭시키는 성질을 지니고 있다. 채집하여 활용하도록 해라. 그리고 류카가 자신의 거처로 돌아올 시점 또한 예측이 안 되니, 가능한 한 언제든지 즉각적으로 이곳을 뜰 수 있도록 준비를 철저히 해라. 알아들었나?"

"옙! 아니지, 예!"

토모에가 라임의 입에서 나온 대답을 들었을까? 솔직히 말해서 짐작조차 가지 않았다.

그녀는 호숫가로부터 자취를 감췄다.

어렴풋한 안개 정도는 남아 있었지만, 토모에의 기척은 더 이상 느껴지지도 않았다.

남겨진 것은 오직 라임 단 한 사람뿐이었다.

리미아 왕국에서도 최고의 위험도를 자랑하는 대삼림 한가운데 오직 혼자 몸이었다.

라임은 토모에의 조언에 따라 호수의 물을 물통에다가 부은 뒤, 치유 마술을 읊었다.

라임은 따스한 빛이 자신의 손으로부터 물로 옮겨가다가 꺼질 때까지 기다렸다가, 물통으로 입을 가져가 단숨에 내용물을 들이켰다.

이제 막 피가 배여 나올 정도로 생생하던 피부의 찢긴 상처나, 피부 자체를 불길하게 변색시키던 타박상의 흔적들이 눈 깜짝할 사이에 아물어들었다.

게다가 얼굴빛까지 확실하게 좋아졌을 뿐만 아니라, 표정에도 원기가 되돌아왔다.

"이거 정말 굉장하군. 가지고 다니기 불편한 물이라는 점이 아쉽지만, 가능한 한 많은 양을 가져 가야겠어."

라임의 시선이 호수 건너편의 안쪽으로 펼쳐진 숲을 향했다.

물을 머금어 순간적으로 긴장이 풀렸던 그의 눈동자가 다시금 예리한 눈빛을 띠었다.

"곰곰이 생각해 보니, 황야로 나아가는 것만으론 결국 의미가 없어. 귀환하는데 성공하고 나서야 처음으로 한 사람 몫을 다하는 셈이지. 여기까지 따라와 놓고 돌아가지 못 한다는 건, 애초부터 메이리스 호수까지 누님을 따라왔다는 선택지 자체가 잘못된 선택이라는 뜻이렷다? 좋아, 가볼까!"

그는 자신의 모든 장비들을 확인한 뒤, 양손으로 기세 좋게 자신의 뺨을 두드렸다.

모험가 **출신**의 라임 라떼—.

토모에나 마코토와 엮인 이후로 특이하기 그지없는 운명의 길을 걷기 시작한 그 청년은, 망설임 없이 자신의 새로운 길로 나아갔다.

◇◆◇◆◇

별의 호수—.

그 이름이 그곳의 정식 명칭은 아니었다.

아니, 정확히 말하자면 아직 정식 이름이 존재하지 않는다는 것이 올바른 표현이었다.

애초부터 왕도로부터 그리 멀지 않은 이 지방엔, 불과 얼마 전까지만 해도 호수와 같은 지형은 존재하지 않았다.

어느 날 갑자기, 나타난 것이다.

휴만 연합군의 스텔라 요새 공략전이 감행될 무렵, 마족들이 리미아 왕국의 수도를 목표로 삼아 반격을 시도함으로써 일어난 대규모 전투의 무대가 된 장소야말로 현재 별의 호수라는 이름으로 불리고 있는 눈앞의 호수였다.

한 마디로 말하자면, 별의 호수라는 새로운 지형의 존재 자체가 그 전투가 일어났던 증거나 다름없었다.

"요컨대, 네 녀석은 그 자리에 있었다는 말이렷다?"

토모에가 라임과 다시 합류할 약속 장소로 지정한 숲속엔 자그마한 촌락이 형성되어 있었다.

별의 호수가 탄생한 이후로 마물들조차 가까이 오지 않는 구역인 이 땅을 새로운 근거지로 삼는 이들이 있었던 것이다.

그 사실은 이 땅을 조사하기 위해 찾아온 토모에에게도 굉장히 흥미로운 현상이었다.

당연하게도 그녀는 그 촌락을 방문하여, 주민 중 한 사람에게 면담을 요청한 것이다.

“맞아…… 나는 그 자리에 있었지.”

장년의 남자가 먼 산을 바라보는 듯한 눈빛으로 토모에의 물음에 답했다.

그는 유연하게 단련된 육체와 심오한 인생 경험을 연상케 하는 눈빛을 지닌 독특한 분위기의 소유자였다.

토모에는 그의 얼굴을 보자마자 짧지 않은 종군 경험을 지닌 이라는 사실을 꿰뚫어 봤다.

특기인 타인의 기억을 읽는 능력을 사용한 것은 아니고 그 남자가 풍기는 분위기에서 자연스럽게 그렇게 느껴졌다.

“마땅한 보답은 잊지 않으마. 네 녀석이 겪은 일들에 관해 소상히 설명해줄 수 있겠나? 예를 들어 이 촌락이나 저 호수에 관한 일들을 말이야. 물론 아무 상관없는 국가 기관을 상대로 보고하는 식의 어이없는 짓은 하지 않겠네.”

정보에 걸맞은 보답을 하겠다.

틀림없이 사례를 치를 준비는 되어 있는데다가, 지금 한 말은 전혀 거짓이 아니었다.

그러나 만약 남자가 자신의 요구에 응하지 않을 경우, 토모에는 강제로라도 남자의 기억을 판독해볼 마음을 먹고 있었다.

상대가 그녀의 요구에 호의적으로 응하지 않을 가능성도 없지 않아 있었으나, 일단 토모에는 그 남자에게 판단을 맡긴 채로 기다렸다.

"……."

"……."

순간적으로 침묵이 찾아왔다.

어디선가 날아온 바람이 남자의 머리카락과 수염을 어루만졌다.

뒤로 묶은 토모에의 머리카락 또한, 부드럽게 살랑거렸다.

두 사람 사이의 침묵이 한동안 이어져 나갔다.

토모에가 포기한 듯이 두 눈을 천천히 감은 그 순간의 일이었다.

"……저 호수는 벌이라네."

"……."

토모에는 그제야 입을 연 휴만 남자의 얼굴을 새삼스레 뚫어지게 쳐다봤다.

'뜻밖이로고. 입을 열 마음은 있었다는 건가? 그나저나 부자연스러울 정도로 뜨거운 열기를 띤 눈빛의 소유자로군.'

"우리가 그날 본 그 빛이야말로, 응징의 일격이라 할 수 있을 것이야. 우리들 휴만과 마족이 벌이는 추하기 짝이 없는 싸움을 보다 못한 그분께서……."

"그분이라 함은 어떤 분을 가리키는 말인가?"

"여신님의 곁을 수호하시던 분들 중 어느 한 분이지 않을까 싶군."

"확실하게 아는 건 아니라는 소린가?"

"맞아. 그 자리에 있던 우리들로서도 짐작조차 가지 않더군. ……이제 와서 돌이켜 보니 우리는 여신님에 관해선 알아도, 그분을 섬기는 모든 수호자들에 관해선 아는 바가 없단 말이지. 정령님들이나 상위 용들만이 여신님을 섬기는 건 아닌 모양이더군. 말인즉슨, 그분들 이외에도 여신님을 수호하는 분들은 더 계시다는 뜻일 거야. 여신님께선 그저 우리 휴만들에게 한없는 자애를 베풀어 주시는 분이시지. 하지만 그런 식으로 아무런 보답 없이 사랑을 베풀어 주시는 분께서 계신 이상, 우리의 모자란 행동을 응징하시거나 벌을 주시는 분도 계셔야 균형이 맞을 것이야."

"……흠."

'정령들에 관해서야 알 바 아니다만, 상위 용들의 경우엔 여신을 섬기는 건 아닌데 말이야. 여신과 상위 용들의 관계는 머나먼 과거에 만색 녀석이 선주민들의 대표자로서 대화와 교섭을 주도한 결과에 지나지 않아. 그러나 이 몸 또한 굳이 휴만들이 현재의 세상에 대해 인식하고 있는 고정관념을 뒤집어엎고자 하는 마음은 없단 말이지. 일단은 잠자코 넘어가야 성가신 일이 적어질 것으로 보이는군.'

상위 용들은 남자의 마음속에서 자연스럽게 여신의 몸종들에 해당되는 위치였다. 그러한 세상의 고정관념을 알게 된 토모에의 눈썹이 어렴풋이 흔들렸다.

그러나 토모에는 그러한 자신의 속마음을 전혀 말로 표현하지 않았다. 그녀는 잠자코 남자의 다음 대사를 기다렸다.

"그러한 역할을 담당하고 계신 분이야말로, 우리가 목격한 바로 그분이었다는 말이야. 휴만이건 마족이건, 이 세상에 사는 모든 존재들에게 평등한 벌을 선고하는 분이셨지. 살육과 파괴, 멸망의 화신—. 여신님의 판결에 따른 처벌을 대행하시는 집행자, 경우에 따라선 우리에 대한 벌을 지배하시는 또 한 분의……. 아니, 그건 너무 나간 건가? 하지만……."

"……."

남자는 서서히 몹시 흥분한 표정을 짓는가 싶더니, 말이 무척이나 많아졌다. 토모에는 잠자코 그의 말에 귀를 기울였다.

"그리고 우리는, 살아남았네. 그 빛을 낳은 푸른 옷을 입은 소년, 나의 눈엔 그렇게 보이더군. 붉은 옷을 입은 아인을 본 자들도 있었지……. 강대한 마술을 사용하는 광경을 목격했다거나, 검을 다루는 모습을 봤다는 자들도 있더군. 활을 다루는 궁수였다고 하는 자들도 있었지! 모르긴 몰라도, 자신의 모습을 목격한 모든 이들에게 각각 다른 모습을 보이신 것이 틀림없어!!"

'꽤나 머릿속이 혼란스럽군. 아니, 혼란이라기보다는 광기에 가까운가?'

토모에는 남자의 기억을 더듬어 봤다.

'—심하게 단편적인 기억들뿐이라 전체적인 광경에 관해선 짐작조차 가지 않는군. 온갖 감정의 빛이 혼잡스럽게 뒤섞여 범벅이 된 상태야……. 들여다보기에 그다지 유쾌한 기억은 아니로고. ……스텔라 요새를 무대로 펼쳐진 전쟁 당시, 리미아 측의 병사로서 본국으로 철수하다가 푸른빛에 휘말려 정신을 잃은 모양이야. 한쪽 눈과 한쪽 다리를 잃는 와중에도 간신히 목숨을 건져, 교관으로서 왕국군에 남아달라는 진지한 요청을 거절한 이후로 지금에 이른다는 말인가? 가족들에게도 재산을 분할 증여한 이후로 완전히 관계를 단절한 상태로군. 그야말로 교과서적일 만큼 모범적으로 세상을 등진 남자로고.'

"나의 목숨이 아직껏 붙어있는 것은 어디까지나 커다란 뜻의 일부야. 그날의 기억과 아픔을 정신적 지주로 삼아 앞으로 남은 일생을 겸손하게 살아가라는, 그분의, 『마인(魔人)』님의 뜻이라네."

―그는 강대국 리미아로부터 오랫동안 숙련된 군인으로서 쌓은 경험치를 높게 평가받을 정도로 우수한 남자였다.

하지만 마코토의 일격은 그의 인생관 그 자체를 파괴한 것뿐만 아니라, 완전히 이질적인 것으로 변화시켰다.

신변을 정리한 것뿐만 아니라 가족들에게 전 재산을 양도한데다가 타인과의 관계를 단절시켰다. 그리고 아무도 가까이 오려 하지 않는 숲을 근거지로 삼아 자급자족의 생활에 몸을 던진 것이다―.

마치 종교적 열의로 인해 잔뜩 들뜬 듯이 보이는 꼴이었다.

"아니…… 잠깐? 마인? 마인이라는 것은 무엇인가?"

"그 분을 그러한 호칭으로 부르기 시작한 이에 관해선 전혀 아는 바가 없어. 하지만 이 땅에 빨려 들어오듯이 모여든 동지들 중 한 사람이 그분을 그러한 이름으로 부르더군. 이유는 모르겠지만 결코 공존할 수 없는 사람과 마족의 요소를 융합시킨 그 이름이야말로 그분께 어울린다는 느낌을 받았지."

토모에는 그의 대답을 듣자마자 두 눈의 눈꺼풀을 가늘게 조였다.

분노 때문이 아니었다.

오히려 굉장히 유쾌하다는 느낌이 들었다.

그가 언급하고 있는 마인의 정체는 거의 의심할 여지조차 없이 마코토가 틀림없었다.

자신의 주인에게 어느 틈엔가 새로운 호칭이 붙은 것이다.

'마인이라? 사람이건 마족이건 차별 없이 다루다가 공평하게 멸망시키는 존재라는 뜻이렷다? 그야말로 우리의 주군께 적합한 별명이로고. 여신의 권속(眷屬)이라거나 또 한 사람의 신이라는 것은 그들의 착각이지만, 이름만큼은 참으로 정곡을 찌른다는 말밖에 나오지 않아. 크흐흐.'

"나의 죄는 한쪽 눈과 한쪽 다리로 용서받은 셈이지. 따라서 앞으로 남은 인생 동안 더 많은 죄를 쌓지 않도록, 마인님께서 만드신 별의 호수에 기도를 바치며 조용히 살아가고 싶을 뿐이야. 오직 그것만이 나에게 남아있는 전부라네, 아가씨."

"……오늘은 귀중한 이야기를 들었군. 고맙다. 하지만 동시에 난감하기도 하군. 지금 한 이야기에 걸맞은 답례가 떠오르지 않아."

토모에는 비상용으로 돈과 물자를 그럭저럭 많이 가지고 다니는 몸이었지만, 지금 그에게 들은 얘기의 답례로 단순한 금품을 넘기는 것은 적합하지 않다는 느낌이 들었다.

"잘 봤네. 지금의 나에게 평범한 이들이 쓰는 돈이나 물자는 필요가 없거든. 나의 소원이라고 해봐야……."

"말씀하시게나. 과연 이 몸의 힘으로 이루어줄 수 있을지는 모르겠다만, 가능한 한 최선을 다하도록 하지."

"고요한 기도의 나날을……."

"……."

"외부로 나가 이곳에 관해 발설하지 않는 것만으로도 충분하다네."

"받아들였다."

토모에는 남자의 소망을 이루어주겠다는 뜻을 밝혔다.

그러고 보니 이 촌락을 방문한 그 순간, 토모에는 은폐의 결계가 이 주위에 펼쳐져 있던 것을 떠올렸다. 물론 토모에가 영향을 받을 정도로 강력한 결계는 아니었다.

'오호라. 이곳에선 휴만이건 아인이건 마족이건 아무렇게나 뒤섞여 생활하고 있는 것으로 보이더군. 서로가 서로에게 지나치게 간섭하지 않는데다가 눈에 띄는 적대관계도 없는 상태야. 츠이게나 황야의 베이스와 닮은 구석도 있단 말이지. 리미아나 휴만들에게 들킬 경우, 달가울 리가 없을 거야. 말하자면…….'

남자와 헤어진 뒤, 토모에는 촌락의 출입구 부근에 위치한 울타리 근처까지 이동했다.

그리고 소리 낮춰 무슨 말을 중얼거리더니, 자신의 머리카락 몇 올을 손에 든 날붙이로 잘라 버렸다.

그것은 일본도의 부속품에 해당되는, 코즈카(小柄)[#5]와 비슷해 보였다.

그녀가 허리에 차고 다니는 두 자루의 무기는 일본도를 모방한 것으로서, 당연히 그 구조 자체도 어느 정도 비슷했다.

코즈카 또한 그 중 하나였다.

그리고 토모에는 손가락을 가볍게 베어 거기서부터 배어 나온

#5 코즈카(小柄) 일본도 중에서, 길이가 짧은 와키자시의 칼집 바깥쪽에 끼는 작은 칼.

피로 방금 자른 머리카락을 물들였다.

그녀가 연이어서 몇 가지 영창을 마치는가 싶더니 피를 머금은 머리카락은 허공으로 떠오르다가 이윽고 자취를 감췄다.

'……기껏해야 1000년도 가지 않겠다만 결계를 펼쳐주마. 도련님께 기도를 바치는 여생을 보내고자 하는 이들에게 쓸데없이 간섭할 마음은 없거든.'

숲에서 나온 그녀는 아무런 정비도 되어 있지 않은 호숫가에 섰다.

드넓으면서도 짙은 푸른빛이 눈으로 들어왔다.

끝 간 데 없이 투명한 수면이 부드럽게 살랑거렸다. 주위로부터 생물의 기척은 느껴지지 않았으며, 오직 철저한 평온만이 그곳을 가득 메우고 있었다.

조용하다 못해 섬뜩한 느낌이 들 정도였다.

토모에는 이 근방의 주민의 입장에선 지극히 이질적인 차림새로밖에 보이지 않는 일본식 복장을 걸친 채로 눈앞에 펼쳐진 별의 호수를 응시하고 있었다.

그런데 그녀는 어딘지 모르게 유쾌한 표정을 짓고 있었다.

"후, 후후후…… 하하……."

이윽고 토모에는 아무도 나다니지 않는 호숫가에서 웃음을 터뜨렸다.

그것은 그녀가 남들 앞에서 자주 지어 보이는 속셈이 따로 있거나 상대방을 도발할 경우의 미소가 아니었다.

그러한 표정들보다 좀 더 천진난만한 미소였다.

곧이어 토모에는 기모노에 흙이 묻는데도 개의치 않는다는 듯이 글자 그대로 배꼽이 빠지게 나뒹굴 정도로 박장대소를 터뜨렸다.

지금 토모에의 주인에 해당되는 마코토는 학원 도시에 머물고 있는 몸이다.

그곳은 그녀가 찾아온 리미아 왕국 영토인 별의 호수로부터 머나먼 남서쪽에 자리 잡고 있는 도시였다.

아마도 이제 곧 닥쳐올 시험에 대비해 한창 열심히 공부를 하고 있는 시간일 것이다.

토모에는 그가 학원 도시로 떠나기 전에 주인으로부터 들은 내용을 떠올렸다.

“아마 내가 날린 마지막 일격도 그냥 간지러운 수작질 정도로 받아 넘겼겠지…….”

마코토는 그런 식으로 중얼거렸다.

엄밀하게 따지고 들어가자면, 토모에가 마코토의 속마음을 들여다본 것이었다.

그런데 그 주인의 가벼운 마지막 일격이 설마 커다란 호수를 만들 정도였을 줄이야.

그녀에게 있어서 주인의 입에서 나온 증언과 현실 사이의 괴리가 더할 수 없이 유쾌하게 느껴졌던 것이다.

한바탕 마구 웃고 나서야 겨우 진정을 되찾은 토모에는 호숫가에 서서, 메이리스 호수를 바라볼 때와 전혀 다른 감회 깊은 표정으로 별의 호수를 응시했다.

“설마 「간지러운 수작질」 정도로 하나의 호수를 탄생시킬 줄이야…… 이거야 원, 도련님께선 정말로 싫증이 날 수가 없는 분이로고. 개인적으론 타인의 기억을 통해 훔쳐보기보다, 직접 일격을 날리시는 바로 그 순간을 목격하고 싶었다는 느낌이 드는군. 정신이 완전히 어긋나 버릴 뻔한 남자가 목격한 단편적인 광경뿐이라니, 너무나 유감스러워."

사실은 방금 토모에에게 당시의 광경에 관해 증언한 남자조차, 마코토가 일격을 날리는 순간 그 자체를 목격한 것은 아니었다.

아마도 하늘로부터 날아와 대지에 꽂힌 불릿의 파열에 의해 발생한 충격파에 휩쓸렸을 뿐인 것으로 추정된다.

정신이 분명치 않은 상태로 그 순간을 체험한 결과, 어마어마한 권능을 목격한 그는 자신이 이 세상의 죄인들에게 처형을 집행하는 여신의 대리인과 만났다는 식으로 엉뚱하게 받아들인 것이다.

토모에는 남자가 증언 과정에서 연이어 입에 올리던 마인이라는 단어에 관해서도 몹시 흥미롭다는 느낌을 받았다. 그래서 그녀는 그의 잘못된 고정관념을 딱히 부정하거나 바로잡지 않았다.

어쨌든 그 남자의 마음속에 자리 잡고 있던 중요한 관념 중 일부가 완전히 어긋나 버렸기 때문에 토모에는 그로부터 추가적인 정보를 입수하기를 포기했다.

"사람이건 마족이건, 모든 자들에게 평등한 기준으로 처형을 집행하는 압도적인 존재니까 마인이라는 건가? 그 이름을 지은 장본인이 휴만과 아인들 중 어느 쪽인지는 알 방도가 없다만, 참으로 유쾌하기 그지없는 이름을 짓는 자들도 다 있군. 그야 도련님께선 틀림없이 휴만이건 아인이건, 더 나아가 용이건 신이건 스스로 장애물로 판단한 존재들은 물리치실 테니 말이야. 물론 여신의 대행

자나 처형 집행인이라는 것은 어긋난 인식이다만…… 마인이라는 이름은 도련님이라는 분을 표현하는데 더할 수 없이 적합한 호칭인지도 몰라."

남몰래 감회에 젖어 독백을 중얼거리던 토모에는, 주인의 명령에 따라 나머지 조사를 시작했다.

그로부터 라임과 합류할 때까지 며칠 동안, 토모에는 온갖 정보들을 수집하러 다녔다.

처음으로 증언을 요청했던 남자가 살던 촌락의 주민들에게 추가로 증언을 모집한 뒤, 해가 지고 나선 주변에 숨어 사는 온갖 종족들로부터 마찬가지로 그날의 사건에 관한 증언을 들으러 다녔다.

별의 호수는 왕도와 그다지 거리가 멀리 떨어지지 않은 장소였으나, 토모에는 일부러 주변 마을 중 한곳의 숙소를 근거지로 삼아 정보를 수집하고 다녔다.

'생긴 지 얼마 되지 않은 장소다 보니 강대한 마물이 터를 잡지도 않았을 뿐만 아니라, 주변의 여러 강으로부터 물이 흘러 들어와 물고기들의 모습을 확인할 수 있다는 건가? 아마도 전자에 관해선 도련님께서 사용하신 마력의 잔재가 영향을 주고 있는 걸로 보이는군. 어렴풋하게나마 마력을 감지할 수 있는 마물들로서는 그다지 가까이하고 싶은 장소는 아닐 테니 말이야. 이 땅에 도련님께서 강력한 마력으로 영역을 표시하신 거나 마찬가지거든. 사실은 호숫가에 터를 잡고 살기 시작한 녀석들이야말로 상식을 초월하는 행동을 하고 있는 셈이야. 호수 자체의 존재로 인한 혜택이 늘어나서 문제가 될 건 없어 보이고, 도련님께서도 따로 대책을 고려하고 계시진 않는 걸로 보였단 말이지. 이 부분은 그냥 넘어가더라도 큰 상관은 없을 것이야. 이제 남은 실마리에 관해선, 내일 만날 라임이 수집해 올 정보에 기대를 걸어 볼까?'

토모에는 자신 이외엔 아무도 눈에 띄지 않는 숙소의 한 객실에서 가볍게 입술을 깨물었다.

마코토의 명령에 따라 탐색 중인 여신의 힘을 봉인하는 반지에 관해선 정보가 전혀 존재하지 않는 거나 마찬가지였기 때문이다.

마인 자신과, 그의 활약으로 인해 탄생한 호수의 임팩트가 너무나 엄청나다 보니 다른 모든 일들의 존재감이 날아가 버린 것이다.

'염화의 방해에 관해서도, 사용하고 있었을 것이 분명한 마족들의 증언이나 기억으로부터 아주 단편적인 정보조차 입수할 수 없었단 말이지. 모르긴 몰라도 앞으로 꽤나 애를 먹을 걸로 보이는군.'

토모에는 좀처럼 마음먹은 대로 풀리지 않는 조사에 조바심을 느끼면서도, 라임과의 합류에 대비하기 위해 침대 위로 자신의 몸을 던졌다.

라임과 합류하기로 약속한 당일 날 아침이 밝았다.

염화로 사전 합의를 마친 토모에와 라임은, 별의 호수 근처에 위치한 한 마을의 여관 객실에서 합류했다.

라임이 수집한 정보는 토모에가 모아온 정보보다 다양할 뿐만 아니라, 실질적으로 유익한 정보 또한 적지 않았다.

"침입자가 존재하는데다가, 류카는 자리를 비우고 있었단 말이지? 그리고 대삼림의 위험도가 점점 오르고 있다는 건가?"

토모에는 씁쓸한 표정으로 신음소리를 흘렸다.

"옙. 정보를 종합해 보자면, 아마도 일전의 전쟁이 있던 시기의 전후로 상당한 실력자들이 메이리스 대삼림으로 들어온 건 틀림없어 보입니다요. 그리고 그 무렵부터 대삼림이 꽤나 소란스러운 모양입다. 말인즉슨—."

"류카가 그 실력자라는 놈들과 싸우다 부상을 입었을지도 모른다는 말이냐? 정체는 짐작이 안 간다만, 꽤나 만만치 않은 일당이로고."

"—그렇습지요. 어쨌든 최소한 상위 용이 본거지를 비워야 할 정도의 부상을 입혔다는 뜻이니, 심상치 않은 실력의 소유자들이라는 건 확실함다. 아마 어르신이나 누님께선 여유 있게 짓이겨 버리실 수도 있을지도 모릅니다만, 평범한 수준이 아니라는 건 틀림없습다."

"결계는 살아있었으니, 죽진 않았을 걸로 보이는구나. ……라임, 너는 어떤 자가 류카를 상대한 걸로 예상하나?"

불현듯 토모에가 실력을 가늠해 보자는 말투로 라임에게 질문을 던졌다.

"가장 가능성이 높은 건 용사들 중 어느 한쪽이 아닐까 싶습니다만, 그럴 경우엔 어느 쪽이건 소문이 훨씬 더 크게 나지 않고서야 말이 안 됩니다요. 사실은 어르신께서 저희가 모르게 류카를 해치워 버렸을 지도 모른다는 예측도 머릿속을 스쳐 지나갔습니다만, 그럴 경우엔 결계가 남아있다는 건 부자연스럽군요. 모르긴 몰라도, 어르신께서 본격적으로 힘을 쓰실 때는 대삼림조차 남아나지 않으리라는 느낌이 들거든요."

"……."

'이 녀석도 최근 들어 꽤나 스스럼없는 태도로 의견을 올린단 말이지? 나쁘지 않은 경향이야.'

"용사 이외의 이 부근을 근거지로 삼아 활약하는 녀석들 가운데 용을 상대로 대등하게 싸울 수 있다는 조건에 따라 후보를 좁혀 들어가자면…… 역시 드래곤 슬레이어가 가장 유력한 후보로 보임다. 그 자를 유력한 후보로 단정 짓기엔 약간 마음에 안 드는 구석도 있긴 있지만요."

"드래곤 슬레이어라? 흠…… 마음에 안 드는 이유는 뭐냐? 고해보거라."

"아마도 어르신과 결투를 벌인 이후의 일로 판단하기는 어려우니, 그보다 앞서 류카를 상대로 무승부 이상의 성과를 올린 걸로 봐야 함다. 게다가 그 이후로 예상 밖의 상황에서 어르신과 싸우다가 어느 정도 부상까지 입힐 수 있다는 건…… 드래곤 슬레이어라는 녀석은 평범한 상식을 아득히 초월한 괴물 중의 괴물이라는 뜻이 되니까요. 마음에 안 들 수밖에 없습죠."

"……음."

"제가 원래 알고 있던 드래곤 슬레이어라는 존재는 그 정도로 휴만을 관둔 경지에 오른 녀석은 아니었거든요. 그러다 보니 마음에 걸린다는 겁니다요. 하지만 현재 시점에서 가장 가능성이 높은 건 역시 드래곤 슬레이어 파티라는 것이 저의 추측임다."

"타당한 추리로구나. 도련님께서 손을 쓰셨을 경우엔 류카의 결계가 건재하다는 건 부자연스럽다. 용사가 용에게 도전했을 경우엔 엄청난 화젯거리가 되고도 남을 일이야. 혹은 모든 관련 정보들이 철저하게 은폐될 수밖에 없을 터. 한창 전쟁 상황이 계속되고 있는 지금, 상위 용을 상대할 수 있는 전투력을 지닌 자가 재야에 넘쳐날 정도로 굴러다닐 리도 없다. 이곳이 리미아가 아닌 츠이게였다면, 그러한 가능성이 아주 약간이나마 존재할지도 모르지만 말이야."

"옙. 그야, 옳으신 말씀입죠."

"그건 그렇고, 라임? 반지나 염화에 관해선 어떠냐? 따로 입수한 정보는 없나?"

경쾌하게 보고를 이어 가던 라임의 표정이 어두워졌다.

"……아니요. 엇비슷한 얘기조차 없었습다. 다만, 염화에 관해선 아주 모른다기보다 숨겨져 있다고 할까요? 화젯거리로 오르지 않도록 세심한 주의를 기울이고 있다는 느낌을 받았습지요. 그런데 또 은근히 속을 떠봐도 무슨 반응이 있는 건 아니더군요. 분위기가 조금 어중간합니다요."

"흐음? ……살펴봐도 단 한 치의 정보조차 스치지도 않는다는 건 확실히 부자연스러운 반응이로고."

"옙. 그런고로 어디까지나 저의 직감에 불과합니다만, 한 가지 짐작이 가는 구석이 있습다."

"말해 보거라."

토모에가 짧게 재촉하자, 라임이 진지하기 이를 데 없는 표정으로 고개를 끄덕였다.

"저희들이 알아보러 다녔을 땝니다요."

"응? 무슨 뜻이냐? 자세히 설명해 봐라."

토모에가 다시 한 번 라임을 재촉했다.

"……예로 든 얘기가 알아듣기 어려워 죄송합니다만, 저희가 누님을 비롯한 여러분들에 관해 알아보러 다니던 때와 분위기가 비슷합니다요. 그 당시에도 마치 저희의 움직임을 다 알고 있었다는 듯이 모르는 놈들로부터 쿠즈노하 상회에 관한 질문이 날아들어 왔었지요. 그 당시와 느낌이 엇비슷함다."

"……호오. 왕국에서도 지금껏 전쟁을 수행해 오다가 마족들의 염화와 관련된 어떤 추측을 얻어 조사를 시작한 건가? 하지만 아직 제대로 된 성과는 거두지 못한 상황이야. 그리고 관련된 정보에 관해선—."

"외부로 누설되지 않도록 함구령이 떨어진 걸로 보이는군요."

"그로 인해 발생한 부자연스러운 괴리가, 너에게 위화감을 불러일으킨 거로군."

"그럴 가능성도 있을 걸로 보임다."

토모에는 턱에 손을 괸 채로 잠시 동안 골똘히 생각에 잠겼다.

그리고 곧이어, 천천히 입을 열었다.

"……이거야 원."

"네?"

"대단하구나, 라임. 너의 직감도 꽤나 쓸 만한 모양이야. 하지만 지금 세운 추리에 따르면…… 앞으로 염화에 관해선 그다지 언급하고 다니지 말아야겠군. 애초부터 쓸 만한 정보를 입수하기는 힘들어 보이는군. 그렇다고 굳이 정보를 위해 왕도로 잠입을 시도할 필요도 없을 것 같아."

"염화에 관한 정보가 사실일 경우에는 잠입을 시도할 만한 가치는 충분하지 않겠습까?"

"그럴 가치는 없다. 염화의 개량 정도야 시키나 다른 이들로 하여금 연구하도록 요청하는 편이 나을 것이야."

"그런가요?"

"……도련님께서, 외부의 존재들과 말썽이 날 가능성을 무릅쓰고도 강행하라는 명령을 내리는 분이셨을 경우엔 지금과 같은 방법을 쓰지 않았을 것이다. 하지만 그분께선 우리들의 힘만으로 처리할 수 있는 일로 외부와 엮이는 상황을 꺼리는 경향이 있는 분이시거든."

"……아하, 말씀을 듣고 보니 이해가 갑니다요. 어르신께선 애초부터 다른 조직들을 많이 믿는 분이 아니시지요."

"네 녀석도 잘 아는구나? 휴만 종족의 강대국인 리미아 왕국의 왕도로 잠입해도 되겠냐는 식으로 여쭤 볼 경우, 그 분의 입에서 나올 대답은 두고 볼 필요조차 없을 것이다. 그건 우리끼리 만들 수는 없는 거야? 아마도 그런 식으로 나오실 걸로 보이는구나."

"……그리고 아마 시키 님이나 다른 분들의 실력으론 거의 다 만들 수 있을 거란 말씀이시죠?"

"대충 그런 셈이다."

라임이 머리를 겸연쩍게 긁적이자, 토모에는 입가에 미소를 지어 보였다.

“알겠습다! 당분간은 반지의 정보에 집중하라는 말씀이시죠? 이왕 일이 이렇게 된 이상, 그 전투에 참가한 패거리들을 닥치는 대로—.”

“쉿!”

토모에가 라임을 제지하더니, 예리한 눈빛으로 주위를 경계하기 시작했다.

곧바로 상황을 파악한 라임 또한, 정신을 집중시켜 그녀를 따랐다.

토모에는 자신들이 모인 객실 안을 살펴보려는 술사를 견제하기 위해 결계를 전개했다.

“……너 말인데, 미행을 당한 모양이로구나.”

“어라?! 제가 그런 식으로 초보적인 실수를 할 리가……!”

“……아마도 이 몸이나 너의 정체를 정확히 파악하고 있는 건 아닌 걸로 보이는군. 뭐라고 해야 하나? 조금 굼뜨단 말이지.”

“굼뜨다고요?”

“뚜렷한 적개심이나 명확한 목적의식에 따라 너의 위치를 파악한 것은 아닌 것 같거든. 하지만 상대가 이 몸이나 너를 정탐하려 한다는 데는 의심할 여지가 없다. 그냥 너에게 반한 마을 처녀일 경우엔 쓸데없이 힘을 들일 필요가 없을 텐데 말이야.”

“아무리 저라도 이번엔 여자까지 낚을 여유는 없었습다……. 게다가 마술로 방 안을 정탐하려고 드는 불길한 여자는 사절입니다요. 얼마 전에 에리스한테 들었는데요, 그런 종류의 여자를 지뢰녀라고 한다더군요.”

"그건 또 무슨 소리냐?"

"절대로 밟지 말아야 하는 존재라더군요. 아마도 건드릴 경우엔 각오해야 하는 여자라는 뜻이 아닐 깝쇼?"

"마치 도련님을 가리키는 말로도 들리는군. 말하자면 도련님께선 지뢰남이라고 해야 하나……? 흠."

"……잠깐만요."

"그 꼬마 계집의 감성은 예전과 다를 바 없이 도무지 이해가 가지 않아. 마인이라고 불러드리는 편이 듣기는 더 좋군."

토모에는 짧게 한숨을 내쉬었다.

"마인이라는 건 역시 어르신을 가리키는 말임까?"

지뢰라는 말에는 대답을 피하던 라임이, 마인이라는 단어에 반응을 보였다.

"도련님의 증언과도 정확히 일치하니, 거의 확실하군."

"역시나 어르신께선 장난이 아니시군요. 도대체 무슨 수를 써야 지금처럼 온갖 목격 증언이 종류별로 마구 튀어나옵니까? 마른 몸매의 키가 큰 미녀나 두터운 푸른빛 코트를 둘렀는데도 불구하고 엄청난 몸매가 돋보이는 여자, 커다란 붉은빛 코트를 질질 끌고 다니는 자그마한 소녀나 온몸으로부터 황금빛을 발하는 아인? 왼쪽은 푸른빛에다가 오른쪽은 붉은빛으로 보이는 이상야릇한 법복을 걸친 노인에다가 도저히 이 세상의 존재로 보이지 않는 미모의 알몸 청년? ……참고로 아직도 전부 다 말씀드린 건 아닙다."

"직후의 호수를 탄생시킨 공격과 그 충격파로 인해 목격자들의 기억에 혼란이 일어난 모양이야."

“일정한 모습을 지니지 않은 마수의 일종으로 의심하는 자들도 있더군요. 미리 당시의 어르신에 관한 정보를 전해 듣지 않았을 경우엔 도저히 믿을 수 있는 소리가 아님다.”

“훗, 얼마든지 가능성은 있는 이야기로고.”

“어라…… 이곳을 정탐하던 낌새가 사라졌슴다.”

“흠, 직접 올 심산인가? 적은 아닌 듯 하다만, 정체가 뭐지?”

두 사람을 도청하거나 훔쳐보려는 낌새가 소멸한 대신, 술사에게 움직임이 보였다.

‘상당히 호화로운 장비를 갖추고 있는 자들이로고. 용에게 유효한 공격 수단을 지니고 있는 이까지 대동한 모양이야. 이러한 상황 하에 굳이 이 몸만을 노리러 올 가능성은 거의 없겠다만, 꽤나 만만치 않은 무기들을 지니고 있다는 건 틀림없군. 남자 하나와 여자 둘로 구성된 세 사람인가?’

토모에는 조용히 접근해 오는 상대방의 기척들을 읽어 들였다.

정체불명의 3인방이 자신에게 접촉을 시도하기 위해 접근해 오는 상황이었다. 토모에는 현재의 자신이 지니고 있는 신분들 가운데 그들을 상대하는데 가장 적합한 입장을 고르기 위해 머리를 굴렸다.

‘단순히 별의 호수나 메이리스 호수, 혹은 메이리스 대삼림을 조사하러 온 이들일 경우엔 어렵지 않게 따돌릴 수 있겠다만…….’

3인방의 인기척이 문 앞에서 멈춰 서는 낌새가 전해져 왔다.

방문을 노크하는 소리가 울려 퍼졌다.

두 사람은 순간적으로 시선을 교환한 뒤, 조그맣게 고개를 끄덕였다.

"누구신지요?"

"갑작스럽게 방문하게 되어 너무나 죄송합니다. 저희는 같은 숙소에 묵고 있는 여행자들입니다만, 여러분들께서 흔치 않은 무기를 지니고 다니신다는 말씀을 듣고 왔습니다. 아무쪼록 한 번이나마 직접 뵙고 싶어 방문한 것뿐입니다. 부디 저희와 만나주실 수는 없겠는지요?"

라임의 말에 응한 것은 젊은 여자의 목소리였다.

라임은 무기라는 단어를 듣자마자 자신의 허리춤에 차고 있는 검 쪽으로 시선을 옮겼다.

일본도였다.

토모에의 눈 또한 일본도를 바라보고 있었다.

'저들이 얼마나 사실을 고하고 있는지는 알 길이 없다만…… 일본도를 알고 있는 이가 라임의 무기에 관심을 보인다는 것은 얼마든지 있을 수 있는 일이로고. 이 몸 또한 일본도에 관해 알고 있는 녀석이 지니고 있는 정보엔 흥미가 동하는군……. 우리들의 신분에 관해선 모험가나 쿠즈노하 상회의 관계자라는 식으로 얼버무리더라도 큰 문제는 없을 터.'

토모에는 아주 짧은 시간 동안 머릿속에서 계산을 마친 뒤, 라임을 향해 조그맣게 고개를 끄덕여 보였다.

"……알겠습니다. 일단 들어와 보시지요."

"감사합니다. 잠시 실례하겠습니다."

방문이 천천히 열렸다.

어딘지 모르게 고상한 기품이 느껴지는 여자가, 앞장서서 실내로 들어왔다.

곧이어 그녀보다 키가 약간 큰 남자가 들어오는가 싶더니, 어린 소녀처럼 보이는 외모의 소녀 한 사람이 그에게 꼭 달라붙어 있는 듯한 모양새로 따라 들어왔다.

마지막으로 들어온 소녀가 문을 닫으려 한 바로 그 순간, 남자가 소리 높여 외쳤다.

"사무라이?!"

"응?"

토모에는 귀에 익으면서도, 이 세계의 주민으로부터 처음으로 불린 그 명칭을 듣자마자 자기도 모르게 미소를 지은 채로 그에게 시선을 돌렸다.

"그렇군요. 상인의 호위 노릇을 생업으로 삼고 계신다고요?"

"그러하다네. 쿠즈노하 상회라는 이름의, 아직은 규모가 작은 가게지만 말이야. 이 몸은 그곳에서 주인을 섬기고 있는 몸이지. 방금 말씀드렸다시피 호위인 동시에 직속 부하로 일하는 상인이자…… 말하자면 뭐든지 다 도맡아 처리하는 만능 해결사인 셈이야."

토모에와 라임은 상인의 종자로서 지극히 무난한 자기소개 문구를 입에 담았다. 여자는 상대방을 은근히 관찰하는 듯한 눈빛으로 두 사람을 마주봤다.

하지만 토모에는 전혀 개의치 않는다는 태도로 태연하게 그녀의 물음에 답했다.

라임은 자기소개가 끝난 이후엔 묵묵히 토모에의 부하로서 뒤로 물러나 있었다.

물론 특별히 따로 발언은 하지 않더라도, 그는 자기 나름대로 갑자기 찾아온 손님 세 명의 외모나 몸동작으로부터 정보 수집을 시작한 관계로 하릴없이 한가한 것은 아니었다.

"……이 몸이라는 1인칭에다가 쓸데없이 고풍스러운 말투라니, 당신 얼핏 보기엔 스무 살 남짓 정도로밖에 안 보이거든? 혹시 흔히 말하는 로리 할멈?"

"……음? 뭐, 대충 그런 셈이다. 그나저나, 처음 보는 여성에게 나이를 묻는 건 그다지 예의 바른 행동은 아닌 것 같구나…… 애송아."

"애, 애송이?!"

토모에로서는 굳이 확인할 필요조차 없이 자신보다 나이가 어린 상대를 애송이라고 부른 것뿐이었다. 그러나 애송이라고 불린 남자는 몹시 화가 난 듯이 언성을 높였다.

라임으로서는 지금 당장 터지려는 웃음을 참기 위해 최선을 다해야 하는 상황이었다. 그는 최대한 얼굴을 무표정으로 유지하고자 얼굴 근육에 힘을 집중시켰다.

그 남자가 토모에에게 보인 태도에 불만이 없는 것은 아니었다. 그러나 특별한 이유도 없이, 라임은 그 남자를 비난하려는 기분이 들지 않았다.

성장이 덜된 동생의 한심한 꼴을 바라보는 형과 같은, 영문을 알 수 없는 심정으로 그를 지켜보고 있었다.

사실은 토모에나 라임이나 로리 할멈이라는 단어의 뜻을 모른다는 점에선 마찬가지였다.

남자의 곁으로 따라온 자그마한 소녀 또한 토모에의 말투가 마음에 안 든다는 듯이 꽁한 표정으로 노려보고 있었다.

"상인으로 일하시는 분치고는 평소의 말투엔 그다지 신경을 안 쓰시는 걸로 보이는군요."

관찰하는 듯한 눈빛을 띠고 있던 여자가 토모에에게 어느 정도의 비난이 섞인 한 마디를 던졌다.

상대방과 대화를 할 때의 말투나 몸동작, 그리고 분위기—.

그녀로부터 심상치 않은 낌새가 느껴졌다.

토모에는 물론이거니와, 라임 역시 지금 자신들과 마주보는 상대방이 평범한 자가 아니라는 사실을 꿰뚫어보고 있었다.

라임은 그녀의 정체를 최소한 엄청난 부자나 귀족 가문의 딸일 것으로 짐작하고 있었다.

'일단 머리카락은 거의 완벽에 가깝게 손질되어 있는 상태야. 머리장식은 과도하게 눈에 띄진 않지만, 굉장한 고급품인 건 확실해 보여. 여행 도중인 것치고는 입술 화장이나 눈썹 손질도 깔끔하기 그지없군. 입고 있는 옷도 굉장히 청결한데다가 바느질의 상태에도 흠잡을 데가 전혀 없단 말이지. 말인즉슨 최소한 만만치 않은 자금력을 보유한 부자라는 뜻이야. 그리고 남자 녀석도 까닭이 있어 보이는 오드아이에다가 터무니없는 기척을 풍기는 장비들을 아낌없이 과시하고 있군. 하지만…… 이 녀석에 관해선 크게 경계할 필요는 없나? 겉보기엔 멀쩡해 보이는데다가, 감히 누님을 상대로 말을 걸면서도 꽤나 남자답게 밀어붙이는 구석이 있는 걸 보니…… 일단 성격은 좋아 보이는 녀석이야.'

라임은 정확하고도 담박한 자세로 정보를 수집하고 있는 중이었다. 그러나 그가 주어진 정보를 냉정하게 분석하는 과정의 도중에, 본인조차 알아차리지 못할 정도의 미세한 잡음이 들어왔다.

라임의 상황 분석은 특별한 이유도 없이 절대로 도출될 리가 없는 엉뚱한 결론에 다다랐다. 게다가 라임 본인은 그러한 사실에 위화감을 느끼지 않았다.

자신에게 일어난 이변을 감지하지 못한 채, 라임은 눈앞의 세 사람을 어디선가 특수한 임무를 띠고 온 기사 일행이거나 여유 넘치는 귀족 가문의 관광 유람인 것으로 추측하고 있었다.

"이름도 모르는 너에게 버릇없는 말투를 용납할 이유는 전혀 없다. 아직은 애송이라 부를 만한 나이로 보인다만, 혹시 이 몸의 예상보단 나이가 많은 아이였나? 언뜻 보기엔 어딘지 몰라도 유명한 나라 출신의 기사나 귀족 같은 느낌이 든다만…… 이곳 같은 자그마한 시골 마을엔 무슨 용무로 왔나? 그다지 멀리 떨어지지 않은 거리에 왕도도 자리 잡고 있단 말이지. 잠깐 동안 휴식을 취하러 온 걸로도 안 보이는군."

"나는 애송이가 아니야! 나한텐 토모키라는 이름이 있다고!"

"토모키 님? 오늘은 비밀리에 나온 길이라……."

"오빠……."

"어, 나도 모르게 말실수를 해버린 것 같아."

“호오, 토모키 공이라? 애송이라고 불린데 대해 불쾌한 감정을 느꼈다면 앞으론 조심하도록 하지. 미안하게 됐군. 그건 그렇고 말인데? 나머지 두 분은 어디의 어느 분이신가? 우리 쪽에선 이미 자기소개를 한 걸로 안다만, 아직 이름조차 밝히지 않은 건 예의가 아니지 않나?”

토모에는 토모키라는 이름을 밝힌 은발의 청년을 잠깐 흘겨보다가, 그를 말리던 두 사람의 여성에게 시선을 돌렸다. 그리고 그녀들에게 지극히 당연한 질문을 던졌다.

“……저는 릴리. 토모키 님을 곁에서 모시는 자입니다.”

“난 모라야. 릴리 님과 마찬가지로 오빠의 동료야.”

기품 넘치는 여성은 잠시 망설이다가, 점잖기 그지없는 목소리로 토모에의 물음에 답했다.

토모키의 곁에서 떨어지지 않던 소녀 또한, 그녀를 따라 자기소개를 마쳤다.

‘릴리, 그리고 토모키라? 가지고 다니는 무기의 품질, 그리고 이 녀석들의 분위기로 판단하건대…… 그리토니아의 용사 일행으로 봐야 마땅한가? 말인즉슨, 토모키라는 이름의 이 남자는 도련님과 마찬가지로 이세계인이라는 뜻이로군. 꽤나 흥미로운 상대라는 건 틀림없다만…….’

‘릴리라니, 그리토니아 제국 황녀인 릴리 그리토니아라고?! 그렇다면 눈앞의 이 남자가 제국의 용사라는 건가? 모라라는 이름으로 판단하자면, 저 자그마한 꼬마 아가씨는 말로만 듣던 희귀 직업인 드래곤 서머너라는 뜻이군. 굉장한 유명 인사들과 마주쳤군. 그나저나 말도 안 되는 자신감부터 시작해서 이 정도로 대단한 기척을 발산하다니. 용사라는 작자들은 정말 대단하긴 대단한가 보군.'

토모에와 라임은 손쉽게 같은 대답에 다다랐다.

상대의 정체를 제국의 용사 일행으로 짐작한 토모에는, 토모키에 관해 수집한 정보들을 떠올렸다.

그리고 순간적으로 라임에게 시선을 돌린 그녀는, 곧이어 한숨을 내쉬었다.

"릴리 공과 모라 공인가? 예의에 따라, 우리 쪽에서도 다시 한 번 자기소개를 하겠소. 이 몸은 쿠즈노하 상회의 토모에라고 하오. 그리고 이 녀석은 라임이라는 이 몸의 부하요. 그런데 그건 그렇고 말이오. 방금 전의 질문으로 되돌아간다만, 그대들은 무슨 목적으로 이런 누추한 곳까지 귀하신 발걸음을 하셨소? 이 몸이야 이 마을까지 찾아온 수많은 외부 손님들과 마찬가지로 어느 날 갑자기 나타났다는 호수를 견학하러 온 참이지만, 그쪽에서 가져온 **각양각색의 살벌한 장비들**로 봐서 모르긴 몰라도 대부분의 외부인들과 다른 목적이 있는 걸로 보이는데?"

『……?!』

토모에는 그들이 이공간의 저장고를 이용해 가져온 장비들에 관해 언급했다. 토모키 일행 사이로 경악에 의한 정신적 동요가 퍼져 나갔다.

설마 장비에 관한 지적이 들어올 줄은 미처 예상치 못한 것으로 보였다.

"애초부터 **따로 입장이 있을 수밖에 없는** 그대들이 굳이 리미아까지 와서 비밀리에 움직일 필요성이 있다는 건…… 이해가 잘 안 가는데?"

"그, 그보다! 당신이 차고 다니는 **그거** 말이야! 굳이 물어볼 필요도 없이 일본도 맞지?! 난 그 칼에 관심이 있어서 당신을 만나러 온 거야. 길을 가다가 당신의 부하라는 아저씨가 차고 다니는 모습을 우연히 봤거든. 그 칼을 조금만 보여줄 수 없을까?"

토모키가 뜬금없이 토모에가 허리에 차고 다니는 두 자루의 칼을 향해 화제를 돌렸다.

너무나도 구차하기 그지없는 화제 전환 방법이었지만, 토모에는 일단 물러나기로 마음먹었다.

"응? 일본도에 관심이 있나? 그러고 보니 아까 전엔 사무라이라는 단어를 입에 담더군. 보는 정도야 상관없다네. 마음껏 구경하시게나."

토모에는 그의 요청을 듣고 나서 잠시 동안 짓궂은 미소를 짓다가, 허리춤에 차고 있던 칼 두 자루 가운데 짧은 쪽을 토모키에게 건넸다. 와키자시(脇差)[#6]였다.

칼을 건네받은 토모키는 반짝이는 눈동자로, 곧장 와키자시의 칼자루를 잡았다.

그의 반응을 관찰하던 토모에는 마음속으로 낙담을 금할 길이 없었다.

'뭘 어쩌자는 거지? 칼집의 만듦새나 칼등, 칼자루의 장식 등에

#6 와키자시(脇差) 길이가 짧은 도검. 무로마치 말기 이후로 칼을 두 자루씩 차고 다니는 습관이 생겨났는데, 일반적인 크기의 검과 짧은 와키자시를 함께 차고 다녔다.

관해선 관심이 전혀 없다는 건가? 하찮은 녀석이로고. 도련님께선 이 몸의 설명에 동행해주신 데다가 장인들의 노력을 치하해주셨는데 말이야. 용사는 틀림없이 도련님과 같은 세계 출신인 걸로 아는데, 아무리 같은 이세계 출신이더라도 꼭 기대할 수 있을 만한 감성의 소유자라는 보장은 없는 모양이군. 이 자를 보아하니, 리미아의 용사라는 작자 또한 굉장히 시시한 녀석일지도 모른다는 예감이 들어.'

토모에는 지금 막 일본도를 뽑으려는 토모키를 잠자코 바라보고 있었다.

그녀의 낙담은 실망으로 옮겨 갔다.

일본도를 건네기 전부터, 토모에는 은발의 젊은이가 자신을 바라보던 노골적인 시선에 불쾌감을 느끼고 있었다.

그러나 그녀는 그를 관찰하는 작업을 우선한데다가, 상대에 대한 자신의 속마음을 숨기고자 최선을 다해 무표정을 유지한 것이다.

사실 토모에는 자신의 주인과 같은 이세계 출신인 용사들에게 적지 않은 기대를 품고 있었다.

그 결과, 그녀는 그리토니아의 용사인 청년의 추태를 목격하자마자 크나큰 실망을 느낄 수밖에 없었던 것이다.

일단 눈으로 들어오는 요소는 평상시의 몸놀림과 마력, 상대방과 대화할 때의 말투였다.

몸놀림은 츠이게의 모험가들과 비교하더라도 그럭저럭 나쁘지 않은 축에 속하는 편이었다.

아마도, 일찍이 마코토와 행동을 함께한 바 있던 토아보다 조금

뒤떨어지는 수준인 것으로 예상된다.

마력은 마코토는커녕 토모에만도 못한 것으로 보였다.

그가 지니고 있는 마력은, 마코토와 계약을 맺기 전의 그녀에 비해 한 단계 정도 높은 수준에 지나지 않았다.

말투에 관해선 굳이 언급할 가치조차 없었다.

지금껏 그와 대화를 나누던 토모에는 그의 지적 수준이 거리의 건달들과 크게 다를 바 없다는 결론에 도달했다.

"어라, 왜 이러지? 칼이 안 뽑히잖아?"

지극히 당연하다.

상대가 아무리 자신보다 약한 것이 틀림없더라도, 토모에가 아무나 손쉽게 뽑을 수 있는 무기를 상대방에게 간단히 건네줄 리가 없었다.

긍지 높은 엘드워가 어찌됐건 자신들의 주인으로 인정한 마코토와 토모에에게 바친 무기였다.

시범 삼아 만든 초기 작품들과 완전히 차원이 다른 무기들이었다.

토모에가 허리춤에 차고 다니는 두 자루의 칼을 뽑을 수 있는 자는 정식 소유자인 토모에와 그녀의 주인인 마코토, 그리고 검을 제작한 장본인이자 손질을 담당하는 장인뿐이었다.

엘더 드워프 종족의 특수한 가공이 들어간 명검이었다.

게다가 토모키는 오만불손하게도 소유자인 토모에에게 검을 뽑아도 되겠냐는 허가를 요청하려는 낌새조차 보이지 않았다. 토모에는 아무 말도 없이 곧바로 검을 힘차게 뽑아 들려던 토모키의 태도에 진심으로 어이가 없었다.

'너 따위가 함부로 다룰 수 있는 물건이 아니다.'

토모에는 그러한 속마음을 숨긴 채 토모키에게 말을 걸었다.

"혹시 칼날을 보고 싶었던 건가? 미안하군. 그 검엔 이 몸 이외의 제3자가 함부로 뽑을 수 없도록 부여 마술이 걸려 있어서 말이야……."

토모에는 그에게 건넸던 일본도를 돌려달라는 뜻을 담아 손을 뻗었다.

하지만 토모키는 그녀의 말에 따를 뜻이 전혀 없는 것으로 보였다.

"아니, 그럴 리가 없어! 나는 이 세상의 모든 무기를 자유자재로 다룰 수 있는 몸이야. 이런 칼 정도는 얼마든지—!"

다루고도 남는다는 주장을 하면서도, 뚜렷하게 우격다짐으로 칼을 뽑으려 하는 와중이었다.

'어쩔 수 없군.'

진심으로 기가 막힌다는 표정의 토모에가 지극히 자연스럽게 토모키로부터 와키자시를 거두어 들였다.

"아니! 어라?"

토모키로서는 그녀가 자신의 손아귀로부터 칼을 되찾아간 방법을 짐작조차 할 수 없었다. 그의 입에서 새어 나온 놀라움은 공허하게 울려 퍼질 뿐이었다.

옆에서 두 사람의 모습을 바라보던 릴리는, 순간적으로 영문을 알 수 없는 몸동작을 보인 토모에에게 경계를 강화했다.

물론 전투력 자체는 거의 일반인이나 다름없는 그녀로서는 순간적으로 일어난 일을 정확하게 파악하기는 어려웠다. 그러나 토모에가 토모키나 릴리, 그리고 옆에서 마찬가지로 놀라고 있는 모라까지 포함한 일행들 가운데 단 한 사람조차 정확히 파악할 수 없는 동작을 선보여 칼을 탈환한 것은 의심할 여지가 없는 사실이었다.

릴리는 이곳으로 기사인 기네비아를 데리고 오지 않은 것을 후회할 수밖에 없었다.

"너무 함부로 다루지 말게나. 이 몸의 소중한 단짝이거든. 칼날이 보고 싶을 때는 주인인 이 몸에게 직접 부탁하는 것이 가장 확실한 지름길이 아니겠나? 이 칼의 이름은 시라후지(白藤)라고 하네. 어디 한 번 마음껏 구경해 보시게."

토모에는 세 사람의 눈앞에서, 토모키로부터 칼을 탈환한 순간과 마찬가지로 아무렇지도 않게 칼집 아가리를 열어 단숨에 와키자시를 뽑아 들었다.

"어, 엄청나……!"

"정말, 너무……."

"아름다워……."

토모키와 릴리, 그리고 모라로부터 감탄 섞인 한숨과 단적인 감동이 담긴 목소리가 새어 나왔다.

일본도가 지니는 빈틈없는 아름다움을 목격한 이들로서는 지극히 자연스러운 반응이었다.

특히나 일본도의 칼날을 관통하는 다른 도검류로부터 거의 구경하기 힘든 독특한 무늬의 존재감은 압도적이었다.

세 사람은 무심코 칼날에 홀려 버릴 듯한 감각을 느끼고 있었다.

보는 눈이 있는 이라면 칼자루의 손잡이나 칼등, 칼집 등을 수놓고 있는 자잘한 세공품이나 장식에도 도취될 것이 틀림없었다.

물에 닿지도 않았는데도 불구하고 촉촉하게 젖은 듯이 보이는 칼날은, 그 검이 단순하게 금속을 단련한 무기가 아니라 고도의 부여 마술이 첨가된 명검이라는 사실을 증명하고 있었다.

게다가 그 검은 칼집으로부터 뽑혀 나온 바로 그 순간부터 주위를 향해 냉기를 발산함으로써 기온을 낮추는 효과를 보이기 시작했다.

그 검의 마술적 효과는 보는 이로 하여금 한층 더 차갑게 긴장된 분위기를 느끼도록 하는 효과를 발휘하고 있었다.

"음. 아무리 낮이더라도 이 부근은 아직 제법 쌀쌀한 편이란 말이지. 칼을 너무 오랫동안 보이는 건 그대들의 몸에 해로울 가능성이 있을 터."

토모에는 지극히 자연스러운 연속 동작에 따라 칼을 칼집으로 거둬들였다.

"이제 만족하셨나? 우리에게도 용건이라는 것이 있다네. 이제 슬슬 돌아가 주시게나."

'용사라는 작자가 겨우 이 정도일 줄은 몰랐군. 아까운 시간이나 날린 셈이야. 그나저나, 라임 녀석. 겨우 이 정도 패거리들에게 미행이나 당하다니 나중에 기회를 봐서 벌을 줄 일이로고. 멍청한 놈.'

"잠깐 기다려!"

"그다지 한가한 몸이 아니라는 사실을 전한 걸로 아는데, 못 알아들으셨나?"

토모에는 성가셔하며 토모키에게 답했다.

토모키는 아슬아슬하게 대화에 응한 것으로 보이는 토모에의 반응을 확인하자, 릴리에게 다가가 귓속말을 속삭였다.

그의 말에 귀를 기울이던 그녀는 여러 차례에 걸쳐 고개를 끄덕이다가, 이윽고 천천히 입을 열었다.

"토모에 님이라고 말씀하셨지요? 그 무기…… 일본도라고 하셨나요? 어리숙한 저의 안목으로도 대단한 명검인 것은 틀림없어 보입니다. 감히 말씀드리겠습니다. 토모에 님께서 부르시는 값을 곧바로 준비해 드릴 테니, 저희들에게 팔아주실 수는 없겠는지요?"

'이런 식의 흥정을 할 때는 용사가 아니라 이 계집이 나서는 건가? 흠, 하기야 상식적으로 봐서 이놈들의 지갑을 쥐고 있는 건 이 녀석일 수밖에 없을 테니 지극히 당연한 처산가? 하지만 뽑지도 못 하는 무기를 원할 줄은 몰랐군. 사리 판별이 안 될 정도로 멍청하거나, 따로 믿는 구석이라도 있는 건가? 어차피 칼을 팔 마음은 추호도 없으니 결국은 마찬가지지만 말이야.'

"이 칼은 이 몸만이 다룰 수 있는 무기라는 사실은 방금 증명했다. 돈이 아니라 이 세상의 그 어떤 교환 조건을 제시하더라도 팔 마음은 없다. 만약 정말로 무슨 일이 있어도 칼을 필요로 한다면 변경 도시 츠이게까지 발걸음을 옮겨 보도록. 경우에 따라서 구입할 기회가 있을지도 모르지."

토모에의 태도는 가차 없었다. 릴리의 표정이 순간적으로 일그러졌다.

"……어디까지나 비밀을 지키고 싶었습니다만 어쩔 수 없군요. 사실은, 여기 계신 토모키 님께선 여신님의 명에 따라 제국으로 강림하신 용사님이십니다. 그리고 저는 그리토니아 제국의 황녀인 릴리입니다."

"호오! 그대들이 바로 말로만 듣던 용사와 황녀란 말이렷다?! 정말 놀랍군!"

토모에는 이제야 당사자들의 입으로 밝혀진 그들의 신분에 짐짓 놀라는 듯한 모습을 보였다.

하지만 진실은 토모에의 추측과 조금도 착오가 없었다. 스스로를 돌이켜 보자니, 정말로 너무나 천연덕스럽기 짝이 없었다. 토모에는 마음속으로 남몰래 쓴웃음을 지었다.

"다시 한 번 부탁드립니다. 휴만 종족의…… 아니, 이 세계의 미래를 위해 아무쪼록 협력해 주실 수 없겠습니까? 황위 계승권은 버린 몸이오나, 저 또한 한 나라의 황녀로서 이날 이때까지 살아온 신분입니다. 토모에 님께서 소속되어 계신 쿠즈노하 상회가 언젠가 우리나라에서 사업을 시작하실 때는 적게나마 힘이 되어 드릴 수 있을 걸로 압니다. 아니, 저의 이름을 걸고 확실한 협력을 약속드리지요."

릴리의 부탁을 끝까지 듣고 있던 토모에가 눈웃음을 지었다.

"호오, 이렇게 무서울 때가 있나? 신분을 밝히자마자 우리를 겁박할 심산이신가? 상회의 이름까지 입에 올리니 온몸이 오그라드는군. 게다가 어쨌든 황족씩이나 되시는 분께서 이 몸과 같은 떠돌이에게 이처럼 정중하기 그지없는 말투를 쓰시다니, 도대체 얼마나 원대하고도 심오한 속셈이 있어 그러시는가?"

"아니요. 결단코 그러한 의도로 드린 말씀은 아닙니다. 저는 이미 거의 황족의 신분을 버린 거나 다름없는 몸이기 때문입니다. 자신의 모든 것을 바쳐 모시고 있는 용사님께 힘을 보태달라는 부탁을 드리기 위해 머리를 숙이는 정도는 지극히 당연한 행동에 지나지 않습니다."

'토모에라고? 쿠즈노하 상회라는 이름은 금시초문이지만, 지금껏 한 말로 봐서 츠이게를 근거지로 삼아 사업을 시작한 상회인 것 같아. 그곳은 세계의 끝과 맞닿아 있는 관계로 나로서도 그다지 가볍게 볼 수 없는 장소니까, 지금부터라도 조사를 시작해 봐야 하나? 저 무기에 관해서도 주목할 만 한 점은 많아 보이는데다가, 저 정도의 무기를 제작할 수 있는 장인이 존재한다면 현재 침체중인 총의 개발 사업에도 새로운 자극을 줄 수 있을지도 몰라.'

릴리는 토모에를 상대로 예의 바른 태도를 유지하면서도, 마음속으론 냉정히 상황을 분석하고 있었다.

"그러신가? 어딘지 모르게 여러모로 굉장히 뒤숭숭한 일들을 꾸미고 있는 듯이 보이는데?"

"……. 농담이 심하시군요."

"어쨌든, 일본도를 팔 마음은 없다."

"……저기, 누님?"

"……고해 보거라, 라임."

"세상을 위해 싸우고 계신 용사님 일행 분들의 부탁이니 무슨 일이 있어도 저희에게 손해가 될 만한 거래는 아닐 걸로 보입다. 일단 생각만 해 보십쇼. 당연히 누님의 칼을 팔수야 없겠습니다만, 저의 칼 정도는 이분들께서도 사용할 수 있으실 테니 경우에 따라선 팔수도…….”

“라임, 잠시만 입을 닥치고 있어라.”

라임이 자신의 손에 들고 있던 칼을 가리키며 판매의 의사를 밝히는 발언을 이제 막 꺼내려던 참이었다.

그러나 토모에는 확실한 분노가 담긴 낮은 목소리로 그의 발언이 끝나기도 전에 묵살해 버렸다.

아무리 생각해 봐도 부자연스러운 발언이었다.

라임에게 있어서 그 칼은 특별한 의미를 가진 한 자루였다.

단순한 무기의 완성도를 떠나 훨씬 중요한 의미를 가지고 있다는데 의심할 여지는 전혀 없었다.

그런데 거의 자신의 목숨보다도 소중하게 여기는 그 칼을, 상대가 용사라는 전제조건하에 넘겨줄 수도 있다는 식으로 해석되는 발언을 입에 담으려 한 것이다.

토모에가 어두운 표정을 지었다.

그녀로서는 결과적으로 지나치게 오랫동안 용사를 상대하게 된 자신의 판단을 후회할 수밖에 없었다.

“…….”

“미안하군. 지금 부하가 턱도 안 되는 소릴 꺼낸 건 사실이나, 그의 무기 또한 간단히 사고팔 수 있는 종류가 아니라는 점에선 마찬가지야. 우리의 입장을 이해해 주시게나.”

토모에는 이보다 더할 수 없이 강한 말투로 확실한 거절의 뜻을 밝혔다.

“……좋아, 이제 일본도는 필요 없어.”

"오빠?!"

"토모키 님, 정말인가요?"

"……듣던 중 반가운 소리로군. 그런데 『일본도는』 필요 없다는 건 무슨 뜻인가?"

"방금 릴리가 밝혔다시피, 나는 용사야. 말하자면 이 세계를 위해 싸우고 있는 영웅이라는 뜻이지. 마왕을 물리친 뒤, 세계 평화를 실현시키는 것이 나의 목적이야. 요컨대 토모에 양? 우리의 대의를 위해 당신의 힘을 빌려줘. 나에게, 우리에게 당신의 힘을 맡겨달라는 거야!"

진지한 표정의 토모키가 똑바로 토모에의 눈을 바라보며, 자신이 용사의 신분이라는 사실을 인정하자마자 그녀에게 자신을 따르도록 권유했다.

'……하는 말 자체는 그럴듯하군. 하지만 아까 전부터 이 몸을 바라보는 노골적인 시선과 소홀하기 짝이 없는 일본도에 대한 취급은 변함이 없단 말이지. 게다가…… 당장 이 몸을 향해 쏟아지는 저 눈빛도 마음에 들지 않아. 사람의 눈을 바라보며 대화 정도는 할 줄 아는 놈인 줄로만 알았는데, 이제 보니 매료의 효과를 지닌 마안(魔眼)이로군. 설마 이 몸을 이렇게나 만만히 볼 줄이야. 라임은 완벽하게 낚인 걸로 보인다만, 이 몸까지 같은 수법으로 농락할 수 있을 줄로 알았던 것이 어리석기 짝이 없는 너의 실수로구나. 마왕을 물리친 뒤, 세계 평화를 어떻게 하겠다고? 벌써부터 전후의 세계를 무대로 한 권력에 대한 집착까지도 비쳐 보이는군. 얄팍한 애송이로고. 보는 관점에 따라선 너무 뻔뻔스럽다 못

해 산뜻한 느낌마저 들 정도지만, 근본적으로 징그럽기 그지없는 쓰레기 중의 쓰레기로군.'

지금껏 자신의 목숨보다 소중하게 여겨온 일본도를 용사에게 건네려던 라임을 상대로 나중에 기회를 봐서 체벌을 가하기로 결심한 뒤, 토모에는 잠자코 토모키의 시선을 받아들였다.

불현듯, 토모키로부터 전해져 오는 매료의 힘이 한층 더 강해졌다.

토모키는 토모에로부터 특별한 변화가 보이지 않아 의도적으로 정신을 집중시켜 마안의 힘을 강화시킨 것이었다. 그러나 토모에는 변함없이 태연하기 그지없는 모습을 보였다.

릴리는 토모키가 토모에를 상대로 힘을 사용한 것을 알아차린 듯이, 묵묵한 표정으로 상황의 변화를 지켜보고 있었다.

침묵이 찾아왔다.

릴리의 등 뒤로 물러나 있던 모라가 결심한 듯이 한 걸음 더 앞으로 걸어 나왔다.

"……그대도 이 몸에게 할 말이 있나, 모라 공?"

"다, 당신은…… 용이시죠?!"

『……?!』

모라의 입에서 나온 발언을 듣자, 주위 사람들이 한꺼번에 동요를 일으켰다.

그러나 정작 당사자인 토모에는 전혀 개의치 않았다.

"……호오? 도대체 무슨 이유로 그런 느낌이 들었나? 아니, 잠깐. 대충 짐작이 가는군. 모라라고 했나? 너는 용을 사역하는 자로구나. ……휴만들 중에서 이따금씩 그런 식으로 희귀한 능력을 타고나는 자들이 있다는 말을 들은 적이 있다. 마족들 중에선 결단코 그러한 소질을 가진 자가 나타나지 않는다고 한다만…… 오호라, 네가 바로 그러한 능력을 타고난 자였구나."

"윽."

정곡을 찔린 모라가 신음소리를 흘렸다.

"그런데, 이 몸한테서 용의 냄새라도 느꼈나? 유감스럽게도, 보시다시피 이 몸은 용이 아니다. 하지만 만약 상대가 용일 경우, 모라 공? 너는 도대체 무슨 짓을 할 셈이었나?"

토모에의 말투로부터 조금씩 적대심의 가시가 늘어만 가는 낌새가 전해져 왔다.

느긋하기 그지없는 말투로 이어지는 토모에의 목소리가, 서서히 강한 압력으로서 그녀와 마주보는 세 사람에게 다가왔다.

"거짓말이야! 게다가 이건 평범한 용의 냄새 정도가 아니야. 냄새나 기척은 물론이거니와 그 힘까지도, 대단히 순도가 높은 용 그 자체야! 틀림없이 당신은! **토모에**는 굉장히 강력한 용족이야!"

"너는 아직 이 몸의 질문에 대답하지 않았다, 모라."

'용?! 모라는 드래곤 서머너야. 용을 감지하는 힘에 관해선 우리들 가운데 가장 뛰어나. 게다가 모라의 입에서 굉장히 강력한 용족이라는 표현이 나올 정도란 말이지. 말하자면, 이 주변에 있을 가능성이 높은 용 가운데 가장 강대한 존재는…… 『폭포』의 류카?! 혹은 바로 그 류카의 권속일 가능성도 있어. 그렇다면 신기(神器)와 비교하더라도 거의 손색이 없을 정도의 힘을 발산한 저 **시라후지**라는 칼의 능력에 관해서도 납득이 가. 부여된 힘도 물

속성처럼 보였으니—.'

"큭, 크크크! 미안하지만, 너의 예상은 틀렸다. 이 몸은 류카나 그 녀석의 권속이 아니거든, 황녀여. 머릿속에서 생각하는 정도야 자유지만, 지나치게 엉뚱한 방향으로 가버렸군."

"아니, 어?"

토모에가 마치 자신의 머릿속을 들여다본 듯이 끼어들자, 릴리는 입가로 손을 가져가 믿어지지 않는다는 표정을 지었다.

"용이라면……."

어느 틈엔가 성인 남성의 주먹 정도 크기로 보이는 투명한 구슬을 양손에 쥔 모라가, 토모에에게 기가 죽은 듯한 표정을 지으면서도 강한 의지가 깃든 눈동자로 말을 이어 나갔다.

"음."

"설령 아무리 강하더라도 마찬가지! 용은 나의 목소리에 귀를 기울일 수밖에 없을 거야! **토모에**! 나와 함께 오빠의 힘이 되어줘!!"

"……."

토모에는 지금껏 모라의 말을 한 귀로 흘려들으면서 가볍게 도발하듯이 대화를 이어 왔다. 그러나 바로 그 순간, 토모에가 눈썹을 움찔거렸다.

여러 차례에 걸쳐 이름을 막 불리다 보니 참을성이 한계에 다다른 것이다.

"……너를 따르고 있다는 용 녀석은 너의 어리광을 정말 한도 끝도 없이 받아주고 있는 모양이구나."

"어, 아니? 토모에, 나에게—!"

토모에는 모라의 말을 가로막으며 자신의 말을 이어 나갔다.

"혹은 정도가 지나친 소녀 애호자라도 되나? 어느 쪽이건 간에 사역을 받는 이로서 갖춰야 하는 마음가짐이 전혀 눈에 띄지 않는군. 이미 탁월한 능력을 각성시킨 천재일 경우에야 큰 상관은 없겠다만, 아직은 무력하고도 미숙한 능력자에 지나지 않는 주인을 바로잡으려는 놈이 있는 듯이 보이지도 않아. 몇 마리나 있는지는 알 길이 없다만…… 어리석은 놈들 같으니."

"으, 토모—!"

"닥치지 못할까!!"

차갑기 짝이 없는 말투로 모라와 그녀가 거느리는 용들을 헐뜯던 토모에가, 모라의 입에서 나온 힘 있는 목소리를 마찬가지로 자신의 힘을 담은 한 차례의 고함소리로 찢어 발겼다.

그리고 동시에, 토모키가 토모에와 라임을 향해 사용하던 매료에 특화된 마안의 힘 또한 자취를 감췄다.

모라는 지금껏 그 어떤 용과 마주치더라도 자신의 힘을 담은 목소리를 이용함으로써 **설득**해온 경험이 있는 몸이었다. 그러한 그녀에게 있어서 자신의 능력이 무효화된 데다가 매서운 거절을 당한 것은 첫 경험이었다.

"말도 안 돼……."

"당신, 나의 힘까지……."

모라와 토모키가 나란히 넋 나간 듯이 멍한 표정을 지었다.

"……? ……큭!"

또 한 사람—.

바른손이 아닌 쪽으로 애용하는 검의 칼집을 움켜쥐고 있던 라임은, 방금 전까지만 해도 흐리멍텅한 표정을 짓고 있었다. 지금의 그는 자기 자신이 한심한 듯이 지극히 분한 표정으로, 말로 표현하기 힘든 신음소리를 흘리며 몸을 움찔거리고 있는 와중이었다. 토모키의 마안이 지니고 있던 매료의 효과가 풀린 결과였다.

그러나 그 동안 있던 일들에 관한 기억까지 사라진 것은 아니었다.

그는 방금 전까지 스스로가 보이던 말과 행동을 진심으로 후회하고 있었다.

토모에는 단 한 차례의 고함소리로 투명한 구슬을 통해 자신에게 날아오던 복종을 강요하는 사념을 무효화시켰다.

그녀는 숨길 수도 없을 정도로 노골적인 모멸의 감정을 담은 눈빛을 세 사람에게 돌렸다.

"어째, 서……?"

특히 토모에의 시선에 가장 강하게 노출된 모라의 몸은 공포와 곤혹에 의해 마구 떨고 있었다.

"하잘것없는 사념을…… 대체 언제까지 이 몸에게 날릴 셈이냐! 꼬마 계집!!"

"힉……!"

겁먹은 모라의 심정을 반영한 것인가? 혹은 토모에의 힘에 직접 노출된 결과인가?

소녀가 손에 들고 있던 투명한 구슬들은 산산이 조각나더니, 바닥 위로 흩어졌다.

"너의 보잘것없는 재능에 관해선 인정해줄 수도 있다. 사실은 아무리 높게 평가하더라도, 중위 정도의 용을 무조건적으로 복종시킬 수 있을 정도의 재능에 지나지 않지만 말이야."

"……."

"아마도 상성이 좋은 종류는 비룡(飛竜) 족속인가? 쓸데없이 커다란 날개로 하늘을 나돌아 다니는 정도밖에 능력이 없는 녀석들인 줄은 알고 있었다만, 너를 따르고 있다는 그 녀석들은 일족들 중에서도 한층 더 어리석은 녀석들로만 이루어져 있는 모양이로구나."

"나기를 욕하지 마!"

모라가 거의 반사적으로 고함을 쳤다.

기본적으로 지금껏 그녀가 만난 용이라는 족속들은, 거의 모두 다 머리를 숙여 그녀의 소원을 들어주던 이들뿐이었다. 자유롭게 하늘을 날아다니던 야생 용이나, 기승용으로 훈련을 받은 개체나 큰 차이는 없었다.

그리고 지금, 모라의 눈앞에서 그녀에게 뚜렷한 분노를 보이고 있는 존재 또한 겉모습은 사람처럼 보일지는 몰라도 모라만이 알 수 있는 짙은 용의 냄새와 힘을 그 몸으로부터 발산하고 있었다. 토모에는 의심할 여지없이 용족에 속하는 존재였다.

그런데 그녀는 모라에게 머리를 숙이기는커녕, 따르려는 낌새조차 전혀 보이지 않았다.

"더 이상 조잘거리지 마라!"

"아, 읏."

"지금 말한 그 나기라는 녀석 또한, 주인의 위기를 구하러 올 생각이 전혀 없어 보이지 않느냐? 아무리 어리석더라도 용종에 속하

니, 상대방의 격을 가늠하는 능력 정도는 갖추고 있다는 뜻이다.
……이 정도까지 친절하게 설명해 줬는데도 아직 이 몸과 너희들 사이의 절대적인 힘의 격차를 모르겠느냐? 차라리 이 자리에서 몸으로 직접 가르쳐 줘야 하나?"

토모에의 압도적인 위압감 앞에서, 세 사람은 잠자코 입을 다물었다.

'그나저나, 난감하군. 상대가 너무나 무례하기 짝이 없다 보니, 엉겁결에 분노를 폭발시켜 버렸단 말이지. 아마도 지금 당장 맞붙게 되더라도 이 정도 상대들에게 질 리야 없겠지만, 도련님의 허락을 받기도 전에 용사를 건드릴 수는…… 하지만 이 얼치기들은 아무리 봐도 구제하기 어려운 족속이로고.'

토모에는 자신의 마음속으로부터 우러난 분노에 맡긴 발언을 마치자마자, 뜬금없이 주인인 마코토의 얼굴을 떠올렸다.

마코토는 용사들에 관해선 어느 정도 신경을 쓰고 있는 듯이 보였다.

그의 용사들에 대한 관심은 협력적이라기보다는 단순히 근황이나 동향에 관한 호기심에 가까운 감정이었다. 그런고로 마코토의 용사들에 대한 기본적인 입장에 관해선 그를 따르는 종자들인 토모에나 미오, 시키조차도 자세히 아는 바가 전혀 없었다.

"……나의 권유에 대한 대답은 아직 하지 않은 걸로 알아, 토모에."

토모키가 단단히 결심한 듯이 입을 열었다.

"정말로 용케 아직도 그런 헛소리를 지껄이는구나. 뻔뻔하기 짝이 없는 그 정신력만큼은 높게 평가할 만한 구석이 없지 않으나,

명색이나마 용사씩이나 되는 자가 하찮기 그지없는 눈의 힘으로 **인형** 놀이나 즐긴다는 건 그다지 좋은 취미가 아니군. 이 몸을 쳐다보고 있는 그 징그러운 시선을 거두어줄 수 없겠나?"

"뭐, 라고?"

"눈빛이 징그럽단 말이다. 이세계로부터 찾아온 손님인 모양인데, 도대체 얼마나 스스로에게 자신이 없단 말이냐? 네 녀석의 권유에 대한 대답은 당연히『아니오』다. 이 몸에게는 이미 몸과 마음을 바친 주인이 계시거든."

"징그럽다고?"

토모키의 표정이 위험한 빛을 띠었다.

그러나 토모에는 전혀 아랑곳하지 않는 태도로 잘라 말했다.

"걱정 마라. 그따위 능력의 사용 여부와 상관없이, 네 녀석에 대한 평가는 변함이 없다. 그저 시시할 뿐이다. 함께 힘을 합쳐 싸우기는커녕 적으로서 검을 마주칠 가치조차—."

"신창(神槍)!"

『아니?!』

토모키가 갑작스럽게 평소에 즐겨 쓰는 자신의 무기를 불러들였다. 그를 따라온 두 여성 또한, 그의 행동을 미처 예상할 수 없었다는 표정으로 온몸을 긴장시켰다.

하지만 토모에는 길거리의 돌멩이라도 쳐다보는 듯한 무기질적인 눈빛으로 토모키를 응시할 뿐이었다.

"떼를 쓰는 어린아이나 다를 바 없구나."

"시끄러!!"

토모키가 자신의 손아귀로 불러들인 눈부시게 빛나는 창을 앞세워 일말의 망설임도 없이 찌르기 공격을 날려 왔다.

"크윽!!"

하지만 그가 노린 것은 토모에가 아니라 라임이었다.

토모키의 창이 그의 왼쪽 어깨를 꿰뚫자, 고기가 타는 듯이 불쾌한 냄새가 코를 찔러 왔다.

허를 찔린 라임은 용사의 찌르기 공격을 미처 예상치 못한 듯한 표정을 지었다. 그리고 당장 어깨를 관통당한 충격에 신음소리를 흘렸다. 그러나 곧장 이를 악 문 표정으로 칼을 뽑아 대항하고자 칼집을 향해 손을 가져갔다.

"……칫, 농담이 심하군."

하지만 토모키는 라임의 반격을 용납하지 않았다.

"나는 잔챙이까지 남김없이 청소해야 직성이 풀리는 성격이거든! 당신이 든 칼은 나도 쓸 수 있는 걸로 보이니, 소원대로 이따가 거둬들여 줄게!"

토모키가 어깨를 꿰뚫린 라임째로 창을 휘둘러 창문 밖으로 내동댕이쳤다.

그리고 한층 더 강력한 힘을 방출한 토모키는 라임을 찌른 여세를 몰아 신창으로 토모에의 가슴을 꿰뚫어 버렸다.

그는 용사라는 이름을 자칭하기에 충분하고도 남을 정도의 강력한 전투 능력을 선보였다.

하지만 기습을 당한 토모에로부터 고통을 느끼는 듯한 낌새가 전혀 전해져 오지 않았다. 그리고 라임과 달리, 그녀의 꿰뚫린 상처 부근에선 단 한 방울의 피조차 흘러나오지 않았다.

“토모키, 제국의 용사여. 네 녀석은 정말로 구제할 길이 없는 쓰레기 중의 쓰레기로구나.”

토모에는 분노라기보다 동정에 가까운 감정을 담아 조용히 중얼거렸다.

“이 자식, 나를 그런 눈빛으로 쳐다보지 마!!”

분노와 완력을 앞세워 돌격해 들어오는 토모키를 무시하고 토모에의 윤곽이 흐려지다가 이윽고 미세한 입자 형태로 산산이 흩어졌다.

“지금껏 자신과 대화를 나누고 있던 상대의 허실을 판단할 능력조차 없을 줄이야. 훗, 릴리 황녀. 스스로도 참으로 야무지지 못한 처사로 여기나, 우리의 이번 만남은 없었던 일로 해주마. 이 몸의 참뜻을 헤아리지 못하고 또다시 어리석은 행동을 벌일 때는 용사 중 한 사람이 줄어들 것이란 사실을 명심해라.”

토모에의 목소리가 세 사람의 몸속을 울리는 듯한 감각이 느껴졌다.

방 안엔 어느 틈엔가 무릎 아래까지 올라오는 안개가 자욱이 깔려 있었다.

놀란 표정을 짓고는 있었으나 릴리는 이미 냉정하게 토모에의 입에서 나온 발언에 관해 골똘히 생각에 잠긴 상태였다.

‘언제부터 이런 안개가 깔려 있던 거지? 아마도 일종의 환술에 속하는 술법으로 보이는군. ……참뜻이라고? 최소한 쿠즈노하 상회를 상대로 접촉을 시도할 생각은 말라는 뜻으로 해석해야 될 것 같아……. 아니지. 토모에 단 한 사람의 정체조차 파악이 안 되는 이상, 츠이게 쪽으로 조사대를 파견하는 건 그다지 현명한 선택이 아닐지도 몰라. 당분간 다른 나라들을 통해 간접적으로 정보를 수집할 수밖에 없어. 도대체 정체가 뭐지? 적어도 나는 사람의 머릿속을 들여다보는 용에 관해선 전혀 아는 바가 없어. 완전히 생소한 존재야.'

토모에의 술법이 토모키 일행 세 사람을 비좁은 객실 안에 가두고 나서 어느 정도 시간이 지나자, 그제야 서서히 안개가 물러났다.

"칫, 그 자식도 온데간데없군. 아마 살아나기는 힘들 텐데…… 그 녀석이 가지고 있던 일본도는 좀 아깝다. 그리고 그 여자, 토모에도……."

토모키는 급하게 창가로 달려가 바깥을 내다보더니, 라임의 자취가 사라진 것을 확인하자마자 혀를 찼다.

하지만 그의 몸은 희미하게나마 떨고 있었다.

모라는 토모키의 곁에서 산산이 조각난 구슬의 파편들을 움켜쥔 채로 바닥 위에 주저앉아 있었다.

환술의 효과가 사라진 이후로도 한동안, 토모키 일행 세 사람은 자리에서 움직일 수가 없는 듯이 멍하니 서 있었다.

밤—.

그곳은 아공의 교외였다. 숲 한복판의 물터에선 숲 도깨비들의 절규 소리가 이따금씩 들려오고 있었다.

왼쪽 팔이 어깨 부분에서부터 떨어져 나갈 듯한 중상을 입은 남자가 뻗어 있었다.

그 남자, 라임은 울고 있었다.

그곳에 모여 있는 인기척은 세 개였다.

우선 라임과 토모에는 당연히 한데 모여 있었다.

그리고 마코토의 세 번째 종자인 시키가 토모에의 부름을 받아 나와 있었다.

"죄송함다, 면목 없슴다…… 누님……!"

그는 자꾸만 입에서 나오고 있는 울음소리와 코를 훌쩍이는 소리를 숨길 생각조차 안 한 채로, 그나마 움직이고 있는 오른팔로 얼굴을 감싸 안고 있었던 것이다—.

라임은 압도적인 절망의 구렁텅이에 빠져 있었다.

토모에와 시키가 바로 옆에서 그를 내려다보고 있었다.

"매료의 힘이라고요? 일단 지금 하신 말씀만으로 판단하자면 마안의 일종일 공산이 큽니다. 여신으로부터 하사받은 능력 중 하나인 걸로 추정되는군요."

"음, 꽤나 강력한 능력인 것으로 보이더군."

"라임은 휴만 종족이니까요. 특히 여신의 힘에 영향을 받기 쉽다는 건 어쩔 수 없지 않을까 싶습니다."

"이거야 원, 솔직히 말해서 오늘의 너는 너무나 한심스러운 나머지 도저히 두고 볼 수가 없을 정도였다. 나중에 벌을 줄 생각이었다만 용사에게 선수를 빼앗긴 셈이로고."

"저는, 도저히 돌이킬 수 없는 짓을 저지르고 말았슴다. 어르신과 누님으로부터 받은 칼을 어째서 그런 녀석에게……!"

"그나저나, 토모에 님? 치유를 시작해도 되겠습니까?"

"아니. 잠깐 기다려 봐라, 시키—."

토모에가 말을 이어 나가려던 그 순간, 라임이 끼어들었다.

"시키 님! 전 이제, 너무 부끄러워서 하늘 아래 숨을 쉬고 살 수가 없습다! 어르신을 뵐 낯이 없다고요……. 이렇게 간단히 그 웃기지도 않는 애송이 녀석의 술수에 넘어가다니! 좋은 녀석일지도 모른다는 식으로 말임다! 젠장, 젠장, 젠자앙!!"

"……말하자면 이런 뜻인가요? 지금 당장 이 자리에서 죽여 달라는 겁니까?"

시키가 탄식 섞인 한숨을 내쉬었다.

"뭐, 그런 걸로 보이는구나. 하지만 이래봬도 꽤나 쓸 만한 남자라서 말이다. 이 몸으로서는 때마침 이 녀석으로 시도해 보려던 계획도 있던 참이다. 그나저나 평소엔 마음이 굳건한 녀석이다 보니, 이번 일은 특히 충격적이었던 모양이군……."

"……토모에 님께선, 다정하시군요."

시키가 중얼거렸다.

"응? 그런 식으로 들렸나? 이 몸은 우리들 중 유일한 휴만 출신인 네 녀석이라면 이 녀석의 말상대가 될 수 있을 것으로 여겼을 뿐인데 말이야."

시키는 어리둥절해 보이는 표정을 지은 토모에를 곁눈질로 바라보다가, 천천히 말을 이어 나갔다.

"정말로 목숨을 던져 잘못의 대가를 치르고자 할 때는, 그 칼로

목이나 배를 그어 죽음을 선택하는 걸로 끝나는 얘깁니다. 그런데 지금의 라임은 꼴사납게 울고나 있을 뿐이군요. 말인즉슨, 라임은 입으론 죽고 싶다는 식으로 아우성을 치면서도 실제론 그렇지 않다는 뜻입니다."

"……저는 정말로! 이번 일 때문에 저 자신에게 정나미가 떨어졌다고요……."

시키가 자신에게 반박하는 라임을 차가운 눈빛으로 내려다보면서 딱 잘라 말했다.

"……멍청한 소리 마라. 지금의 너는 그저 분하기만 할 뿐이다. 그리고 울화가 치밀어 오르는 것뿐이야. 너는 그러한 자신의 감정을 죽고 싶다는 식의 잘못된 결론으로 결부시키고 있는 것에 지나지 않아. 왜냐하면…… 지금 당장 가슴속의 감정을 발산할 곳이 없기 때문이다."

"……큭, 그야……."

"지금 입고 있는 부상이나 오늘 보인 꼴사나운 추태가, 엄밀히 따져서 제국의 용사가 저지른 짓의 결과물인 것은 틀림없는 사실이지만……. 네가 용서하지 못 하는 대상은 그 녀석이 아니라, 어디까지나 자기 자신이다. 네가 자기 자신의 분노와 후회를 해소하기 위해 때려눕히고 싶은 대상은, 자기 마음속의 손이 닿을 수 없는 은밀한 곳에 있다. 그리고 불과 얼마 전의, 실수를 저지른 과거의 자신을 용서할 수가 없는 것이다. 양쪽 다 지금의 네가 때려눕힐 수 있는 상대가 아니야. 아무리 스스로 원하더라도 이루어질 수 없는 소원이라는 뜻이지."

"……."

시키의 담박한 설교에 라임은 입을 다물 수밖에 없었다.

"그리고 도련님을 뵐 낯이 없다고 했나? 일단은 그 일에 관해선 신경 쓰지 마라."

"예?"

"이번 일에 관해선 입을 다물고 있으라는 말이다."

"아, 아니. 하지만 그럴 수는……."

시키는 라임을 제지하더니, 타이르듯이 말을 이어 나갔다.

"그리고 자기 자신을 다잡기 위한 절대적인 교훈으로 삼아라. 지금의 네가 고작해야 이십 수 년 밖에 살지 못한 몸이더라도, 그 짧은 인생 동안 누구를 상대로도 말할 수 없는 씁쓸한 기억들이 있지 않나? 그 기억의 꼭대기에 이번 일을 새겨 넣어라. 도련님께선 마음속에 봉인한 과거를 전부 다 보이라는 식으로 말씀하시는 시시한 분이 아니시다."

"호오…… 시키도 이제 도련님을 꽤나 볼 줄 아는구나? 정말 다시 봤다는 말밖에 안 나오는군."

잠자코 두 사람의 대화를 듣고 있던 토모에가 감탄한 듯이 입을 열었다.

"이제 와서 새삼스럽게 무슨 말씀이십니까? 토모에 님께서 저를 이곳까지 데리고 오셨다는 건, 처음부터 라임을 제거하거나 도련님께 이번 일을 보고할 마음이 없으셨기 때문입니다. 제 말이 틀렸습니까?"

시키가 양 어깨를 으쓱해 보였다. 그리고 난감한 듯한 미소를 지어 보였다.

토모에는 온화하고도 다정한 미소로 그의 말을 긍정하는 모습을 보였다.

"애초부터 있던 일들을 전부 다 빠짐없이 보고드릴 필요는 없다. 도련님께선 항상 자기 자신에게 필요할 것으로 여기는 일들만을 보고해 달라고 하시거든. 하찮은 졸개 하나가 실수를 저질러 죽고 싶다는 식으로 하염없이 울고 있다는 식으로 말씀드리기보다, 사실은 꽤나 쓸 만한 녀석 하나가 들어왔으니 마음껏 부려먹어 주시기를 청하는 쪽이 듣기가 좋아."

"후후, 옳은 말씀이십니다."

"누님, 시키 님……."

눈물은 이미, 깔끔하게 말라 버렸다.

라임을 내려다보던 두 사람이, 엄격한 말로 훈계를 한 것은 사실이었다.

그러나 방금 전까지만 해도 절망의 구렁텅이에 빠져 있던 라임으로서는, 두 사람이 굉장히 부드러운 눈빛을 띤 채로 자신을 바라보고 있는 듯이 느껴졌다.

라임은 가슴속에서부터 치밀어 올라 크게 고함을 지르고 싶은 충동이 일어날 정도의 기쁨과 감사를 느꼈다.

그리고 그러한 감정들과 함께 대부분의 살점이 찢겨 나간 그의 왼쪽 어깨로부터 아픔과 열기가 조금씩 전해져 왔다.

마비된 상태였던 감각 기관이 원상복구되고 있는 증거였다.

"이제 슬슬, 본론으로 들어가 볼까?"

토모에가 라임의 곁으로 가까이 다가가 앉아 진지하기 그지없는 표정으로 운을 띄웠다.

"이봐, 라임. 이 몸의 정체가 짐작이 가나? 오늘 일로 인해 어느 정도 예상이 되는 구석이 없지 않아 있지 않나?"

"그야, 물론입지요. 하지만 저한텐, 그런 건 아무 상관도—!"

라임은 토모에의 질문에 대한 답을 얼버무리려는 듯한 모습을 보였다. 하지만 토모에는 그조차 용납하지 않겠다는 듯이 그를 몰아세웠다.

"어쨌든 대답부터 해라. 이 몸의 정체는 뭐냐?"

"……상위 용. 성함은 신(蜃) 아니십니까? 황야를 서식지로 삼고 있던 용인데다가, 드래곤 서머너의 능력으로도 꿈쩍도 안 하셨지요. 제가 듣기론 누님의 존재는 그야말로 얼마 되지도 않는 전설 속에서밖에 전해져 내려오지 않는 걸로 압니다만, 아마도 환상을 지배하는 상위 용이 아니시고서야 오늘과 같은 모습을 보일 수는 없으시겠죠."

"정답이다. 이 몸은 원래 상위 용 중 하나인 신이라는 자였다. 휴만은 아니야."

"예. 일단 휴만이 아니실 줄은 어느 정도 예상하고 있었습니다만, 정확한 사실을 알게 되어도 저라는 놈은 변함이 없습니다요."

"……**변해볼 마음은 없느냐**?"

"아하, 토모에 님……. 저도 이제야 납득이 가는군요."

토모에가 순간적으로 시키에게 시선을 돌리더니, 곧이어 고개를 끄덕였다.

"변하라니요?"

라임이 오직 혼자서만 상황을 파악하지 못한 채로 얼빠진 표정을 지어 보였다.

"잘 들어라. 너의 부상당한 어깨에 이 몸의 피와 살을 나누어주마. 지금의 이 몸은 사람과 용 사이에 해당되는 지극히 어중간한 존재이긴 하다만…… 라임, 이 몸의 권속이 되어 보지 않겠느냐?"

"되고말굽쇼."

라임은 지체 없이 토모에의 제안을 받아들였다.

"라임! 심사숙고하고 나서 대답해라. 토모에 님의 권속이 된다는 건 일단 휴만을 그만둔다는 건 확실한데다가, 한없이 아인에 가까운 존재가 된다는 뜻이다. 알아듣겠나?"

시키가 황급히 끼어들었다.

"물론 알고 있습죠."

"……쇠약한 상태의 네가 처한 상황을 이용하는 거나 다름없는 권유다 보니 약간 죄책감을 느끼고 있었는데, 설마 곧바로 대답이 나올 줄은 몰랐다. 솔직히 말해서 깜짝 놀랐구나."

자신의 예상보다 훨씬 수월하게 결론이 나오자, 토모에 또한 어렴풋이 당황하는 듯한 반응을 보였다.

"……저 자신의 실력을 쌓는 것도 나쁘진 않지만, 막상 가장 중요한 순간에 정말로 힘이 가장 필요할 때 말입다. 힘이 없어 아무것도 못 한다는 건 죽는 일이 있어도 사양하겠습다. 저는 앞으로 그런 종류의 후회는 죽어도 하고 싶지 않아요. 휴만이라서 특별하게 잘났다는 사고방식도 없고요—. 돌이켜 보니, 지금의 저는 휴만이라는 종족에 집착은 그다지 없는 편이더군요. 어르신을 보좌할 때도 필담이 아니라 직접 말씀을 나누고 싶다는 생각을 하던 참이니 마침 잘 됐습다. 옙."

"라임, 문제가 있을 때는 언제든지 말해라. 실험체의 희망사항은 최대한 받아들이고자 한다. 게다가 너는 여러모로 흥미로운 존재가 될 수 있을 것으로 보이거든."

시키는 복잡한 표정을 지으면서도 라임의 결단을 받아들였다.

"헤헷. 살살 좀 부탁드림다, 시키 님."

"이왕 일이 이렇게 된 이상, 일찌감치 시작해볼까? 고통은 없을 테니 걱정 마라. 자기 자신의 변화를 거절만 하지 않는다는 전제하에, 모든 과정이 금방 끝날 테니 말이야."

"누님, 잘 부탁드림다."

라임이 눈을 감았다.

그리고 토모에와 라임의 피와 살을 그의 몸 안에서 섞는 의식은 엄숙하게 진행되다가, 아무런 문제도 없이 순조롭게 끝이 났다.

격렬한 빛이나 소리는 발생하지 않았다. 한 사람의 휴만이, 조용히 자신의 종족을 바꿨을 뿐이었다.

시키에게 라임의 간호를 맡긴 토모에는 혼자서 크게 숨을 내쉬었다.

시간대는 아직 초저녁 정도였다.

그녀의 주인 또한 아직 잠자리에 들지 않았을 것으로 예상되는 시간대였다.

토모에는 마코토가 기다리고 있는 저택을 향해 발걸음을 옮겼다.

마코토의 집은 이미 저택이라기보다, 성이나 궁전이라는 이름이 타당한 사이즈의 엄청난 규모를 자랑하고 있었다.

토모에는 그가 잠이 올 때까지 시간을 죽이는 방문 앞까지 다가가 노크를 하고 방안으로 들어갔다.

"무슨 일이지, 토모에?"

마코토는 방문을 향해 등을 돌린 채로 휴식을 취하고 있다가 고개를 돌려 토모에에게 질문을 던져 왔다.

"……도련님, 그다지 중요한 일은 아닙니다. 지금은 리미아 왕국을 조사하고 있는 도중입니다만, 도련님께 잠시 여쭤봐야 할 일이 있어서 말입니다."

"리미아 왕국이라……. 좋아, 뭔데? 어라, 토모에? 너 혹시 그 와키자시, 시라후지라는 이름을 붙였던 칼이지? 오늘 그걸 뽑을 일이 있었던 거야?"

"아, 예. 별일은 아니었습니다. 그런데 어떻게 꿰뚫어보신 겁니까?"

약간 난처한 표정을 짓고 있던 토모에가, 쓴웃음을 지은 얼굴로 고개를 끄덕였다.

"커다란 쪽은 나갔을 때랑 변함이 없는데, 조그만 쪽만 손질한 걸로 보였거든."

"아하. 정말 눈썰미가 대단하시군요."

"그런고로, 와키자시만 뽑는다는 건 꽤나 특수한 상황일 테니 신경이 쓰인 거야."

"특수한 상황이라고요? 아니, 저기…… 어쩌다 보니까 일본도에 관심을 보이는 자와 만나볼 기회가 있었습니다. 일단 칼자루 등을 만져볼 수 있도록 잠깐 빌려줬다가, 이 몸이 직접 나서서 칼날을 뽑아 보여줬을 뿐입니다."

토모에로서는 마코토의 입에서 나온 특수한 상황이라는 말의 뜻을 짐작할 수가 없었다. 그녀는 오늘 있던 일들의 상황을 당장 말할 수 있는 범위에 한해 답했다.

"……다른 사람에게 와키자시를 보여준 거야? 일본도에 관심을 보여서? 그럴 때는 일반적으로 크기가 큰 야에코쿠류(八重黑龍)를 보여주지 않나?"

"와키자시를 보였습니다. 큰 칼을 아무한테나 보여주기는 조금 아깝다는 느낌이 들었거든요."

"아깝다니, 너 말인데……. 와키자시(脇差)라는 명칭 자체는 혼자시(本差)라고 불리는 큰 칼과 대비되는 의미로 붙은 건지도 모르지만, 결코 서브 웨폰이라는 뜻은 아니거든?"

"예?"

"와키자시는 전투가 혼전 양상을 띤 경우나, 큰 칼을 휘두르기 부적절한 실내를 무대로 전투가 벌어지는 경우의 주된 무기로 사용되는 칼인데다가…… 만에 하나의 경우, 자살을 택할 수밖에 없는 상황에서 쓰는 것도 와키자시거든? 일본도 두 자루를 차고 다니는 무사의 입장에서 보자면, 경우에 따라선 큰 칼보다 훨씬 중요한 의미를 가질 수도 있는 칼이거든? 혹시 무슨 엉뚱한 착각을 하고 있던 거 아니야?"

"뭐, 뭐라고요?!"

마코토는 토모에에게 와키자시의 의미를 간단하게 설명했다.

마코토 본인은 일본도에 관해 그다지 자세히 알고 있는 것은 아니었지만, 토모에보다는 훨씬 많이 알고 있었다.

마코토가 일본도에 관해 보유하고 있던 지식은 마니아라고 불릴 정도는 아니더라도 일반적인 고등학생의 상식 수준 정도는 아득히 뛰어넘는 레벨이었던 것이다.

특히 묘하게 문화 계열의 지식을 많이 갖추고 있는 까닭은, 그가 시대극을 즐겨 보는 소년이었다는 측면의 영향이 남아 있는 것이리라.

"하, 하지만 도련님?! 도련님께서 기억하고 계신 영상 속에선 와키자시만 차고 다니는 사무라이도 없지 않았던 데다가, 그 칼로 칼부림을 벌이는 경우도 적지 않았는데요?!"

"잘 들어. 무가제법도(武家諸法度)[#7]라는 법이 있었거든……. 사무라이들한테는 칼 두 자루를 차고 다녀야 하는 의무가 있었지만, 은퇴한 사람들에 한해 와키자시 한 자루만 차고 다니더라도 큰 문제는 없었던 모양이야. 네가 본 작품의 등장인물은 현역이 아니라 은퇴한 고수라서……."

#7 무가제법도(武家諸法度) 일본의 에도 시대에 에도 막부가 영주들을 통제하기 위해 제정한 기본법. 초기엔 영주만을 대상으로 한 법이었으나, 여러 차례의 개정을 거치는 과정에서 영주의 가신들에게까지 대상이 확대됨.

마코토의 시대극 & 간이 에도 잡학 강의 시간이 시작됐다.

몹시 진지한 표정으로 그의 수업에 귀를 기울이던 토모에의 표정이 점점 더 비통한 빛을 띠기 시작했다.

그녀는 무사들이 일본도를 두 자루 씩이나 차고 다니는 이유에 관해, 기본적으로 이도류를 위한 장비라는 식의 잘못된 인식을 가지고 있었다. 메인 무기는 어디까지나 큰 칼로서, 와키자시는 큰 칼의 덤이거나 그보다 못한 서브 무기로 간주하고 있던 것이다.

지금 이 순간까지 그녀에게 있어서 와키자시라는 무기의 존재의의는 가끔씩 적을 향해 투척하거나 불리한 상황을 연출하는 데나 활용하는 2군 급에 해당되는 무기였다.

틀림없이 잘못된 인식으로서, 그녀의 문화적 지식이 시대극에 치우쳐 있다 보니 발생한 비극이었다.

"……이, 이 몸은 어쩌다가 그 멍청이에게 와키자시를 건네줬단 말인가……!"

"뭐, 앞으론 그냥 타인에게 칼을 보여줘야 할 때는 큰 칼 쪽을 쓰도록 해."

"좀 더 일찍부터 여쭤 봐야 할 일이었습니다…… 으윽……."

토모에는 그야말로 이보다 더할 수 없이 침울한 표정으로 바닥 위에 양 손을 짚었다.

"좋아. 그건 그렇고, 리미아를 조사한 결과나 들어볼까?"

토모에는 아직도 낙담과 후회로부터 회복되지 못한 상태였으나, 마코토의 말을 듣자마자 고개를 끄덕이더니 비틀거리는 동작으로나마 몸을 일으켜 세웠다.

그리고 한 차례의 헛기침과 함께 그럭저럭 정신을 다잡은 뒤, 천천히 입을 열었다.

"……시작하겠습니다. 도련님께선 그날의 전쟁터에서 빛나신 적이 있으십니까?"

"……뭐?"

"그날 입으신 코트 말입니다, 푸른색과 붉은색을 몸의 정중앙 부근을 경계선 삼아 절반씩 나눠 입는 취미라도 있으신가요?"

"이봐 잠깐, 토모에?"

"드래곤 슬레이어와 전투를 벌이실 무렵, 사실은 알몸이 되신 적은 없으신가요?"

"……넌 대체 나를 뭐로 보는 거야?"

마코토로부터 전해져 오는 기척이 점점 험악한 느낌을 띠기 시작하자, 토모에는 황급하게 말을 덧붙였다.

"아니, 결단코 무슨 다른 의도가 있는 건 아닙니다! 맹세코 이보다 더할 수 없이 진지한 질문이거든요? 그, 그리고 말입니다. 도련님께서…… 사실은 노인이었다는 식의 반전 요소는……."

"좋아, 이제야 짐작이 가는군."

"뭐가 짐작이 가셨다는 말씀이시죠?"

마코토의 이마에 어렴풋이 새파란 핏대가 서 있었다.

"활 수련을 시작하자."

"예?"

"토모에, 따라와."

"그야 물론, 따라가야지요."

토모에의 승낙을 받은 마코토가 미소를 지은 얼굴로 입을 열었다.
“좋아, 참고로 네 역할은 **과녁**이야.”
“과, 녁?”
“응, 과녁이야. 걱정 마, 오늘 수련은 가볍게 노는 식으로 할 예정이거든.”
“아니, 도련님? 어두침침한 밤 시간 동안 도련님의 화살 과녁 노릇을 하라는 말씀은, 단순한 수련 정도가 아니라 꽤나 고통스러운 고문에 속하는 것으로 여겨집니다만…….”
“부드럽게 한다니까.”
마코토가 묵직한 힘을 담아 토모에의 양 어깨를 붙잡았다.
마코토는 그야말로 이보다 더할 수 없이 토모에의 양 어깨를 꽉 붙잡았다.
“……이거야 원, 이처럼 정열적으로 이 몸을 원하시니 감히 몸 둘 바를 모르겠습니다. 하지만 아직 할일이 남아 있습니다. 아니, 물론 도련님께서 함께 하룻밤을 지새우기를 바라신다는 전제하에 기꺼이 따라갈 마음은 없지 않아 있거든요? 하지만…….”
토모에는 마코토를 뿌리치기 위해 약간 짓궂으면서도 고혹적인 목소리로 그를 도발했다.
하지만 그런 방법으로 마코토로부터 도망칠 수는 없었다.
그의 양 손은 완벽하게 토모에의 양 어깨를 구속하고 있던 것이다.
“걱정 마. **정열적이고도 격렬하게** 할게. 해가 뜰 때까지 재울 생각은 전혀 없고말고. ……간다.”
“잠깐만요! 윽, 오늘은 쓸데없이 힘이 넘치십니다!”

"좋아—, 쏜다—. 오늘은 천 발 정도 쏠 수 있을까—?"
"도련님?! 상식적으로 천 발이 가벼운 축에 속하는 건 아니지 않습니까? 절대로 가벼운 축은 아니거든요?!"
그날 밤—.
아공을 무대로 삼아 무시무시한 굉음과 즐거운 듯한 웃음소리, 그리고 비명소리가 밤새도록 울려 퍼졌다.

미오와 요리와 용사와

“어디 보자, 두툼한 해초와 물고기 같은 음식……이라고 하셨지요?”

그곳의 경치와 전혀 어울리지 않는 외모의 한 여자가, 한 항구 마을의 시장을 거닐고 있었다.

큰 길의 좌우로 활기차게 펼쳐져 있는 온갖 물건들과 가게 주인들의 손님을 끌어들이는 우렁찬 목소리가 이곳의 트레이드마크였다.

노점상이 없는 곳만이 길이라는 듯이 미로처럼 불규칙적인 통로들로 이루어진 장소였다.

길을 가는 이들 또한, 웃통을 벗고 다니거나 얇은 셔츠 한 장만을 걸치고 다니는 우람한 체격의 남성들이 대부분이었다.

그런 식으로 거칠기 짝이 없는 활기가 넘치는 이 마을에서 칠흑 같은 어둠을 연상케 하는 검은색 전통 복장과 선명한 붉은빛 띠로 치장을 하고 있는 그녀는 명확하게 주위로부터 붕 뜬 존재였다.

그녀가 입고 있는 것은 기모노라고 불리는 옷으로서, 아마도 이 항구 마을에서 어느 누구도 본 적이 없는 특이한 복장이었다.

깔끔하게 정돈된 윤기 있는 흑발과 마찬가지로 검은빛의 날카로운 눈동자, 그리고 산뜻한 붉은빛으로 물든 입술이 인상적인 여자였다. 유별난 빛을 띠는 그녀의 미모가 지나가는 이들의 시선을 빼앗았다.

통행인들이 지나칠 때마다 고개를 돌려 다시 쳐다볼 수밖에 없었던 그녀는 쿠즈노하 상회가 자랑하는 최강의 종자 중 한 사람인 미오였다.

상회의 대표인 마코토는 현재, 학원 도시를 무대로 새로운 점포를 개설하기 위한 준비에 박차를 가하고 있던 참이었다. 최근 들어 여러모로 행동을 함께하는 시간이 길었던 토모에는 마코토의 명을 받아 어디론가 멀리 나간 관계로 오늘의 그녀는 혼자 몸이었다.

미오가 마코토의 명을 받아 맡게 된 임무는 바로 이 항구 마을을 조사하는 것이었다. 실제로는『구경』을 하러 왔다는 표현이 더 적합할지도 모른다.

그런고로 미오는 츠이게로부터 북쪽으로 나아간 지역의 항구 마을인 코란을 방문한 것이다.

대형 상선(商船)을 정박시킬 수 있는 항구를 보유하고 있는데도 불구하고, 이 마을의 규모는 츠이게에 비해 뚜렷하게 작은 편에 속하는 것으로 보였다. 이 마을이 수많은 귀중한 자원이나 산물들이 나는 지역으로 유명한 세계의 끝에 위치하고 있는데도 그 덕을 많이 보고 있지 못 하는 까닭은, 츠이게에 존재하는 황금가도(黃金街道)의 존재가 큰 원인 중 하나로 작용하고 있다는 결론이 나올 수밖에 없었다.

이 세계를 통틀어 가장 안전하고도 가장 비싼 유통 경로의 존재 덕분에, 내륙으로 진출하기 위한 실마리를 츠이게에게 빼앗긴 코란이라는 지역에 물류 거점으로서의 가치는 거의 없는 거나 마찬가지였다.

그러나 코란이라는 지역에 장점이 아주 없는 것은 아니었다.

코란은 해산물에 관해선 츠이게와 비교조차 되지 않을 정도로 풍부한 생산량을 자랑하는 곳이었다. 미오가 난생 처음 보는 식자재도 적지 않았다.

하지만 이곳까지 발걸음을 옮긴 미오는 정작 가장 중요한 목표로 삼고 왔던 재료는커녕 그에 가까운 물건조차 발견하지 못한 상태였다. 발길을 멈춘 미오가 한숨을 내쉬었다.

"다시마[#8]나 가다랑어포[#9]는커녕 엇비슷한 재료조차 눈에 띄지 않는군요."

미오는 원래 눈에 띄는 모든 존재를 아무 거나 닥치는 대로 잡아먹는 거대한 거미 괴물이었다. 그러나 지금의 그녀가 음식에 대해 가지고 있는 집착은 평범한 이들의 상식을 아득히 초월하는 수준이었다.

마코토와 따로 행동하고 있는 지금, 거점으로 삼고 있는 츠이게의 유명한 식당이나 술집 등은 거의 다 방문을 마친 상태였다. 이따금씩 츠이게로 돌아오는 마코토에게 자신이 발견한 맛있는 가게나 음식을 소개하는 것이, 미오의 가장 큰 기쁨 가운데 하나였다.

하지만 아무리 츠이게라는 도시의 규모가 큰 편이더라도 결국은

#8 다시마(昆布, 콘부) 일본 요리에서 국물을 내는데 사용한다.
#9 가다랑어포(鰹節, 가츠오부시) 가다랑어를 얇게 저며 말린 포. 일본 요리의 기본 식자재 중 하나로 육수를 내거나 음식 위에 뿌리는 용도로 사용한다.

하나의 도시에 지나지 않았다. 아마도 언젠가 마코토에게 소개할 식당이나 음식 또한 바닥이 나고야 말리라. 미오의 마음속에선 나날이 그런 식의 막연한 불안감이 커져만 갔다.

마코토와 맛있는 음식을 더할 나위 없이 사랑하는 미오로서는 크나큰 고민거리가 아닐 수 없었다.

그러던 어느 날, 토모에가 태연하게 내뱉은 한 마디가 이번 일의 계기였다.

“그야 네 녀석이 직접 도련님께서 좋아하실 음식을 만드는 걸로 끝나는 얘기가 아닌가?”

그녀가 아무 생각 없이 꺼낸 한 마디는, 미오에게 있어선 그야말로 하늘의 계시나 마찬가지였다.

—스스로, 음식을, 만든다.

지금껏 남들이 만든 음식을 먹기만 할 뿐이었던 그녀는, 그 한 마디로 인해 받은 충격 때문에 몸을 가누지 못할 정도였다. 그리고 마치 천재를 보는 듯한 눈빛으로 토모에를 뚫어지게 쳐다봤다.

정말로 이보다 더할 수 없이 옳은 말이었기 때문이다.

스스로 만든 음식의 경우, 자기 자신이 이상적으로 여기는 맛을 만들 수가 있다. 그리고 마코토가 바라는 맛의 음식을 만드는 것 또한 꿈이 아니었다.

우선 그녀는 지금껏 먹어본 음식들의 맛을 재현하고자 의기양양하게 요리에 몰두하기 시작했으나, 굉장히 빠른 속도로 좌절을 맛볼 수밖에 없었다.

음식을 만들기 위한 기본적인 순서 자체가 전혀 짐작조차 가지 않았기 때문이다.

음식물을 자르거나 굽거나 삶거나 지지거나 튀기는 정도야 상상이 갔지만, 그 다음을 짐작조차 할 수 없었던 것이다.

한동안 아공에서 요리를 할 수 있는 자들(주로 오크)을 붙잡아 가르침을 청한 뒤, 기본적인 요리 기술을 갈고닦는 나날이 찾아왔다.

그러나 츠이게의 식당에서 먹은 음식들에 비할 정도의 음식을 완성시킬 수 있을 정도의 실력을 갖추기는 쉽지 않았다. 미오는 모험가 길드의 게시판에 나붙어 있는 의뢰들을 접수하는 횟수를 줄인 뒤, 지금껏 손님으로서 찾아간 식당이나 술집을 다시 방문하여 요리사들에게 머리를 숙였다.

기본적인 부분부터 요리를 배우기 시작한 미오는 자신의 힘으로 재현할 수 없는 음식들을 만드는 그들에게 일종의 존경심을 품게 된 것이다. 그런 그녀가 음식 조리법이나 기술을 배우기 위해 그들에게 머리를 숙이는 것은 지극히 당연한 행동이었다. 그러나 입장 바꿔 생각해 보자면, 그러한 요구의 대상이 된 요리사나 점장들로서는 처치 곤란한 사태였다.

현재의 미오는 츠이게에서 모르는 이가 없을 정도의 유명 인사였다. 그런데 그러한 그녀가 뜬금없이 요리를 가르쳐 달라는 요구와 함께 머리를 숙여온 것이다.

어느 쪽이 부탁을 하는 건지 분간이 안 갈 정도로 바싹 오그라든 요리사들은 그 자리에서 곧장 미오의 부탁을 받아들였다. 다만, 그들로서는 식은땀을 흘리면서도 다른 가게들과의 경쟁이나 사업상 비밀이 존재하는 관계로 전수할 수 없는 부분도 있다는 전제

조건을 미오에게 받아들여달라는 간청을 할 수밖에 없었다.

물론 미오는 그들의 부탁에 고개를 끄덕였다. 그리고 자신은 어디까지나 사적인 목적만을 위해 요리를 할 것이며, 장사를 방해할 마음은 없으니 가게 특유의 맛이나 기법까지 전수할 필요는 없다는 뜻을 밝혔다.

그 이후로, 미오는 잠들 틈도 없이 각각의 요리사들이 일하는 주방까지 찾아가 사전 준비나 식자재 조달에도 그들의 시간에 따라 동행하기도 했다. 한 달 남짓 정도의 기간이 지나자, 미오는 츠이게의 식당들에서 나오는 음식들의 기본적인 조리법을 익혀 모방하기가 가능한 경지에 도달했다.

사소한 부분들에 관해선 아직 전문적인 요리사들에게 비할 바는 아니었으나, 실로 놀라울 정도의 숙달 속도였다.

그리고 지금, 항구 마을까지 발걸음을 옮긴 미오의 목적은 두 말할 것도 없이 일본식 요리의 재현이었다.

주인인 마코토가 원래 살던 세계의 요리를 재현하려는 것이다.

일본식 요리는 츠이게의 음식들과 전혀 분위기가 달랐다. 미오가 보기에 일본식 음식은 육류보다 어패류를 많이 사용하는 듯한 인상이 있던 관계로, 그러한 식자재들이 모이는 항구 마을은 바로 그 실마리가 될 수도 있을 것으로 예상했다—.

"난감하군요. 애초부터 건어물의 종류 자체가 많지 않아요. 지금껏 도련님의 기억을 통해 확인한 일본식 요리 중에선 오직 계란말이 정도만을 재현하는데 성공했단 말이죠. 토모에의 협력을 받아 조리법 등을 조사하고 있지만, 아마도 일본식 요리를 만드는데는 다시마와 가다랑어포가 거의 필수요소로 보이더군요. 쌀이나 된장 같은 재료는 재현하는데 최선을 다하고 있는 토모에에게 맡기는 걸로 치더라도, 저 자신 또한 식자재를 조달하기 위해 여러모로 검토를 하고 있는 중인데……."

언젠가 아공에서 마코토에게 일본식 음식을 대접하겠다고 결심한 미오는, 항구 마을 코란에 대해 상당한 기대를 품고 있었다.

하지만 현재로서는, 음식을 만드는데 써보고 싶은 몇 가지 정도의 재료를 발견한 정도였다. 정작 가장 중요한 건어물의 종류가 굉장히 적은 편이었다. 이 마을의 시장에선 그러한 가공 식품을 취급하지 않고 있을 지도 모른다는 불안감이 들 정도였다.

"건어물? 물고기 말린 걸 말하는 건가? 글쎄? 이 부근에선 한 해 동안 내내 물고기가 잡히니까 일부러 말리면서 물고기를 먹으려는 사람들이 흔히 있을 리가 없는데다가, 먼 데로 옮길 때는 얼음에 담가 운반하는 경우가 많단 말이지……."

"건조 가공이라고 해봤자, 아마 각각의 가정집에서 하룻밤 정도 바람에 말렸다가 먹는 경우 정도는 있을지도 모르지만……."

"많진 않겠지만, 기념품 가게나 도매상 쪽에선 취급할지도 모름다."

사방을 나다니는 과정에서 얻을 수 있었던 대답들은 믿음직스럽지 못한 추측들뿐이었다. 하지만 미오는 건어물에 관한 정보를 아주 약간이나마 입수하는데 성공했다. 문제는 다시마 쪽이었다. 이 마을 사람들을 상대로 아무리 다시마의 특징을 설명해 봤자, 다들 듣도 보도 못한 듯이 멍한 표정을 지어 미오를 낙담시킬 뿐이었다.

시장을 한 바퀴 돈 미오는, 바닷가로 발걸음을 옮겼다.

물고기를 취급하는 가게들을 탐방하는 과정에서 물고기를 말리는 장소는 바닷가일 공산이 클 것이라는 정보를 입수한 관계로, 실제로 관련된 작업에 종사하는 이들로부터 추가적인 정보를 입수할 수 있을지도 모른다는데 생각이 미친 것이다. 미오는 그야말로 지푸라기라도 잡고 싶은 심정이었다.

"혹시 저기서 물고기를 말리고 있는 걸까요……? 꽤나 독특한 냄새가 나는군요. 비릿하다고 해야 하나요……? 시장에서 나던 냄새와 조금 달라요. 에휴, 바닷가에선 해초 같은 건 얼마든지 흘러들어온단 말이죠. 도대체 무슨 이유로 눈에 띄지 않는 걸까요?"

멀리서 물고기를 말리는 작업을 관찰하던 미오는, 거기서도 물고기밖에 없다는 사실에 가벼운 절망을 느꼈다. 언뜻 시야에 들어온 바닷가의 한 귀퉁이엔 아무렇게나 방치된 검은 덩어리가 놓여 있었다. 미오의 눈엔 육지로 올라온 해초들이 방치되어 있는 것으로 보였다.

목재를 짜 맞춰 햇빛이 닿기 쉽도록 설계된 발판 위에 물고기들이 놓여 있었다. 자그마한 물고기들은 원래 모습을 유지한 채로, 그 이외의 물고기들은 배가 열린 상태로 건조 중이었다.

미오는 일단 건어물을 발견하는 데는 성공했으나, 진정한 목표로 삼고 있던 다시마나 가다랑어포를 찾는 데는 실패하고 말았다. 낙담한 미오는 방금 전 지나쳐 왔던 검은 덩어리를 향해 비트적거리며 다가갔다.

바닷가의 작업부들 중 한 사람으로부터 「그건 바다에서 나는 쓰레깁니다」라는 소리가 들려왔으나, 미오는 신경 쓰지 않았다.

“두툼한 풀부터 시작해서 굉장히 얇은 풀까지 있을 정도니 종류가 꽤나 다양하군요. 자세히 보니 색깔도 초록색이나 푸른색, 빨간색까지 있어요. 맛은…… 어머나? 아삭거리는 감촉이 맛있게 느껴지는군요. 쓰레기라는 말은 전혀 안 어울려요. 그 다음으로 이쪽은…… 조금 신경 쓰일 정도로 미끈거리지만, 못 먹을 정도는 아니군요. 그리고 두툼한 쪽은 여기저기 하얀 가루가 묻어 있네요. 헤에, 꽤나 감칠맛이 강하네요. 향기 자체도 먹음직스러운 바다 냄새고요. 마른 부분은 단단하지만, 감칠맛은 더 강하게 느껴지는군요. ……얼마든지 식자재로 써먹을 수 있을 만한 수준인데요? 나 원 참, 이곳 사람들은 보는 눈이 없나 보군요.”

미오는 가지고 돌아가 토모에에게도 검증을 부탁하기 위해, 그나마 상태가 좋은 해초들을 끌어 모아 맛을 보고 있었다.

물고기를 말리던 작업부들은 미오의 기이한 행동을 매우 징그럽다는 듯이 쳐다보고 있었다.

그런데 갑자기, 그들 가운데 한 사람이 미오를 향해 양손을 들어 목청껏 무슨 말을 외치기 시작했다.

하지만 해초를 고르느라 완전히 집중하고 있던 미오는 전혀 알아차리지 못한 듯이 보였다.

다들 입을 모아 소란을 피우기 시작하고 나서야, 미오는 자신의 주위에서 일어나고 있던 이변을 깨달았다.

“시끄러워 죽겠네……. 도대체 뭐라는 거죠? 아하, 해초를 먹고 있던 저의 모습이 의아하게 보였나 보군요. ……어?!"

갑작스럽게 등 뒤로부터 강한 충격이 느껴졌다.

일반인들이 맞을 경우엔 치명상을 피할 수가 없어 보이는 강력한 공격이 미오를 덮쳤다.

웅크리고 앉아 있던 상태로부터 수확물을 손에 든 채로 몸을 일으키려던 미오는 완전히 방심한 상태였다.

느닷없는 공격을 받아 저 멀리 날아간 미오는 야단스러운 물소리와 물보라를 일으키며 꼴사납게 굴러갔다.

손 안에 들고 있던 음식 재료들은 불의의 기습을 받아 놓쳐 버렸기 때문에 물결에 휩쓸려 바다 속으로 사라져 버렸다. 그녀가 마코토를 위해 직접 엄선 중이던 재료들은 글자 그대로 바다의 쓰레기가 되어 어디론가 흘러가 버린 것이다.

"……."

미오는 말없이 몸을 일으켰다.

난폭한 표정을 숨길 생각조차 없어 보이는 은빛의 짐승이 있는 힘을 다해 그녀의 어깻죽지를 물어뜯은 채로 매달려 있었다. 그리고 뒷발로 미오의 몸을 여러 차례에 걸쳐 걷어차고 있었다. 아래턱의 힘이 점점 더 강하게 느껴지는 걸로 봐서 그 짐승이 공격을 계속할 의사가 있다는 것은 틀림없었다. 그러나 미오는 아무런 반응도 보이지 않았다.

모래사장을 달려 자신에게 다가오는 그림자 하나가, 미오의 시야로 들어왔다.

"……흠뻑 젖었군요."

뼛속까지 소름이 돋는 목소리였다.

미오를 공격한 짐승의 정체는, 덩치 자체는 그녀보다도 약간 작아 보이는 커다란 늑대 한 마리였다.

그 짐승은 미오의 입에서 흘러나온 한 마디에 겁을 집어 먹은 듯이 눈동자에 무기력한 빛을 띠었다.

목구멍으로부터 새어 나온 울음소리 또한, 어딘지 모르게 미덥지 못한 목소리로 들렸다.

"……."

미오는 자신의 왼쪽 어깻죽지를 깨물고 있던 은빛 늑대의 목을 오른손으로 아무렇게나 잡아끌었다.

도저히 평범한 여성의 완력으로 가능할 리가 없는 짓이었지만, 그녀는 태연하게 한손으로 그 늑대를 자신의 왼쪽 어깨로부터 끌어당긴 여세를 몰아 바다를 향해 내동댕이쳤다.

미오의 어깨엔 상처 하나조차 없었다. 그녀가 입고 있던 기모노에도 아주 약간 깨물고 있던 흔적이 남아 있는 정도였다. 그녀가 입고 있는 기모노가 단순한 옷이 아니라, 방어구로서의 기능을 갖추고 있다는 것은 확실해 보였다.

그러나 방금 전까지 그녀를 깨물고 있던 늑대는 해수면과 충돌함으로써 곧장 일어날 수 없을 정도의 대미지를 입은 듯이 보였다. 가까스로 앞발을 이용해 몸을 일으키려는 상황에서 뒷발이 제대로 따라오지 않아, 가냘픈 목소리로 으르렁거리면서 미오를 쳐다보았다.

"죽으려무나, 짐승아."

미오는 품안에서 꺼낸 부채를 접혀 있는 채로 치켜들었다.

그리고 자비의 마음은 티끌만큼도 느껴지지 않는 차가운 눈길로 늑대를 바라보다가 부채로 내리쳤다.

바로 그 찰나의 한 순간, 검은 그림자 하나가 미오의 공격과 은빛 늑대 사이로 끼어들었다. 그리고 늑대를 안아 올리자마자 온 힘을 다해 내달렸다.

그야말로 종이 한 장 차이였다.

글자 그대로 온 힘을 다한 전력질주였던 것으로 보였다. 검은 그림자는 미오로부터 거의 거리가 떨어져 있지 않은 장소에서 자세가 흐트러지는가 싶더니, 그 자리에서 쓰러져 버렸다.

"……."

미오는 방금 전과 다를 바 없이 위험하기 짝이 없는 냉기를 눈에 띈 채로, 무릎을 꿇고 앉아 잠자코 자신을 올려다보고 있는 난입자의 얼굴을 마주봤다.

우웅—.

어디선가 귀에 익지 않은 소리가 들려 왔다. 어리둥절한 표정의 난입자가 소리가 난 방향으로 주의를 돌렸다.

소리가 들려온 곳은 미오가 부채로 내리친 방향의 바다였다.

지금껏 바닷가에서 일어난 혼잡과 상관없이 평화롭게 물결치던 바다가 갑작스럽게 갈라져 버렸다.

미오가 서 있는 위치에서 십 수 미터 정도의 거리에 달하는 바다가 찢어진 뒤, 밑바닥의 지형이 외부로 드러나더니—.

잠시 후, 바다는 마치 아무 일도 없었다는 듯이 원래의 모습으로 되돌아왔다.

난입자는 숨을 죽인 채, 그 광경을 응시할 뿐이었다.

눈앞에서 일어난 현상을 도저히 이해할 수가 없다는 표정이었다.

“주인이니? 저세상 길동무로 딱 좋겠구나.”

미오는 망연자실한 표정의 난입자에게 그러한 한 마디를 내뱉더니, 거리를 좁혀 들어가 다시금 부채를 치켜들었다.

“죄송합니다!!”

미오가 부채를 들고 있던 팔이 움찔거리는가 싶더니, 아슬아슬하게 멈췄다. 난입자는 미오의 눈앞에서 온 힘을 다해 머리를 숙였다.

“…….”

난입자가 보인 예상 밖의 움직임으로 인해, 미오의 손은 멈췄다. 그리고 난입자의 입에서 나올 다음 말을 기다렸다.

“저는 그냥 바닷가를 보러 온 여행객인데, 이 아이가 갑자기 당신을 공격할 줄은 몰랐습니다……. 전부 다 저의 책임입니다. 화가 나실 수밖에 없는 상황이라는 건 잘 압니다. 하지만 부탁드립니다. 한 번만 용서해 주십시오. 다치신 데를 치료하는 건 물론이거니와, 입고 계신 기모노를 고치는 작업도 반드시 제가 책임지겠습니다!”

미오는 부채를 천천히 내린 뒤, 품 안으로 집어넣었다.

미오는 이세계의 산물인 기모노의 존재를 당연하다는 듯이 알고 있는 걸로 보이는 흑발의 소녀에게 적지 않은 호기심을 느꼈다. 물론 결단코 자신을 물어뜯으려 한 늑대나 그 주인인 소녀를 용서

한 것은 아니었다. 그 증거로, 미오의 눈동자는 여전히 차가운 빛을 띠고 있었다. 그런데, 정작 당사자인 흑발의 소녀는 일단 용서를 받은 걸로 여긴 듯이 보였다. 그녀는 미오가 거둬들인 부채가 사라진 방향을 응시하다가, 온몸의 힘이 빠진 듯이 주저앉았다.

"……딱히 다친 데는 없으니까 치료할 필요는 없어요. 그리고 기모노를 고치겠다고요? 이 옷은 당신의 힘으로 고칠 수 있는 물건이 아니에요."

기모노에 짐승의 이빨이 아주 약간 파고들어간 듯이 보이는 자국은 눈에 띄었으나, 딱히 찢어진 곳이 있는 것은 아니었다. 실제로 미오가 입은 피해다운 피해는, 지금껏 심혈을 기울여 선별 중이던 해초들이 바다로 쓸려가 버렸다는 것과 온몸이 바닷물에 흠뻑 젖은 정도였다.

"하지만 하다못해 무슨 성의의 표시라도……."

소녀는 표정에 변화가 없는 미오에게 공포심을 느낀 듯이, 다시금 성의를 다해 사죄하는 모습을 보였다.

미오는 한동안 그녀의 얼굴을 마주보면서 골똘히 생각에 잠겼다가, 소녀에게 한 가지 요구 사항을 제시했다.

"……그렇군요. 지금 제가 하고 있는 일을 옆에서 돕다가, 저녁 식사를 제공한다면 없던 일로 칠 수도 있는데요?"

"기꺼이 도와드려야지요! 물론 식사도 대접할게요! 정말 고맙습니다! 저기, 성함이?"

"미오라고 한답니다. 당신의 이름은?"

"저는 히비키라고 합니다. 미오 언니, 정말로 죄송합니다. 이 아이도 일단 반성하고 있는 걸로 보이니…….”

히비키가 방금 전의 늑대를 손가락으로 가리켰다. 그러나 은빛 늑대는 꼬리를 말고 있는 상태로도 변함없이 적대적인 시선으로 미오를 바라보고 있었다.

“반성하고 있다고요?”

“죄송합니다. 호른! 일단 들어가 있어!”

호른이라고 불린 은빛 늑대가 빛에 휩싸여 히비키의 띠로 되돌아갔다. 그 광경을 목격한 미오가 가볍게 눈웃음을 지었다.

“방금 그 늑대, 도구에 사는 정령에 속하는 아이였나 보죠?”

“저도 자세히 아는 건 아니지만, 일종의 수호수(守護獸)에 해당되는 존재라더군요.”

“……그러셨군요. 그건 그렇고, 히비키? 이 해초들 가운데 상태가 좋은 것들을 추리는 작업을 도와주실 수 있나요?”

“해초, 말인가요? 저기, 미역이라든가 **다시마** 같은 거요? 미오 언니는 혹시 요리사로 일하시는 분인가요?”

미오는 히비키가 무심코 꺼낸 한 마디에 몹시 놀란 표정을 지었다.

“……?! 잠깐만요! 지금 이 가운데 다시마가 있다고요?!”

미오가 굉장히 흥분해서 히비키에게 소리 높여 물었다.

히비키로서는 당혹스러울 수밖에 없었다. 미오가 다시마라는 단어에 이렇게나 극적인 반응을 보일 줄은 몰랐기 때문이다.

“예?! 아니, 저기, 아마 그 커다란…….”

“이거요?! 아니면 혹시 이건가요?!”

방금 전까지 보이던 무지막지한 박력은 온데간데없이, 미오는 양손에 온갖 해초들을 잔뜩 움켜쥔 채로 방금 전과 또 다른 방향의 박력을 띤 눈동자로 히비키에게 바싹 다가섰다.

"지, 지금 미오 언니가 오른손에 지니고 있는 쪽이 아마 다시마인 걸로……."

"설마…… 팔고 있는 게 아니라 땅바닥에 떨어져 있었다니……!"

미오는 왼손에 쥐고 있던 해초를 아무 데나 집어던진 뒤, 오른손으로 움켜쥔 다시마를 뚫어지게 쳐다보기 시작했다.

'어라? 정말로 요리사나 엇비슷한 직업에 종사하는 사람이었나? 츠이게라는 도시로부터 드넓게 펼쳐져 있는 황야는 여러모로 바깥세상의 상식이 전혀 통하지 않는 장소라는 소문이 돌아서 잔뜩 각오하고 왔는데…… 설마 벌써 이 부근부터 상식이 안 통한다는 건가? 호른의 공격을 받고도 끄떡도 없는데다가, 부채로 태연하게 바다를 갈라 버리는 사람이 요리사로 일하고 있다니?'

히비키로서는 너무나 기뻐하는 표정의 미오를 뚫어지게 쳐다볼 수밖에 없었다.

"저기, 미오 언니? 지금 버리신 쪽도 아마 미역이라는 이름의 된장국, 아니 수프의 건더기나 샐러드로 쓸 수 있는 해초인 걸로 알아요."

일단 겉보기로만 판단한 관계로 확증은 없었지만, 히비키는 미오에게 버림받아 무참한 모습으로 바닷가를 굴러다니는 또 다른 해초에 관해 부연설명을 덧붙였다.

미오는 그 말을 듣자마자 방금 버렸던 미역을 다시금 주워 올리더니, 바닷물로 깨끗이 씻고 나서 또다시 뚫어지게 쳐다보기 시작했다.

"……미역! 이게 바로 미역이었군요!! 고마워요, 히비키 양! 이 만남을 도련님께 감사드립니다!"

미오는 왼손의 미역과 오른손의 다시마를 힘껏 움켜쥔 채로, 기쁨을 폭발시키듯이 망설임 없는 속도와 강도로 히비키를 얼싸안았다.

"으앗! 미오 언니, 도련님이라는 건 대체 누구신가요? 아니 잠깐, 죄송합니다. 아파요, 비린내 나요! 좀 놔줘요———!!"

바로 그날, 리미아의 용사인 오토나시 히비키와 마코토의 종자인 미오는 **재회하는데 성공한 것이다**.

"요컨대, 히비키 일행은 무기를 찾아 츠이게로 향하는 도중이었다는 건가요?"

"예. 사실은 원래 황금가도를 따라 전이 마술로 종점인 츠이게까지 갈 예정이었지만, 갑자기 조금 사정이 생겨서 선박과 눈에 띄지 않는 루트를 골라 전이 마술로 이곳까지 온 거죠."

다섯 명의 남녀가 포장이 제대로 이루어지지 않아 사람들의 왕래에 의해 자연스럽게 다듬어진 검소하기 그지없는 도로를 걸어가고 있었다.

아직 태양이 하늘 높이 걸려있는데도 불구하고, 사람들의 통행은 굉장히 뜸해 보였다. 그런고로 지금 미오와 히비키, 그리고 그녀의 종자들이 걷고 있는 이 도로가 그다지 활발하게 이용되고 있는 길이 아니라는 사실에 의심할 여지는 없었다.

이곳은 코란과 츠이게를 잇는 최단거리의 도로였다. 좌우로 빠질 때는 여러 산이나 숲, 호수로 나갈 수 있는 길이었다. 그리고 츠이게를 근거지로 삼는 모험가들이 의뢰를 수행하거나 솜씨를 갈고닦기 위해 출입하는 장소였다.

미오와 히비키가 만난 날로부터 이틀이 지났다.

미오는 히비키가 이세계인이라는 사실을 알지 못한 채로, 그녀로부터 어패류의 조리에 관해 다양한 지식을 전수받았다. 그리고 식당 몇 군데를 들러 처음으로 먹는 음식들을 맛보기도 하는 등의 우아한 휴가를 즐겼다. 지금은 히비키의 목적지인 츠이게까지 동행하겠다는 제안을 앞세워, 함께 도로를 걷고 있는 중이었다.

히비키는 미오에게 자신의 출신 성분이나 용사라는 사실을 밝히지 않았다. 최근 며칠 동안은 이세계의 요리를 재현해 보고 싶다는 미오와 의기투합해서, 자신이 지니고 있던 원래 세계의 요리에 관한 지식을 그녀에게 전수했다.

히비키와 그녀의 종자들— 리미아 용사 일행의 이번 여행은 어디까지나 비공식적인 발걸음으로서, 대외적으로 그 사실이 알려지는 경우만큼은 반드시 회피해야 했다. 하지만 일전의 스텔라 요새를 무대로 마족들과 공방전을 펼친 바로 그날, 그녀는 소중한 동료의 죽음을 겪었다. 히비키의 종자들은 정신적으로 크게 소모된 그녀가 미오를 상대로 나누는 대화가 일종의 기분 전환이 될 것으로 기대한 것이다. 종자들은 말없이 각자의 의견을 한데 모아, 미오의 동행을 받아들였다.

"—흐음, 지금 말한 『조림용 뚜껑#10』이라는 건 뭔가요?"

"그건 말이죠……."

"말씀 나누시는 도중에 죄송합니다. 잠깐 실례해도 될까요?"

미오와 히비키의 대화가 요리에 관한 주제로 옮겨가기 시작한 바로 그 순간, 조용히 걸어가고 있던 마술사 우디가 대화에 끼어들었다. 두 사람이 요리에 관한 이야기를 시작할 경우, 대화가 자연스럽게 길어질 수밖에 없다는 사실을 며칠 동안의 경험에 따라 학습했기 때문이다. 반드시 물어봐야 할 사항이나 당장 느낀 의문점을 우선적으로 해결해야 한다는 그의 판단은 틀리지 않았다.

"뭔데, 우디?"

"간단히 끝내주세요. 오늘은 조림용 뚜껑에 관해 물어보고 싶은 사항이 넘쳐나거든요."

말허리를 꺾인 미오가 굉장히 불만스러운 표정으로 답했다.

"물론입니다, 미오 님. ……이제 와서 너무 새삼스러운 질문일지도 모릅니다만, 당신의 정체는 대체 뭔가요? 모험가 겸 상인이며, 요리사이기도 하시다는 말씀은 들었습니다만……."

미오는, 스스로 밝힌 경력의 소유자치고는 비교적 세상 물정에 밝지 못한 듯이 보이는 구석이 컸다. 우디의 눈에 비친 미오는 세상을 등진 채로 오랜 세월에 걸쳐 숨어 살고 있는 현자나 사회와 그다지 연관이 없는 데서 살아온 부잣집 영애를 연상케 할 정도로 어딘지 모르게 속세로부터 동떨어진 분위기의 소유자였다.

#10 조림용 뚜껑(落し蓋, 오토시부타) 일본 요리에서 뚜껑 없는 냄비로 조림 요리를 할 때 쓰는 뚜껑. 크기는 냄비의 지름보다 약간 작아 재료를 약간 누르는 정도가 적당함.

그런데 그녀는 지금처럼 츠이게와 코란 사이를 혼자서 여행하고 있다. 우디로서는 어딘지 모르게 앞뒤가 맞지 않는, 기분 나쁜 위화감을 느낄 수밖에 없었던 것이다.

"……저는, 모험가 등록을 한 몸이랍니다. 그리고 한 상회의 일원이기도 하지요. 지금 가장 매력을 느끼고 있는 분야는 요리고요. 그런고로 누군가가 저에게 정체를 물어올 경우엔, 이런 식으로 대답할 수밖에 없답니다."

"……터무니없는 경력이로군. 모험가의 신분으로 아무하고도 파티를 짠 적은 없다고 했나?"

벨더가 끼어들었다. 그는 미오의 동행을 승낙하면서도 그녀를 경계하고 있었다. 신분이 확실하지 않은 이를 상대로 한 태도로서는, 지극히 당연한 축에 속하는 자세였다.

"맞아요. 저와 레벨이 비슷한 이가 거의 존재하지 않기 때문이지요……. 사실 저로서는 도련님과 파티를 짜고 싶지만, 레벨 차이가 너무 심한데다가 지금은 먼 길을 떠나셨거든요. 가장 레벨이 가까운 분을 찾아보자면, 같은 상회의 동료인 토모에라는 분이 있답니다. 하지만 그 분 또한 저와 파티를 짤 수 있을 정도는 아니라서……. 그러고 보니, 이제 생각이 나는군요. 원래의 주된 역할은 도련님을 호위하는 것이었으니, 기본적인 직무는 호위인지도 몰라요."

미오가 벨더의 질문에 담박한 태도로 답했다. 시치미를 떼는 듯이 보이는 구석도 없지 않아 있었지만, 그녀의 발언으로부터 나쁜 뜻은 느껴지지 않았다.

실제로 그녀는 아무하고도 파티를 짠 적이 없었다. 그녀 스스로 파티를 짜고 싶다는 마코토는 레벨1로서, 완전히 대상 밖이었다. 그녀와 가장 가까운 레벨의 소유자인 토모에 또한, 미오와 파티를 짤 수 있을 정도로 레벨이 가까운 것은 아니었다. 그런고로 모험가 길드의 제도상, 아무하고도 파티를 짤 수가 없는 것이 사실이니 어쩔 수 없는 일이었다.

"실례합니다만, 미오 님의 레벨은 몇이신가요?"

"미안하군요. 도련님으로부터 타인에게 함부로 레벨을 밝히지 말라는 명을 받은 관계로 답할 수가 없답니다. 그 대신, 저 또한 여러분의 레벨을 묻지 않을 테니 그냥 넘어가 주세요."

"잠깐, 우디? 벨더도 마찬가지야! 심문하는 것도 아니니까 좀 더 즐겁게 가자니까! 어쨌든 서두르는 페이스로 최단 루트를 가로질러 가고 있지만, 최소한 1박은 더 함께할 상대야!"

분위기의 악화를 우려한 히비키가 동료 두 사람을 말렸다.

두 사람은 입을 모아 사과한 다음, 생각보다 순순히 물러났다. 여행길의 분위기를 악화시키는 것은 그들 또한 바라는 바가 아니었기 때문이다.

토모에와 미오가 가로질러 나아갈 예정이었던 츠이게로부터 코란으로 가는 루트는, 길을 가다가 휴만과 아인들이 모여 사는 여러 군데의 촌락들을 지나쳐 멀리 돌아가는 루트로서 며칠이나 걸리는 경로였다.

그에 비해 지금 다섯 사람이 나아가고 있는 길은 약간 험한 지형을 지나치면서도 확실한 최단 루트였다. 마차를 동반할 경우에 한해 지나칠 수 없는 길도 존재하는데다가 마물들과 마주칠 가능성도 적지 않았으나, 모험가들로서는 얼마든지 선택지에 들어갈 수 있는 길이었다.

체력적으로 불안한 구석이 있는 소녀인 치야를 포함한 일행은 이 루트를 이틀에 걸쳐 가로질러 나아가 츠이게로 향할 예정이었다.

"히비키, 정말 고마워요. 그나저나 방금 레벨에 관한 얘기가 나와 지금 생각이 났는데, 여러분은 그럭저럭 강한 편에 속하나요?"

"……기본적으로, 어느 정도는 실력이 있는 편일 거예요."

히비키가 미오의 질문에 답했다. 그녀의 대답엔 자신들 이외엔 알 수 없는 함축된 의미가 담겨 있었다. 잠자코 듣고 있던 용사 일행의 표정이 어렴풋하게 어두워졌다.

"그렇단 말이죠……? 평소엔 그다지 신경을 쓰지 않지만, 오늘은 여러분과 함께 가는 길이다 보니 나름대로 주위를 경계하고 있었답니다. 그런데 조금 드문 축에 속하는 자가 이곳을 향해 다가오고 있군요. 맡아서 싸우실 수 있나요? 아니면, 제가 나서서 처리할까요?"

"농담이 지나치시군요. 아무런 느낌도 없는데요?"

"응, 나도 주위로 뭔가 다가오는 느낌은……."

우디와 치야가 미오의 말에 반박했다. 마술사 두 사람은 언제든지 적의 반응을 감지할 수 있도록, 교대로 술법을 전개하고 있었다. 휴식 중이던 치야 또한 서둘러 다시금 술법을 전개했지만, 감지 가능한 범위 안으로 특별한 반응이 침입해 들어오는 느낌은 없었다.

"저는 다른 분들보다 약간 감지 영역을 넓게 펼치고 있었으니, 두 분께서 아직 알아차리지 못한 건 지극히 자연스러운 결과랍니다.
……어라? 이제 더 이상 감지할 필요조차 없군요. 자, 저길 봐요."

미오가 저 멀리 보이는 산맥이 늘어선 방향을 손가락으로 가리켰다.

그 산맥의 산기슭 아래로 펼쳐진 숲에서, 원인 모를 이변이 일어나고 있었다.

"저게 뭐지……?"

"바람이 미쳐 날뛰고 있는 건가?"

그곳에선 수많은 나무들이 공중으로 쓸려 올라가고 있었다. 그리고 그 아래 펼쳐진 숲이 통째로 흔들리고 있었다.

소리는 아직 들려오지 않았지만, 굉장히 만만치 않은 이상사태가 발생하고 있다는 것은 확실해 보였다. 그리고 이상사태의 원흉은 히비키 일행이 서 있는 이곳을 향해 급속도로 다가오고 있었다.

"이제 어느 정도 파악이 되셨나요? 그건 그렇고, 어쩌실 건가요?"

"미오 언니는 저 괴물의 정체가 짐작이 가시나요?"

"이 정도 거리에서 감지가 가능하다고? 말도 안 돼……."

우디의 독백에 가까운 대사를 무시한 미오가 히비키의 질문에 답했다.

"딱히 확실하게 짐작이 가는 건 아니지만…… 아마도 황야에서 특정한 변이를 거친 곤충 계열 마물이 산을 넘어온 걸로 보이는군요. 가끔씩 있는 일이랍니다."

"황야의 마물?!"

벨더는 속이 뻔히 들여다보일 정도로 초조한 표정을 지어 보였다. 츠이게로 가서 제대로 된 장비를 갖추고 나서야 황야로 나가볼 예정이었는데, 목적지에 도착하기도 전에 황야의 마물과 만나게 될 줄은 예상할 수 없었던 것이다.

마물은 히비키 일행이 대화를 나누고 있는 동안에도 그들을 향해 일직선으로 돌격해 왔다. 상당히 빠른 스피드로 움직이고 있는 것으로 보였다. 방금 전보다 명확하게 그 모습이 시야로 들어왔다.

이 정도까지 접근한 이상, 우디와 치야의 감지 술법에도 걸려들 수밖에 없었다.

“이건?!”

“굉장히 강한 마물이야! 게다가 너무 크지 않아?!”

“어떡하지?! 히비키!”

“……미오 언니? 지금 여기로 오고 있는 저 괴물 말인데, 재앙의 검은 거미보다 강한가요?”

“응? 거미라고요?”

“예, 굶주린 거미 괴물이죠. 모르시나요?”

“아니, 그야 알긴 알지만…… 굳이 비교하자면, 거미 쪽이 더 강하지 않을까 싶군요. 하지만 일부러 저런 녀석과 비교할 의미가 있나요?”

미오의 입장에서 본 검은 거미, 말인즉슨 자기 자신은 지금껏 온 힘을 다해 누군가와 싸워본 적이 없었다. 말하자면, 그러한 자기 자신을 다른 존재와 비교해 봤자 아무런 의미도 없다는 식으로 여기고 있던 것이다.

단순히 지니고 있는 최대급의 힘만을 고려하자면, 자기 자신이 지금 다가오고 있는 마물보다 훨씬 강하다는 데는 의심할 여지가 전혀 없었다. 그녀로서는 지극히 단순한 사고방식으로 아무런 생각 없이 대답한 것에 지나지 않았다.

하지만 히비키 일행이 머릿속에서 상상하는 **온 힘을 다하지 않은** 거미와, 미오가 정확히 파악하고 있는 **온 힘을 다한** 거미 사이의 간극은 너무나 컸다. 그러한 기본적인 인식의 차이가 히비키로 하여금 잘못된 판단을 도출하도록 유도한 것이다.

"우리한테는 충분하고도 남을 정도로 의미가 큰일이거든요. 다들, 싸우자! 준비해!"

히비키가 검을 뽑았다. 그리고 나머지 세 사람 또한 그녀를 따라 제각각 전투태세를 갖췄다.

'어머나, 정말로 붙어볼 셈이야? 거의 틀림없이 자신들보다 강한 상대일 텐데? 혹시 이 아이들, 황야로 나가자마자 곧바로 죽어버리는 타입인가? 골치가 아프군. 하지만 히비키가 위험할 경우에 한해 거들어줘도 큰 문제는 없어 보이는군요.'

"그러신가요? 저는 뒤로 물러나 건투를 빌게요. 좀 힘들겠다 싶을 때는 저한테 말씀해 주세요."

미오가 말을 마치자마자, 주위로 강한 바람이 불어 들어왔다. 미오는 가볍게 자신의 몸을 띄운 후, 약간 거리가 떨어진 나뭇가지 위에 걸터앉아 손으로 턱을 괴었다.

바람의 기세가 잦아들자, 접근해 온 마물의 전체 모습이 드러났다.

사람처럼 보이는 상반신과 커다란 낫 모양의 특징적인 양팔을 지닌 괴물이, 배에 달린 네 개의 다리로 몸을 지탱하고 있었다—.

"사마, 귀?"

히비키의 말마따나, 적의 정체는 사마귀에 가까운 특징을 지닌 거대한 괴물이었다. 키는 3미터 정도였다.

눈 깜짝하는 동안, 마물의 공격이 히비키 일행을 휩쓸었다.

'어라?'

미오는 히비키 일행을 한꺼번에 휩쓸고 지나간 낫의 주변으로 떠오른 수많은 나뭇잎들이 그 자리에서 곧장 잘게 썰려 나가는 광경을 목격하자마자 한 가지 사실을 깨달았다.

'대충 느낌이 와. 어디선가 시들거리던 바람의 정령을 흡수한 변이체 중 하나로 보여. 커다란 덩치는 정령을 흡수한 이후로 잔뜩 **먹어치운** 결과인 것 같군. 그러다 보니 먹이가 바닥나서 산을 넘어온 거야. 원래는 긴급 의뢰로 날아 들어와 츠이게의 모험가 길드를 소란스럽게 할 만한 건인가?'

미오는 괴물의 공격 범위 밖에서 냉정하게 마물을 관찰하고 있었다.

그녀 또한 지금껏 황야와 관련된 다양한 의뢰들을 수행하며, 걸리적거리기만 하는 모험가들의 뒤를 봐주는 쪽으론 상당한 경험을 쌓아 최소한의 대처 방법을 터득한 몸이었다.

뛰어난 실력자들만 모이는 츠이게 모험가 길드의 기준으로 봐서, 미오가 본 히비키 일행은 기껏해야 3군 정도가 고작이었다. 레벨에 관해선 아는 바가 없었지만, 생존 능력과 종합적인 판단력까지 포함한 계산법으론 어디까지나 지극히 평균적인 실력을 보유한 파티 중 하나에 지나지 않았던 것이다.

"벨더!"

"우오옷!"

히비키의 지시에 따라 한 걸음 더 앞으로 나아간 벨더가, 낫의 일격을 넓은 폭의 검으로 받아넘겼다.

'흐음, 꽤나 훌륭한 방어 능력이야. 하지만 방금 전의 격돌로 무기가 눈에 띄게 상한 것 같아. 만난 그 순간부터 그렇게 보였지만, 참 허름하기 짝이 없는 장비로군. ……어?!'

미오는 놀랐다.

그녀가 놀란 원인은 벨더에게 있었다. 미오는 적의 일격을 받아넘긴 그의 검이 더 이상 제대로 써먹을 수가 없을 정도로 상한 것을 그 즉시 깨달았지만, 정작 당사자인 벨더는 그 사실을 파악하지 못한 듯 바로 그 검을 써서 자신에게 똑바로 날아 들어오고 있는 나머지 한 쪽의 낫을 막으려 한 것이다.

게다가 그는 공격의 성질적인 차이에 관해 전혀 알아차리지 못한 듯이 보였다. 지금 그에게 날아들고 있는 오른쪽 낫은, 미오의 눈으로 봐서 이 마물의 육체 가운데 뚜렷하게 가장 강대한 부분이었다. 공격의 위력 자체가 이전 것과 비교조차 되지 않았다. 하지만 히비키 일행 가운데 단 한 사람도 그 사실을 깨닫지 못한 듯이 보였다.

그들의 보잘것없는 관찰력을 인식한 미오는 그 자리에서 혀를 찼다. 그녀는 지금껏 히비키 일행을 과대평가하고 있던 자기 자신에게 실망하는 마음을 금할 수가 없었던 것이다.

"바보! 피해요!"

미오는 어쩔 수 없이 그에게 경고를 날렸다.

"어?"

벨더는 미오의 경고를 깨닫지도 못한 듯이 보였다. 갑작스러운 미오의 경고를 듣자마자 의문을 제기한 것은, 그의 후방에서 버티고 있던 히비키였다.

—순간적으로 한 줄기 섬광이 번쩍였다.

마물의 두 번째 공격이었다.

벨더는 그 공격을 받아넘기기 위해 움직였다.

하지만 결과는 방금 전과 똑같지 않았다.

그를 향해 날아든 오른쪽 낫은—.

벨더의 검을 깔끔하게 두 동강으로 갈라버린 데다가, 그의 금속 갑옷을 마치 종잇장처럼 찢어 발겼다. 그의 몸으로부터 선혈이 분수처럼 솟구치는가 싶더니, 벨더는 땅바닥 위로 나자빠졌다.

그의 눈에 깃든 감정은 절망이 아니라 순수한 경악이었다.

하지만 아직 죽은 것은 아니었다. 회복을 담당하는 치야가 발현시킨 치유의 빛이 곧바로 벨더의 몸을 감쌌다. 우디 또한 공격에 대비해 한창 영창을 읊고 있는 와중이었다.

본격적인 전투는 오히려 지금부터 시작될 참이었다.

"벨더! 시, 싫어……. 미, 미오 언니! 죄송합니다, 부탁드려요!"

순간적으로 오한이 느껴졌다.

우디와 치야로서는 마음의 동요를 숨길 수가 없었다.

미오 또한, 히비키의 입에서 나온 뜻밖의 대사에 굉장히 놀랄 수밖에 없었다.

벨더가 중상을 입은 것은 분명한 사실이었지만, 아직 파티로서 전투를 속행하기가 불가능한 상황은 아니었다. 오히려 지금 당장 진형을 재정비하지 못할 경우, 분명하게 전원이 죽임을 당할 수도 있는 생사의 갈림길이었다.

이러한 시점에서 소극적으로 물러날 궁리를 한다는 것은 전술적으로 굉장히 좋지 않은 수였다.

미오로서는 알 길이 없었지만 전우였던 나바르를 잃은 히비키의 트라우마는 생각보다 훨씬 깊은 상처였던 것이다. 표면상으론 극복한 듯이 보였으나, 실제로는 완치 단계까진 아직도 갈 길이 먼 시점이었다. 동료를 전쟁터에서 죽게 할 수밖에 없었던 쇼크는, 싸움 자체에 대한 무의식적인 두려움조차 낳고 있을 정도였다.

하지만 마물로서는 그러한 그녀의 개인적인 사정 같은 것은 아무런 상관도 없는 남의 일이었다.

미오로서는 미처 예상치 못한 단계의 가세였지만, 그녀는 벨더가 쓰러져 있는 장소 부근까지 고속으로 이동했다.

"히비키, 실망스럽군요. 기가 막혀요. 자기 자신이 미숙하다는 사실을 알고 있는 이는 위험을 피하는 법이랍니다. 그렇지 못한 이는 남들에게 민폐를 끼칠 뿐이지요. 거기 있는 두 사람? 그 기사를 치유하는 건 완전히 맡겨도 되겠지요?"

히비키의 양 어깨가 크게 움찔거렸다. 우디와 치야로서는 미오의 물음에 간신히 응답하는 정도가 고작이었다.

"나 원 참, 버러지 주제에 이런 식으로 숲이나 어지럽히고 다니다니. 이런 짓을 하다가 버섯이나 과일을 수확할 곳이 줄어들면

도대체 어떻게 책임질 거죠?"

마물이 어금니를 울리는 식으로 귀에 거슬리는 소리를 발생시켰다.

미오는 자신을 향해 날아온 낫의 일격을 접힌 상태의 부채로 막자마자, 곧바로 튕겨냈다.

"아니!"

"말도 안 돼?!"

용사 일행이 경악에 찬 표정들을 선보였다.

"―죽으려무나."

미오는 그 한 마디를 속삭이며 부채로 마물을 후려쳤다.

그리고 마물은 주위의 나무들과 함께 허무하리만큼 깔끔하게 두 동강이 났다.

상반신과 하반신으로 나뉜 마물은 힘없이 으스러지는 듯이 보였다.

"이걸로 끝났군요. 아마 지금부터 소재도 채집할 수 있을 걸로 보여요."

『…….』

말문이 막힌다는 것은 바로 이러한 상황을 가리키는 표현이리라. 그녀는 분명한 강자의 존재감을 과시하던 마물을, 마치 길에서 시비를 걸어온 건달을 물리치듯이 간단한 동작으로 제거해 버렸다.

전투로 인한 땀 한 방울조차 흘리지 않았는데도 불구하고, 미오는 태연하기 그지없는 표정으로 부채를 펼쳐 자신의 얼굴을 부쳤다.

"기사 분은 괜찮으신가요?"

"아, 저기, 예. 가까스로 상처는 아문 걸로 보이는군요."

"그러신가요? 요컨대 따로 도와드릴 필요는 없다는 뜻이죠? 히비키, 마물을 해체하는 작업을 돕도록 하세요."

"……앗! 미오 언니! 뒤—!"

히비키가 입을 열었을 무렵엔 너무 늦었다.

정체불명의 칼날이 미오의 등을 비스듬히 베고 지나갔다.

자세가 무너진 미오는, 몇 걸음 정도 앞으로 발을 엇디뎠다.

그녀의 등 뒤로, 방금 쓰러진 듯이 보였던 마물의 상반신만이 공중에 떠올라 있었다.

등에 달려 있는 날개가 육안으로 확인이 안 될 정도의 고속으로 퍼덕이며, 마물의 몸을 띄우고 있었다. 실로 어마어마한 생명력이었다.

"미오, 언니?"

"……저기요, 히비키?"

등 뒤로부터 끊임없는 공격이 들어오고 있는데도 불구하고, 미오는 히비키에게 물었다. 목소리의 톤은 바닷가를 무대로 히비키와 만난 그날보다도 명확히 낮게 깔려 있었다.

몸이 잘려 나가 미쳐 날뛰는 마물이, 미오의 등을 표적삼아 집요하고도 끊임없는 공격을 가해오고 있었다.

그러나 정작 당사자인 미오로부터 당황한 듯한 낌새는 전혀 전해져 오지 않았다. 당연히 피 또한 단 한 방울조차 나오지 않았다. 굉장히 치열한 공격처럼 보이는 반면, 그 광경 자체는 너무나 고요하기 그지없었다.

“기모노 옷감이 약간 터지지 않았나요?”

“……사실은 말이죠.”

“갈기갈기 찢어졌어, 미오 언니.”

굉장히 거북한 표정으로 할 말을 고르고 있던 히비키 대신, 치야가 기모노의 현재 상황에 관해 설명했다.

“……그렇군요.”

짧게 대답한 뒤, 미오는 부채를 품 안으로 거둬들였다. 일단 그녀는 깊숙이 숨을 들이마셨다가, 크게 내쉬었다.

그리고 몸을 가볍게 돌려 마물 쪽으로 시선을 옮겼다. 그녀의 눈앞으로 두 자루의 커다란 낫이 미쳐 날뛰는 죽음의 영역이 펼쳐져 있었다.

그럼에도 불구하고—.

미오는 망설이는 듯한 기척조차 없이 마물을 향해 양손을 뻗었다.

“저열하기 짝이 없는, 버러지가아아아아!!”

미오가 마물의 오른쪽 낫을 간편하게 왼손으로 막자마자 그녀의 오른손으로부터 뻗어 나온 어둠이 왼쪽 낫을 팔의 어깻죽지 부분부터 옭아맸다.

그리고 바로 그 직후, 터질 듯한 근육으로 둘러싸여 있던 팔이 눈 깜짝할 사이에 쭈그러들어 어깻죽지부터 떨어져 나왔다.

히비키 일행은 숨을 죽였다.

마물이 귀에 거슬리는 단말마의 절규를 질렀다.

하지만 미오의 공격은 멈추지 않았다.

미오는 비어 있는 오른손으로 마물의 오른팔을 꽉 잡고 있었다. 왼손은 지금껏 잡고 있던 낫을 여전히 놓치지 않았다.

그리고 있는 힘껏 마물의 오른팔을 잡아 뜯었다.

날씬한 여성의 가냘픈 팔이, 엄청난 거구를 자랑하는 강력한 마물의 자랑거리인 거대한 낫이 달린 팔을 잡아 뜯은 것이다.

다시금 흉악한 단말마의 비명소리가 주위로 울려 퍼졌다.

하반신과 양팔을 잃은 마물이 땅바닥 위로 엎드렸다.

마물은 이제야 자신의 패배를 깨달은 듯이 보였다. 하지만 아직껏 삶에 대한 집착을 버리지 못한 마물은 거의 남아있지도 않은 비행능력을 구사해 싸움터로부터 달아나려 발버둥 쳤다.

마물은 이미 원형조차 유지하기 힘들어 보이는 상태였다. 그러나 마물이 날아서 도망치기 위해 죽을힘을 다하고 있다 보니, 강한 날개소리와 바람이 주위로 퍼져나갔다.

"시끄러워!"

마물의 거구가, 자기 자신이 바라던 것과 다른 방식으로 공중을 향해 떠올랐다. 미오가 방금 잡아 뜯은 오른팔을 마물의 몸통으로 꽂아 넣어, 그 몸을 통째로 들어 올린 것이다. 그리고 들어 올린 여세를 몰아 땅바닥에 내동댕이쳤다. 마물의 몸과 정면으로 격돌한 땅바닥이 움푹 꺼지는가 싶더니, 이윽고 성대하게 금이 갔다.

"도련님께서 칭찬해 주신 기모노를…… 감히……!"

어디선가 나타난 어둠이 무력하게 뻗어있는 하반신과 완전히 나가떨어진 상반신을 동시에 뒤덮었다.

마술에 의한 어둠이라는 것은 확실해 보였지만, 어딘지 모르게 생물을 연상케 하는 현상이었다. 징그럽게 꿈틀거리는 어둠이 마물의 거구를 통째로 뒤덮자마자 서서히 쪼그라들었다.

이윽고 어둠은 허공으로 흩어졌다. 마물이 있던 자리엔 아무 것도 남지 않았다.

"……하아아아. 순간적으로 방심만 하지 않았어도 이런 일은 없었을 텐데! 기모노는 고칠 수 있을까?"

미오는 마물을 물리칠 때와 동일인물이라는 느낌이 안 들 만큼 곤혹스러운 표정으로 등 쪽을 몹시 신경 쓰는 모습을 보였다. 히비키 일행은 그녀의 그러한 모습을 아무 말 없이 쳐다보고 있을 뿐이었다. 그들은 그저 수준이 다른 실력자의 존재로 인해 압도당하고 있던 것이다.

"……이러고 있을 때가 아녜요. 어쨌든 느긋하게 발로 갈 상황이 아니라고요!"

혼잣말을 중얼거리던 미오가 갑자기 골똘히 생각에 잠긴 듯한 표정을 지었다.

'음? 염화? 누군가와 대화를 나누고 있는 건가?'

치야에게 벨더를 치유하는 역할을 맡기고 있던 우디는, 히비키의 상황을 신경 쓰면서도 미오의 표정이 제3자를 상대로 염화를 나누고 있는 증거라는 사실을 깨달았다.

곧이어, 미오가 세 사람에게 고개를 돌렸다.

"지금부터 서둘러 츠이게를 향해 이동하기로 했답니다. 여러분을 여기다 놔두고 갈 수도 없으니, 지금 하는 행동에 관해선 양해 바랍니다."

어둠이 세 사람을 뒤덮었다.

세 사람이 무력하게 쓰러지는 소리가 들려왔다.

히비키 일행의 의식을 빼앗은 미오는, 다시 염화를 연결했다.

'토모에? 전부 다 **기절시켰답니다**. 츠이게까지 잘 부탁드려요.'

'이 몸은 택시가 아닌데 말이야.'

'**택시**? 또 제가 모르는 단어가요? 일본식 요리를 완성시키는데 꼭 필요한 관계자라는 말씀은 드린 걸로 아는데요?'

'음; 그러고 보니 그렇군. 정말 그러한 분야와 관련된 일이라면 협력해야 되고말고. 츠이게의 문 앞까지 데려다 달라는 소리였지?'

'맞아요.'

격렬한 전투의 흔적이 남아있던 장소로부터, 다섯 개의 기척이 자취를 감췄다.

"어머나, 이제 오셨나요?"

카운터의 안쪽, 작업장이 있는 것으로 추정되는 장소로부터 귀에 익은 목소리가 들려왔다. 히비키 일행은 자신들이 목적한 장소에 도착한 사실을 실감했다.

그곳은 변경에서도 제일가는 성장세를 보이고 있는 츠이게의 상회들 가운데, 특히 놀라운 속도로 성장하고 있는 것으로 알려진 렘브란트 상회의 한쪽 구석이었다.

렘브란트 상회의 한쪽 구석으로 이동함에 따라, 거무스름한 피부의 아인이 온화한 미소를 지은 채로 방문자들을 맞이하는 한 귀퉁이가 시야로 들어왔다.

그곳이야말로 쿠즈노하 상회 츠이게 출장소였다.

이제는 수많은 단골손님들을 확보한 쿠즈노하 상회는, 대부분의 모험가들이 이름 정도는 알고 있는 유명한 가게 중 하나로 성장했다.

쿠즈노하 상회 츠이게 출장소는 양질의 소재를 사용함으로써 이 근방에서도 최고봉에 해당되는 고품질의 무기를 판매하고 있는 가게였다. 그리고 적절한 금액의 보수를 치른다는 전제하에 기존 무기의 개량이나 오리지널 무기를 작성하는 작업까지 맡는 경우도 있다. 확실하게 사용자의 생명을 연장시켜 주는 장비품은, 꼭 모험가가 아니더라도 전투가 치르게 될 가능성이 있는 직종의 고객들에게 무척이나 높은 평가를 받고 있었다.

무기를 구입하러 온 모험가들의 옆으로, 일반적인 서민으로 보이는 몇 명 정도가 약을 구입하기 위해 줄을 서고 있었다. 쿠즈노하 상회가 취급하는 약품은 어중간한 마법 약보다도 높은 효능을 지니고 있다는 식의 평판이 널리 알려져 있었다. 매상 또한 나날이 점진적인 상승 곡선을 그리고 있는 도중이었다. 쿠즈노하 상회의 경영 상태가 일반적인 사업체로서 이보다 더할 수 없이 순조롭다는 데는 의심할 여지가 없었다.

미오는 자신의 힘에 의해 기절한 히비키 일행을 츠이게의 한 숙소로 데려갔다. 미오는 숙소의 여주인이 잘 알아듣도록 그들의 사정을 설명한 뒤, 그곳을 뒤로했다. 히비키 일행은 여주인으로부터 (몇 할 정도 날조된) 사정을 전해 들었다. 그 이후로 며칠 동안, 그들은 부상을 입은 벨더를 회복시키는데 전념했다.

그리고 드디어 오늘이라는 날이 다가온 것이다.

벨더가 평범하게 나다닐 수 있을 만큼 회복된 관계로, 좋은 날을 골라 전원이 다 모여 미오가 기다리고 있다는 쿠즈노하 상회 출장소까지 발걸음을 옮긴 것이다.

그녀들로서는 지금 쏟아지고 있는 호기심과 질투심이 뒤섞인 수많은 시선들의 참뜻을 예상조차 할 수 없었다. 사람들의 눈에 비친 그녀들은 특정한 연줄을 통해 미오와 어느 정도 이상의 친분을 구축한 이들로 보이고 있었지만, 쿠즈노하 상회가 이 도시에서 차지하고 있는 입지나 미오라는 개인의 위상에 관해 아는 바가 전혀 없는 히비키 일행들로서는 지금 당장 수많은 시선이 쏟아지고 있는 이유를 짐작하기는 어려울 수밖에 없었던 것이다.

숲 도깨비 점원의 「오래 기다리셨습니다」라는 한 마디와 함께, 카운터 안쪽에서 미오가 나타났다.

“다치셨던 기사 분은 벌써 회복되신 모양이군요. 별일 아니라 정말 다행이에요.”

“아……, 요전번엔 정말 크게 신세를 졌소. 동료들로부터 들은 바에 따르면, 치유하는데도 힘을 빌려주셨다더군. 진심으로 감사하오.”

벨더 본인이 앞서 나와 미오에게 감사의 뜻을 밝혔다. 미오는 잠시 그를 훑어보다가, 곧장 히비키에게 시선을 옮겼다.

“크게 신경 쓰지 마세요. 이래봬도 모험가 분들의 뒤를 봐주는 데는 꽤나 익숙하거든요. 그나저나, 히비키? 보아 하니 친구 분의 몸 상태는 그리 나쁘지 않은 것 같은데, 시간은 나시나요?"

"예. 숙소의 여주인 아주머니로부터 미오 언니가 저에게 용건이 있다는 말씀을 듣고 왔어요. 혹시…… 제가 마물과 전투를 벌이다가 보인 추태 때문에 하실 말씀이 있는 건가요?"

히비키의 표정은 어둡기 그지없었다. 변명의 여지조차 없을 정도로 한심한 모습을 보인데다가, 실망스럽다는 말까지 들었던 경험이 그녀의 마음속에서 응어리로 남아 있었다. 그녀는 지금까지 살아온 인생의 모든 기간을 통틀어 타인을 실망시키거나 자신의 나약함과 마주친 경험이 없는 몸이었다.

히비키가 마장을 상대로 고전을 겪고 나서 느끼기 시작한 자기 자신의 힘에 대한 의문과 아울러, 용사인 그녀의 마음속에서 그러한 응어리가 점차 커지고 있던 것이다.

"전투? 아니, 저로서는 그런 건 상관할 바가 아니랍니다. 방금 전에도 말했다시피, 여러분과 같은 사람들의 뒤를 봐주는 일은 개인적인 사정으로 인해 꽤나 익숙하거든요. 이번엔 그냥 운이 좋았던 걸로 여기세요."

하지만 미오의 대답은 히비키의 고민을 철저하게 부정했다. 미오의 입장에서 볼 때는 평소와 다를 바 없이 그냥 츠이게로 돌아오다가 나약한 휴만들의 뒤를 봐준 것에 지나지 않았던 것이다.

"운이 좋았다고요? 저는 경우에 따라서, 요전번 같은 꼴사나운 추태를 보였으니…… 언니한테 한바탕 혼이라도 날 줄 알았거든요."

"그런가요? 사실 어이는 없더군요. 하지만 일단 목숨은 건진 셈이잖아요? 지나간 일에 관해 지나치게 신경써봤자 아무런 소용도 없지 않아요? 게다가 애초부터 당신의 동료나 스승조차 아닌 제가, 도대체 무슨 이유로 당신에게 조언이나 꾸중을 드려야 한다는 거죠?"

미오는 히비키 일행의 생사 그 자체엔 큰 관심이 없다는 뜻을 넌지시 내비쳤다. 그녀의 입에서 나온 무신경한 발언이야말로 히비키 일행의 자존심을 가장 무자비하게 짓밟는 언사였다.

"그렇긴 하지만…… 언니는 도대체 무슨 이유로 저의 목숨을 구해주신 거죠?"

"그야 숙소의 여주인한테도 전달했다시피, 히비키에게 개인적인 용건이 있었기 때문이에요. 아직 당신으로부터 해산물이나 건어물을 이용해 맛국물을 우리는 방법을 배우지 않았으니까요."

"마, 맛국물이라고요?"

"예."

"그것, 뿐인가요?"

"……? 그런데요? 훌륭한 요리법을 아는 이를 죽게 놔두기엔 아깝더군요. 저한텐 그게 다였답니다. 그건 그렇고, 히비키? 이제 며칠 동안의 궁금증도 풀린 셈이니, 당분간 저에게 시간을 주세요."

미오는 넋이 나간 듯한 히비키에게 태연한 표정으로 말대꾸를 날렸다.

"미오 님. 저희들의 목숨을 구해주신데 관해선 물론 감사드립니다만, 지금 하신 제안에 응하기는 어려울 것 같습니다. 저희들은 수련과 강한 장비를 찾기 위한 목적으로 이 땅까지 찾아온 몸입니다. 유감스럽게도 쓸데없는 일로 낭비할 시간은 전혀……."

우디가 미오의 제안에 반대하는 태도를 보였다. 히비키 일행은 최고로 수련에 적합한 장소를 찾기 위해 츠이게까지 찾아온 몸이었다. 그리고 자신들의 실력에 적합한 장비를 수소문해보자는 목적을 겸하고 있었다. 마장과 재대결을 펼쳐, 이번에야말로 스텔라 요새를 탈환해야 한다. 모든 것은 바로 그 하나의 목적을 이루기 위한 사전준비에 지나지 않았다.

"포기하세요. 고작 그 정도 수준의 상대에게 고전한데다가 제대로 된 판단력조차 터득하지 못한 초보자 파티가 황야로 나가봤자, 결국은 마물들의 한 끼 식사 신세랍니다. 레벨은 어느 정도 높을지도 모르지만, 겨우 그것만으론 황야로 나가봤자 그냥 몸집만 큰 어린아이나 다를 바 없거든요. 말하자면 아무런 의미도 없는 헛수고라는 뜻이죠."

미오는 어이가 없다는 듯이 우디의 발언을 물리쳤다. 업신여기거나 비웃는 듯한 느낌은 전혀 없었다. 정말로 어른이 어린아이를 달래는 듯한 태도였다.

"하지만! 우리는 지금 당장 실력을 쌓아야만 해요! 시간도 없다고요!"

감정이 고조된 히비키가 언성을 높였다. 미오로서는 탄식이 나올 수밖에 없는 상황이었다. 그녀의 눈동자가 죽음을 재촉하는 모험가들 특유의, 좁은 시야로 인해 나타난 독특한 눈빛을 띠고 있다는 사실을 깨달았기 때문이다.

"도무지 이해가 안 되는군요. 지금까진 조금 유별난 모험가들인 줄로만 알았는데, 혹시 굉장히 서둘러야 하는 별도의 목적이라도 있으신가요?"

"아니, 그건……."

"하지만 저 또한 여러분의 목숨을 구해드린 최소한의 보답이나마 받고 싶은 참이거든요? 게다가 아무리 어느 정도 힘이 있더라도, 그렇게 자그마한 어린아이까지 황야로 데려갈 셈인가요?"

"……."

"묵비권을 행사하시겠다는 건가요? 예상보다 훨씬 멍청한 두뇌의 소유자일 줄은 미처 몰랐군요. 으—음, 꽤나 곤혹스럽군요. 저도 양보할 수가 없는 입장이다 보니……."

"미오 언니? 당분간은 당일치기로 나가서, 서서히 황야에 적응하는 데부터 시작해 볼게요. 그리고 밤엔 미오 언니를 만나러 온다는 건 어떨까요?"

"현재의 여러분이 지닌 실력으로는 며칠 동안의 보장조차 장담할 수가 없는 말이로군요. 어디 보자, 도대체 무슨 수를 써야 양쪽 다 만족이 될까요……?"

히비키와 미오는 카운터 너머로 대화를 나누고 있는 와중이었다.

그런데 바로 그 순간, 한 남성이 끼어들었다. 미오와 나온 곳과 같은 방향의, 점포의 안쪽으로부터 나타난 남자였다.

휴만이 아니었다. 엘더 드워프 종족의 장인으로 보이는 남자였다.

"예를 들어, 이런 방법은 어떻습니까?"

"어라, 베렌? 무슨 대단히 좋은 방법이라도 떠올랐나요?"

"대단히 좋은 방법이랄 정도로 특이한 방안은 아닙니다. 미오님께선 지금 찾아오신 저 아가씨를 상대로 요리에 관해 물어보고 싶으신 거지요? 그리고 가능하면 그녀가 지니고 있는 요리의 기술까지 직접 전수받고 싶으신 겁니다."

"맞아요."

"그리고 모험가 아가씨와 그 일행 분들께서는 당분간 황야를 무대로 삼아 수련을 쌓고 싶으시다는 말씀을 들었습니다."

"예. 오직 그것만이 저희들의 목적입니다."

엘더 드워프의 말에 대답한 히비키 이외의 나머지 멤버들 또한 고개를 끄덕였다.

"알아들었습니다. 하지만 미오 님께서 말씀하신 대로, 현재 상태로는 머지않아 확실하게 목숨을 잃으실 수밖에 없을 겁니다."

"큭!"

"베렌? 뜸 들일 필요 없이 곧장 말씀하세요."

"죄송합니다. 모험가 아가씨께서 미오 님께 요리 기술을 전수해 주신다는 조건하에, 저희 쪽에서도 여러분들께 필요한 무기들을 준비해 드리고자 합니다. 무기 값은 후불로도 접수할 수 있습니다. 일정 금액 정도는 할인해 드릴 수도 있고요. 완성된 무기를 장비하고 나서 황야로 향하시지요. 말하자면 무기가 완성될 때까지…… 대충 사흘 정도로군요. 모험가 아가씨께서 미오 님께 기술을 전수하시는데 쓸 수 있는 시간이 비는 셈입니다. 그리고 그 후로도 밤마다 미오 님께 요리 기술을 가르쳐주신다는 건 어떻습니까? 실례합니다만, 현재 여러분께서 지니고 계시는 장비들 또한 평균 이상의 물건이지만, 이미 꽤나 파손된 상태로 보이는군요. 그러한 장비들을 앞세워 황야로 나간다는 건 사실상의 자살행위나 다름없습니다."

"무기만을 새로 조달해 줘봤자, 이 자들이 죽지 않을 보장은 없지 않나요?"

"옳으신 말씀입니다. 보험 삼아 토아 님과 그 일행 분들을 동행시키시지요. 그들이 미오 님께서 직접 의뢰하시는 건을 거절할 리는 없으니까요."

"듣고 보니 그렇군요. 그자들과 함께 갈 경우, 당일치기로 돌아올 수 있는 범위 안에서 비명횡사당할 걱정은 별로 없을 것 같아요. 베렌, 농담이 아니라 정말로 굉장히 좋은 생각이에요."

"영광입니다. ……그나저나, 정작 당사자인 여러분들께선 어떻게 생각하십니까?"

카운터 안쪽의 의견은 정리가 된 듯이 보였다. 드워프 장인은 히비키 일행에게 화답을 요구했다.

"사흘이라? 그 기간을 좀 더 단축할 수는 없겠소?"

"지금부터 치수를 재고 나서 모든 작업이 마무리될 때까진 최소한의 시간은 필요할 수밖에 없습니다. 단순한 무기 손질에 비해 비교가 되지 않을 정도의 많은 수고가 드는 작업입니다. 제가 입에 올린 사흘이라는 기간 자체가 평범한 장인들의 기준으로는 상식을 초월할 정도의 짧은 기간인 걸로 압니다."

장인인 베렌이 벨더의 질문에 정중하기 이를 데 없는 태도로 답했다.

"저희들에게 동행시키신다는 모험가를 신용할 수 있다는 보장은 있나요?"

마술사인 우디는 자신들과 동행할 이들의 신뢰성에 관해 물었다. 고용된 모험가가 고용주를 배신한다는 건, 얼마든지 예상할 수 있는 사태였다. 위험한 장소까지 가서 고용한 모험가에게 배신당할 경우, 전멸을 야기할 가능성조차 존재하는 얘기였다.

“토아 님은 이 츠이게의 정상급 모험가로 활약 중인 분이십니다. 얼굴도 꽤나 널리 알려져 있는데다가, 불법적인 짓과 전혀 인연이 없는 분이십니다. 파티의 평균 레벨도 450을 넘을 뿐만 아니라, 이제 슬슬 일류라고 불릴 만한 실력을 갖추신 걸로 압니다. 사실은 꼭 그분들이 아니더라도, 이 도시의 모험가들 가운데 미오 님의 신뢰를 저버릴 만큼 어리석은 자들은 있을 리가 없지만요.”

“450?!”

“여러분들께서 토아 님조차 도저히 믿을 수 없다고 하신다면 저희들로서는 다른 수단을 고려할 수밖에 없습니다.”

“으?!”

베렌이 순간적으로 살기 섞인 눈빛을 띠자, 우디로서는 온몸을 떨 수밖에 없었다. 베렌으로부터 온갖 수단과 방법을 가리지 않겠다는 굳은 의지가 느껴졌다. 고작 요리에 관한 얘기로 몸의 위험을 느낀다는 것은 너무나 수지타산이 맞지 않는 얘기였다.

베렌의 말을 긍정하는 듯이 고개를 끄덕인 우디가, 뒤로 물러났다.

“히비키, 어쩌실 건가요? 지금 한 제안은 여러분들에게도 적잖이 유익하지 않을까 싶은데요?”

“……잘 부탁드립니다.”

“다행이다! 지금부터 곧장 치수 측정과 조사를 시작하도록 할까

요? 베렌, 서두르세요. 우선 히비키부터 시작하실 거죠? 그리고 토아에게 연락을…….”

“분부를 따르겠습니다. 여러분들께선 일단 저를 따라오시죠.”

히비키 일행은 미오와 베렌에게 이끌려 가게의 안으로 들어갔다.

바로 그날, 리미아의 용사는 변경을 무대로 다시 일어났다.

겨우 몇 달 정도의 시간이 이만큼이나 짧게 느껴진 것은, 히비키의 인생을 통틀어 처음 있는 일이었다.

미오의 소개를 받아 한동안 행동을 함께한 토아라는 모험가의 파티로부터, 모험가들 특유의 판단력이나 사고방식을 배웠다. 파티의 리더 역할을 담당하고 있던 토아는 스피드를 무기로 삼는 타입으로서, 히비키와 달리 허를 찌르는 기술을 주특기로 삼았다. 그녀는 히비키를 상대로 연습 시합을 치를 때도 만만치 않은 실력을 선보였다.

최근 몇 달 동안, 히비키의 레벨은 거의 오르지 않은 거나 마찬가지였다. 하지만 단순한 숫자로 측정할 수 없는 전투력은 뚜렷하게 상승 곡선을 그렸다.

동료를 잃은 트라우마를 극복하지 못 하던 히비키는, 레벨이 비슷한 토아를 상대로 한 연습 시합에서 보기 좋게 참패를 당하고 말았다. 휴만에게 이만큼이나 큰 격차로 패배한 것은 히비키로서는 처음으로 경험하는 일이었다. 참고로 미오를 상대로 연습 시합을 치른 적도 있었다. 물론 결과는 히비키의 참패였다. 히비키는 미오를 상대로 한 연습 시합에선 거의 아무 짓도 못한 거나 마찬가지였다.

히비키는 미오를 상대로 단순한 연습 시합만 치른 것은 아니었다. 용사 일행은 만일의 사태에 대비해 자신들의 숙소를 습격자 대책용 결계로 지키고 있었다. 그런데 그런 식으로 삼엄한 결계를 치고 있던 숙소의 객실에서 휴식을 취하다가, 한밤중에 결계를 돌파하고 침입해 들어온 미오에게 목덜미를 붙잡혀 눈을 뜬 적도 있었다.

온 힘을 다해 저항하던 히비키는 간단하게 진압당한 뒤, 두 눈을 번쩍이던 미오에게 주방으로 끌려가 강제로 심야 요리 교실을 개강할 수밖에 없었다.

히비키는 미오와 토아에게, 자신보다 레벨이 낮은 토아를 상대로 지는 이유에 관해 물은 적이 있었다.

"나도 절야(絕野)에 있을 무렵엔…… 그런 식의 고정관념에 사로잡혀 있었지. 아마도 레벨이라는 숫자는 결국 단순한 지표 중 하나가 아닐까?"

그것이 토아의 증언이었다. 가면을 쓴 상인을 떠올린 듯, 쓴웃음을 지은 채로 대답을 입에 담았다.

"레벨이 높다는 건, 요컨대 누군가를 잔뜩 죽였다는 증명에 지나지 않아요. 상대방의 진정한 실력은, 숫자가 아니라 피부로 느끼는 거랍니다."

그리고 미오의 입에서 나온 대답은 그와 같았다. 사실은 본능에 따라 굶주림만을 채우고 다니던 과거의 자기 자신에 대한 자학이 약간이나마 섞여 있는 대답이었지만, 그녀의 과거를 알 리가 없는 히비키로서는 단순히 크나큰 존경심을 담아 미오를 우러러볼 수밖에 없는 발언이었다.

그런데 바로 그 미오가, 히비키가 어렴풋한 기억 속으로부터 가까스로 떠올린 멸치나 다시마를 써서 맛국물을 우리는 방법을 가르쳐주자마자 어린아이처럼 두 눈을 반짝이는 것이다.

히비키에게 있어서 미오라는 존재는, 자신과 같은 흑발의 소유자이자 요리 한정으로나마 원래 살던 세계의 지식을 공유 · 공감할 수 있는 상대였다. 나바르를 잃은 트라우마를 서서히 극복 중이던 히비키는, 조금씩 미오에게 의존하고 있었다.

리미아로부터 귀환 명령이 당도한 그날, 히비키 일행이 츠이게에서 보내는 마지막 밤이 찾아왔다.

처음으로 츠이게를 근거지로 삼기 시작할 무렵의 히비키 일행은, 쿠즈노하 상회의 특별 취급을 받다 보니 주위와 정상적으로 우호적인 관계를 맺지 못 하는 모습을 보였다. 그러나 지금은 토아 일행과 구축한 개인적인 친분 관계나 황야를 무대로 수많은 모험가들과 협력하던 실적, 그리고 히비키가 트라우마의 극복과 함께 조금씩 되찾기 시작한 선천적인 매력과 카리스마로 인해 변경의 모험가들로부터 서서히 제구실을 하는 동료로 인정받고 있던 참이었다.

그런고로 오늘밤, 수많은 모험가들이 한데 모여 그녀들을 위한 송별회 자리를 가진 것이다. 모험가들은 그녀들과 이별하기가 아쉽다는 듯이 온갖 난리법석을 떨었다.

그러한 이들 중에선 히비키 일행을 따라 리미아로 가서 함께 싸우겠다는 말을 입에 올리는 모험가들도 있을 정도였다.

벨더와 우디는 술에 만취한 상태로 어디론가 자취를 감췄다. 모르긴 몰라도, 두 사람과 이대로 이별하고 싶지 않은 어떤 여성들이 하룻밤의 정을 나누고자 자신들의 잠자리로 데려갔는지도 모르는 일이다.

치야는 자신과 나이가 맞는 모험가가 있을 리가 없다 보니 츠이게로 왔을 때만 해도 주위로부터 붕 떠 있어 일종의 향수병에 걸린 듯이 보였으나, 언제부턴가 토아의 동생이자 화가 지망생인 리논과 의기투합하기 시작했다. 두 사람은 오늘도 쥬스가 든 컵을 한 손에 든 채로 송별회 자리를 즐긴 후, 사이좋게 같은 침대로 들어가 잠을 청하고 있었다.

그리고 히비키는—.

송별회 자리의 소란으로부터 벗어나, 도시를 둘러싼 외벽 위로 오르고 있었다. 그녀의 등 뒤론 띄엄띄엄 등불이 빛나는 츠이게의 거리가 펼쳐져 있었으며, 정면으론 황금가도가 이어져 있었다. 이 도시의 거상으로서 이름 높은 렘브란트가 집사와 함께 미스미 마코토를 배웅한 바로 그 장소였다.

그녀는 혼자가 아니었다.

성벽의 난간에 걸터앉아 있는 한 여성이 히비키를 바라보고 있었다. 물론 그녀는, 다름아닌 미오였다.

"하실 말씀이 있다면서요? 꼭 이런 데까지 불러야만 하는 용건인가요?"

"……예. 송별회 자리 같은 데선, 도저히 이런 말을 할 만한 분위기를 유지할 수 없을 것 같아서요……."

큰길을 보고 있던 히비키가 미오에게 고개를 돌렸다.

"간략하게 부탁드려요. 한밤중에 이런 데서 단둘이서만 만나다가 쓸데없는 오해를 살 수도 있으니까요."

"변함없이 요리에 관한 얘기 말고는 무뚝뚝하시네요. ……말씀대로 할게요. 오늘의 용건은 두 가지뿐이에요."

"……."

"우선, 미오 언니? 진심으로 감사드리고 싶어요."

히비키는 머리를 깊숙이 숙이더니, 감사 인사를 입에 담았다.

"코란에서 언니와 만나지 않았더라면, 아마도 저희들은 지금쯤 이렇게 살아있을 수도 없지 않았을까 싶어요. 황야는 저희가 상상하던 것보다 훨씬 혹독한 장소였거든요. 만나게 된 계기는 호른의 폭주였지만, 미오 언니와 만날 수 있었던 건 저희들에게 정말로 크나큰 행운이었어요."

"저한테도 따로 목적이 있었으니까요. 지금 같은 식으로 일방적인 감사 인사를 받을 입장은 아니랍니다."

미오는 어디까지나 지극히 사무적인 태도로 말을 되받아쳤다.

'게다가 호른이라는 늑대가 저를 공격한 까닭은, 그 짐승이 저의 냄새에 반응했기 때문이거든요. 결국 이 아이들은 눈앞의 상대가 예전에 자신들과 싸웠던 검은 거미라는 사실을 깨닫지 못한 걸로 보이지만, 그 녀석만은 바닷가에서부터 이미 알아차리고 있었지요. 기습을 걸어온 것도 사정을 알게 된 지금에 와서 생각해 보니 짐승에게 본능이 존재하는 이상에야 어쩔 수 없는 일이었고요. 일단 호른의 입은 막아뒀으니, 이제 와서 새삼스레 들춰봤자 큰 의미는 없어 보여요.'

미오는 은랑(銀狼)이 자신을 공격한 이유를 파악하고 있었다. 게다가 호른 같은 짐승에게도 알아듣기 쉽도록 설득하여, 히비키 일행을 상대로 사실을 발설하지 않겠다는 약속까지 받아놓은 상태였다.

"일본도가 있다는 데도 놀랐지만, 베렌 씨가 제작하신 이 검의 성능도 정말 대단하더군요. 그 분과 만날 수 있었던 것도 전부 다 미오 언니 덕분이니까, 일단 오늘은 순순히 저의 감사 인사를 받아 주세요."

히비키는 엘더 드워프의 작업장에서 목격한 일본도에 마음이 끌렸다. 원래부터 검도에 조예가 있던 탓도 있으리라.

하지만 베렌은 히비키에게 일본도는 어울리지 않는다는 주장과 함께 단칼에 그녀의 희망사항을 물리쳤다.

그녀의 검을 본 베렌은, 히비키가 현재 구사하는 검기에 일본도는 적합하지 않다며 그녀를 설득했다.

"원래부터 아가씨의 몸에 배어 있던 검기는, 단날 검을 다루는 종류의 기술로 보이는군요. 하지만 현재의 아가씨가 사용하고 있는 것은 틀림없이 양날 검을 다루는 기술이올시다. 손질하는데도 특별한 숙련 과정이 필요한 일본도는 그다지 추천하고 싶지 않군요. 저 칼은 저의 눈이 닿는 범위 안에서 활동하는 이들 가운데 아주 일부에게만 추천하고 있는 무기올시다."

그는 정확하게 현실을 지적하고 있었다.

과거의 히비키가 습득하고 있던 검의 사용 방식은, 정식으로 배운 검도 기술과 독자적으로 익힌 약간의 검술에 기반을 둔 본인만의 검기였다.

그리고 이 세계로 온 이후, 지금은 고인이 된 나바르의 실전 검기와 자신만의 방식을 융합시켜 바스타드 소드를 이용한 전투 방식을 확립시켰다. 이제 와서 일본도를 주무기로 삼기는 어려울지도 모른다는 베렌의 의견은, 그녀 스스로도 납득이 가는 설명이었다. 애초부터 죽도(竹刀)나 다루던 히비키가 진짜 칼을 손질하는 방법을 모른다는 것은 틀림없는 사실이었다. 지금 당장 필요한 도구나 기술 등을 고려해보더라도, 새로운 무기로 일본도를 선택한다는 것은 그다지 현실적이지 못한 얘기였다. 결국 그녀로서도 베렌과 같은 결론에 도달할 수밖에 없었던 것이다.

얌전히 베렌의 충고를 받아들인 결과, 히비키는 처음으로 자신의 능력을 넘어서는 무기를 손에 넣었다. 과거와 반대로, 무기의 성능을 최대한 발휘하기 위한 수련을 쌓아야 하는 처지에 놓인 셈이다. 베렌이 자신의 창의력과 재치를 살려 제작한 그 검은, 일반적인 바스타드 소드보다 크기가 컸다. 언뜻 보기엔 대검에 속하는 무기였으나, 무게는 히비키가 쓰던 칼보다 가벼웠다.

무기의 크기를 정확히 고려한 검술을 구사한다는 전제하에, 예전과 다를 바 없는 감각으로 다룰 수 있었다. 그 검이 미오가 무심코 베렌에게 건넨 마물의 낫을 재료로 삼고 있다는 점은, 히비키로선 알 수가 없는 사실 가운데 하나였다.

히비키는 미오의 시선을 외면하듯이 밤하늘 쪽으로 눈을 돌렸다.

"아직도 이 검의 성능을 절반 정도밖에 발휘하지 못 하고 있는 듯한 느낌이 들어요. 베렌 씨도 제가 아직 검의 **장치**를 제대로 활용하지 못 하고 있다는 사실을 알자마자 꽤나 낙담하시더군요. 과제를 남긴 채로 이곳을 떠나야 한다는 건, 솔직히 말해서 너무 분하네요."

"아마도 지금 상태론, 히비키는 꼭 이곳이 아니더라도 어디서든 자신에게 필요한 만큼의 수련 정도는 쌓을 수 있을 걸로 보여요. 베렌의 장치도 머지않아 자유자재로 구사할 수 있을 걸요? 어쨌든 그 정도의 장난감을 얼른 자기 걸로 삼지 못하고서야 얘깃거리조차 되지 않아요."

"아하하, 일단 가능한 한 최선을 다해볼게요. ……그건 그렇고, 또 하나의 용건 말인데요."

히비키는 그녀로서는 흔치 않게 거북하다는 듯이 할 말을 고르고 있는 듯한 분위기를 풍겼다. 미오는 이미 넉넉하게 배를 채우고 오는 길이라 따로 특별한 용건은 없는 몸이었다. 그녀는 얌전히 히비키의 다음 발언을 기다렸다.

"……미오 언니, 저희들과 함께 가주실 수 없나요? 결국 마지막까지 직접 만날 순 없었지만, 상회의 대표 분께도 결단코 무례하지 않도록 잘 말씀을 드려볼게요!"

히비키는 쿠즈노하 상회의 대표인 라이도우라는 상인과 직접 얼굴을 마주친 적이 없었다. 히비키는 라이도우에 관해선 쿠즈노하 상회의 종업원들과 이야기를 나누다가 가끔씩 나오는 이름을 듣거나, 토아로부터 본인에 관한 얘기를 전해들은 정도였다. 미오 못지않은 실력자라는 그 정체불명의 상인은, 결국 원료 조달을 하러 갔다가 돌아오지 않았다. 히비키와 그녀의 동료들 가운데 그와 직접 만난 이는 단 한 사람도 없었다.

토아의 증언에 따르면—.

"라이도우 씨? 으—음, 그 분은…… 한 마디로 말해서 밑바닥을 짐작할 수 없는 분이라고 해야 하나? 난 지금은 소멸한 베이스인 절야라는 곳에서 그 분과 만났는데…… 아하하하……. 어쨌든 악당은 아니니까, 나쁜 말은 안 할 테니 절대로 그분만은 적으로 돌리지 마. 말썽이 나봤자 기본적으로 손해 볼 일밖에 없거든."

미오가 말하기로는—.

"도련님 말인가요? 훌륭하신 분이랍니다. 제가 모든 것을 다 바쳐 섬기고 있는 분이시기도 하지요."

베렌의 증언은—.

"그 분께서 만족해 주시는 무기를 만드는 거야말로 나의 꿈이야. 언제가 될지는 아직 기약이 없지만 말이지."

상회의 종업원들에게 크나큰 존경을 받고 있는 것은 틀림없었으며, 마코토에 관해 설명하는 그들의 모습은 히비키의 관점에서도 몹시 자긍심이 넘쳐 보였다.

"싫어요. 저한테는 도련님이라는 분이 계시거든요. 예전에도 똑같이 말씀드린 적이 있지 않나요?"

미오의 입에서 곧바로 대답이 되돌아왔다.

"그 도련님이라는 분도 함께 가실 수는 없을까요? 리미아에 가게를 준비해 드릴 수도 있어요."

히비키가 끈질기게 물고 늘어졌다.

"방금 전과 마찬가지로 받아들일 수 없는 제안이군요. 도련님께선 지금 바쁘신 몸이라고 말씀드렸을 텐데요?"

양보하는 방안을 제시해 봤자, 더 이상 말을 덧붙일 여지조차 없었다.

"……예를 들어 저의 소원이 세계 전체의 존망과 관련된 일일 경우, 나아가서는 미오 언니가 소중하게 여기는 도련님조차 말려들지도 모르는 사태의 수습에 본인의 힘이 필요하다는 가정하에서도 대답은 변하지 않나요?"

자신은 용사였다. 히비키는 마지막까지 미오를 상대로 그 사실을 밝히지 않았다.

요리에 관한 지식을 알고 있는 이유에 관해서도, 책을 읽어 얻은 정보라는 식으로 대충 얼버무렸다. 물론 미오의 추궁에 의해 손쉽게 무너질 수밖에 없는 거짓말이었다.

하지만 미오에게 있어서 가장 중요한 것은, 요리에 관한 지식과 기술뿐이었다. 그녀는 그 이외의 정보에 관해선 정말로 티끌만큼의 관심조차 없었다.

그리고 히비키는 스스로 용사라는 신분을 밝힐 경우, 토아나 미오의 태도에 일어날지도 모르는 변화를 불안하게 여겼다. 어디까지나 평범한 일개 모험가로서 활약할 수 있었던 최근 몇 개월 동안은, 히비키에게 있어서 앞으로 반드시 그립게 느껴지리라는 확신이 들 정도로 몹시 신선한 시간이었다.

"거론할 가치조차 없군요. 저는 기본적으로 당신들의 세계 그 자체를 중요하게 여기지 않는답니다. 저에게 있어서 소중한 존재는 오직 도련님뿐이거든요. 게다가 저 따위가 가세함으로써 어떻게든 처리할 수 있을지도 모르는 사태를, 도련님께서 직접 해결하지 못 하실 리가 없어요. 그런고로, 저는 언제까지나 그분의 곁에서 그분의 명에 따를 뿐입니다."

"……무슨 일이 있어도 마찬가진가요?"

"무슨 일이 있어도 마찬가지랍니다."

차라리 용사라는 신분을 밝힌 뒤, 정식으로 도움을 요청해 본다는 선택지가 머릿속을 스쳐 지나갔다. 그러나 히비키는 곧바로 그 선택지를 거둬들일 수밖에 없었다.

미오는 세계 그 자체를 중요하게 여기지 않는다는 말을 입에 담았다. 그렇다면 자기 자신이 휴만 사회를 지키기 위해 소환된 용사라는 사실을 밝혀 봤자 교섭에 영향을 줄 리가 없다는데 생각이 미쳤던 것이다.

'미오 언니가 이만큼이나 숭배하고 있는 도련님이라는 사람은 대체……? 토아 양도 완전히 수준이 다른 존재라는 식으로 쓴웃음을 짓더란 말이지. 정말 이 세상엔 별 사람이 다 있다는 건가? 그 녀석이랑 미오 언니와 그 일행이 힘을 합치면 이 세상 정도는 간단히 구할 수 있지 않을까?'

"……휴우. 무슨 일이 있어도 마찬가지란 말이죠? 정말 보기 좋게 차이고 말았군요."

“저는 도련님을 제외한, 그 어느 누구의 뜻이더라도 따를 생각이 없답니다.”

“예, 잘 알아들었어요. 이제 충분하다니까요? 용건은 이제 끝났어요. 어쨌든 미오 언니? 전 이만 물러갈게요.”

“예, 조심해서 돌아가세요.”

“갈게요. ……미오 언니, 언젠가 꼭 리미아에도 놀러와 주세요. 그때까진 지금보다 조금 더 다양한 조리법들을 떠올려 놓을 테니까요.”

“어머나? 오늘밤 들어 처음으로 매력적인 얘기가 나왔군요. 기억하고 있을게요.”

히비키는 미오를 향해 마지막으로 깊숙이 머리를 숙인 뒤, 어디론가 자취를 감췄다.

미오와 히비키의 기묘한 재회는, 그런 식으로 끝이 났다.

달이 이끄는 이세계 여행 7

1판 1쇄 발행 2019년 5월 10일
1판 7쇄 발행 2024년 5월 10일

지은이_ Kei Azumi
일러스트_ Mitsuaki Matsumoto
옮긴이_ 정금택

발행인_ 최원영
본부장_ 장혜경
편집장_ 김승신
편집진행_ 권세라 · 최혁수 · 김경민 · 최정민
커버디자인_ 양우연
국제업무_ 박진해 · 전은지 · 남궁명일
관리 · 영업_ 김민원 · 조은걸

펴낸곳_ (주)디앤씨미디어
등록_ 2002년 4월 25일 제20-260호
주소_ 서울시 구로구 디지털로 32길 30, 코오롱디지털타워빌란트 1301-1308호
전화_ 02-333-2513(대표)
팩시밀리_ 02-333-2514
이메일_ lnovellove@naver.com
L노벨 공식 카페_ http://cafe.naver.com/lnovel11

ISBN 979-11-278-5045-6 04830
ISBN 979-11-278-4112-6 (세트)

값 9,000원